何文辉 著

历史拐点处的记忆

◆1920年代湖南的立宪自治运动

湖南人民出版社

图书在版编目(CIP)数据

历史拐点处的记忆:1920年代湖南的立宪自治运动/
何文辉著.—长沙:湖南人民出版社,2008.1
ISBN 978-7-5438-5076-7

Ⅰ.历... Ⅱ.何... Ⅲ.历史事件-湖南省-1920~1926
Ⅳ.K296.4

中国版本图书馆CIP数据核字(2007)第185134号

责任编辑:戴佐才
装帧设计:陈 新

历史拐点处的记忆
——1920年代湖南的立宪自治运动
何文辉 著

*

湖南人民出版社出版、发行

网址:http://www.hnppp.com

(长沙市营盘东路3号 邮编:410005)

营销部电话:0731-2226732

湖南省新华书店经销 湖南贝特尔印务有限公司印刷

2008年1月第1版第1次印刷

开本:700×960 1/16 印张:24.5

字数:311000 印数:1-5000

ISBN 978-7-5438-5076-7

定价:38.00元

张 鸣

民国的前半段，所谓的北洋军阀统治时期，在一般人看来，是个乱世。人们对于乱世，评价向来不高，因此，这一时期执掌权柄的军人和政客，在后来的历史叙述中，鼻子大多是白的，宛如京戏里的丑角，还没有登台，扮相就已经定了。

说良心话，那时的军阀，登场的时候，其实扮的并不都是"小丑"，这一点，看那时他们的戎装照就知道。他们是中国现代化进程中的产物，从某种意义上说，也可以算得上是当时中国人的"精英"。对所有后发国家而言，军事的现代化，是启动最早的现代化，国势愈弱，国人挣扎奋斗，首先的着力点就是军事，最多的钱砸进去，最优先的进口，最后连最好的人才，也投身于此。到了庚子以后，一部分"先进分子"，终于意识到国人一向重文轻武的积习其实很糟，因此提倡尚武精神，投笔从戎，有些人进新式军队做士兵，有些人出国进军校，凡是进了军校的，大都是怀着某种理想的热血青年！更不用说那些吃尽了苦，学成毕业的人们。后来在军阀中混得很开的政客王揖唐，在历史上的名声很差，先是组织安福俱乐部，后来又投降日本人做了汉奸，就是这样一个人，当年也还是怀一点报国之志，以进士的身份跑到日本士官学校读书，被带班的日本军曹打得鼻青脸肿，最后严重受伤，才不得不离开，回国后就跟军队搅在一起。自袁世凯小站练兵开始，新建陆军也进行一点爱国主义的教育，北洋系的军事学校，更是如此，说人家让官兵只知有袁宫保不知有大清，多少有点冤枉。

当然，等这些军人变成割据一方的老大的时候，情况有点变了。骑的马换成了八抬大轿，戎装换成了长袍马褂，指挥刀成了摆设，小老婆讨了一房又一房。地皮刮得，买卖做得，烟土贩得，银圆外国银行存得，一旦吃了败仗，丢了地盘，就躲进租界做寓公，钱多的，几辈子都吃不完。不过大体上，他们对舆论还尊重，对学界更尊重，被学者和记者骂了，骂也就骂了，除了东北的胡帅，一般都不会动枪整人，这大概是西方民主政治的影响而余下的唯一好处。但是，同样是这辈军人，也有不一样的，比如吴佩孚，公开打出"五不主义"，力矫时弊——不讨小老婆，不抽大烟，不借外债，不进租界，不蓄私财，一辈子身体力行，还真就没有违背过诺言。这样的有操守的军阀，还正经有一些，比如陈炯明，还有吴佩孚的好朋友、湖南军阀赵恒惕。

赵恒惕和陈炯明，是两个在中国试验过联省自治的实力派人物，但是比较起来，赵恒惕做的似乎要更"认真"一点。从这个意义上说，赵恒惕在历史上的地位，要比前面提到的几位都要重要，只是，我们的一些历史学家到现在为止，还没有意识到这一点。

1920年代的湖南自治，是一场很认真的宪政运动，那里有西方标准的宪法，有正儿八经的选举，有像模像样的议会运作。这一切还都不是最惊人的，最令人感到不可思议的是，那里，以赵恒惕为首的若干手握兵权的军人，居然能自我约束，不仅给自己造就了批评者，而且能面对舆论和议会批评弹劾，遵守议会的决议。这样给自己找麻烦、找人管的军人，比白乌鸦还稀罕。在那个枪杆子说了算的时代，那个谁打得赢谁说了算的时候，真有空谷足音之感。在这里，我们看到，当年的"精英"，并没有全体堕落，他们给这个苦难深重的国家，还是留下了一点有益的东西。当然，在这个运动中，湖南的各界也都积极地参与和推进，学生教员自不必说，阵阵不落后，绅士和商界也以中坚自居，一些著名的学者，如李剑农、王正廷、蒋百里等等，不仅贡献了思想，而且贡献了一个中规中矩的省宪。对中国近代历史稍微熟悉一点的读者，一定会在历史的各个场合看到他们的只鳞片羽。特别值得一提的是，在那个时代，唯有湖南选举出了女性议员。回想起民国初年国民党成立之时，同为辣妹子的唐群英，为了争男女平权，不惜在会场大打出手的日子，感到这场宪政运动，还真是让国人跌破眼镜。

本书作者是我半路"拣来"的学生，但是原来就有很不一样的关系，因为她实际上是我导师第一个硕士，说起来，进师门比我还早，按过去的规矩，我应该叫她一声师姐才是。仅仅因为我留在了母校，有地利优势，等到她再度深造的时候，我已经摇身一变，成了老师，占了大便宜。何文辉是个有心人，很早就发现了有关湖南自治的资料宝库，经过长期的艰辛收集，我敢说，现在的中国，对1920年代湖南自治的了解，没有人比她更全面、更透彻。当然，她写得更好。

摆在我们面前的，是一本花费6年多工夫写出来的博士论文。在这期间，她本可以少花一些的力气，对付一本，依今天的博士生培养惯例，大概早点毕业不成问题。但是她不肯。她的论文，如果说每句话都有出处，也许有点夸张，但其材料之扎实，却是近年来少见的，基本上取之第一手的原始资料。何文辉也是一个思路清晰的作者，文章的字里行间，透着女性的细腻、清醒，如此头绪众多、复杂纷纭的自治运动，在她的笔下，娓娓道来，即使对那段历史不甚了解的人，读了之后，相信对这件事肯定是会明白的。

不客气地说，这是一本关于湖南自治运动的开山之作，以后的研究，将无法绕过它，这是一个很好的开始。

为自己的学生作序，难免让人有点感觉是自卖自夸。但是，这本著作，其实我的贡献基本可以忽略不计，在这里，我只是在就书谈书，就学论学。我，绝对是认真的。

　　爱为序。

2007 年 5 月 26 日

4

前 言

　　本书叙述的是 1920 年至 1926 年间湖南实行省自治的历史。"省自治"这个词，在 1920 年代联省自治运动的语境中有两层含义：一是以省为单位的地方自治，即各省自己管自己的事，其他人不要干涉，比如"湘人治湘"、"粤人治粤"；二是各省人民的自治，即由各省人民自主制定省宪法，通过民主选举组织各级地方政府，借以消解军阀权力，破除官僚武人政治。这样的省自治既是一种手段，也是一个价值目标——在解决政治难题的同时缔造立宪主义政体，彻底改变政治权力产生、行使和更替的方式。这是省自治在理论上的境界。至于进入实际操作的省自治所表现的形态，每个省的情形都不一样，很难作笼统的描述。就当时影响最大成绩最著的湖南省而言，省自治在地方自治和人民自治两个层面上同步展开，表现为一场持续 6 年的省宪自治运动，其间在创制宪法、民主选举以及规范政治权力等方面，都迈出了切实的步伐，可以说是一场颇具规模、颇为有序的宪政民主实验。

　　对于联省自治运动中的省自治这一课题，特别是对于湖南省宪运动中曾经进行的民主实验，学术界的研究可谓十分薄弱，迄今为止没有深入细致的研究成果问世，以至于这方面的史实尘封日久被人遗忘，或从来不为世人所知。一般历史学者，对相关史实虽偶有涉及，却不约而同地，大都从军阀割据的角度进行解读，认为所谓省自治，不过是地方实力派为使割据合法化而玩弄的政治魔术。笔者无意推翻既往学者这方面的判断，因为有足够证据支持这样的判断。但是，本文将转换一下角度，将观察研究的重点放在湖南省宪自治运动的另一个侧面——对立宪主义目标的追求及其政治努力。

虽然侧重点不同，现有的史学成果仍然是写作本书不可或缺的参考文献，比如陶菊隐著《北洋军阀统治时期史话》，陈志让著《军绅政权——近代中国的军阀时期》，齐锡生著《中国的军阀政治：1916—1928》，等等。报人出身的史家陶菊隐，在湖南自治时期是上海《新闻报》驻长沙特约记者，他的著作对当时湖南局势的演变发展叙事翔实，分析评价中肯有据。陶菊隐还因为职业的关系，与当时湖南省内的军政要人往来密切，并因此采访到一些独家见闻，极具史料价值。这些史料在《北洋军阀统治时期史话》以及另一本回忆录性质的《记者生活三十年》中，有详细披露。

也有一些政治史、宪法史论著，多少涉及湖南自治运动中立宪民主的一面，最重要的如李剑农的《中国近百年政治史》。作为政治学者和联邦主义理论家的李剑农，曾在湖南省宪自治运动中扮演极重要的角色，他在自己的著作中对湖南立宪自治的前因后果作了提纲挈领的论述。另外，他在上海《太平洋》杂志上发表的《湖南制宪所得的教训》等文章，对湖南制宪过程中的一些具体问题有深入探讨。

事实上，由于当时湖南在制宪方面公认的成就，湖南的省宪运动很早就进入了宪法史学者的视野。杨幼炯所著《中国立法史》（1936年）、潘树藩著《中华民国宪法史》（1934年）、陈茹玄著《民国宪法及政治史》（1928年）等，都曾论及湖南的立宪自治，可惜着墨不多，不能为这一课题的深入研究提供太多帮助。

台湾学者胡春惠所著《民初的地方主义与联省自治》，是一本专题研究联省自治运动的政治学兼史学著作，他还著有《民国宪政运动》一书。这两本书对湖南省宪运动作了重点介绍和论述。另一位台

2

湾学者张朋园，也曾对湖南省宪运动作专题研究，有《湖南省宪之制定与运作》一文发表。两位学者对湖南省宪运动的评价及其在宪政史上的地位，相比其他论者有较多的肯定。不过，他们的描述和议论仍然是粗线条的，特别是对湖南省宪完成后的选举以及自治政府的实际运作，很少述及。

笔者研究本课题最重要的参考资料，是湖南省社会科学院图书馆以及湖南省图书馆地方文献资料室收藏的一些自治运动时期的报刊、杂志和典籍，其中有保存较为完整的《湖南省宪法》等多种法律文本、长沙《大公报》、《湖南筹备自治周刊》、《湖南筹备省议会省议员选举报告书》、《湖南省议会报告书》，以及一些县议会的报告书。这些报刊典籍提供了大量素材，将湖南省宪自治过程中发生的各类重大事件，连同许多鲜为人知的细节，一并呈现出来，使笔者有可能对这段历史作尽可能完整细致的描述，同时有可能对以往论者较少涉及的方面，作一次探索性研究。

作为一项地方政治史课题，本文采用传统的史学研究方法，力求真实地叙述历史。毋庸置疑，从历史中追寻和找出真实是一桩非常困难的事情。一方面，历史素材可能掺杂着记录者的某些臆断；另一方面，叙述者由于时代隔膜和自身局限，常遭蒙蔽而不自觉。因此，我绝不敢妄称我的叙述重现了真实的历史。但是，我将在事实和逻辑的基础上，尽可能选择比较可信的素材，小心谨慎地避免主观想象和臆断。贝克尔说过："对于任何历史事实，历史学家至少能做选取和确认工作。去选取和确认即使最简单的一堆事实，便是去给它们在某种观念模型内以某种地位，仅仅如此便足以使它们取得一种特殊的意义。"① 我希望，我在宪政民主的观念模型内对湖南自治运动的描述，也能传达出某种意义，能够丰富人们对这一段历史的认知。

① 贝克尔：《人人都是他自己的历史学家》，见（美）莫蒂默·艾德勒、查尔斯·范多伦：《西方思想宝库》。长春，吉林人民出版社，1988 年。

一

1911 年后的中国

一·一　约法毁弃　南北分裂

1911 年辛亥革命爆发，清王朝近三百年千疮百孔的大厦，在革命党、立宪党和北洋军阀的合力打击下，轰然倒塌。与之相伴随的，是数千年帝制秩序的解体。从此，中国政治走进了一个貌似新旧更替实则充满变数的混沌时代。

革命爆发之初，响应武昌起义的十几个省份，仿照美国独立战争后十三州会议的形式，派代表在上海召开联合会议（各省都督府代表联合会）①，讨论组织一个共和制的统一国家。1912 年 1 月 1 日，中华民国临时政府在南京成立，孙中山被选举为临时大总统。为了尽快结束对清军的战争，临时政府与掌握清朝廷命脉的北洋军首领袁世凯谈判，最后达成协议：北洋军赞同共和，清王室和平退位，而孙中山将总统位置让与袁世凯。于是，在清帝退位两天后，2 月 14 日，由 17个省选派的正式代表组成的南京临时参议院，改选袁世凯为中华民国

———————————

① 联合会议起初在上海召集，不久转移到南京。

由17个省的代表组成的南京临时参议院。

临时大总统。当然，让一个军阀来统领共和国是一件放心不下的事，为此，临时参议院历时32天，制定了一部《中华民国临时约法》。这部约法的核心，是规定一个严格限制总统权力的责任内阁制，要求总统在任命内阁总理、国务委员等重要官吏时，必须先行正式提交参议院同意；总统公布法律命令时，必须经由内阁总理、国务委员副署；并且，总统不可以解散国会。这是一种专门针对袁世凯个人的立法意图。这样立法的临时参议院，主要由一些革命派和立宪派的知识分子组成，他们热心希望共和宪政的实现，却又不得不把希望寄托在一个对共和宪政没有追求的实力人物手中，因此刻意"对人立法"，希望用一部具有宪法性质的约法，来抑制袁世凯的野心，逼他走上共和宪政的轨道。

然而，在一个有名无实的"民国"，神圣如宪法，也只是一些写在白纸上的黑字，它无法成为收服统治者的牢笼。关于这一点，在袁世凯上任3个月后就得到了事实证明，而这个事实，便是唐绍仪内阁的垮台。

唐绍仪是约法生效后第一任内阁总理，他与袁世凯有20年交情，又同情革命党，且于清帝退位后加入同盟会，所以被双方推戴。袁世凯原以为唐与自己私交深厚，必能服从调度，不料唐绍仪是个有操守的君子，公私分明，不肯做走狗，出任总理后对于总统的行为，处处不肯放松，有时还与总统当面力争，以至于袁世凯的侍从武官看见唐氏来到，每每私相议论，说"今日总理又来欺侮我们总统了！"① 袁世凯起初还能容忍，但不久在任命直隶都督的问题上，两人不欢而散。当时直省议会公举革命党要人王芝祥为都督，唐绍仪赞成此议，陈请于袁世凯。袁知王芝祥是革命党用来监视自己的棋子，乃口头上应许，暗地里运动直省军界反对，然后以军界反对为口实另委王氏到南京遣散军队。唐绍仪对于王芝祥的委任状拒绝副署，袁世凯不顾总理反对，竟将不曾副署的委任状发下去，唐氏得知后即刻提出辞呈，不告而去，其他阁员也联袂辞职，第一任内阁就此散伙。这是民国元年 6 月的事，是袁世凯第一次使用北洋军阀的武力抵制约法钳制。

唐绍仪内阁倒台后，继任的陆征祥内阁、赵秉钧内阁非常乖巧听话，所谓国务院，基本上成了总统府的秘书厅，所有国务委员都唯总统之命是从。但袁世凯并不轻松，因为有一个信仰政党政治的宋教仁，为了发扬责任内阁制的精神，在那里奋力造党。宋教仁认为，约法上的责任内阁制之所以不发生作用，是因为没有强大的政党作为后盾；必须由国会多数党组阁，才能避免内阁沦为独裁者的工具。当时正值第一届国会选举，各种各样的政党如雨后春笋般数不胜数。不过考察这些党派的政纲及历史渊源，大体上可以分为两类：一类从革命派的同盟会分化演变而来；另一类从立宪派的宪友会分化演变而来。宋教仁充分展示他的政治才能，以同盟会为主干，对第一类中最重要的国民共进会、国民公党和共和实进会进行合并改组，同时联合以蔡锷为骨干的统一共和党，组成了声势强大的国民党。在第一届国会选举中，国民党大获全胜，宋教仁踌躇满志，以预备组阁者身份到处发表演说，就国家政治尽情发挥。但袁世凯连唐绍仪那样的老朋友都不能容忍，

---

① 李剑农：《中国近百年政治史》第 331 页，上海，复旦大学出版社，2002 年（以下引用本书均为此版本）。

又怎能容忍被他视为暴民的宋教仁来组阁？于是，在1913年3月20日的沪宁车站，宋教仁先生遇刺身亡，这便是举国震惊的"宋案"。

宋案的直接结果，是"二次革命"发生。这次革命是由国民党的激进派孙中山、李烈均等人极力主张而发动的。国会中的另一个大党——由立宪派演变整合而形成的进步党，以及国民党内的温和派，都不主张武力倒袁；而民心厌乱，社会舆论多视讨袁为革命党的无故捣乱，因此"二次革命"很快归于失败。

宋教仁（1882—1913）

"二次革命"的失败，使袁世凯更加肆无忌惮，而国会里用来监督袁世凯的国民党，因为宋案的发生变得四分五裂，国会的重心移到进步党。进步党是旧立宪派名流集中的渊薮，他们也是有政治理想的，也希望将北洋军阀的旧势力引导上宪政轨道。但是，以温和稳健著称的进步党，并没有比激进的国民党更能有所作为，它对袁世凯处处迁就、容忍甚至是配合袁世凯在专制集权的路上大步前进。1913年10月，国会制定通过总统选举法，议员们在威逼恐吓与饥饿中选举袁世凯为中华民国正式总统。11月，袁世凯宣布解散国民党，开除国民党的国会议员，使国会陷于不足法定人数不能开会的境地。次年1月，袁世凯干脆宣布解散国会，使进步党也失去了政治活动的场所。

摆脱了国会与政党的羁绊后，袁世凯接着组织一个御用的"约法会议"，对《临时约法》进行改造，废除了约法规定的责任内阁制，采用所谓总统制，把总统权力规定得无限大。1914年12月，"约法会议"又修改上年国会制定的总统选举法，将总统任期改为10年，可以无限连任，同时规定总统有权推荐接班人。至此，袁世凯无论在事实上还是法律上，都已经成为"一国之主"，他还可以让他的儿子世袭权位——如果他愿意的话。走到了这一步的袁世凯，若能如魏主曹操那样，有一点忍性，就此打住，那么"中华民国"或许还能在他的总统专制下苟全。但他非要做一个黄袍加身的独裁者，非要将国家民族拖入万劫不复的深渊，非要让自己领略一下被他逼退的清王室曾经领略过的痛苦。

1915年8月，为袁世凯当皇帝摇旗呐喊的筹安会登上历史舞台，帝制运动公开进行。与此同时，反对帝制的运动也如火如荼地开展起来。国民党的激进派、温和派，被袁世凯玩弄抛弃成为政治失业者的进步党人，很快走到了一起，形成反袁的政治联合。在北洋派内部，段祺瑞、冯国璋、徐世昌等有势力的军阀官僚，怀着有朝一日自己当总统的心思，也对帝制运动消极抵制。一般民众，看到一向稳健的进步党人积极反袁，不再认为这是革命党的捣乱，况且袁氏数年来的统治已令他们由拥戴而转为厌恶愤恨。如此弥漫国中的反袁气氛，最终成就了一个再造共和的英雄——护国军领袖蔡锷。1915年12月23日，袁世凯准备登基之前，蔡锷在云南向袁世凯发出最后通牒，限于两天内取消帝制，否则挥戈相向。袁世凯如所有利令智昏的独裁者一样，错过了这最后的机会，于是护国军发动，南方各省相继宣布独立。袁世凯于四面楚歌中不但同意取消帝制，还同意恢复责任内阁制，自己只做虚位的总统。然而他的部属冯国璋，扮演着袁氏当年对清廷的逼宫角色，并不给他退回来当总统的机会。一世枭雄穷途末路，不几日便羞愤成疾，气绝身亡。

袁世凯的暴毙是1916年6月的事，这比清王朝的倾倒还要后果严重，因为清朝倒后还留下了一个可以维系国家统一的完整的北洋军。袁世凯倒后，北洋军不再是完整的了，它失去了核心，内部裂缝不断扩大，统治能力日益削弱，国家分裂、军阀混战的日子，为期不远了。

袁世凯死后，黎元洪继任总统，中华民国国体得以保全，《临时约法》以及根据约法产生的国会，经过一番周折后也得以恢复。然而，内阁总理段祺瑞受不了这个有着许多国民党人和异己分子的国会，一定要将它改造，由此就生出许多的纷争和乱事，闹得乌烟瘴气，最终闹出一个护法运动和南北分裂的局面。

段祺瑞是在袁世凯被护国军逼得焦头烂额之际出任内阁总理的，他同时还逼袁氏交出了北洋军的统率权。在政治上，段氏得到研究系政客的追捧（这个研究系，乃由国会中的旧进步党演化而来，领袖为梁启超，其于袁世凯倒毙后再度与北洋军阀结合，出任段内阁财政总长），因而底气十分充足，专擅不亚于袁世凯。更有甚者，《临时约法》上用来制裁袁世凯的责任内阁制，现在被段祺瑞用来对付忠厚而无实力的总统黎元洪，很快将黎变成了一个"发一令而不知其用意，任一官而不知其来历"[1] 的傀儡总统。现在，段氏主要的障碍就是国会了。1917 年四五月间，段祺瑞为了压迫国会通过一桩对德参战的议案，召集各省督军到京开会，用督军团来威压国会，激起国会议员停会抗议，国务委员相率辞职。总统黎元洪在国会支持下斗胆免去段祺瑞的总理职务，却导致督军团集体反叛，皖奉鲁闽豫浙陕直等省宣布独立，黎氏无奈之下求救于皖督张勋，结果引出一场辫子军复辟的闹剧来。

辫子军首领张勋，应黎元洪之请到京后，先威迫黎氏解散国会，然后逼黎氏主动退位，再然后公然宣布拥清废帝溥仪复辟。消息传出，各省督军要人全部通电反对，没有一个支持的。段祺瑞在天津自任讨逆军总司令，马场誓师，进京问罪。张勋大惊失色，他的辫子军不过两万之众，所以敢冒天下之大不韪，只因事先与皖系军人有默契。但段祺瑞及其督军团从头到尾只想利用张勋摧毁国会赶走总统，复辟闹剧于是乎才开幕就谢幕。

---

① 李剑农：《中国近百年政治史》第 434 页。

　　复辟闹剧结束后，段祺瑞马上宣布召集临时参议院改造国会，理由是中华民国已为张勋复辟灭亡，国家新造，应仿照武昌起义时的先例，召集临时参议院，重定国会组织法及选举法，重新选举国会。如此公然推翻《临时约法》，孙中山的革命党是坚决不答应的，皖系以外的其他军阀官僚政客，也是不太赞同的。孙中山因此率海军赴广东，倡导护法；国会里除研究系以外的大多数议员联袂南下，到广州召开非常会议，另组政府。1917 年 9 月，以孙中山为大元帅，陆荣廷、唐继尧为元帅的军政府正式成立，护法运动开始，南北分裂。

　　与南北分裂同时进行的，是北洋军阀内部直皖两系的分裂。直系首领冯国璋继黎元洪之后出任总统，与担任内阁总理的段祺瑞开始了政治上的竞争。南方自立政府后，段祺瑞借日款行武力统一政策，直系军人暗中掣肘消极怠战，其后更罢战主和，使段氏的军事行动一再遭遇失败，两派矛盾由此扩大演化，最后兵戈相见。

　　北方因为统一变得更加分裂，护法的南方也很不团结。当时南方军政府的地盘，主要是滇黔粤桂 4 省，滇黔由唐继尧统领，粤桂被陆荣廷把持。滇桂军阀与孙中山志不谋道不合，他们容许孙中山在广州成立军政府主要是为了同北洋军阀争夺势力范围，对约法的命运并不关心，因此所谓护法，护来护去都没有实际的内容，各派之间的争吵冲突以及争夺地盘的战争却愈演愈烈。

　　南北双方各自分裂的局面发展到 1920 年的时候，演成了这样一种状况：南方的桂系与北方的直系相联合，北方的皖系与南方的滇系国民党系通声气。酝酿到最后，北方直皖大战，南方军政府瓦解，南北各地小军阀乘机崛起，或割地自保，或见风使舵。南北统一的希望，变得杳乎其难了。

一·二　联省自治：另一条道路的宪政追求

　　现在我们回看民国建立以后到 1920 年这段历史，虽然线索繁多、事件无数，但主线是清楚的——这段历史，主要是围绕《临时约法》而展开的、北洋军阀与革命党的对角戏，中间夹着立宪党人依违于两者之间。革命党因为没有自己的武力，在与北洋军阀斗争时每每处于下风，因此当屡次失败后，以孙中山为首的国民党左派，改弦易辙，想方设法造就自己的武力，壮大自己的政党。到1928年，拥有了可靠军队并经过改组了的国民党，在拥有底层被压迫民众的共产党配合下，终于北伐成功，打败了夙敌北洋军阀，为中国政治另开了一个局面。但是在这个过程中，武力统一的任务压倒了共和宪政的议程。

同革命党人一样屡屡遭受失败的立宪党人，以及革命党的温和派，走了另一条道路。他们没有培植自己的武力，也排斥俄国式的激进革命。在统一的无望当中，他们设法依托南北分裂后崛起的一些地方小军阀，以及地方社会力量，开始了一场以联邦主义和省宪自治为核心的"联省自治"运动——以这样的方式，延续着他们自清末以来对宪政主义的追求。

学理上的联省自治包含两方面内容：第一，容许各省自治，由各省自己制定省宪，依照省宪自组省政府；第二，由各省选派代表组织联省会议，制定联省宪法，组织联邦制的中央政府。如此，既便于弘扬民主法治，消解军阀势力，又可以解决南北之争，完成国家统一。这个理论得到许多知识分子社会名流的推崇，比如章太炎、蔡元培、梁启超、熊希龄、范源廉、汪大燮、孙宝琦、王芝祥、钱能训、谷钟秀、林长民、张耀曾、褚辅成、章士钊、张东荪、胡适、朱经农、丁世峄、李剑农、蒋方震、王正廷、王宠惠、张继、曹亚伯等。这个名单还可以列得很长，其中有许多人，便是旧国会中的进步党人和国民党温和派，或者说，从前立宪派和后来国民党的非左派，基本上都跑到联省自治的行列中来了。其中最著名的如梁启超。作为清末立宪派领袖，后来又成为进步党领袖研究系领袖的梁启超，曾经是一个标准的中央集权论者，当民国初年戴季陶、章士钊鼓吹联邦主义时，梁氏

11

民国初年国会进步党本部。

大骂联邦论是封建土司思想。他相信一个国家要由一种中坚力量来维持，因此设法与北洋军阀相结合，希望去引导他们、改良他们，第一次想改良袁世凯没有成功，后来又想改良段祺瑞，为了助段氏打击政敌甚至支持督军团干宪。然而，北洋军阀不但未能成为国家的中坚，反把国家弄得四分五裂。经段氏改造后的国会，更成为皖直两系官僚政客的俱乐部（新国会俗称"安福国会"，选举形同指派，研究系仅得20多个席位），梁氏及其党人再一次被抛弃。至此，梁启超对北洋军阀及其武力中心主义失去信仰，转而致力于联省自治运动。我们从梁启超的转变，可以看出许多类似知识分子的政治心理随时局而演变的轨迹。

联省自治之说兴起后，马上得到一些地方实力派支持。这些游离于南北大军阀之外的地方小军阀，为了取得割据的合法性，同时为了借重地方社会力量和舆论支持以抵御大军阀吞并，极力附和联治理论，从而使这个理论得以在实际中运用，成为一场理论与实践相结合的社会政治运动。

联省自治运动有一个值得注意却常被忽视的方面，即它动员了相当一部分社会力量参与。立宪派本身是有社会基础的，它的基础是绅士阶层。立宪派温和稳健、维护既有权威、不轻易诉诸武力等等特性，体现的是作为有产者的绅士阶层的政治立场。而以地方权力为主体构建政治秩序的省宪自治方案，十分有利于绅士阶层参与政治扩张权力。因此，绅士阶层实际上是联省自治运动的中坚——本书后文将有许多事实证明这一点。另一方面，新文化运动后普遍接受民治主义和平民政治思想的知识界，以及许多公民团体，看到民国以来军阀政府一败涂地的政绩，以及官僚政客许多的无耻行径，深感失望，也自觉加入到联治运动的潮流中来，期待唤起平民的政治觉悟，通过人民的自治，自下而上地改良国家政治。而最普通的人民，基于摆脱战祸、保护家园的朴素情感，对于排斥外来军阀、以本省人治理本省的主张，很大程度上愿意认同。所以，联省自治不是一场简单的小军阀的割据运动，它还包含着各阶层人民追求和平民主，进行自决自救的一面。

似乎可以这样说，联省自治运动，是一场由立宪派和革命派知识分子引导着的，地方军阀与社会力量之间互相利用、合作推进的社会政治运动。我们不能够因为这场运动依靠小军阀为实力后盾而否定它追求宪政的意义，正如我们不能因为中华民国初创时依靠大军阀为实力后盾而否定民国建立的意义。其实，不论是在创建民国还是联省自治中，进步的社会力量都在做着同样的努力——努力改造军阀，将其引导上宪政轨道。只不过，前者引导的是北洋军阀的旧势力，后者引导的是新旧不一的地方武力。关于后者，1920 年长沙《大公报》的一段时评，讲得很清楚：

13

世界上无论哪件事，绝没有"一蹴而至"的，自发端以至于成功，中间总要经过许多变化……军人口中都会吐出自治两个字来，总算是自治的动机勃发了，真真假假且不管他，即此一端，便可以断定我们理想中的联邦，迟早总会有实现的希望。

再就所谓"别有作用"说一说吧：他们的作用，无非是想利用自治制宪这块金字招牌，好拿来对抗某一方面，或应付任何方面，诚意本来是没有一点的。不过他们军阀虽然没有诚意，人民却可以拿出要求自治的诚意去顺应他。语曰："虽有智慧，不如乘势，虽有镃基，不如待时"，军阀主张自治，时不必待，势有可乘了，他既可以利用这个名义来遂他的私图，人民又何尝不可以利用他的私图来谋群众的公益……①

其实，军阀虽然从整体上说没有实行宪政的诚意，但作为个体的某些军人，与革命党和立宪党有着深刻的渊源，或者原本就是为共和奋斗过的军人，他们对共和宪政的理想，在相当大程度上认同。因此，相对于北洋军阀的旧势力，某些地方实力派与追求共和宪政的知识分子之间，更有合作的基础。而受制于大军阀的地方小军阀，在对社会力量的依赖方面，也远甚于实力雄厚的北洋军阀。因而，在我们接下来将要详细考察的湖南省的案例中，知识分子、实力军人以及各阶层社会力量，协力合作，咸与维新，进行了一场为期6年成绩可观的立宪自治运动。

14

---

① 龙兼公：《假冒也不要紧》，载1920年7月1日《大公报》。

二

湖南实行自治

　　上世纪20年代湖南省立宪自治运动的发生，有两个诱因：一个是政治的，一个是思想的。就政治而言，南北分裂的局面发展到民国9年，不独南不能统北，北不能统南，而且南也不能统南，北也不能统北了。这个时候，夹在南北之间被争来夺去苦不堪言的湖南省，乘大

1920年代的长沙城。

军阀忙于互斗无暇他顾之机，发起自决与自救的运动，宣布成立自治政府实行"湘人治湘"，从此开始了6年独立自治时期。思想方面，

在统一无望的前提下，民元以来学理输入的民治主义学说与联邦主义理论相结合，形成了盛极一时的联省自治思潮。这个思潮为湘省脱离南北自立政府提供了正当性，也为这段历史注入了些许宪政主义元素，从而使湖南的自治运动脱离传统时代分裂割据的窠臼，表现为一场军阀割据局面下的立宪运动。

二·一　湘省军民的自救运动

湖南省地处中国腹地，扼南北之要津，绾西南之门户。在民国初年的政争中，南北军阀都竭力要将湖南纳入自身势力范围，北方常欲得湖南以控制西南，西南反中央势力则欲得湘省以止北方南侵，于是湖南地面成了一个大战场，南北军队拉锯似地你来我往，一遍又一遍地蹂躏着湖南，正所谓"国乱十年，湘遭百劫；事南事北，杀去杀来"①。

湖南的劫难是从"二次革命"后开始的。"二次革命"前，湖南为立宪派和革命派所掌握。湘督谭延闿是清末湖南立宪派领袖，与黄兴、宋教仁等革命党人过从密切，辛亥革命中，湖南第一个响应武昌起义宣布独立。1913年"二次革命"发生后，谭延闿又被革命党人包围，宣布反袁独立，遭袁世凯嫉恨，被免职。其时内阁总理熊希龄极力主张由蔡锷继任湘督，湘人亦极盼望，袁氏不允，派亲信宠臣汤芗铭出任湖南督军，将湖南变成了北洋军的防地。并且，当时除湖南外，长江流域苏浙鄂赣各省也都归入北洋军阀势力范围，只有滇黔粤桂由西南军阀控制。所以从那时开始，湖南就成了南北军阀之间的要冲，同时也成了南北军队的战场。1916年反帝制运动中，来自西南的各路护国军入湘抗击北军，驱逐汤芗铭，此为湖南境内第一次南北战争。

---

① 《徐佛苏来电》，载1921年2月14日《大公报》。

汤芗铭被逐后，谭延闿再任湘督。谭与桂系首领陆荣廷渊源深厚，谭、陆之间欲联结以自固，陆氏因而相商于段祺瑞，请维持谭延闿湘督地位。但段祺瑞要将湖南收入自己囊中，派心腹大将傅良佐督湘，威吓两广。陆荣廷愤恨，支持孙中山在广州成立军政府，而谭延闿于去职前在湘南布置军事联络桂军①。不久，谭氏部属刘建藩在湘南宣布自主，继而加入西南护法阵营抗击北洋军，于是揭开第二次南北战争的序幕。1918 年 10 月，陆荣廷派广西督军谭浩明为"湘粤桂联军总司令"，大举出兵湖南，联合湘军将傅良佐逐出长沙并于翌年 1 月底将所有北军逐出湘境。此举招致了北洋军队的猛烈报复，一个多月后，直皖两系北军集合所属精锐力量，由吴佩孚任前敌总指挥，大举杀奔湖南而来。一番你死我活之后，北军再得湖南，北政府任命张敬尧为湖南督军兼省长。但南军并未因此退出湘境，原因是吴佩孚攻克湘南重镇衡阳后屯兵不再前进，与退守郴州、永兴一带的湘桂军划界停战。这样一来，驻扎湖南境内的军队，除属于南方的湘军、桂军、黔军和属于北方的吴佩孚直军、张敬尧皖军外，还有配合直皖军从侧面攻湘的奉军、鲁军、苏军、安武军和冯玉祥的军队，兵员总额十数万人，番号庞杂无章，据地覆盖全省，简直将湖南变成了一座大兵营，正所谓"倾全国之师，集于湘境，竭全湘之有，供彼军饷"②。

战火以及随之而来的兵灾匪祸给湖南人民带来了无尽痛苦。"举凡焚掠所损失，为数不止万万……至于过往供给之费，饷糈借垫之资，大都筹自地方，取之编户，横征暴敛，无敢不供，催租在门，饿殍在室。诸如此类，较焚掠所失，殆又过之。而匪徒乘便，四出勾结，或

17

---

① 段祺瑞发布傅良佐督湘的命令后，湖南省内军队分为两派，一派主张归附北，欢迎傅良佐来湘；另一派忠于谭延闿。谭命主张附北的零陵镇守使望云亭北上迎傅，待望云亭一离开，谭便任命部下刘建藩为零陵镇守使。刘到任 10 天后即在湘南布置妥当，宣布自主。

② 《湖南善后协会上南北会议各代表请愿书》，见章伯锋：《北洋军阀》(三)，武汉，武汉出版社，1990 版第 398 ~ 407 页。

劫主勒赎，或恃械横行。兵所不经，匪无不到，以故七十余县之地，无地不灾，三千万人之家，无家不破"①。1920 年湖南《民国日报》上的一段文字形象地描述了当时湖南的苦状：

> ……湖南人死了若干还不算，还要赔上若干财产，战来战去，战到如今，从前金装玉琢的湖南，就变成如今土焦人槁的局面。目下除了高高在上的湖南人，还能享有些微闲福外，其余的湖南人，有槁死在山腰湖畔的，有流亡在异国他乡的，无处不见焦土的颜色，无处可觅完全的住宅。焦土上面立着的人，不是号寒，也是呼饥，住宅里头藏着的人，不是数米为炊，也要折骸以爨，更有那厘妇，望秋风而泣，老母倚斜闾而望子。种种惨状更是不胜枚举②。

在连绵不断的兵灾中，尤以北方军队为害最甚，除个别纪律严明之师外，皆无恶不作。与此同时，北京政府任命的督军一个比一个凶恶。汤芗铭已有"汤屠户"之称，傅良佐名声又不如汤，张敬尧更恶名昭著，所部第七师以残暴著称。1918 年之役，第七师在株洲、醴陵大肆烧杀，大火绵亘数十昼夜，死人以 10 万计，战事结束后，醴陵县城"仅遗二十八人"③！张氏为官又极贪婪，到任后广置私产、扩充私军，以各种手段搜刮民财，诸如滥发纸币、重征苛敛、私卖矿山乃至大开烟禁等等，始则祸及农夫商人，后渐及于缙绅，及于学校。因此，驱逐祸湘北军并从南北纷争的漩涡中脱身出来，恢复和平与秩序，便

18

---

① 《湖南善后协会上南北会议各代表请愿书》，见章伯锋：《北洋军阀》(三)，武汉，武汉出版社，1990 版第 398～407 页。

② 转引自胡春惠：《民初的地方主义与联省自治》第 163 页，北京，中国社会科学出版社，2001 年（以下引用本书均为此版本）。

③ 湖南省志编纂委员会：《湖南近百年大事纪述》第 372 页，长沙，湖南人民出版社，1962 年（以下引用本书均为此版本）。

醴陵兵燹图之一

成为当时湘省各阶层人民共同强烈的愿望。

当湖南沦为南北兵营、痛不欲生之际，中国局势已混乱不堪。北方直皖两系矛盾升级，南方桂系与国民党之间互不相容，统一的希望变得越来越渺茫。湖南境内，各路北军各自为政，不相统属。"南征"时直系吴佩孚功劳最大，但督军却落在了皖系的张敬尧头上，从此埋下了直皖纷争的祸苗。

张虽号称一省督军，兵力仅局促于长沙、宝庆一线，对其他北军无可奈何，与直系吴佩孚之间，更俨同敌国①。这种混乱和分裂的局面，给驻郴、永一隅湘军的发展和湖南人民的自决提供了契机。1919年2月，两度被北洋军阀挤走的原湖南督军谭延闿利用一笔从日商处获得的巨款作为整顿湘南财政的基金，派代表在衡阳马嘶巷设立永州

---

① 湖南省志编纂委员会：《湖南近百年大事纪述》第 403～408 页。

当事人回忆湘军驱张内幕。

银行新币兑换处①。驻湘南湘军得新币调剂，开始有振作气象。同年 6 月，桂系为抵制国民党，与直系吴佩孚达成默契，任命谭延闿为湖南督军②。谭于是回到湖南，在其旧部实力派军人赵恒惕协助下，统一军事，整顿金融，秣马厉兵，酝酿驱逐张敬尧收复湖南的战争。

在湘军酝酿驱张战争同时，湖南各界绅民发起了驱逐张敬尧的政治运动。1919 年初，西南军政府与北京政府在上海召开南北和会，湘绅左霖苍等即在上海成立湖南善后协会，发行刊物揭露张敬尧祸湘的罪行，运动南方代表将撤换湘督作为和议先决条件。11 月间，又有旅京湘绅范源濂、熊希龄等 168 人联名向总统府、国务院控告张敬尧，请政府撤换湘督。而当士绅们走上层路线未有结果时，省内爆发了大规模学潮，一下子将驱张运动搞得轰轰烈烈。学潮的导

① 这笔款项为日币 30 万元，合当时现洋 40 万元，来源于谭延闿与日本三井洋行签订的抛卖水口山矿砂合约。这是一笔买空卖空的交易，后来三井洋行未能从湖南运走矿砂。见萧仲祁：《谭延闿联吴（佩孚）驱张（敬尧）的鳞爪》，载《湖南文史资料选辑》（4），湖南人民出版社，1982 年。萧仲祁在谭延闿督湘时曾任湖南矿务局总理。

② 其时湘军总司令为国民党系的程潜。桂系为抵制国民党，扶持谭延闿回到湖南，并协助谭氏将程潜排挤出走。详情参阅后文第 2 章第 1 节。

致力于驱张运动的学界人士。

火线是一桩焚烧日货案。其时，湖南各界为声援北京五四运动，掀起反日和抵制日货浪潮，省城各校学生联合会与省议会、商会、教育会、农会等，联合组成了"国货维持会"。11月底，有学生在长沙小吴门外火车站发现大宗日货，国货维持会依学生之请议决将其没收并焚毁。12月2日，学生举行游街活动后齐聚教育会坪准备焚烧日货。涉案商人不甘利益受损，请政府干涉，张敬尧于是遣其弟张敬汤率军警包围会场，对学生一顿暴打，并呵斥道："你们要知道我们张氏兄弟拿钱给你们读书，还要我们怎么样？我们兄弟是军人，只知道杀人放火，你们再不解散，我就把你们做土匪办，一个个拿来枪毙"，然后逮捕数人，强行驱散集会。学生受到这般侮辱，悲愤莫名，遂连日开会，议决男女大小公私各校学生，一律罢课，并每校推举代表2人，分赴北京、上海、广州、衡阳、常德等地请愿，宣告"张敬尧一日不去湘，学生一日不回校"①。

继学生之后，湖南省城教职员也向北京等地派出了请愿代表。这些人又运动当地湘人特别是湘籍社会名流和政界要人加入到驱张运动的行列中，共同向南北政府以及省内其他政治势力请愿，要求惩办张

21

---

① 湖南省哲学社会科学研究所现代史研究室：《五四时期湖南人民革命斗争史料选编》第236～241页，长沙，湖南人民出版社，1979年（以下引用本书均为此版本）。

敬尧。赴广州的代表请军政府援助饷械，助湘军伐张；赴衡阳的代表或请吴佩孚出兵讨张，或与湘军接洽，共同运动吴军撤防；赴常德的代表请冯玉祥与直吴采取一致行动，主持正义。同时，代表们还在各地组织许多驱张团体，发行多种刊物，如《湖南》、《天问》、《湘潮》等，将张敬尧兄弟在湖南的所有恶行广而告之。在京、津、沪、汉等地报纸的声援下，张敬尧的恶名不到一个月就家喻户晓了。于是全国各地学生会、全国各界联合会等团体，甚至海外留学生，都纷纷发表讨张的宣言通电，强烈要求政府顺从民意，罢斥奸邪。然而任凭舆论汹汹，张敬尧的督军地位屹然不动，北京政府并无撤办张督之意。学生们饥寒出门，雨雪载道，到处号泣哀表却得不到若何结果，自是对政府彻底失望。一般民众见当局包庇军人蹂躏地方，也意识到要军阀政府自残同类无异与虎谋皮，于是生出一种自决与自救的觉悟来。因此这场运动的结果，虽然未能使张敬尧去职，却起到了唤起民众的作用，为随后湘军的驱张作了政治动员，帮助湘军打赢了一场奇迹般的以少胜多的战争。

驱张战争的发动在1920年5月下旬。此前，直皖裂缝日深，直系声言罢兵主和，吴佩孚数度通电攻击段祺瑞和张敬尧，并准备从湘南撤防，北上压服皖系。致力于驱张的各路人马乘机斡旋于各方，结果，湘军方面与广州军政府达成协议，由军政府秘密接济军费60万元作为吴军开拔费用。[①] 吴佩孚于是不待北廷命令，径自于5月20日率军北撤。与吴军早有默契的湘军跟踪前进，吴军退一步，湘军进一步。当时张敬尧手下的军队已扩充至7万人，按理说有足够兵力接管直军留下的防地；湘军方面，只有饷械两缺的正规军一个师和一些杂牌军，可用的枪支合起来只有3000左右，子弹更为缺乏，湘南一带的老百姓

① 萧仲祁：《谭延闿联吴（佩孚）驱张（敬尧）的鳞爪》，见政协湖南省文史资料委员会：《湖南文史资料选辑》（4），长沙，湖南人民出版社，1982 版第 117～121 页。

都称他们"叫化军"①；而多年来的盟友桂军，此刻正忙于广东境内的地盘之争，无暇也不愿卷入这场赌博性的战争，因此湘军当时并无必胜把握，只抱着决一死战的念头，"胜则整顿湘局，败则贤愚同尽"②。出乎意料的是，湘军发动后，张敬尧的军队墙倾山倒似地溃退，其他各路北军，要么见死不救，要么未战先走。湘军从耒阳至衡阳至宝庆至长沙，一路势如破竹。湘军在后面追得快，北军在前面跑得急，不到半个月时间，张敬尧就弃长沙而走了，以至于这场战争被形容为湘军与北军间的一次"长跑比赛"③。出现这种结果的原因固然由于北军的骄奢和不团结导致战斗力不济，另一方面更由于湘军得到民众鼎力相助。北军所到之处，农民以锄头扁担为武器，截断交通，夺取辎重，使其腹背受敌，不得不迅速退走。而湘军所到之处，"输卒纠聚自如，给养望屋而得"④。所以观察家说，这场驱张战争"并不是湘军三千多支'吹火筒'战胜了在数量和装备上占有绝大优势的北军，而是三千多万湖南人民战胜了一个民贼张敬尧"⑤。其时湖南省议会发表的电文这样说："湘民深受痛苦，奔走悲号，呼诉于南北执政之前，卒无一效，又值沪会久停，长使吾湘三千万父老子弟陷于水火，欲死不能，求生无路，郁积既深，遂至起而自决，为实行驱张之计，民气一发，誓不可遏。"⑥ 可见驱张战争不论有怎样的军阀争夺地盘的因素，都不能否认它包含有民众自救的成分。

① 陶菊隐：《北洋军阀统治时期史话》第 966~967 页，北京，三联书店，1983 年（以下引用本书均为此版本）。

② 黎宗烈：《蒸阳请愿录》第 84 页，长沙，湖南人民出版社，1979 年（以下引用本书均为此版本）。

③ 陶菊隐：《北洋军阀统治时期史话》第 966~967 页。

④ 章伯锋：《北洋军阀》（三）第 633 页，武汉，武汉出版社，1990 年（以下引用本书均为此版本）。

⑤ 参见陶菊隐：《北洋军阀统治时期史话》第 969 页。

⑥ 《湖南省议会电告驱张原委》，载 1920 年 6 月 14 日《大公报》。

1920 年 6 月中旬，驱张功臣谭延闿、赵恒惕在省内各界盛情欢迎下进入长沙，谭延闿自任湖南督军兼省长，是为第三次督湘。赵恒惕则为湘军总指挥。下旬，湘军进逼岳州，张敬尧望风而逃。7 月初，冯玉祥也由常德退鄂西。至此，盘踞湖南两年多的直、皖、奉、鲁各系北洋军阀全部退出湘境，湖南军民渴望已久的"湘人治湘"竟成为事实。

湘军总指挥赵恒惕

二·二　湘人治湘

"湘人治湘"这一口号的提出，可以追溯到 1917 年护法运动发端时。其时，谭延闿赶走汤芗铭，重新回到自己在辛亥光复时已获得的湘督位置上，他深恐段祺瑞的武力统一政策使北洋势力再度侵入湖南，乃与北京的湘籍要人熊希龄、范源濂等共唱"湘人治湘"的论调。虽然不久谭氏即被段氏所迫去位，但这种以本省人治本省的论调却没有沉寂下去，其后更发展为"联省自治"的理论形态。而与联省自治理论相得益彰的，是"国民制宪运动"。这个运动兴起于五四运动前后，南北和平会议失败时。那时国民对求诸军阀政客实现和平已然绝望，于是发起国民制宪运动，希望以国民自决之精神，来谋民治之实现，也就是以各省自定省宪以促成自治，用省自治来消弭军阀政治进而实现全国和平统一。这样，联省自治理论在获得地方势力支持的同时，又插上了宪政主义翅膀，迅速发展为一场波及全国的联省自治运动。

1920 年夏，当谭延闿成功驱逐张敬尧，第三次执掌湖南军政大权时，他碰上的正是这样一股潮流。当时各省团体力争自治的通电和各省代表请愿实施自治的新闻，充满了报纸篇幅。各省自治团体还在北京、上海、天津成立了"各省区自治联合会"、"自治运动同志会"、"旅沪各省区自治联合会"、"自治运动联合办事处"等机构。至于湖南省内，各种各样的自治团体更是层出不穷。在此形势下，谭延闿审时度势，权衡利弊，作出了一个大胆举动——通电全国，宣布湖南实行自治。1920 年 7 月 22 日，谭氏以湘军总司令兼湖南督军名义发表了关于湘省自治的"祃电"：

第三次督湘时的谭延闿

25

……民国 9 年，内争不息，日言国家和平，而战祸日形扩大，与和平相去日远。推源祸始，皆由当国武夫官僚，蹈袭前清及袁氏强干弱枝政策强以中央支配地方。夫以吾华土地之大，人民之众，几等于全欧数倍……纵无帝制发生、约法破坏、国会解散之事，而以中央凌压地方情势论之，亦当引起恶战剧争。盖民国之实际，纯在民治之实行，民治之实际尤在各省人民组织地方政府施行地方自治，而后权分事举，和平进步，治安乃有可期。袁氏不察，挟前清督抚制之遗毒，改以将军巡按之名，为厉行专制之实……频年以来，中外人士，奔走呼号，打破军阀，注重民治，已成舆论，而废止督军声浪，尤为一般人所赞同……鄙见以为吾人苟有根本救国决心，当以各省人民确立地方政府，方为民治切实办法。近年海内明达之士，对于国家之组织，尤主张联邦合众制度，或主张地方分权制度……湘省人民为创建民国，牺牲至重且大，历次举义，固为保持正义，冀卫共和，亦由汤芗铭、张敬尧诸人，对待湘民无异异邦异种，而湘民驱逐张汤亦复如兹……

观此两不相容之点，足知各省自治，为吾民共同之心理……湘人此次用兵，纯本湘人救湘，湘人治湘一致决心……阅及全体人民，久罹锋镝，难困备尝，欲为桑梓久安之谋，须有根本建设之计。爰本湘民公意，决定参合国会讨论之地方制度，采用民选省长及参事制，分别制定暂行条例，公布实行……揆之国人共同心理，必当不约而同，望我护法各省，一致争先，实行此举，则一切纠纷可息，永久和平可期①。

这个通电发出后，全国各界喝彩声不断，咸以为是解决中国政治僵局的好办法。湖南省内更是雀跃不已，认为是湘省脱离苦难的新生机。在北京的湘籍名绅熊希龄、范源濂等，立即通电予以支持，并为谭氏出谋划策。1920年8月22日，谭延闿再次通电全国，进一步主张各省民选省长，然后由自治各省组成联邦制的统一国家。9月13日，谭又召集湖南全省各界名流和工农商学各公团代表以及新闻记者，举行联席会议，共商自治大计，准备尽早制定湖南省自治根本法，也就是湖南省宪法，以使地方政治迈入宪政轨道②。这些举措使湖南一下子成为万众瞩目的中心，成了联省自治运动的先锋。

客观地说，当时湖南充当这一先锋实有不得已之苦衷。湘军驱张后，虽然一时拥有全湘，却无足够力量保全湘境，假如北军卷土重来，后果将不堪设想。这一次张敬尧败走后，北京政府徐世昌一派虽然乐意将湖南问题解释为仅仅针对张敬尧个人的问题，皖系则将其看作又一次南北战争，一定要下令讨伐，将湖南的"失地"夺回来。更令人不安的是，皖系与南方国民党已有合作的迹象，张敬尧上年已加入国

① 王无为：《湖南自治运动史》上海，泰东书局，1920年（以下引用本书均为此版本）。
② 《谭省长之自治会议》，载1920年9月14日《大公报》。

民党，且曾有与程潜联合倒谭的意图①，而湘军素来倚重的桂系已自身难保。因此，谭延闿此时既不愿回到日益解体的南方阵营，也不便改变方向投奔北方夙敌。更何况无论附南附北，湘军都将为人驱使，或成为南方北伐之先锋，或成为北方南侵的堡垒。所幸当时南北双方都内争正酣，谭氏及其湘军趁此机会从南北相争中脱身出来，以全体湘民的公意为依托造成自治的事实，便成为保全自己也造福桑梓的不二法门。于是，谭延闿

《湖南筹备自治周刊》封面

迎合联治运动的潮流，理直气壮打出"湘人治湘"和"联治救国"的旗号，宣布湖南自治。

当年陈独秀曾撰文批评联省自治运动，认为不过是"联督割据"，"非发生于人民的要求，乃发起于湖南、广东、云南的军阀首领"②。从谭延闿发出祃电的动机分析中，关于"割据"的断言确有根据，但若说完全不是人民的要求，则有违事实。前面提到，驱张战争本身具有民众自决与自救的成分，至于驱张之后湖南要不要自治，当时省内的舆论认为："假如是一个湖南人，而不至于全无心肝，大概会人人肯定'湖南应该自治'。"③青年毛泽东在长沙《大公报》上发表评论说："湖南自治是现在唯一重大的事，是关系湖南人死生荣辱的事。我

———————

① 杨思义：《护法时期的湘西动向》，载《湖南文史资料选辑》（4），长沙，湖南人民出版社，1982 版第 122～135 页。

② 陈独秀：《联省自治与中国政象》，载《向导》周报 1922 年第 1 期。

③ 《由"湖南革命政府"召集"湖南人民宪法会议"制定"湖南宪法"以建设"新湖南"之建议》，载 1920 年 10 月 6—7 日《大公报》。

劝湖南人，我劝我三千万亲爱的同胞……大家来将这自治的海堤筑好再说。大风和海潮要来了，这大风和海潮曾经扫荡过我们多少次，现在又将要来扫荡我们了。我们的海堤尚没有筑好，并且还没有开始筑，多危险！"①正是这种对灾难的深刻恐惧以及自卫自救的

青年毛泽东在《大公报》上发表的湖南自治的文章。

意识，使湖南各阶层民众而不只是军人，形成了关起门来一致对外的共识。因此，谭延闿的"祃电"发出后，长沙各大报纸皆纷纷高唱湖南门罗主义论调，宣称"湖南者湖南人之湖南也。陆荣廷也罢，唐继尧也罢，段祺瑞也罢，非湖南人在湖南地域无正当职业之人，不得与闻湖南事。"②而激进的学界人士彭璜、张文亮等，更提出了"打破大国迷梦"，建设"湖南共和国"的极端口号③。可以这样说，基于湘人自决和自救基础上的自治，是当时绝大多数湖南人共同的要求。也只有在这样的共识基础上，才有可能在湖南这个社会分裂十分严重、政

---

① 毛泽东：《为湖南自治敬告长沙三十万市民》，载1920年10月7日《大公报》。

② 《湖南改造促成会对于"湖南改造"之主张》，载1920年7月6日《大公报》。

③ 1920年9月至10月间，彭璜、张文亮等在长沙《大公报》发表了一系列鼓吹建立"湖南共和国"的文章，如《湖南建设问题的根本问题——湖南共和国》（9月3日）、《怎么要立湖南国》（9月24日）、《天经地义的湖南国》（9月2日）等等，唯附和者寥寥，且有人批评这种论调既违反现代潮流，又闭塞湘人思想，是一种狭隘的地方主义意识（徐庆誉：《怎么叫湘人治湘》，9月28日《大公报》），为此还发生了一些争论。不久，关于"湖南共和国"的提法便沉寂了。

治派系错综复杂的省份内，开始立宪运动的尝试。

二·三　民治主义潮流与湘人的自治觉悟

　　虽然湖南实行自治可以说是当时绝大多数湖南人的共同要求，但如果这种要求仅只是自决意义上的，那么，这场自治运动仍难以摆脱纯粹武人割据的嫌疑，充其量也只是得到本土居民拥护的割据，不大可能认真进行一场立宪运动。由谭延闿政权启动的立宪自治程序，随后在变幻不定的政治风云中被坚持下去，除了军阀本身需要一部宪法使自己获得政治合法性之外，还由于有一股来自社会，至少是社会精英层的政治推动力——民治主义觉悟以及自下而上的政治改良要求。

　　民治主义的基本信念是：凡一个社会中，最大多数的分子如能依平等的资格，有平等的权力而参与政治，其于个人的利益，及全体的福祉，一定有最好的成效，所以人民自治的政府是人类最好的政府①。自 18 世纪晚期美国革命和法国革命后的 100 余年中，民治主义思想如同种子一样散播到世界各地，实践民治主义的政体也如雨后春笋般破土而出。到 20 世纪第二个十年的时候，西欧所有的君主政体几乎都变成民治政体了，地球上已经有 100 多个民选的代议机关执行各自国家的立法事业②。而一举推翻数千年帝制的中华民国，也加入到民治进化的时代潮流中。民国肇始后的混乱以及议会政治的受挫，没有被国人当作民治政治失败的证明，而是被理解为民治未能真正实行的结果。面对国家分裂、外侮频仍等等政治变故，人们对军阀政客彻底失望之际，更将希望寄托于国民自身的力量，寄托于平民政治的发展，民治主义的信念因而广泛传播，形成一股主导舆论的政治思潮。在这股潮

29

---

　　① ［英］詹姆斯．布赖斯：《现代民治政体》（上），长春，吉林人民出版社，2001 版第 47 页。

　　② ［英］詹姆斯．布赖斯：《现代民治政体》（上），第 3~4 页。

流中，舆论呼吁大众摒弃"首领政治"观念，号召国民"直接干政"，认为国民应该随时随事，以强有力之方法表示有价值的意见，并借此形成压力，作为解决国家当前政治问题的手段[①]。在这股潮流引领下，国民制宪运动、废兵运动、废督运动等平民政治运动一时风靡全国。而湖南民众，尤其是湖南知识界，不仅同样受此潮流激荡，且由于驱张运动的特殊经历，对以民治主义改良社会政治有着更深刻的认识。

驱张运动本身，可以说是民治主义潮流鼓荡的一个结果，是国民直接干政的范例。还在驱张运动大规模发动前，湖南学生为声援五四运动便已发起组织了各种反日爱国运动，大大小小的学潮遍布全省。学生除自身组织联合会之外，还联合其他各界，组织"国货维持会"、"十人救国团"等平民团体，以各种形式参与政治事务，其宗旨则在于"造成真正民意"，"推翻武人政治，排斥官僚派及阴谋家"[②]。驱张运动，就学生及知识界而言，是一种改良社会政治的实际行动，其目标绝不只是更换督军。当湘军还未发动驱张战争时，由知识界人士组成的"湖南改造促成会"便提出了系统的建设新湖南的方案，内容包括废督、裁兵、民选省长、民办银行、实行县镇乡自治，等等[③]。驱张运动中，学生及教职员等奔走各处请愿，卒无一效，更加深了推翻武人政治并彻底改造社会的觉悟。请愿代表说："我们受了武人的摧残，仍然跑向武人那里去请愿。所得的结果，靳云鹏初次还派了代表出来说了几句转达……安慰……的话，以后连棉花胡同都不能进去了。"[④] 驱张成功之后，请愿者得出了这样的结论：

---

① 《首领政治之破产》，载《东方杂志》1920 年第 17 卷第 15 号。

② 载湖南省哲学社会科学研究所现代史研究室：《五四时期湖南人民革命斗争史料选编》，第 167～174。

③ 黎宗烈：《蒸阳请愿录》第 81～82 页。

④ 黎宗烈：《蒸阳请愿录》第 129～131 页。

我们这次驱张运动，本来没有什么成败可言，不过逐去一个外籍的督军省长，斟换一个本地的人罢了！但是于这种现象里面，得了一个极明显的教训：我们知道驱傅、驱张……种种问题，于我们小百姓没有多大的关系的。我们知道政治状况，是由社会状况发生的。政治不良，必是社会上起了什么病的状态。我们要在社会本身上寻出病源来，而后好对症下药。社会健全，政治绝没有不健全的。若徒在表面上观察，头痛医头，脚痛医脚，结果，只算是敷衍一时，病根愈积愈深，终必有暴发的一日。我觉得我们以后所应负的责任，就是要努力改造社会①。

因此，当谭延闿发出祃电宣布湖南自治时，觉悟了的湖南知识界并未将希望寄托于这批新来的武人，而是寄望于民众的力量和社会的自救。北军全部退出湘境的当天，湖南改造促成会发布对于湖南改造之主张如下：

……湘事糟透，皆由于人民之多数不能自觉，不能奋起主张。有话不说，有意不伸。南北武人，乃得乘隙凌侮，据湖南为地盘，括民财为己橐。往事我们不说，今后要义，消极方面，莫如废督裁兵，积极方面，莫如建设民治……民国成立以来，名士伟人，大闹其宪法国会总统制内阁制，结果只有愈闹愈糟。何者？建层楼于沙渚，不等建成而楼已倒，吾侪缩小范围，讲湖南自决自治……谭组安赵炎午诸驱张将士，劳苦功高，乡邦英俊，此后希望其注意者：第一能遵守自决主义，不引虎入室……第二能遵守民治主义，自认为平民之一，干净洗脱其丘八气官僚气绅士气。往后举措，一以三千万平民之公意为从违，最重要者，废督裁兵，

31

---

① 黎宗烈：《蒸阳请愿录》，第134页。

钱不浪用，教育力图普及，三千万人都有言论出版集会结社之自由。此同人最大之希望也……大乱初勘，三千万人，人人要发言，各出独到之主张，共负改造之责任①。

这种不信任"名士伟人"，力求以民治主义彻底改造社会政治的言论，在驱张战争胜利后充斥着长沙各大报纸。长沙《大公报》的评论说："如果驱汤驱张，目的只在排去非湘人，仍旧换汤不换药……这样的治者，就是禹汤文武，我们都给他在反对之列"②，"如果湖南的事，还是由几个湘籍司令主持，这是'湘官治湘'，决不可认为'湘人治湘'"③，"要自治就不要依赖官治，要谋湘人自治就不能依靠那些特殊阶级的少数人，政府和特殊阶级的少数人是不一定能够替我们全体湘人谋乐利的，我们还是要去自求多福。"④《大公报》还开设了"湖南建设问题"专栏，让各种意见和主张的人士畅所欲言。这些讨论和建言的重点是：第一，"湘人治湘"的正确解释是"湘人自治"，是要打破军阀专制，建设民治政府。第二，为了实现湘人自治，首先要尽早制定独立的适应湖南环境的省宪法，然后依据省宪民选省长，筹办城镇乡地方自治，民选县长，民选乡长；与此同时，要建立

1921 年 9 月发行的《自治》周刊第一卷第三号。

32

---

① 《湖南改造促成会对于"湖南改造"之主张》，载 1920 年 7 月 6 日《大公报》。

② 毛泽东：《"湘人治湘"与"湘人自治"》，载 1920 年 9 月 30 日《大公报》。

③ 徐庆誉：《怎么叫做"湘人治湘"》，载 1920 年 9 月 28 日《大公报》。

④ 龙兼公：《湘人自治》，载 1920 年 9 月 13 日《大公报》。

各类自治团体并组织各界联合会，在省宪完成前致力于推进制宪运动，省宪完成后负责监督政府；另外，要大力发展平民教育，建设民治基础，等等。

除《大公报》外，湖南《民国日报》、《湖南新报》等也刊载了大量讨论湖南改造和建设问题的文章，内容也大致不出以上范围。人们相信，只要根据这些步骤进行省自治和城乡地方自治，那么军阀的乱政、官僚的横行，便失去了基础，一切政治的、社会的难题便可迎刃而解。这种以民治手段，和平但却彻底地改良社会政治的构想，可以说代表了当时湖南各界有识之士的普遍愿望，不仅学界报界一致鼓吹，农工商各界也表示支持。湖南宣布自治后不久，省城各界热心自治的人士便在商会、教育会、农会、律师公会和学生联合会的基础上，联络各小团体，组成了"各界联合会"。这是一个标志着民众大联合的具体机构，其主旨在"以互助精神发展自治本能，共谋人群幸福"①。各界联合会要求各团体彼此互相协助，就本省区域内以及全国的重大问题进行共同讨论，"来监督一切的弊端，不致被野心家所利用"②。这年 10 月，省城各界又共同筹备了声势浩大的"双十节"市民自治大游行，湖南社会由上而下，霎时充满了自治的空气。而民治主义的声浪，也由知识阶层开始，很快播散到广阔的市民阶层，成为一股强大而不可逆转的民意。

面对这股强大的、要求自制省宪并以民治主义改造和建设新湖南的民意，新成立的湖南自治政权采取了极力迎合的态度。虽然新政权的班底依然是一批与其前任无本质区别的武人，但这个新政权却是未经中央政府许可自立门户的，并且是实力有限底气不足的，如果不甘于让自己沦为一般意义上的割据者，如果需要社会力量的支持，那么，除了用省宪法确立自己的地位，使自己成为被省民授权的统治者之外，

33

---

① 《各界联合会不日成立》，载 1920 年 9 月 24 日《大公报》。
② 《组织湖南各界联合会的缘起》，载 1920 年 9 月 18 日《大公报》。

还能有其他什么办法获得统治的合法性呢？因此，不论新政权有无实现真正民治的诚意，都会高张民治主义的大旗，遵循知识界的指导，启动并推进着省宪运动的进程。

二·四　自治前提下政治参与的扩大

如同黑格尔所说，"合法的权力只有在各种特殊领域的有组织状态中才是存在的"[1]。作为个体，只有成为各种阶级或团体的成员时才能有效地进入政治领域。一盘散沙式的个体，不论他们对民治主义有怎样的认同，都只能认为他们具备参政的意识而非能力。这就是说，当时湖南民众的自治觉悟还必须伴随相当程度的社会组织，才有可能对政治运作发生实际影响，才能使自治运动产生一些真实的民治主义内容。

由于相关社会学研究的缺乏，我们无法对上世纪20年代湖南社会的组织程度及自治能力作准确的描述，因而无法准确地估计这场立宪运动所具备的社会条件。概略地说，在清末民初的社会变迁中，伴随着社会政治权力的分化，各种有组织的社会团体得到了相当程度的发展，并在很大程度上介入了政治生活。早在清末宪政时期，以立宪派为核心的绅士阶层便有意识地"结团体、谋自治"，助宪政之进行[2]。与此同时，清政府自上而下推行地方自治，使传统的乡绅自治凭借新的形式公开浮现，在自治活动中发展成具有现代意义的社会空间，使民间社团的发展获得过去所没有的环境。清政府还改变了以往严禁民间集会结社的限制，倡导和鼓励民间成立有很多独立性和自主权的团体和组织。在这种背景下，商会、教育会、农会、工业总会等团体先

---

① 黑格尔：《法哲学原理》，北京，商务印书馆，1961版第311页。

② 章开沅、马敏、朱英：《中国近代史上的官绅商学》，武汉，湖北人民出版社，2000版第331页。

五大法团之一的省教育会的主要成员。

后成立起来，这几大团体加上民初成立的律师公会，被称为五大"法团"①。在清末民初风起云涌的政治运动中，这些团体表现十分活跃，较深地介入了地方乃至国家的政治事务。比如"保路风潮"中，长沙的商界团体领导商民、学生乃至农民发起了一场要求铁路商办的运动②。民国建立后，湖南大部分时间为北洋军阀控制，民间社团常常

---

① 关于"法团"的定义，当时官方的解释如下：所谓法团，系指依据法律或命令组织，并经主管官署备案之团体而言（参见1921年3月1日长沙《大公报》第6版"解释法团范围电"）。至于这些由官方劝办的法团是否属于民间社团性质，学术界有较大争议。很显然，这些团体有浓厚的官方色彩，尤其是早期，它们完全由混迹官场的巨绅把持，会员多具有准官僚的社会和法律地位，充其量只能说是半官方半民间的组织。但随着辛亥革命前后旧绅阶层的迅速没落，资产阶级化绅商的崛起以及士大夫向近代知识分子和自由职业者的转变，这些团体具有越来越明显的民间自治团体性质，而且这些团体以契约性规章维持其内部运作，民国后又有相关法律赋予其更大的独立性和自主性，因而有充足理由将其纳入"民间社团"范畴（参见章开沅、马敏、朱英主编：《中国近代史上的官绅商学》）。

② ［美］周锡瑞：《改良与革命——辛亥革命在两湖》，北京，中华书局，1982版第99～103页。

受到打压，然而，总是处于战争状态的政府常常无心也无力行使社会管理职能，你来我往政权易手之际，还经常出现无政府的权力真空状态，这时许多本应由政府行使的职能不得不由民间社团自主承担。加之民国法律对公民结社自由的扶持和保护，以及平民政治运动的兴起，使民间团体在这一时期有了进一步发展。大量完全由民间发起自订章程的团体如青年会、学生联合会、基督教救国会、湖南善后协会、湖南改造促成会、俄罗斯研究会等等，纷纷成立，这些团体被称为"公团"。当时报章对"公团"的定义是：人民自由集合于法律之中，本互助的主义，来大家谋安宁幸福的团体①。有时候，法团也被统称为公团。所有法团公团中，以学生联合会对政治的参与最为积极和引人注目，其在驱张运动中的作为已如前所述。但最具实力和社会组织领导能力的团体则是商会，试以长沙总商会为例说明之。

长沙总商会正式成立于1911年，初时规模较小，与政府无多往来。1916年谭延闿取代汤芗铭二次督湘，商会为之办军差、筹军饷，"无日不有军政界人往来"，从此"声名大著"。自治运动时期，长沙总商会的规模进一步扩大，有会董60人，分别由各行业推举。会中设有财政股、交际股、编辑股以及商事公断处，"终日纷纷扰扰"。所办事项，除商界事务之外，还"办水灾、办火灾，办荒政，办国货维持会，每逢年节代政府筹款，发给军政各费"等等②，其职能已远远超出一般社会团体所应承载。

商会之下，是各种各样大大小小的"同业公会"。1917年，北京政府颁行《公商同业公会规则》，令各省将旧有之商业团体——会馆及公所等，依照规则改组为同业公会。随后农商部又颁布了《修正工商同业公会规则》及《工商同业公会规则实行办法》，于是各类同业公会在长沙总商会指导下纷纷成立。这些同业公会完全按自愿和自主

① 《公团所应做的事情》，载1920年11月28日《大公报》。
② 《长沙总商会之沿革》，载1925年10月15日《大公报》。

的原则组织。行业可以自由组合，同一地区内，有三家重要商行或两家工厂以上就可以组织商业或工业同业公会。同业公会的负责人由选举产生，不支薪俸，办事人员由同业公会雇聘，不受任何干涉。所有同业公会都具有独立法人资格，与商会仅有横的联系，并非纵的组织。但同业公会要通过商会才能向政府表达自己的利益，由商会所转达的政府抽捐纳税的任务也必须承担①。商会会长，一般是巨绅兼巨富，会董也是具有很高社会地位的绅商，是各行业的领袖，在同业公会中有极大影响力。因此，商会可以说是整个工商界的领袖。另外，商会还可以间接调动当时的基层居民组织——街团②，还根据需要随时组织"商团联合会"、"绅商维持治安会"等团体。比如，湘军进行驱张战争时，长沙城谣言四起，人心惶惶，总商会即组织"城厢内外商团联合会"，令各团召集团丁巡行街道，维持秩序③。张敬尧出逃前，大肆勒索商民，引起长沙城大混乱，商会以省城秩序亟待维持，召集绅商会议，组织"绅商维持治安会"，推举绅商数人处理各种事务并临时编制队伍维持秩序。其时，长沙知事及一些重要部门负责人如电报局主任等，逃之夭夭，商会遂临时推举绅商数人担任各处要职，俨然成立了一个应急的市民自治政府，使长沙城秩序迅速恢复，全城商铺只停业一天即照常营业④。湘军入城后，商会又垫资数万为大军代办一切银钱谷米及各机关货物器皿，其忙迫情形如报章所载："湘军来城，近二日间，一切伙食及应用物品，各军纷纷向商会领取，络绎不绝，几有不可支持之势。现在该会每日开饭供给初到兵士，轮流不绝，

37

---

① 参见政协湖南省文史资料研究委员会编《湖南文史》第34辑之《同业公会史话》专题。这个专题下共有《工商同业公会的起源及其衍变》、《建国前的长沙市工商业同业公会》等10篇文章。另外参见长沙《大公报》1925年9月至11月副刊，每期副刊都有一篇介绍各行业同业公会的文章。

② 《商会请长沙知事辅助收捐》，载1920年5月16日《大公报》。

③ 《商团联合会成立》，载1920年6月6日《大公报》。

④ 《昨日见闻杂记》，载1920年6月14日《大公报》。

每日约千余桌……"① 谭延闿成立新政府后，因省财政历经南北军阀几番劫掠已然枯竭，府库空虚，银行破产，一切开支无着，商会又不得不召集各行业商人迭次开会筹集巨资，帮政府度过难关②。此后每当政府财政危急时，都免不了向商会伸手。总的说来，当时湖南工商业界已具备相当高的组织程度，而商会也拥有非同一般的社会动员和协调能力，是自治运动中维持秩序和稳定政局至关重要的力量。

除工商界外，以知识分子为主体的学界、报界和法律界，也有较高的组织程度，并且在湖南宣布自治前后成立了许多致力于自治运动的团体。其中，学界团体尤为兴旺发达，除了最具权威的作为五大法团之一的教育会外，自治运动中又成立了教育促进会、教育经费保管委员会、教育经费委员会、平民教育促进会、平民讲演团、省城及各地教职员联合会、省城及各地学生联合会、女子励进会，诸如此类，不胜枚举。这些团体在自治运动中致力于平民政治运动、平民教育运动以及教育独立运动，取得了可观的成绩。

作为舆论重地的湖南报界，是鼓吹和推进自治运动非常重要的社会力量。1920年9月，长沙10家报刊——《大公报》、《民国日报》、《新国民日报》、《湖南日报》、《新湖南报》、《民言报》、《大中国日报》、《民意日刊》、《觉民新报》、《学生周刊》等，组织"报界联合会"，以"联络感情、交换意见"为宗旨，规定每月开常会一次，必要时召集临时会，以便在相关问题上采取一致行动③。报界联合会成立后的第一件事，便是向新省长请愿，要求保护言论自由④。此后，报界为各项自治事业摇旗呐喊，竭尽所能维护言论权利，不但扩大了

---

① 《商会忙迫之情形》，载1920年6月15日《大公报》。

② 参见长沙《大公报》：《各处向商会筹款》（1920年6月16日）、《长沙之穷象》（6月17日）、《商会筹集巨资之办法》（6月20日）、《总司令秋节犒赏》（9月25日）等多则新闻。

③ 《报界联合会成立纪事》，载1920年9月18日《大公报》。

④ 《报界呈省长文》，载1920年9月20日《大公报》。

自治运动的声浪，也对自治政权起到了一定的监督作用。

湖南自治，不仅以民治主义相标榜，还以"法治"相标榜。对法治的高调推崇，使法律界人士有了用武之地。而各种以改良司法促进法治为宗旨的法律团体，也先后成立。这些团体，大都是由法界权威——律师公会派生出来的，如法政学会、司法研究会、司法促进会、律师公会联合会，等等。

除了以上提到的这些团体外，还有大量其他职业的和非职业的团体，也在这一时期涌现，比如湖南自治期成会、各县自治期成会、湖南自治各县联合会、自治研究会、湘西善后协会、湘南善后协会、实业协会，等等，都是很重要的社会团体。这些团体的名称反复出现在报刊上，从中可以看出它们很直接地介入了当时的政治生活。至于社会团体参与政治的形式，多种多样，不一而足。教育会、商会、农会作为最重要的法团，其会长享有与政府各机关长官和议会议长同等的待遇，有事可以直接到省署面谒省长，"随到随见"①。一般团体多采用舆论宣传或联合起来向政府和议会请愿、游行示威等方式。而最令人感兴趣的一种形式是，当时一些重要的社会团体可以直接列席政府召集的军政绅商各界联席会议。这种联席会议起源于驱张战争胜利时，其时谭延闿为表示尊重民意，邀请各界人士参加政府重要会议。谭氏离湘后，此例仍维持不变，每当省内发生重大政治事件，政府便召集军政要人、绅商领袖、各公团代表和新闻记者开会，就重大事件作出决策。因此，联席会议被视为一省的最高会议②。这一现象反映了当时虚弱的政权对社会力量的强烈依赖，致使政治过程表现出令人惊奇的公开和透明，各种各样的社会团体也因此有了相当大的活动空间和参与政治的机会。虽然，真正的决策者仍然是军政要人，但他们必须对各团体及其所代表的民意表示尊重，才能换取各种社会力量支持，

39

① 《省公署近闻》，载1921年4月23日《大公报》。
② 参见陶菊隐著《记者生活三十年》第30页。

否则就会招致大规模抗议声浪，乃至使问题悬而不决。后面的章节中会有不少事例证实这一点。

自治运动中政治参与的扩大，固然由于自治背景下政治空气的相对宽松，以及在此宽松气氛下公民团体的发展。而更重要的，则是由于社会本身存在一种相当有力地介入政治生活的群体——绅士阶层。前面说到的社会团体，有许多便是以绅士为主体，特别是商会、教育会、律师公会等法团，可以说是完全的绅士团体。除此之外，还有为数众多遍布城乡的大小绅士，他们作为传统上管理社会事务的精英阶层，在很大程度上掌握着城乡社会权力。

在晚清社会的政治变迁中，传统绅士阶层的角色和地位有所改变，其人员构成也发生了一定的变化。受过新式教育，举办西式产业以及从事新兴职业的人，越来越多地进入传统的绅士集团，甚至占踞了领导地位，成为清末新政的领导者和受益者，甚至成为王朝末年革命运动的受益者。在清末民初地方势力扩张的过程中，绅士阶层的权势也随着皇权的衰落和政权的嬗变不断扩张，特别是对地方事务的支配方面，以至于形成了陈志让所谓的"军绅政权"的政治格局。就湖南的情形言，绅权的扩张自扑灭太平天国的湘军兴起后便成为一个长期的趋势，清朝廷一度出现"全国巡抚半湖南"的局面。荣归故里的湘军将领，以及层出不穷的总督巡抚，造就了湘省境内一大批手眼通天的豪门巨室，弄得许多人以到湖南做官为畏途。因为那些朝廷大员，不但一上任就要去拜访豪门巨室里的权绅显贵，而且始终要对他们言听计从。甲午战争后到湖南任巡抚的陈宝箴，将湖南的新政搞得轰轰烈烈，但在时务学堂开办时得罪了内阁学士张百熙之兄张祖同，原因是时务学堂招考时张祖同没能到场①。由于像张祖同这样的巨绅的存在，又衍生出许多不同级别的权绅，对不同级别的地方官吏颐指气使，致

---

① 熊希龄：《上陈中丞书》，载1898年7月16日《湘报》（第112号）。

使湖南的绅权，其或有凌驾于官权之上的迹象。

绅权扩张的另一个证明，是绅权的制度化。还在戊戌维新时期，湖南上层绅士谭嗣同等人就成立了一个地方议会性质的机构——南学会①。清末立宪运动中咨议局之设，是湖南绅权扩张和制度化的又一次重大事件。1909 年，由谭延闿、龙璋、陈炳焕等 82 名地方高级绅士组成的湖南省咨议局权倾一时，最后与督抚分庭抗礼②。民国初，随着武人政治的发展，绅权有普遍萎缩的趋势，民国元年成立的湖南省议会几度被解散，直到民国 10 年还不曾改选，但随着省宪自治运动的兴起，湖南绅权附和着民治主义的声浪再次扩张，包揽了从宪法审查到议会选举等等重大的政治事务，使绅权获得了至高无上的法律地位，并在政治制度的建构中得以具体化。

泰东书局发行的《湖南自治运动史》上册。

正是由于绅权的扩张，以及各种职业的、非职业的公民团体的兴起，使社会力量参与政治的范围迅速扩大，程度不断加深，从而影响了自治运动的方向和进程，使"湘人治湘"不至沦为军阀武人的独角戏，也使得我们有可能在自治与民主，而不仅仅是在军阀割据的意义上，来探讨上个世纪湖南省的这场立宪自治运动。

41

---

① 梁启超：《戊戌政变记》，北京，中华书局，1954 版第 133～134 页。
② 周锡瑞：《改良与革命—辛亥革命在两湖》，北京，中华书局，1982 版第 111～125 页。

三

政治权威的产生

　　湖南宣布自治后，尽管在军事上和政治上已形成自治的事实，但省内局势仍处于一片混沌之中。新政权的内部，不同派系拥护各自不同的首领，或把持政权瓜分权利，或雄踞一方各自为政；不同派系不但有利益的冲突，还有政见的分歧，有主张独立自治者，有主张依附南方自治者，争持颇烈。种种冲突和分歧，又与当时南北政府中尖锐的派系斗争联系在一起，内呼外应，酿成一波又一波政潮。这时，新政权的首领谭延闿想尽快出台一部省宪法以巩固自己的权威，并使湖南自治对内对外更具合法性。然而，此起彼伏的政潮使这方面的努力难以为继，制宪的步伐紧锣密鼓却一波三折，举步维艰。毕竟，军队是湖南自治的依托，如果政权内部不统一，如果军队纷争加剧没有向心力，则轰轰烈烈的自治运动很可能虎头蛇尾难有成就。

三·一　派系与政潮

　　湖南自驱逐北军出境、政权易手后，军队内部和政府内部各种各样的势力浮出水面，开始了争权夺利的老把戏。一时间路界之分、政派之别和军人派系之争都明朗起来，其中对政局影响最为深刻者当属军队的派系之争①。

其时湖南正规军只有 1 个师，下辖 3 个旅，另有 12 个地方守备区，兵力相当于 1 旅或 1 混成旅，每区设司令 1 员，其编制的具体情形如下：

湖南宣布自治时湘军编制情况②

湖南督军兼总司令　谭延闿

总指挥　赵恒惕

第一师师长　赵恒惕

 第一旅旅长　宋鹤庚

 第二旅旅长　廖家栋

 第三旅旅长　鲁涤平

  第一区守备队司令　吴剑学（驻宝庆）

  第二区守备队司令　罗先闿（（驻零陵）

  第三区守备队司令　谢国光（驻衡阳）

  第四区守备队司令　张辉瓒（驻湘潭、湘乡）

  第五区守备队司令　刘叙彝（驻洪江）

  第六区守备队司令　李仲麟（驻醴陵、浏阳）

  第七区守备队司令　陈嘉佑（驻郴州）

  第八区守备队司令　蔡钜猷（驻沅陵）

  第九区守备队司令　田镇藩（驻芷江）

  第十区守备队司令　李韫珩（驻澧县）

---

① 以下关于湘军派系及派系斗争的描述，除另有注释者外，资料均来源于《湖南近百年大事记述》第 403～410、413～418 页；朱传誉编《谭延闿传记资料》、《赵恒惕传记资料》；陶菊隐著《北洋军阀统治时期史话》；陶菊隐著《记者生活三十年》第 19～49 页；丁中江著《北洋军阀史话·第三集》第 181 节；章伯锋编《北洋军阀》第 72～75 页。

② 陶菊隐：《北洋军阀统治时期史话》第 1032～1033 页。

　　　　第十一区守备队司令　林支宇（副司令田荣阳代）（驻常德）

　　　　第十二区守备队司令　萧昌炽（驻平江）

　　以上这些将领主要分谭延闿、赵恒惕、程潜三派及无所属的中立派。谭派军人基本上属于旅长或守备司令一级，成分极复杂，多为清末时湖南速成学堂、武备学堂、弁目学堂毕业，其家庭或社会关系与谭延闿有各种各样的渊源。属于此派者主要有第一旅旅长宋鹤庚、第一区司令吴剑学、第四区司令张辉瓒、第三区司令谢国光、第七区司令陈嘉佑、第十二区司令萧昌炽。

　　程派军人有第一师第二旅旅长廖家栋、第六区司令李仲麟、第一师第三旅第五团团长张振武、第七团团长郭步高、第二师第二旅第四团团长瞿维臧、第十二区营长于应祥等。此派人数虽然不多，但皆能征惯战之士，其中李仲麟尤称骁勇。

　　赵派军人多为团长级军官，职衔较低但人数众多，在上表中体现不出来。这些人以广西干部学堂和保定军官学校毕业者居多，叶开鑫、贺耀祖、唐生智是其中的骨干，他们水准较齐知识较高，不似谭派军人那样成分复杂，也不似程派军人那样势力孤单，而且赵恒惕本人以湘军总指挥兼任第一师师长，位居众将之上，总司令谭延闿又出身文人不谙军事，因此三派之中，赵派最具实力。

　　谭、赵、程三派是湘军内部最持久的派系，各有渊源，各有所恃，成为此后湖南政局动荡的渊薮。为了解三派互争雄长的来由，有必要对这支军队及其派系的来历作一番交代。

　　民国湘军，有时被称为"新湘军"，其创始人是茶陵人谭延闿。谭延闿，字组安、祖庵，号无畏。身世显赫，人称"总督公子末代会元"，因其父谭钟麟曾历任前清陕甘、闽浙、两广总督，他自己又在26岁时中了中国历史上最后一场科举考试的会元。他还与当时湖南巡抚陈宝箴之子陈三立、湖北巡抚谭继恂之子谭嗣同，被并称为"湖湘三公子"。清末新政中，谭延闿积极参与创办湖南新式学堂和实业，是公认的新派士绅领袖。1909 年，湖南咨议局成立，谭当选为议长，成为立宪派领袖。因为有这些资本，谭氏得以在辛亥湖南光复后成功发动政变，取代革命派首领焦达峰，自己出任湖南都督。谭初任都督时，湖南有正规军 5 个师 5 万余众，绝大多数是响应武昌起义时匆忙招募的，成分极其复杂，谭难以驾

谭延闿（1880—1930）

驭，深恐军心携贰变生肘腋，乃亟谋缩编部队。时值和议告成，政府倡议裁军，谭氏乃与南京陆军部总长黄兴商定，派中央陆军第八师第十六混成旅旅长、原为广西新军协统的赵恒惕率部入湘，襄助裁军。赵也是湘人，乐于回湘发展，乃奉黄兴命，率精兵一个团来到长沙，以凌厉而巧妙的手段协助谭延闿将 5 个师的庞杂部队悉数解散，只保留 49 个旧巡防营维持地方治安。赵部则获编为卫戍部队，此为民国湘军之创始，从中亦可知谭、赵原属一系①。

　　谭、赵之外，民国湘军另有一脉，来自程潜。程潜，字颂云，湖南醴陵人。同盟会会员，国民党健将。1908 年自日本归国后赴四川训练新军。1916 年袁世凯称帝，护国军起，程入滇，自学友唐继尧处借得护国军一营，入湘招募民军反袁驱汤。与程一起入湘的还有同为留日士官生亦同在四川训练新军的湖南临澧人林修梅。程称"护国军第一军湖南总司令"，林为参谋长。程、林起初局促于湘西边界靖县一带，后得到桂军陆荣廷接济并收编了一些零散部队，遂向省城进军，驱逐汤芗铭。

────────

　　① 朱传誉：《赵恒惕传记资料》（一）第 6～8 页，台北，天一出版社，1979 年（以下引用本书均为此版本）。

程　潜（1882—1968）

此时，湖南境内护国军纷起，各县纷纷宣布独立，反袁驱汤的声势不可遏止，甚至驻湘北军也不肯为汤效力，汤芗铭无奈之下，通过其兄汤化龙求助于前湘督谭延闿。谭延闿自 1913 年被袁世凯免职远遁后，所部湘军亦被遣散，汤氏兄弟的求援正好给谭氏恢复湘军以机会，谭于是推荐旧部曾继梧、赵恒惕、陈复初、刘建藩 4 人到长沙，为汤芗著"赞襄大计"。袁世凯暴毙之前，汤芗铭为自保而倒戈反袁，曾继梧等即以渐次恢复的湘军，组编成立"湖南护国军第一军"，继而逼走汤芗铭，占领都督署。当程潜一路征战终于到达省城时，谭系军人已接管了政权，程部只得驻扎郊外。旋即谭延闿复任湘督，程潜被排挤出走，所部归谭氏改编。谭将湖南境内各路军队整编为两个师，任赵恒惕为新编第一师师长，陈复初为第二师师长。第一师下辖两个旅，第一旅旅长李佑文，赵旧属；第二旅旅长则为程潜旧部林修梅。

　　1917 年，护法战争又起，北军入湘。第二师师长陈复初公开反对谭延闿，欢迎北政府任命新湘督，谭氏被迫出走。北政府任命的湘督傅良佐到任后，原为赵恒惕所部健将的零陵镇守使刘建藩，与第一师第二旅旅长林修梅，在湘南宣布自主并加入西南护法阵营。赵恒惕起初因父丧居乡守制，后出山督师，与刘建藩一起抗击北军。不久，湘军失利，刘建藩战死，赵恒惕退踞耒阳、永兴一带。与此同时，程潜亦在桂系支持下返湘，被推为湘军总司令，驻扎郴州。到 1919 年初，桂系与国民党系的程潜之间嫌隙日深，转而与驻扎衡阳的直系吴佩孚达成默契，扶持谭延闿返湘。谭于是派代表到当时仍是直军驻扎的衡阳，在铁炉门外马嘶巷设立湘军办事处。是年 6 月，谭氏取道广西入永州，担任西南方面任命的湖南督军，在狭小的湘南地盘上与程潜互

46

争雄长。不久，亲谭桂军马济部截获北京政府致程潜密函，以之为程氏"通敌"的证据，发动湘军将领反程，程不得已离湘赴粤，将所部军队归赵恒惕统率。赵拥戴谭延闿为湘军总司令，谭于是以督军兼任总司令接管了湘南统帅权，不久将程派的林修梅排挤出走。随后，湘军发动驱张战争，一举获得整个湖南，谭延闿更一身而兼湖南督军、省长、总司令三职。

程系屡遭排挤，对谭派的敌意自不必说，且因自身兵力单薄、其首领程潜又服膺国民党的缘故，在驱张胜利后极力主张依附南方，与主张独立自治的谭、赵两派皆格格不入。谭、赵两派虽原属一派，但赵派军人对谭氏亦不甘臣服，当谭延闿赤手空拳回到永州时，湘军将士多以落难士绅视之，并不以谭督军为然，谭也自觉难以驾驭诸将，表示"此行为与士卒共甘苦而来，一俟驱张任务完成，即当解甲归田，军事交炎午（赵恒惕）接管，民政交特生（林支宇，时任湘南民政处处长）接管。"[①] 等到驱张成功，谭仍一身而兼三职，并无放权打算。谭氏的幕僚旧属也纷纷得势，占据了政府中大量肥缺，其中尤以曾驻衡阳马嘶巷诸人最为得势，被时人讥为"马嘶团"。不少湘军将领因此忿忿不平，他们自恃在湘南卧薪尝胆吃尽苦头，认为湖南的天下是他们在枪林弹雨中打下来的，督军并无尺寸之功，却占据高位把持政权，太不仗义。而谭延闿方面，除有任人唯亲的嫌疑外，对程派军人还有逐步驱逐之心，继排斥程潜、林修梅之后，又解除了程系将领江道区司令刘梦庚的职务，将该部改编为第十二区守备队，令由永州移驻平江，调亲信督署副官长萧昌炽担任司令。如此等等，皆使军心浮动。加上当时财政枯竭，军饷很难按时发放，将领们于是把持防区各自为政，对谭督的军令政令置若罔闻。到 1920 年 11 月，湘军内部的这种不满和分歧在外部因素的掺杂下终于演进到决裂的程度。

① 陶菊隐：《记者生活三十年》第 35 页，北京，中华书局，1984 年（以下引用本书均为此版本）。

　　此时促使湘局动荡的外部因素来自南方。当湖南宣布自治时，广东境内粤桂战争正酣。1920年8月，陈炯明率粤军从闽南回粤驱逐桂系。9月，桂系军阀退出广东，且于退出之前通电取消军政府，西南护法各省于是分崩离析各谋前途。桂系兵败之时，急派代表来湘请援，要求湘军与桂军采取一致行动。与此同时，回到广州重组军政府的孙中山也派代表到湘，要谭延闿与粤军采取一致行动，出兵夹击桂系。谭氏采取两面敷衍的态度，既不支援桂系也不肯与孙中山国民党合作，主张以联省自治解决问题。谭氏的主张得到西南各省军阀附和，四川、贵州等省军阀纷纷采取一致行动——一致不服从北方，也一致不服从广东军政府，致使孙中山团结西南重振军政府的计划严重受挫。此时，在孙中山身边参赞戎机的程潜，仍与湖南的旧部往来密切，孙中山"乃以图取湖南事属之程颂老"[①]，在湖南的程派军人正因谭氏排除异己人人自危，遂与广东方面配合，实施倒谭的计划。

　　1920年10月，林修梅受孙中山命前往湘西组织靖国军，称"湘西靖国军总司令"，旋改为"湘西讨桂军总司令"，要求假道援粤（援助粤军进攻广西），并率军攻打常德和澧县。事情发生后，谭延闿电请孙中山召回林修梅，孙则劝谭与林采取一致行动，共同讨伐"桂贼"；孙中山派往湖南的代表也轮番劝说谭延闿出兵攻桂。谭不理会，调第一师宋鹤庚旅前往湘西平乱，同时为敷衍南方代表，以全体湘军将领的名义发了一个自相矛盾的通电，一方面表明湖南仍与西南各省采取一致行动，另一方面又声明："湘省实行自治，以树联省自治之基，不受何方干涉，亦不侵略何方；如有横加侵略者，必谋正当对付。"[②] 实际上是不肯与国民党合作。倒谭的步伐于是加快了。

　　当林修梅在湘西举起孙中山的靖国军旗帜时，驻扎在平江、浏阳、

---

　　① 姚大慈：《赵恒惕上台的阴谋与血手》，载《文史资料选辑》（30），北京，中华书局，1962版第145～156页。

　　② 陶菊隐：《北洋军阀统治时期史话》第1036页。

醴陵的程派军官已暗组浏醴军官团，一俟谭延闿将嫡系主力调往湘西，浏醴军官便行动了。1920 年 11 月 7 日，首由程派军官刘梦庚旧部于应祥在平江发难，以士兵闹饷为由，枪杀驻平江第十二区司令萧昌炽，于应祥本人被变兵推为第十二区代理司令，是为"平江兵变"。兵变发生后，谭延闿派驻湘阴第三旅旅长鲁涤平、驻醴陵第六区司令李仲麟就近讨伐。鲁涤平按兵不动。李仲麟本是程派勇将，兵变的主谋，正策划将部队开往长沙。此时谭延闿最可依靠的宋鹤庚旅远在湘西，距省城最近又可靠的只有驻湘潭的张辉瓒，但张部军纪松弛、声誉恶劣，不能有所作为。平江、浏阳距长沙仅一日路程，朝发夕至，而长沙又为程派军人廖加栋的防区。最要命的是，手握兵符的师长赵恒惕，在此政潮中一言不发，作壁上观。

事情发展到这一步，谭延闿于无奈中急谋与各派妥协。11 月 18 日，谭召集在省各派军官开会，宣布军民分治，废去督军，将总司令一职让与赵恒惕，自己只任省长，谭派政务厅长曾继梧与"马嘶团"诸人亦相继提出辞职。但这些让步没有收到任何效果。赵恒惕坚决不肯就总司令职。浏醴军官团李仲麟、张振武、郭步高、于应祥等则于 22 日发出"兵谏"通电，主张改造湘局，逼谭下野。在程派军人的攻势下，谭派军人谢国光、吴剑学、陈嘉佑、张辉瓒等通电声讨叛将于应祥。两派剑拔弩张，长沙城陷入恐慌之中。

11 月 23 日，谭延闿又在总部召集军政绅商各界和各公团代表联席会议，表示愿辞去一切职务，并请一致敦促赵恒惕就总司令职。但赵恒惕坚辞不受，他说："现在在省军官，尚属少数，在外者尚多，复电未到，不识意见若何，倘私相授受，将来何以对各军官？……至于省城秩序，我愿极力担负，如有叛兵来省，我必痛击。"[1] 谭听了这个表态，知事已不可为，声明无论如何不再任职。众人默然，亦不挽

49

---

① 《昨日总司令部之大会议》，载 1920 年 11 月 24 日《大公报》。

留。最后，大胖子鲁涤平发言说："畏公首倡自治，举国景从，他是全国伟人而不只是一省伟人。畏公表示高蹈，我们不应依依惜别作儿女态。今天的大会，既可以作为欢送旧总司令的大会，也可以作为欢迎新总司令的大会。"① 鲁涤平在这次事变中一直守中立，因其下属兼有谭、赵、程三派。他的这番话道出了当时厌乱的人们的共同心理，即快点将谭延闿送走，换一个大家都能接受的总司令以息事宁人。

联席会议后，谭延闿向省议会提交正式辞职咨文，并由总司令部搬回私宅。接下来，几乎所有湘军将领都发出拥戴赵恒惕任总司令的通电，其中只有蔡钜猷、宋鹤庚的联名通电在表示拥赵以外，建议在省宪尚未制定以前，仍请谭留任省长。谭本人亦不愿离省，但程系军人恐中谭的缓兵之计，扬言要将军队开到省城为畏公送行。谭不得已，于11月27日登轮离开长沙赴上海。这一轮派系之争遂以谭延闿出局而落幕，其在政治上的副产品则是废除督军制，实行"军民分治"。

三·二　又一轮权力洗牌

1920年11月25日，赵恒惕在获得湘军各派将领一致的通电拥戴之后，正式就任总司令职，从此掌握了湖南的军政大权。至于省长一职，省议会在接到谭延闿的辞职咨文后，认为省长并非由议会选举产生，此时也不应由议会批准辞职。但省会各公团纷纷表示意见，认为湖南既已宣布废除督军，军民分治，就应按照军民分治的原则，由议会收受谭的辞职书并在省宪制定之前，由议会选举产生临时省长。关于临时省长的人选，谭延闿于卸任前曾推荐政务厅长曾继梧和警务厅长林支宇，省议会又向各公团征求意见，各公团召开联席会议，推定林支宇、曾继梧、李汉丞（高等审判厅厅长）3 人为候选人。11 月 25

---

① 陶菊隐：《记者生活三十年》第 39 页。

日，议会在各公团代表监督下举行投票，结果林支宇以超过三分之二票数当选为临时省长①。此举被湖南各界大大地引以为荣，因为它不但符合当时"军民分治"的潮流，还是破天荒第一次"民选"省长。

然而尘埃并未落定。谭延闿走后，谭派将领云集省城，虽然来迟一步，却不善罢甘休，与程系军人势同冰炭。在对赵恒惕的态度方面，谭派失了统帅，不得不暂时归附赵，程派却仍怀异志。倒谭事件中的程派当事人后来强调说："我们的宗旨只是联赵倒谭，完成程颂云之任务，绝无他意。"② 也就是说，并未打算倒谭之后继续倒赵。这一说法应该是有根据的，因为赵恒惕上台后，马上得到广州方面认可。1920 年 11 月 29 日，国民党军政府召开第一次政务会议，第一个议案就是任命赵恒惕为湘军总司令，林支宇为湖南省长。广东的军政要人陈炯明等纷纷发来贺电，孙中山、唐绍仪、伍廷芳、唐继尧则联名致电赵恒惕，促其"本夙昔之主张，迅驱桂贼"③。显然，国民党当初的确只是要排除谭延闿这个障碍，并准备扶持赵恒惕——只要他肯与国民党合作。然而不论广东方面意见如何，在湖南的一些程派军人却有迫不及待迎程潜回湘的意图，因而在倒谭之后继续掀起了倒赵的政潮。

1920 年 12 月 6 日，在赵恒惕上任仅 10 天后，长沙城又发生兵变。是日上午，驻扎省城的第二旅第四团士兵闹饷哗变。变兵推举第二旅旅长廖加栋为湖南临时总司令，同时冲入赵恒惕的总司令部，捣毁什物、劫走现洋，又到第一师司令部及赵恒惕私宅大事劫掳。赵仓皇避入北门外美国领事馆，不少政府官员则逃往小西门外日商山本洋行避难。这次兵变的主谋据说仍然是李仲麟。李在倒谭成功后，又联络当时驻湘西的滇军杨谦益部鲁子才团及赣军司令李明扬共同去赵，同时

51

---

① 《省议会选举临时省长记》，载 1920 年 11 月 26 日《大公报》。

② 姚大慈：《赵恒惕上台的阴谋与血手》，见《文史资料选辑》（30），北京，中华书局，1962 版第 145～156 页。

③ 《孙唐伍唐致赵总座电》，载 1920 年 12 月 5 日《大公报》。

派员在湘潭、沅江、湘阴等处运动军队，并暗使驻省城第二旅第四团团长瞿维藏以士兵闹饷为名在长沙发难。但李仲麟的这次行动没有得到第二旅旅长廖加栋响应，廖虽属程系，其下属中却兼有程、赵两派军人，其中第二团团长叶开鑫乃赵恒惕心腹。事变发生后，廖加栋深恐同室操戈引起巷战，因而不仅不肯就任新职，反而亲自出面劝导变兵归队，并到美国领事馆迎赵恒惕复职。同时，长沙总商会奉省长林支宇手谕召开紧急筹饷会议，为政府筹得15万元借款，发清了11月份欠饷并承诺以后按月发饷，风潮始告平息①。

1920年12月《大公报》关于商会为政府筹款的报道。

程派军人咄咄逼人的攻势，很快招致了谭、赵两派联手反击。12月24日，赵恒惕召集旅以上军官来省举行军事会议，李仲麟亦应召由醴陵到长沙。当天深夜，以谭派军人张辉瓒为主谋，突袭李仲麟等人的住处，将李仲麟、瞿维藏、张振武等8名程派军政要员就地捕杀。廖加栋也在被擒之列，但因此前反对倒赵幸免于难，随即离湘赴汉。其他程派人物望风而逃，驻扎在醴陵等地的程系部队被强行遣散。总之，这次事变后，程潜一派在湖南的势力基本上被清除。

---

① 《商会缴足15万借款》，载1920年12月11日《大公报》。

程派出局后，赵恒惕对湘军进行了改编，将原来的 1 个师扩编为 2 个师，自己不再兼任师长。又撤销原有 12 个地方守备区，改编为 10 个独立旅（或称混成旅），将各守备区司令改为旅长或镇守使。改编后的湘军，谭、赵两派平分秋色，在分享权力的同时也成为利益竞争者。这使原属一派并无历史恩怨的两派逐渐变得界限分明，冲突也就在所难免。具体而言，属于谭派者有第一师师长宋鹤庚、衡阳镇守使谢国光、宝庆镇守使吴剑学、第四混成旅旅长张辉瓒、第六混成旅旅长陈嘉佑、湘西镇守使蔡巨猷；属于赵派者有第一混成旅旅长兼长沙戒严司令叶开鑫、第一师第一旅旅长贺耀祖、第二师第二旅旅长唐生智、第二师第四旅旅长邹序彬、第二混成旅旅长赵钺。除此之外的师、旅长可称为中间派或骑墙派，第二师师长鲁涤平是公认的中间派领袖。

谭派军人中拥谭最力、最工于心计者为张辉瓒。在顺利铲除程派之后，张辉瓒又将目标对准了赵派。1921 年春，张利用替父亲祝寿的机会，集合谭派军人在湘潭举行会议，决定发动推倒临时省长林支宇的政治运动。林氏在谭、赵两派竞争中持中立态度，不是谭派的主要敌人。但谭派之目的是准备推倒林之后迎谭延闿回来先做省长，然后进一步逼赵下台。湘潭会议后，宋鹤庚回到长沙，当面痛骂财政厅长姜济寰筹饷不力，又和张辉瓒一起，借禁烟问题攻击政务厅长冯天柱。姜、冯二人均不安其位，提出辞职。林支宇知矛头其实是对自己而来，遂于 3 月 5 日留下一封致议会的辞职咨文后悄然离省赴汉，湖南人引以为荣的第一回票选出来的省长就这样挂冠而去。省议会获讯之后不胜惶恐，急报总司令部。总司令赵恒惕亦不胜骇异，急电驻岳阳部队拦江挽留，又派鲁涤平赴岳劝驾，旋加派警务处长追往汉口，但林支宇去意已决，又由汉口转赴上海，令人无可奈何①。

① 参见 1921 年《大公报》"本省新闻"相关报道：《昨日总部之各界会议》（3 月 8 日）、《拦迎省长回省之来电》（3 月 8 日）、《关于省长问题之消息》（3 月 10 日）、《林省长挽阻无效》（3 月 11 日）。

《大公报》载各团体讨论省长问题。

林支宇出走后，赵恒惕依惯例召集各界联席会议，商讨对策。与会者多主张由赵总司令兼任临时省长，赵本人坚决反对，称"绝对不行"①。1921年3月9日，议会经协商后不由分说，将省长印信送到总司令部，赵恒惕当即派副官将印信送还政务厅，并咨复议会："查湘省军民分治，迭经敝总司令通电宣布在案，现正创制母法，促成省宪，尤应恪守军民分治之旨，以为循程渐进之资。敝总司令身历戎行，未亲民政，尤不敢稍涉迁就，致蹈陨越之虞……"②此时省会各法团、公团亦连日开会讨论省长问题，有提议组织行政委员会的，有提议合署办公的，有坚持军民分治的，也有主张抛弃空谈学说，不分职界立刻选举省长的，意见互异，莫衷一是③。"军民分治"这一在当时极受追捧的政治原则，忽然变成了一个巨大的政治障碍，致使省长问题悬而不决。幸得此时湖南省宪法筹备处聘请的起草委员、法学家王正廷

① 《昨日总部之各界会议》，载1921年3月8日《大公报》。
② 《关于省长问题之消息》，载1921年3月10日《大公报》。
③ 《各团体讨论省长问题》，载1921年3月11日《大公报》。

由上海寄来专函，指出"军民分治"其实是源于袁世凯专权的一种谬说。王正廷说："世界只有民政统治军政，断无军政统治民政及军民分统之理。"①省内舆论于是为之一变，主张由总司令兼省长的改口为由省长兼总司令，并说这是纳军政于民政以提倡民治。4月6日，省议会在仅有一名候选人的情况下，以全票78票一致推举赵恒惕为湖南省临时省长。赵仍一再请辞，不肯就职。省议会又请又劝，各处将领轮番通电表示拥戴，赵始于4月19正式就省长职。从此赵恒惕总揽湖南军民两政，所谓"军民分治"也到此终结。

谭派军人倒赵计谋的流产以及此前程派军人倒赵之失败，充分说明了赵恒惕一系对时局的控制能力。似乎每一次政潮，不论初衷如何，结果都加强了赵的地位，使其成为政治上难以动摇和替代的中心势力。这一方面固然由于赵系本身实力雄厚，另一方面也是当时湖南社会厌乱求安之体现，议会在省长问题上的表现充分说明了这一点。当时议会正值休会期间，林支宇出走赵恒惕又拒绝兼摄省长后，议会眼见省长缺位，民政无法维持，便立刻电召各处议员返省，召开特别会议。又多方协商，始得以在短时间内再选省长。当议会以民意机关全体一致推举赵恒惕为继任省长后，谭系军人也不得不接受现实，加入到敦请赵恒惕就职的行列中。宋鹤庚的通电说："省长缺席，久难其人；逐鹿纷纷，不无觊觎；选举不当，将于民治何？议会既遵奉召集，自应本民意为依归，全体一致，推举钧座为临时省长，足见众望允孚，群情悉洽。伏恳俯如所请，暂时兼摄，藉促自治，而奠湘局。"②这个通电不论是否出于宋鹤庚本意，都道出了一些基本事实和当时普遍的社会心理，即人们需要一个强有力的政治领袖来震慑群雄，安定大局，以结束无休止的政治倾轧。而当时省内能担此重任者，舍赵恒惕之外再难有第二人。赵因此被军民两界共同推戴，成为既具军事实力又经

① 《王正廷对于自治法之意见》，载1921年3月26日《大公报》。
② 《敦请赵公任职之要电》，载1921年4月10日《大公报》。

民意机关赋予合法性的政治权威。诚然，当时的议会是否可视为真正的民意机关是可疑的，但至少有理由认为它代表着相当一部分上层阶级人士的意志。换句话说，赵恒惕得到了湖南上层社会的支持。虽然，湘军内部派系之别仍存，谭、赵之争也将继续，但赵氏地位既巩固，谭派亦无可奈何，不敢贸然硬拼。如果由政变而内乱而引致北洋军南下，那么湘省将再一次陷入劫难，这种局面谁都不愿意看到。另外，谭延闿当时只在上海做寓公，省内的谭系势力暂时还没有任何强大的外援，只能归附于赵。更何况谭赵原本一系，有不少军人拥谭拥赵皆无不可。又，倒谭事件后，赵恒惕对旅居沪上的谭延闿礼遇有加，不仅时常馈赠现洋，还有许多亲笔函札向谭请示、问政，诉说处境的艰难和希望谭回湖南指导一切，甚至要以现职相让①。总之是在极力弥补因倒谭事件而造成的裂缝。如此种种，皆使谭赵两系尚可共存。因而，当赵恒惕出任总司令又出任临时省长后，动荡不宁的湖南政局逐渐安定下来。在随后两年的时间里，湖南内部尽管仍有各种各样的纷争，但整体上维持着相对稳定的局面。这是湖南立宪自治运动得以循序前进并有所成就的政治基础。

56

三·三　赵恒惕执政

　　经过一番残酷的派系争斗后，实力派人物赵恒惕脱颖而出成为权力核心，这对于湖南正在进行的自治运动，是一大利好因素。因为，赵氏不但有控制局面的能力，而且在政治立场上，他比前任谭延闿更坚定地主张联省自治和湖南独立自主。

　　赵恒惕，字夷午，号炎午，湖南衡山人，1880年出生。赵早年曾应科举试，不售，发誓不再进科场。后考入湖广总督张之洞办的湖北

---

　　① 朱传誉：《赵恒惕传记资料》（一）第22～25页。

方言学堂，不久被选送日本，先后就读于
振武学校和士官学校。1905 年加入同盟会，
成为革命党人。1908 年毕业于士官学校炮
科第六期，同时毕业者有唐继尧、李根源、
程潜、李烈钧、阎锡山等。归国后，赵被
广西巡抚张鸣岐延揽，在蔡锷手下佐理军
务并训练新军，初任兵备处参谋，继调任
陆军干部学堂教授。蔡锷去职后，赵又因
其父辈与广西新任巡抚沈秉堃的关系，再
次到广西，任陆军干部学堂监督。旋接管
学兵营，升任广西新军协统，因而"湘桂

湘军总司令赵恒惕

下级军人多出其门下"①。辛亥武昌首义，赵恒惕及同志拥沈秉堃宣布
广西独立，旋即率部离桂经湘入鄂，驰援武昌起义军，被黎元洪任命
为左翼军总司令。南北议和后，奉调至南京，授陆军少将衔，所部编
入第八师。不久，受黄兴命率部至长沙，助湘督谭延闿整编部伍，为
谭氏创建湘军立下首功。"二次革命"起，谭延闿为革命党人所迫宣
布湖南独立，赵率师攻鄂，兵至蒲圻。逢赣宁兵败，袁世凯将谭延闿
免职，遣汤芗铭率北军入湘，赵为汤所获，拘送京师判刑 10 年，得黎
元洪、蔡锷力保，于 1915 年获特赦出狱②。1916 年，赵与陈复初等潜
返湖南，召集旧部恢复湘军，为谭延闿二次督湘打下基础。1917 年又

57

① 章伯锋：《北洋军阀》（三）第 72 页。
② 赵恒惕的回忆文章说，黎元洪对他始终关照的原因，是缘于辛亥革命中
一件小事。其时赵率广西学生军北伐，从黎都督处借得军饷 5 万元，作为部队开
拔南京的费用。到南京领得军饷后，赵氏即将借饷寄还，黎元洪大感意外，因为
军事纷乱之际，军队借饷而如数归还者，事无前例，黎氏因而对赵刮目相看。
"二次革命"中赵恒惕主张湖南独立甚力，袁世凯本欲杀之，黎元洪设法周旋，
赵始幸免于难。入狱一年多后，又得黎元洪、蔡锷等关照，获特赦出狱（参见朱
传誉编《赵恒惕传记资料》）。

举护法旗帜,与刘建藩、林修梅率部困守湘南,直至驱张成功湖南自治。从赵氏的这份履历可以看出,作为新式军官、革命党人的赵恒惕,比身为总督公子、立宪党人的谭延闿拥有更多的政治资本,并且始终掌握着湘军最大派系的实际指挥权,几次左右了湘省政局。这是谭不得不让位于赵的根本原因。

赵恒惕出掌湖南军民两政后,不但完全继承了谭延闿关于湘人治湘的政治主张,而且以较谭氏更为鲜明果敢的形象,表明自己厉行独立自主和推动联省自治的决心。其时由于谭去赵来的突变,外界对湘局变化甚多猜测,京、津、沪报纸都传出赵氏将取消自治依附北方的传闻。赵为表明立场,于1920年12月21日对外界发表通电,重申湖南自治之主张,得到四川、陕西、浙江、广西、云南各省督军响应。不久,赵又在省署召集的各界代表联席会议上说:"谓湖南将取消自主,是丧失湖南人格。现军民当局,均湘人,均希望自治早成,绝无他意。若有此事,予之人格尽丧,予必自杀以谢湖南。"① 1921年2月10日,赵再次发表旨在与各省互相策励、推进自治的"蒸电"。这个通电对湖南自治的由来、意义与决心作了提纲挈领的论述,堪称联省自治运动的代表文献,兹摘录如下:

……人类之生成由竞争而进化,国家之组织,经推演而改良。自上而下者,维系纯属客观;自下而上者,支配方为主动。此自社会真理国家机能言之,不能不厉行自治者一。南北扰攘,于兹数年,武力既无戡定之能,和会更乏调和之术,寻至南与南战,北与北战,治丝益棼,罔知所属,惩前毖后,非行联省自治之策,则无根本解决之方,大势所趋,众论从同,此就大局安危民情向背言之,不能不厉行自治者二。省制根据历史,相沿率成强藩,

① 《军民两长筹备自治大会》,载1921年1月15日《大公报》。

中央虽居统一之名，而省区隐符分权之实，辛亥丙辰诸役，皆以为革命源泉。往事俱在，信而有征。倘以固有之基础，进谋顺理之革新，化割据于无形，庶推行而尽利，此就行省本体言之，不能不厉行自治者三。国会制宪，屡兴屡辍。再言召集，双方之力俱穷；任其飘摇，前途之危更剧。与其矜言国宪，致目前之省政，益趋纠纷，曷若早定省法，使将来之国宪解除困难。此就制宪顺序言之，不能不厉行自治者四。吾湘人民纯洁之性素著，自觉之心最早，驱张一役，系本自决精神奋斗而成。此次实行自治为地方增幸福，为人民争人格，为国家谋建设，关系极巨，志愿尤宏。凡所张弛，悉本民意，绝不任何方操纵，徒供应付时局之资，致成装饰门面之具。即在湘军将士连年驰驱疆场，备历艰危，深知前此重大之牺牲，即为将来文明之代价。现此枕戈绸缪，争欲以节衣缩食促自治之进行，尤愿以实力决心谋自治之拥护。河山不改，金石为开。凡此皆湘省军民一致之主张，所愿与国人共同商榷互相策励者也①。

对比此前谭延闿发出的"祃电"，不难发现赵恒惕这个"蒸电"完全继承了"祃电"衣钵，只不过比"祃电"表述得更系统更完善，简直是对联省自治理论的扼要概括。更重要的是，赵恒惕不但口头上极力鼓吹，行动上也不遗余力，是联治主义理论最积极最认真的实践者。赵氏留学日本期间，"先识宋公遯初（宋教仁），继识黄公克强，又识章行严（章士钊），又因行严而识章太炎，相与讨论国政，因得兼通西方政理"②。章士钊是中国联邦论的先驱，早在民国初年就提出以联邦制解决统一问题。章太炎在经历了袁氏帝制的痛苦之后，成为极端的反中央集权论者和联治主义者，始终对湘省自治运动倾注着极

① 《互相策励自治案》，载1921年2月14日《大公报》。
② 朱传誉：《赵恒惕传记资料》（一）第11~15页。

大热情。赵恒惕的政治立场与这些人的影响或不无关系。个人气质方面，赵氏颇有不畏艰险的实干精神，被选送日本时原定入师范学校，因感国势危迫，改习陆军。受各种排满革命书刊影响，加入同盟会，课余学习制造炸弹。回国之后，反清、反袁、护法、驱张，无役不与。辛亥革命中，他率广西学生军北伐，徒步驰援武汉。驱张之役，他"草鞋赤足，鬓发不理，勇往前驱，不识者不知为军中上将"[①]。赵恒惕的为人处事，毁之则曰"为人刚愎"、"阴沉险诈"[②]，誉之则为"性行清刚、识度宏旷"[③]，从他在派系斗争中的表现判断，赵氏显然属于那种深明利害、临事不苟而又手段强硬利索的人物，这与性格随和、有"母性督军"之称的前任谭延闿恰成鲜明对照。赵氏主湘之后，采取了比谭氏远为果断刚性的措施来推进湖南立宪自治的步伐，一心要将湖南建成联省自治的模范省份。因此，从当时湖南正在进行的立宪自治运动的意义上说，湘军内部派系斗争的结果，一方面实现了军事上政治上的相对统一；另一方面推出了一个力行联邦主义的政治权威作为自治运动的领袖。

赵氏"蒸电"发表之后，紧接着宋鹤庚领衔、全体湘军将领联名，向南北政要各省督军及社会各界发表了"全体始终拥护自治"的"敬电"。电文说：

> 读我赵总司令主张自治迭次通电，反复推勘，毫无余蕴。鹤庚等同属编氓，分列军籍，体会所及，不能不言。国家每有改革，皆以武力为转移，用之以发皇正谊，则万世永其讴歌；用之以制造威权，则尽人痛加指摘。民治已为布菽之需，军阀将成强弩之

---

① 朱传誉：《赵恒惕传记资料》（一）第 11～15 页。

② 姚大慈：《赵恒惕上台的阴谋与血手》，《文史资料选辑》（30），北京，中华书局，1962 版第 145～156 页。

③ 朱传誉：《赵恒惕传记资料》（一）第 70～73 页。

末。大势所趋，识时为上。此同袍应有之觉悟，并望国人加意者一也。南北战争，各有揭橥，牺牲甚巨，结果皆虚。苟不于自治积极进行，则北廷抱统一之幻想，其政策固不足有为，即西南矢护法之精诚，而目的亦难于遽达。求真谛之所在，毋歧路而周旋，此同袍应有之辨别，并望国人加意者又其一也。鹤庚等从事义师，于兹数载，饱经世变，洞悉舆情，不求根本解决之方，别无息事宁人之计。明知欠饷甚巨罗掘已穷，而犹愿节衣缩食供新事业之抱注者，无非忍一时之痛苦，策百年之治安。蕲向既决上下一致，异日大成，即解甲归里，受自治之支配，享自治之幸福，宁非盛事。倘有障碍自制之进行者，责任未终，鞭弭犹在。唯有追随贤达，以实力决心，共谋拥护，不稍依违其间也……①

这番通电被时论誉为湘省军人之大彻大悟，给致力于自治运动的社会各界以极大鼓舞。同时，它还向省内外传递了一个十分明确的信息，即湘军内部在自治问题上的分歧已不复存在。事实上，湘军各大派系中，原本只有程派主张归服南方，其余谭派、赵派、中派，在独立自治的问题上本无大的分歧。程派的出局，不但使派系斗争告一段落，还实现了思想上政见上的相对统一，这对于赵恒惕推行其政治主张大有好处。当时的省宪法筹备委员欧阳振声，就此事对外界发表谈话说："湘中各方，均拥赵总司令主持湘事。因乱事敉平，对于自治，逐渐活动。多数人士，鉴于国中之情势，决定主张独立自治；虽有少数人士，主张于南政府之下实行自治，然其说已无势力；至于极少数人欲倚北方者，不特无势力可言，即其意思亦不敢明白表示。故现在敝省之独立自治，所有障碍，已完全除去矣。"②

① 《湘省军人大觉悟》，载 1921 年 2 月 26 日《大公报》。
② 《湘代表抵川之谈话》，载 1921 年 3 月 1 日《大公报》。

歷史 拐点 延 的 記忆

四

制宪运动

前面，我们已对湖南立宪自治的环境因素作了必要交代，从本章开始将讨论这个运动的过程。首先要讨论的是立宪问题——由谁？通过什么样的程序？制定一部怎样的宪法？

四·一 "民权是争来的不是送来的"

自谭延闿发表湖南自治的祃电后，对于如何实现省自治，如何使自治事业有章可循，便成为湖南各大报纸以及各方人士热烈讨论的话题。在这个热烈场面中，最受关注的是旅京湘绅熊希龄等向湖南当局提交的"自治法草案"。1920 年 8 月，熊希龄、范源廉、郭宗熙、江赠书等，集合京津同乡开会研究湖南自治问题，皆主张本自决精神，迳由本省制定自治根本法①。会后，熊希龄请梁启超草拟了《湖南省自治根本法》及《自治法大纲说明书》两种，供谭延闿参考，又派代表到湘，促其从速进行。谭氏遂一面将熊氏从北京送来的自治法草案分送各界要人，作为省人研究之蓝本；一面发出通告，遍约全省政要及绅、商、学界领袖，筹开自治会议。9 月 13 日，谭延闿以私人身份

---

① 龙兼公：《湖南自治纪略》，载 1921 年 9 月 1 日《大公报》。

召集各界名流 30 余人在湘军总司令部开会，讨论湖南自制省宪诸问题，此为湖南第一次自治会议，省宪运动由此拉开帷幕①。

据说谭延闿听从熊希龄建议急切筹备省宪法，有两方面原因。一方面，趁南北军阀混战无暇过问湘事之际，关起门来另搞一套，等到省宪告成，别人若干涉就可用代表省民公意的宪法作为挡剑盾牌；另一方面，他希望利用省宪巩固文人政权，以防自己被实力派军人取代。谭氏出身文人，不懂军事，从前北京政府曾以之为借口解除他的督军职务。驱张战争时，他又因不懂军事而不得不在督军、总司令之外另设总指挥一职，使军事实权落于赵恒惕手中，对他构成威胁。驱张胜利后，他仍一身而兼督军、省长、总司令三职，深遭诟病。因此，尽快制定一部宪法，依法废除督军、总司令，以民选省长充任最高军事长官，无疑是抑制军人野心、巩固文人政权最巧妙的途径②。

不论谭氏本人基于何种动机，筹备立宪这项事业立刻得到了省内外各界积极响应。9 月 13 日的自治会议后，省会各公团纷纷集会或召开联席会议，讨论湖南自治的根本问题，均一致赞成自制宪法，并就此事频繁向政府请愿，其中一份请愿书说：

> ……此次湘人治湘之声浪，由理想而成事实，不匝月而影响遍于国中。顾学说既由此倡，模型即当自铸。欲求自决与自治出于正当之轨道，舍湖南人民自制宪法，更无他道之可循……连日来，虽辩论环生，然渴望完美之宪法成立，使参政之权，遍及于三千万人，征之各方，无不同此意旨……③

与此同时，湖南学界、报界、法界、工界、商界等数十个公民团

---

① 《谭省长之自治会议》，见 1920 年 9 月 14 日《大公报》。
② 陶菊隐：《记者生活三十年》第 32～33 页。
③ 《各公团呈省长文》，载 1920 年 10 月 24 日《大公报》。

体联合发起了声势浩大的"双十节"大游行，一方面敦促政府采纳民意，从速制宪；一方面号召民众广泛参与，共同策划①。由此可见，湖南社会各界依然延续着自驱张运动以来的参政热情。驱张的成功，虽然就根本而言是武力格局发生变化的结果，但是对于为驱张而奔走呼号的各界民众，更愿意相信那是他们自身努力的结果，他们从自决与自救的成功中获得巨大自信，并进一步发展为自立与自治的决心。总之，政府的制宪活动开始后，湖南各阶层有觉悟的民众，特别是有组织的公民社团和新闻媒体，便不遗余力介入制宪过程，力图将省宪运动导向伸张民权、实现民治的方向，力图使即将创制的宪法成为人民自由权利的保障书。有关这一点，长沙《大公报》的时评——《民权不是送来的》——表达得十分透彻，摘要如下：

> ……他们将要起草的所谓省自治根本法，不就是我们群众心理所急欲创造的那部省宪法吗？省宪法的性质，是规定省的组织，省政府各部门——行政、立法、司法——相互的关系和省政府与人民的关系的。依我看，人民对于宪法上的要求，最重要的便是看怎么样规定政府——立法、行政、司法——与人民的关系，因为民权的消长，只须争此一点，这一点争不到手，或是所得不满意，旁的事便没有话说了。
>
> 湖南人，你们都醒了么？你们在这民国十年内所受的痛苦——政府的压抑、议会的愚弄、官吏的敲剥、兵匪的荼毒，哪一样不疾首痛心。趁着这个大法初创的时机，你们就应该要想着：（一）我们人民为什么没有权？（二）蹂躏我们民权的人，为什么那样横暴？由此推想，我们要怎样伸张民权和怎样去抑制民权的蹂躏者的方法，便可以在宪法上想出来了。我们想出了方法，还

----

① 《国庆日的游街运动》，载1920年10月11日《大公报》。

须得要把这方法制成条文，安放在宪法内面去，做一个永久的保障。这些不利于特殊势力阶级——官僚政客武人资本家——的方法，拼命去争恐怕还不容易得到圆满的解决，闭目静坐如宗教徒之祷告上帝赐福音，那里有希望呢？我敢再正告湖南人民一句话："民权是争来的不是送来的。"①

社会力量的积极参与，使湖南制宪的规模，很快由小规模的政府筹备发展为一场声势不凡的民众运动，并且将许多大名人大学者也卷进来了。对于那些主张以联邦主义解决中国问题的名流学者政要，湖南的立宪自治可以起到表率作用，成为联省自治的起点。最初熊希龄等正是基于这样的考虑力劝谭延闿从速制宪，他说："此举宜于南北统一之前办成，并须经过全省人民总投票，基础方能稳固，各省自可响应，然后联省立国，可以刷新，不致为中央权奸所把持，湘亦可免为南北之战场。"②自民国6年起一直鼓吹联邦主义的政治学学者李剑农，一方面表示不认为谭延闿有真正实现民治的诚意，另一方面仍在报纸杂志中极力鼓吹湘省自治并在日后湖南制宪的过程中扮演极重要的角色。蔡元培、章太炎、张继、张东荪、杨端六、李石岑、吴稚晖等，也于这年10月应谭延闿之请，偕同鼎鼎大名的国际学者杜威、罗素来到湖南，就湘省立宪和自治诸问题发表演讲，贡献意见。一时间，湖南立宪自治的声浪播于海内外，学界闻人、报章舆论急起跟从，天津《大公报》、上海《时报》、香港《华字日报》以及各种刊物均纷纷发表专论或设立专栏，为之鼓吹，乃至于"大势所致，人心所同，联邦政体已成天经地义之无所用疑"之事③。这不但使即将产生的湖南省宪法有机会获得国内一流学者在学问上的援助，也使湖南自制宪法

65

---

① 《民权不是送来的》，载1921年3月4日《大公报》。
② 湖南省志编纂委员会：《湖南近百年大事纪述》第414页。
③ 王无为：《湖南自治运动史》第58页。

这一事实上有悖《临时约法》、且有破坏国家统一嫌疑的重大举措，获得了铺天盖地的舆论支持，令南北政府皆无由指责①。

四·二 "官绅制宪"与"公民制宪"的纠纷

尽管湖南上下对于从速立宪一事均表赞同，但对于制宪的具体步骤，特别是对由谁主持制宪这个问题，一开始就有意见分歧。起初熊希龄向谭延闿建议的制宪步骤是：由省会各法团联合动议，集多数人之连署，举出代表，草定自治法，再照欧美各国先例，交由全省人民总投票表决。但这一办法没有为谭氏采纳，9月13日自治会议议决的方案是：由省政府委派10人，省议会公推11人，会同起草，以一月为期，脱稿后再征集全省人民意见，以凭取舍②。这个办法相比前者显然要取巧得多，省略了选举代表起草的麻烦，而所谓"征集全省人民意见"也语义含混，实际上是想完全由政府和议会包办，由此也可看出谭氏仅将制宪当成一项应急措施，并无实现真正民治的诚意。这种倾向招致了舆论一致攻击，省议会知难而退，决定不加入起草委员会，并开会决议，请政府另行召集"人民宪法会议"。谭氏得知议会反对后，致函省议会，表示愿意采纳议会决议，并请省议会负责主持一切。省议会于是决定首先制定人民宪法会议组织法，并组织自治研究会，推定徐明谔、刘明镜、游如龙、唐瞻云、王凤雄、江大涵、杨包馨、段峨等11人为理事，负责研究，而其余各议员，也纷纷提出意见或

① 1920年7月谭延闿宣布湖南自治，北京政府未敢下令声讨。1921年初，赵恒惕再次通电重申湖南立宪自治，北京政府仍不置一词，当有新闻记者就此事问询政府将如何对待时，北京方面因不便表示若何态度，只能以"政府为行政机关，非立法机关，此事应由日后之国会核夺"为由搪塞之（参见民国10年2月16日香港《华字日报》"中外要闻"）。南方军政府虽不满湖南脱离西南阵营另搞一套，但也不便公开反对，只能承认湖南的既成事实。

② 龙兼公：《湖南自治纪略》，载1921年9月1日《大公报》。

自行另拟宪法草案，等待讨论。至此，制宪问题遂由政府与议会合办而变为全由议会办理之局。

正当省议会以制宪主体自居时，社会舆论又兴起了对议会包办制宪的讨伐。盖此时的湖南省议会，自民国元年组成以来一直不曾改选，现有议员早已期满失效。许多人认为，宪法既为根本大法，其起草与议决当然不能由已失时效之省议会来主持。长沙各报馆尤持此观点，著为专论，极力主张。对此，省议会辩解道，民国6年，江苏省议会质问内务部：议会中断，应如何办理？内务部随即通电全国，凡因时局中断之会期，准其继续有效，是以湘省议会自民国6年法定期满之后一直依据内务部通电召集会议，无人认为不合法，因湘省迭经政变，会期至今未满①。反对者认为，即便如此，议会还是没有制宪的法律依据，因为"这个法不是那个法"，议会本身是根据宪法产生的立法机构，它无权制定母法。此时湖南内部，对于宪法究竟应该由谁主持制定的问题，主意层出不穷，有人主张由省政府起草，有人主张由省议会起草，有人主张由省政府省议会共同起草，有人主张由省政府省议会以及省教育会、省农会、省工会、省商会、湖南律师公会、湖南学生联合会、湖南报界联合会等合同起草，有人主张由个人动议提出草案邀赞成的人连署成为一种若干人同意的草案。所有主张中，最成体系又极具影响力的，是10月5日由公民龙兼公、毛泽东、彭璜等377人联名发表的"由'湖南革命政府'召集'湖南人民宪法会议'制定'湖南宪法'以建设'新湖南'"之建议案。这个建议案说，湖南制宪是个创举，实与采统一制之《临时约法》相冲突，即无异对约法取革命的行动，是不承认中华民国约法及根据约法而产生的各种法律和命令了，因而现有之一切团体，均失却旧法律上地位，除人民全体外，不可能找到一个有根据的造法机关。但是，现在人民程度低，

67

---

① 《省议会开会之祝词与演说》，载1920年10月26日《大公报》。

又没有坚强的人民团体或政党来代表人民，时机又紧迫，为了从速制宪，并使制宪程序在理论上说得通，在事实上做得到，只能将此创始任务托付给革命政府，因为由革命政府召集宪法会议在中外都有先例，而现在湖南以谭延闿为首领组织的政府，实在是一个革命政府，并不是从前的省政府①。处此稍纵即逝的时会，应即由湖南革命政府召集人民宪法会议，快刀斩麻。关于制宪的具体步骤，建议案说，我们只承认革命政府有召集宪法会议之权，决不承认其有起草宪法之权。宪法起草当然是宪法会议的事，其程序，作为湖南革命政府既已召集全省人民代表来到省城了，即由代表自行集会，先推出相当人数，起草湖南省宪法草案，次将宪法草案议决成为正式宪法，然后用湖南省宪法会议全体代表名义，将此正式宪法公布。这个建议案且不说事实上是否切实可行，在法理上颇有说服力，充分体现了主权在民原则，因而得到社会各界尤其是学生界的强烈认同。

10月8日，湖南报界、商会、农会、工会、教育会、湖南改造促进会、自治期成会、律师公会、青年会、基督教联合会、学生联合会、教职工联合会、湘社、俄罗斯研究会等36团体代表在教育会坪集议，议决湖南人民宪法会议选举法要点8项及组织法要点7项。具体条文如下：

湖南人民宪法会议选举法要点：（一）用直接选举法；（二）用普通选举制，选举人及被选举人均无财产纳税额及男女职业限制；（三）凡有下列情事之一者不得有选举权及被选举权：一未成年者（以十八岁为成年），二有精神病者，三吃食或贩卖鸦片者；（四）现任官吏或

---

① 至于谭延闿政府为什么是一个革命政府，建议案的说明如下：（一）谭氏出兵推翻北政府的命官张敬尧，是对北政府取革命的行动；（二）谭氏在驱张以前与西南政府有主属关系，然驱张全属自由意志行动，即全属革命的行动，与西南的关系即告断绝；（三）谭氏在总司令部召集为约法所不允许的自治会议，如果不属革命行动，岂不是违法叛逆？（参见1920年10月6日《大公报》第七版"湖南建设问题"专栏）

现任军人当选为本会议代表时，当解除原职；（五）用记名投票法；
（六）选举人应亲自莅场投票；（七）选举日期由革命政府决定，各县
同日举行；（八）选举期限至多不得过两个月。

湖南人民宪法会议组织法要点：（一）湖南人民宪法会议，以湖
南各县人民选举之代表组织之；（二）各县选出代表之名额，依县之
大小分配，大县八名，中县六名，小县四名；（三）省会得特别选出
代表，其名额与大县同；（四）代表自行集会；（五）代表制宪以三个
月为限；（六）代表往来旅费由公家分别远近给发；（七）代表不给薪
俸，每次出席给予出席费一元①。同时举出代表 15 人——学界匡日
休、赵运文、贺民范，法界方维夏、袁家普，报界龙兼公、杨绩荪、
马续常、郭开第，女界陶毅、吴剑，学生界唐耀学，商界袁绍先，工
界李鸣盛、王汝霖，组成"制宪请愿代表团"，于次日到总司令部请
愿，要求政府参照所议选举法和组织法要点，制定人民宪法会议条例，
于两个月内召集湖南人民宪法会议，于 5 个月内制定公布湖南省宪法。
同时就组织法问题，建议政府函知习惯上固有之各公团，使各推代表
若干人，会同起草组织法。

然而省议会对此办法不表赞同。议会虽然同意宪法应由人民制定，
并最早提出人民宪法会议的主张，但认为省议会既为事实上唯一的立
法机关，就有制定宪法会议组织法的权能。议员徐明谔说："渠辈以
市民资格，自由集合，不过三千万人民百万分之一，可以提出自治法
案，本会为固有全省立法机关，岂不可议一宪法会议组织法？"因而
仍然坚持由省议会制定组织法②。这样，"官绅制宪"与"公民制宪"
的矛盾凸显出来。10 月 10 日，省城各界举行的"双十节"大游行再
次推出代表到总司令部请愿，要求政府立即召集人民宪法会议，实现

69

---

① 参见 1920 年 10 月 8 日《大公报》第六版本省新闻《昨日建议召集人民
宪法会议之大会议》。

② 《昨日省议会之自治研究会》，载 1920 年 10 月 8 日《大公报》。

真正民治。游行队伍至省议会时，还扯下议会旗帜，高呼"打倒旧势力"、"解散省议会"等口号，抗议由议会制定宪法会议组织法①。学生联合会在随后发表的宣言中更激烈地说："凡是促成政府召集人民宪法会议的，我们是他们的好友；凡是阻拦政府召集人民宪法会议的，他们是我们的公敌！"②

当湖南各界为宪法会议组织法问题各执己见纠纷迭起时，起初积极倡导制宪的谭延闿变得无所适从，甚至"有意消极，而急于摆脱此一漩涡以欲置身事外"③。10月12日，谭氏以私人名义函邀各校校长、各报经理、农工商教育会各会长及制宪请愿代表70余人，在省署开会，提出两种办法让与会者表决：①以前日请愿者所提之组织法与选举法要点一并提交省议会，以期融洽意见，使宪法容易成功，也就是说仍由议会负责。②照前日请愿者之办法，由各公团推举出代表起草。结果大多数人起立赞成第二种办法，即由各公团会同起草宪法会议组织法，省议会作为习惯上固有团体之一参与起草④。但省议会对此决议不表同意，仍坚持此项组织法须完全由议会起草，形势遂成僵局。

此时，桂系军阀因在广东失败，业已取消自主，有投向北方的迹象。原先宣告四川自治的熊克武有承认北京政府的打算。滇、黔两省情况也不稳定。时局变化对湖南自治前途十分不利，湘省内部各方以及省外湘人均感焦虑。1920年10月26日，熊希龄从北京来电，劝告湘省父老互相容忍从速制宪。熊希龄的电文说：

　　……以弟之意，必须将地方自治制度，迅速成立，以主权归
　　还人民，以法权保障人民之权利，各方均得其平，乱事自可不作，

---

① 《国庆日的游街运动》，载1920年10月11日《大公报》。
② 《昨日之游街——演讲大会》，载1920年10月23日《大公报》。
③ 胡春惠：《民初的地方主义与联省自治》第179页。
④ 《昨日省署大会议纪事》，载1920年10月13日《大公报》。

湘基巩固，自民治发展，诸君再造之功，亦可永垂不朽。近见湘中报载，同乡各界诸君，因争议选举组织法，及宪法起草两案，致生意见，旷日废时，殊为扼腕。今当吾湘粗定，南北政府均无能力干涉之时，大好机会，尚不利用，迨至事过境迁，或推代表请愿于中央，而中央不理，甚至求见当道而不可得，或集公民开会于地方，而地方不准，甚至结社出版而不可行，吞声忍泣，虽悔莫追。以前种种陈迹，姑不具述，即以近日之苏皖各省代表在京之困难情形论，亦觉可怜可鉴之矣。切望诸公注重根本，迅劝各界互相容让，速告成功，方合民族自决之精神，免贻再误桑梓之大罪，同心协力，是在诸公……①

同时，省自治期成会、湘西湘南善后协会为调解争端，亦特邀集在省各公团代表及制宪请愿团代表召开联席会议，共商解决办法。其结果，决定仍由省议会起草宪法会议组织法，但须交政府电征全省各公团同意。23 日，各公团即以此种方法联名建议于政府，唯报界联合会及制宪请愿团未署名②。

报界联合会及制宪请愿团之所以持抵制态度，根本原因是对旧绅云集的省议会强烈不信任。其时省议会为制宪问题，已准备恢复各县旧议会，如果由省议会制定组织法，其结果必是"省议会付托县议会选制宪代表"，"与人民不生关系"③，而报界联合会与请愿代表团是极力主张用普通选举法由人民直接选举制宪代表，由人民直接立法的。各公团中，除自治期成会等极少数团体外，大多数团体也持类似主张，只不过由于时机紧迫的关系，各公团迁就事实，同意妥协，将组织法

71

----

① 这番通电对湖南各界相互妥协，达成从简从速制宪的共识起到了一定作用（参见民国 9 年 11 月 5 日上海《时报》：《湘自治案之近讯》。
② 龙兼公：《湖南自治纪略》，载 1921 年 9 月 1 日《大公报》。
③ 《昨日自治研究会之联席会议》，载 1920 年 11 月 5 日《大公报》。

起草权让与议会，公团自己仍保留同意权，以防止议会所议组织法剥夺人民的制宪权利。不久，报界联合会亦开会决议接受这一妥协办法①。

当各公团同意让步，省府正式函请议会主持起草宪法会议组织法时，议会本身却因社会上的不信任情绪产生了严重分歧。议员谢光焯、戴丹诚等认为，由议会议宪法在法律上没有根据，"本会虽是民意机关，然而我们议员的主人翁，还是人民，从前人民选举我等当议员，只赋了省议会暂行法以内的职权，在此以外之事，我等就不能做，如要做就要取得七十五县公民同意"，"如公民反对就不能议，如本会悍然不顾，自行提议，将来定无效力"。另一些议员反对说，当下所议只是组织法，又不是自治法本身，况且"外间民意是假民意，不足为据"，主张"只本我等良心议去，是非自有公论"②。双方各持己见，吵闹了两天后决定咨请省长征集全省民意，俟咨复后再行付议。省长谭延闿接到议会咨文后，当即于 10 日发出"蒸电"，令各县知事迅速召集各公团，表明对省议会议决组织法之意见，其电文措辞如下：

> ……湘省当速制定省宪法，为各省倡。惟省宪法之产出，当以制定省宪法会议组织法为前提。此项议决职权，自以属之省议会为适当。本省长已提出此项案，咨交省议会公决。惟事属创举，当取全省人民公意。各县固有公团，对于此项组织法案，由省议会议决，有无意见，仰各该知县迅速召集各公团公决。限于电达三日内电复。以凭转咨，毋稍延误③。

这个"蒸电"发出后，立刻在全省激起轩然大波，盖因当初公团

---

① 《昨日报界联合会之临时会议》，载 1920 年 11 月 15 日《大公报》。
② 《省议会之舌战》，载 1920 年 11 月 7—8 日《大公报》。
③ 《湘省自治案近讯》，载 1920 年 11 月 21 日《时报》。

会议只同意议会"起草"组织法，而通电却说由省议会"议决"。一字之差，情形迥异。通电又限各县3日内电复，事实上根本来不及征求意见，只是形式，因此全省公团群起反对。1920年11月14日，报界联合会召开临时会议并发表宣言，反对以起草权议决权同属省议会①。同日，长沙城镇乡33公团亦开会作出决议，否认省议会有议决宪法会议组织法的权力。长沙县的通电说："我们长沙为首善之区，应该有所表示。当仍主张由省议会起草，经由省长电征七十五县公团之决议，方算是三千万人民之真意，不得由省议会包办"②。15日，各界联合会又发表宣言说："兹阅省长蒸电，以组织法交由省议会议决，征求各县公团同意，并限三日答复。在事实上固已变更，而在时期尤形短促。事关宪法会议组织法，由省议会起草，应由全省各公团公决。并以限各县三日内电复，如期过促，不能取得真正民意，未便承认，本会为省城农工商学报各界三十六团体之集合体，民意所在，缄默难安。谨此宣布，始终以之。"③ 18日，省城各公团代表及各县教育会农会代表一百余人召开联席会议，再次表决只承认省议会对宪法会议组织法的起草权，同意权必须属全省公团。会议还议决每团体各派代表一名，一面向政府请愿，一面对人民发布宣言，一面通电报告各县，请为一致主张④。嗣后，各县公团陆续复电者，其主张皆与省城及长沙县各公团的主张无异。这样，谭延闿政府弄巧成拙，本想通过极简便的行政手续为省议会求得主持制宪的合法性，但由于在电文中草率措辞，以致招来潮水般抗议。这一意外插曲，充分体现了当时公民社会在制宪问题上对人民主权原则的坚持。这种坚持使官绅包办制宪的意图四处碰壁，当然，也使得湖南制宪的步伐一再延宕。谭延闿最初

---

① 《昨日报界联合会之临时会议》，载1920年11月15日《大公报》。
② 《否认省议会议决宪法会议组织法》，载1920年11月15日《大公报》。
③ 《各界联合会宣言》，载1920年11月16日《大公报》。
④ 《昨日各公团之联席会议》，载1920年11月19日《大公报》。

设想宪法草案于一月之内脱稿，结果在沸沸扬扬中折腾了两个多月后，连一个宪法会议组织法都无法产出。

四·三　学者制宪：一部理想主义宪草的诞生

湖南制宪步伐的延宕，一方面固由于公民社会对官绅包办制宪的抵制，另一方面更由于谭延闿政府本身之虚弱与被动。谭氏人称"药中甘草"，又称"谭婆婆"，处事"随缘常住"，"不偏不激"①，"其在倡导省宪运动整个过程中，可以说是因应时势性大于理想创造"②，因而一会儿迁就议会，一会儿迁就公团。这其中有谭氏个人性格的因素。同时，在客观上，当时湘军内部派系倾轧，政见不一，谭延闿自身实力弱，除了敷衍各方面意见外，实在无力承担一桩认真的制宪事业。直到派系斗争尘埃落定，谭去赵来，新的政治权威形成后，这种局面才有根本改观，而似乎已钻到死胡同里去的制宪议程，也有了转机。

赵恒惕主政后，将各种各样纠缠不清的意见抛诸一边不予理会，以快刀斩乱麻的手段，采取强制性措施，来推进湖南制宪的步伐。这个措施，便是由政府一手操办，撇开宪法会议这个程序，直接聘请知名学者起草省宪法。

学者制宪的主张，最初是蔡元培提出来的。1920年秋蔡元培偕杜威、罗素等名流到湖南观政演讲时，有人问及湖南制宪应当如何进行，蔡回答说："兄弟意见，宪法应由法学专门人员起草，如果本省缺乏人才，可请外省人加入，外省人才不足，就聘请外国人以备咨询亦可。至于湖南宪法，兄弟主张组织起草委员会，以研精法理者任之，起草

① 朱传誉：《谭延闿传记资料》（三）第113～114页，台北，天一出版社，1979年（以下引用本书均为此版本）。

② 胡春惠：《民初的地方主义与联省自治》第178页。

后交由各县议会或省议会通过，亦可算是县议会或省议会制定。"① 其时湖南报界与各公团正合力抵制议会包办制宪，对蔡元培的意见未予重视。不久，供职于上海《太平洋》杂志社的政治学者李剑农又在报上发表意见说，湖南省内进行的制宪办法太费时日，可由省长招致专门学者起草，交由全省人民同意，组织法可无庸议。公团会议曾将此主张提出讨论，但未通过②。赵恒惕出掌湘军、林支宇就任临时省长后，决定舍弃一切繁复手续，以最短时间完成省宪，学者制宪的办法于是被采纳。1920 年 12 月 18 日，省署将所拟"筹备制宪办法大纲"以总司令部和省长公署的名义，会衔咨请省议会议决③。对制宪纠纷心有余悸的省议员们这一次毫不犹豫接受并通过了这个议案，因为"此次交议为筹备大纲，绝非法律，本会尽可提出通过，赞成此项办法，请其着手筹备"④。12 月 30 日、31 日，省议会讨论省署交议制宪案，表决成立，付特务审查股审查。1921 年 1 月 10 日，省议会经三读通过"湖南制定省自治根本法筹备简章"⑤，咨请省长公布实行⑥。依此简章所定的制宪程序分三步：①起草。由省府聘请具有专门学识及经验者 13 人，组织起草委员会，负责拟出宪法草案。②审查。由湖

① 《昨晚报界欢迎名人大演讲》，载 1920 年 11 月 2 日《大公报》。
② 《昨日各公团之联席会议》，载 1920 年 11 月 19 日《大公报》。
③ 龙兼公：《湖南自治纪略》，载 1921 年 9 月 1 日《大公报》。
④ 《省议会本日提议自治法案》，载 1920 年 12 月 31 日《大公报》。
⑤ "省自治根本法"即省宪法，当时湖南各界为省宪究竟如何命名的问题也产生了分歧。起初，因联省自治之说未张，主张叫"自治根本法"的人多些，主要是为避自制宪法，破坏国家统一之名，因此议会最初讨论省署交议的制宪案时，将省宪定名为"湖南省自治根本法"。其后，联治之说大张，舆论皆以为"自治"二字意义过狭，又恐与条文内容不合，因而于 1921 年 4 月 15 日通过议会表决，将"湖南省自治根本法"易名为"湖南省宪法"。"湖南制定省自治根本法筹备处"也相应改称为"湖南省制定省宪法筹备处"。参见 1921 年 4 月 16 日《大公报》第 6 版本省新闻《更易湖南省自治根本法名称》。
⑥ 龙兼公：《湖南自治纪略》，载 1921 年 9 月 1 日《大公报》。

南各县人民选举代表150余人组织审查委员会，审查已定之草案，并有修正权。③复决。经审查委员会审查修正后，交由全省公民总投票复决，复决后公布施行。简章共18条，兹录如下：

湖南制定省自治根本法筹备简章

第一条 湖南人民为促成省自治根本法起见，特请由湖南政府设立筹备处，筹备后开各项事宜：

一 省自治根本法起草委员会；

二 省自治根本法审查会；

三 总投票。

第二条 省自治根本法起草委员会，由筹备处聘请富有学识经验者组成之。

第三条 省自治根本法起草委员会委员，以十三人为限。

第四条 省自治根本法起草委员会成立时，全省人民得以书面为意见之陈述。

第五条 省自治根本法起草委员会之起草期间为一个月。

第六条 省自治根本法起草委员会所提出之草案，由筹备处交由省自治根本法审查会审查之。

第七条 省自治根本法审查会，由筹备处电令各县知事，召集县议会依左列名额，公推各县士绅之具有学识经验者组织之，但国会省会议员及各机关供职人员均得被推。

一等县 三名

二等县 二名

三等县 一名

各县之议会有未成立者，得由县知事召集各法团推定之。

第八条 省自治根本法审查会会员，取无给制。各县得就本籍在省士绅推举，其无相当人员在省者，被推之人须于开会前莅省，不得因少数人不到会，致阻碍进行。

第九条　省自治根本法审查会之审查期间为二十日。

第十条　省自治根本法审查会遇有疑义时，得邀集省自治根本法起草委员会委员莅会解释之。

第十一条　省自治根本法审查会对于原案条文，如有认为未完善者，得修改或增删之。

第十二条　省自治根本法审查之结果，交由筹备处付全省人民总投票表决之，总投票未施行以前，得派员分途宣讲。

第十三条　总投票之期间为一个月。

第十四条　总投票之方法另定之。

第十五条　湖南省自治根本法经全省人民总投票表决后，以湖南政府名义公布之。

第十六条　所有制定省自制根本法筹备经费，筹备处编制预算，交由省政府开支。

第十七条　筹备处章程由省政府另定之。

第十八条　本简章自公布日施行。①

这个《简章》从政府草拟到议会议决，整个过程未与任何公团进行协商或征求同意，直到 1921 年 1 月 15 日正式公布之时，军民两长赵恒惕、林支宇才在省署召集各公团代表开会。会上，赵恒惕向与会代表通报情况后说道，制宪的问题，"经各位讨论甚是，我系军人，无多研究，总希望办好。但因求速之故，不能不勉强一点，各位意见，亦不能不酌量牺牲一点"②。说罢起身离席而去。就这样，由政府操办议会认可的"学者制宪"方案，得以迅速付诸实施。有宪法学者认

①　《省自治根本法筹备简章》，载 1921 年 1 月 13 日《大公报》。
②　《军民两长筹备自治大会》，载 1921 年 1 月 15 日《大公报》。

为，"这种制宪程序的形式，算是很严重，并且很有民主的精神"①。也有不少人批评这种办法"迹近包办，推举审查，则事同指派，此等办法，于法理事实，两不可通"②。但此种反对声音未能阻止学者制宪的进行。

1921年1月25日，省政府正式组建成立了"湖南制定省自治根本法筹备处"，按照当时例行的路界之分③，委任省议会议长彭兆璜、财政厅长钟才宏、曾担任国会议员的政务厅长吴景鸿为筹备处主任，这3个人分别代表中路、南路和西路。主任之下，省府又另委赵恒、徐钟衡、陈汉杰3名法界中人为参事，也是按照中西南三路分配的④。筹备处成立后，即派出专员分赴京沪各地，走访社会名流，咨询并征求指导意见。最后，正式敦聘王正廷、蒋百里、石陶钧、彭允彝、李剑农、王毓祥、向绍辑、皮宗石、黄士衡、唐德昌、董维键、陈嘉勋、张声树等13人，为省自治根本法起草委员会委员。

关于起草委员的人选问题，范源廉、熊希龄、汪贻书等旅京湘绅曾建议主要聘请外省籍人士，以扩大联省自治运动的影响。他们开出的委员名单包括：山东的丁佛言，江西的汤漪，安徽的林一涵，浙江的沈钧儒、蒋百里，贵州的裴季常，云南的张镕西，四川的李肇甫等8人⑤。这个方案未被湖南当局接受。为了体现本省人制定本省宪法的原则，省府起初只拟聘请当时北京政府司法总长王宠惠1人为外省籍

---

① 潘树藩：《中华民国宪法史》，上海，商务印书馆，1934版第109～110页。

② 《筹备自治中之异议》，载1921年3月7日《大公报》。

③ 湖南的路界之分源于清末学制改革。其时湖南办理新式教育，按地区分设中、西、南三个师范学堂，以便利各县学生就近入学。自此以后，路界地域之见扩大到用人行政上。

④ 黄士衡：《赵恒惕的省宪活动》，见全国政协文史资料委员会：《文史资料选辑》(30)，北京，中华书局，1962版第157～172页。

⑤ 《北京来电》，载1921年2月18日《大公报》。

起草委员①，后因王氏坚辞不就，改聘王正廷和蒋百里，其余 11 名委员则全部是湖南籍的。

王正廷是《临时约法》起草人之一，民初著名的外交家和法学家。他是浙江奉化人，1907 年赴美留学，先后入密歇根大学、耶鲁大学学法律，归国后任南京临时参议院副议长，后数度出任南北政府外交总长，曾作为全权代表出席 1919 年巴黎和会，1921 年 5 月受北京政府委派充任海牙常设公断法院公断员。王氏还曾担任工商部次长兼代总长、财政总长、中国大学校长等职，并有在长沙湘雅书院任教的经历。

蒋百里也是浙江人，赫赫有名的军事学者。他于 1901 年东渡，1907 年于日本士官学校毕业时夺得步兵科第一名的成绩，轰动了全日本和中国。随后，蒋又赴德国学习军事 3 年，回国不久即出任保定军官学校校长。湘省中下级军官有不少出其门下，他因此在湖南军政界享有极高声望。

湖南籍的石陶钧也是当时著名的军事学者，同蒋百里一样先后留学日本和德国。"二次革命"后，石陶钧先后追随黄兴、蔡锷从事倒袁运动，1918 年回湖南协助谭延闿、赵恒惕重振湘军，备受谭、赵器重。

曾担任北京政府教育总长的彭允彝，是起草委员中湖南籍的政界要人。他是武昌起义后南北议和之南方代表，南京临时参议院议员，被聘为湖南省宪起草委员时是北京政府众议院全院委员会委员长。彭氏早年留学日本，毕业于早稻田大学政治经济科。

13 名学者中最受湖南当局重视的当数李剑农。李剑农，湖南隆回人，早年曾入私塾，后考入湖南中路师范学堂攻读历史。1910 年东渡日本，入早稻田大学学习政治经济学。辛亥革命爆发后停学返国，在

79

---

① 《致北京王亮畴先生电》，载 1921 年 2 月 1 日《大公报》。

汉口《民国日报》担任新闻编辑，不久因言论激进遭通缉，在国内无法立足，乃于 1913 年赴英国，留学伦敦政治经济学院。袁世凯帝制灭亡后返国，先后担任上海《中华新报》编辑、汉口明德大学教授、上海太平洋书店编辑主任等职。李氏虽然在军政界毫不显赫，却因其在《太平洋》杂志等刊物上不遗余力鼓吹联邦主义和联省自治，是当时国内最具影响的联邦主义理论家之一，所以极受推崇，被任命为省自治根本法起草委员会主席。

其余 8 位学者，全部是当时湖南 3 所高等学校——湖南省立高等工业专门学校、湖南省立高等商业专门学校、湖南省立高等政法专门学校的教授，基本上都有留学海外的经历。其中，董维键、王毓祥、黄士衡、陈嘉勋、唐德昌是从美国回来的，皮宗石、向绍辑是从英国回来的。

在敦聘学者同时，自治法筹备处又分别函电省内各公团法团、各地绅士名流，征集对于自治法草案的意见。一时间，各团体纷纷开会讨论草案之内容，以团体或个人名义提交起草委员会的草案计数十起，争论的热点也从制宪主体问题转为"议会制"还是"合议制"等制度设计问题。

1921 年 3 月 20 日，由 13 名学者组成的自治法起草会议正式开幕。是日，全城军政绅商学报各界代表，以及各法团公团代表共 300 余人，前往起草地岳麓书院观礼并祝贺。总司令赵恒惕发表演说云："国事之坏，皆起于自私自利之一念……自治二字，从狭义言之，即个人能治个人之谓。各个人皆能自治，而后全省乃能自治。余现为湖南总司令，若植党营私，保全位置，即是不能自治。"师长鲁涤平亦演说道："民国以来，有三大危险人物：①军人，②官僚，③政客。余即危险人物中之一。此三项危险人物，互相利用，互相勾结，而天下纷纷，乃无宁日……军人既属危险人物之一，本不应有，但自治法成立之后，又恐有人破坏，故不能不暂存，作为自治法之拥护队。俟自治法实行

稳固之后，吾辈军人，皆当退还田园，受自治法之保障。"① 军界代表
的这番表态，不论以后能否兑现，在当时的确给人觉悟非凡之感慨，
也给起草委员和社会各界以莫大信心。

湖南省宪法的起草地—岳麓书院

开幕式之后，13 名学者谢绝一切访客，关在岳麓书院的书斋内进
行起草工作。这 13 名学者，大致可分为两类：一类既有学者资格，又
是省内外军政要人，亲身经历了民国以来发生的各类重大事件，对现
实政治有很深的了解。委员会中的王正廷、蒋百里、石陶钧、彭允彝
很明显属于这一类。其余则可视为纯学者，有些人刚刚从国外留学归
来，比如唐德昌、董维键、王毓祥、黄士衡。这两类人在关于制宪的
心态和立场上，是有区别的。前者，我们不妨称其为"务实型"学
者，他们主要考虑的是制宪对湖南自治的现实支撑，以及对全国联治
运动的影响，至于这部宪法是否完美、是否持久，倒是次要的。石陶
钧曾经携草稿到起草地附近拜访一位友人。当时草稿上规定省长任期

———————

① 《昨日自治开幕记》，载 1921 年 3 月 21 日 《大公报》。

5年，不得连任，友人读完草稿后说，这样规定太硬性，太不尊重现实，现在刚由专制而变为共和，一切未上轨道，必须有一个稳定的中心势力来维持秩序。而这种中心势力的养成，不知要付出多大代价，中心势力的转移，更将引起无穷纷乱，你现在规定省长任期5年不得连任，简直是限定5年必有一次乱事，"事实如此，非可与先进国之更易首长相比拟者。若届时修改宪法，以迁就人事，徒与敌党以口实而已，岂非求治而反造乱耶？"[①] 石陶钧听后，表示很同意友人的见解，但他同时又辩说："君何过虑之甚，现在何必即计及五年以后耶？"[②] 由此可见，他完全是把制宪当作一种因应时势的政治策略。

与石陶钧的心态相反，纯学者型的起草委员，可以说是怀着神圣的使命感接受政府邀请，参加宪法起草的，对这些人可称其为"理想型"学者。他们自比为美国制宪会议的先贤，决心为湖南人民起草一部长治久安的"根本大法"，以使湖南的自治事业有章可循。因此，他们一方面引进甚至是照抄欧美国家最先进的政治制度；另一方面，在引进的时候尽量根据现实情况权衡利弊，酌量采择，而当他们这样选择移植的时候，首先考虑是要发扬民主政治的精神。这样一来，两类心态不同的起草委员，在宪法设计的一个核心问题——政府体制问题上，产生了分歧。以王正廷为代表的务实型学者，主张借鉴美国总统制，采用"省长制"（当时又叫"独任制"）。王氏认为湖南时当南北要冲，又值多事之秋，需要强有力的政治权威，应当赋予省长较大职权，使其有所作为；对省长限制太多，是自缚手脚。但是他的主张与当时反对专制独裁的一般社会心理相冲突，更与学者们的理想相违背。因为大多数学者当时最关心的，是如何以民治代替军治，如何制约集军政大权于一身的省长赵恒惕，对于王正廷的省长制主张，自然

---

① 朱传誉：《赵恒惕传记资料》（一）第40～41页。

② 同上。

不肯答应，甚至认为王氏是专为赵恒惕当说客的①。因此讨论结果，决定仿效英法责任内阁制，采用省务院制，对省长在用人行政方面，设置多重限制，比如规定省务院长及各省务员，非经议会同意，不得任免；省长发布命令文书，非经省务院长及主管司长之副署，不生效力；同时规定，省长任期4年，不得连任。

从起草委员以及相关人士后来的回忆文章看，当时委员会内部虽有意见分歧，却很少起冲突。究其原因，主要是学者们有一种共同的心态，即尽量使这部宪法充满进步精神，使它符合当时普遍的社会心理，以便用它为联省自治运动做宣传。如果真的规定一个有利于军事独裁的省长制，难免受舆论攻击，让国人觉得湖南的制宪完全是为地方军阀张目，从而坐实了联省自治是"联督割据"的罪名。因而那些比较务实的学者，对省长制的主张并不十分坚持，对明显理想化的条款，也不十分反对。

可能也是考虑到湖南制宪对联省自治运动的表率作用，省长赵恒惕本人，同样对宪法内容表现出开明的态度，知情者说他"未曾一至起草之地，且未曾一索阅其稿，以示大公"②。这种说法应该是有根据的，因为，如果他曾经干预的话，很难想象宪草中有那么多对他个人不利的条款。对比北京国会制宪过程中袁世凯百般阻挠干涉的行为，赵恒惕的态度，应该说是相当难得的了。

在全无外界干扰的情况下，起草委员会以将近一个月时间，完成了6种法律草案，分别是：

（1）湖南省宪法草案一部，计一百三十六条，附说明书；

（2）湖南省省议会组织法草案一部，计二十七条；

（3）湖南省省议会议员选举法草案一部，计六十七条；

83

---

① 黄士衡：《赵恒惕的省宪活动》，见全国政协文史资料委员会：《文史资料选辑（30）》，北京，中华书局，1962 版第 157~172 页。

② 朱传誉：《赵恒惕传记资料》（一）第 40~41 页。

（4）湖南省省长选举法草案一部，计二十二条；

（5）湖南省法院编制法草案一部，计一百四十六条，附说明书；

（6）湖南省县议会议员选举法草案一部，计四十四条。

1921年4月14日，起草委员会主席李剑农将已脱稿之各种草案送达省制宪筹备处，由该处3名主任将其公布。

总的说来，由学者们起草的《湖南省宪法草案》，是一部基于西方宪政民主思想上的、充满了理想主义精神的法律文本，通篇贯穿着主权在民和权力制衡的政治原则。主权在民原则体现在：《草案》不但明确规定了人民应当享有的各项政治权利，而且规定人民对省内各项重大事务有监督参与及最后决定权。比如，有权选举和罢免重要行政官吏；有权召回议员；有权创制和复决法律，等等，可谓一切诉诸民意。为了防止政府权力侵害人民，《草案》还规定了一套独立的司法制度，并且规定人民的自由权利受严格的法律保护，不受任何行政机关特别法令限制。

权力制衡方面，《草案》采英法式责任内阁制。一方面赋予议会较大政治权力，另一方面赋予省长及省务院对等的权力，使立法权与行政权互相牵制，不偏重任何一方。关于这一点，起草委员会是吸取了《临时约法》的教训，给予特别重视的。学者们认为，民国以来的纷扰以及《临时约法》的被毁弃，有一个重要原因，便是立法的不善。而这个不善之处，便是对人立法，为了制裁袁世凯一人之野心，不惜牺牲法律文本在学理上的公正性，这是一种明知不可为而强为之的立法错误，结果只会事与愿违。因此，学者们在《湖南省宪法草案说明书》中强调："无论为责任内阁制，或为独任制，行政与立法二部之权限，必求其平衡适中，方不致有一方压制他方之弊。如美之议会不能改造行政部，则总统亦不得解散议会；英之议会可以推倒内阁，则内阁亦可以解散议会，此两相抵衡之道也。吾国临时约法所定之责任政制，为防制袁世凯一人之故，将总统之解散议会权力削去。卒之袁氏之野心不能防制，而国会再遭解散，并约法亦根本破坏之。此二部权衡失中之反动也。本草案于二部之权限关系，务求平衡。关于政治问题，一方可为不信任之投票，一方可以解散，不致再蹈约法偏重之覆辙。"① 可以说，力求学理上的系统性与公正性，是《草案》一个显著的特点。

总之，《草案》力图以三权分立的制度框架确保政治权力的规范行使，并进而确保人民权利的实现。熊希龄将湖南立宪的宗旨概括为"以主权归还全省人民，以法权保障人民之权利"②，学者们的《草案》可说达到了这一目标。

另一方面，《草案》虽然是理想主义的，但也在一定程度上照顾到当时湖南的实际情况，根据现实采择或变更了某些宪法成例。比如《草案》第十三条规定：人民或人民之自治团体，有购置枪支子弹以谋自卫之权，但须经官厅之许可登记。这一条是仿效北美联邦及各州宪法而定，但写入这一条的现实原因是，当时湖南匪盗横行，地方治安赖各地方自治团体维持，而各地方自备之枪械，往往被军队强行搜去，所以特别写入这一条，以之为地方自治团体抵制军队蛮横强索的法律依据。又如，在省议员名额分配问题上，根据民主国家通例，应采人口比例代表制，但考虑到当时湖南户口不清的事实，规定暂时采用地区代表制。另外在强迫义务教育、义务民兵制、省长选举等问题上，《草案》也从实际出发作了一些特别规定，体现出学者们务实的态度和强烈的现实关怀。

对于起草委员会以近乎神奇的速度完成的这部宪法草案，湖南各界的反应，可以说基本上持肯定态度。一直以来反对包办制宪的长沙《大公报》主笔龙兼公撰文说："这次起草委员会草拟的湖南省宪法案，我读了三四遍，觉得大体是很不错的。他的长处：第一是知道注

85

---

① 湖南省宪法起草委员会：《湖南省宪法草案》，1921 年 4 月。
② 《湘省自治案之近讯》，载 1920 年 11 月 5 日《时报》。

重民权。看他规定人民权利义务，处处都从实质上划定界域，明白写了出来，不用浑括条文，替恶政府多留蹂躏人权的机会。这一章在本草案中，确实是特放异彩！第二是知道着眼事实，不务为高远之谈，使条文等于虚设；其有根据法理本应如此规定，而因他种关系即时又行不通者，则变通方法或展缓其施行期限。这都可以见得起草诸君的心思细致！第三是知道求实用不求美观。我起初是一个反对所谓'学者制宪'的人，就是恐怕他们不甘心自贬'学者'的身价，专门替我们起草一部'好看不好吃'的宪法。今读本案，'不好看而又好吃'的地方很多，这真是出我们意料之外……"① 龙兼公的这些评价应该说代表了一种普遍意见，因为当宪草公布后，对其具体条文的批评虽然层出不穷，却不曾出现要从整体上推翻草案的声音。激烈主张公民制宪的毛泽东，在批评宪草时也只是说，它"最大的缺点，是人民的权利规定得不够"②。因此，"学者制宪"这一步骤，虽然是由赵恒惕政府压抑各派意见强制推行的，却由于草案本身体现了民意，所以没有惹出新的麻烦。从简从速制宪的方案，算是推进了一大步。

---

① 龙兼公：《省宪草案的长处和短处》，载 1921 年 4 月 24 日《大公报》。
② 毛泽东：《省宪法草案的最大缺点》，载 1921 年 4 月 25 日《大公报》。

五

宪法审查：谋求妥协有多难

学者制宪的办法虽然简捷易行，但制宪运动并未因此走上阳关道。根据制宪简章的安排，宪草完成之后就要进入审查程序。审查程序的意义在于，使宪法与更大范围的湖南民众而不只是11名湖南籍学者发生直接关系，一方面救济学者制宪脱离现实闭门造车的弊端，另一方面，也是最重要的一方面，是使学者制宪回避了的人民主权原则在这一程序中得以体现——宪草经过各县人民推举的代表审查修改后，就可以解释为是由湖南人民而不只是学者们制定的。从现实的意义上说，审查程序主要是给绅士阶级和热心制宪的人士发表意见的机会，满足他们参与制宪的强烈愿望，这样有利于成文宪法得到广泛认同。因此，在审查阶段，公民团体和个人被允许和鼓励表达各自对于宪法草案的意见。这样一来，起草阶段避免了的"意见不能统一"这个棘手问题，又在审查阶段冒出来了。更严重的是，审查委员会本身的成员，或基于政见分歧，或出于自身打算，在一些关系重大的条文上大起争端，使得审查过程一波三折，迁延数月而不能得出结果。

87

五·一　由上层绅士组成的宪法审查会

审查程序的第一步是推举审查员，这项工作在聘请学者起草同时就已进行。1921 年 2 月 14 日，省制定自治根本法筹备处通令全省各县停止一切正在进行的选举事务，将各县选举事务所改为"湖南制定省自治根本法筹备分所"，并颁布了"省自治根本法筹备分所简章"，规定自治分所的应办事项为：①调查，②推举审查员，③宣讲，④征集人民对于自治之意见，⑤筹备总投票，等等①。到 3 月 20 日麓山起草会议正式开幕后，筹备处便电催各县推举审查员，限于 4 月 20 日到省投验。这样，在一个月左右的时间内，全省 75 县按照每大县推举代表 3 名、中等县 2 名、小县 1 名的原则，共推举出代表 155 人组成审查委员会，负责审查宪法草案。155 名审查员中，除女子联合会会员陈俶外，其余 154 人全部为男性。

这 155 名代表的产生，根据制宪简章第七条规定，是由各县知事召集县议会，"公推各县士绅之具有学识经验者组织之"，"各县之议会有未成立者，得由县知事召集各法团推定之"。同时第七条又规定，"国会省会议员及各机关供职人员均得被推"②。按照这种程序和标准推举出来的代表，很难说代表了 75 县人民，充其量只能说是代表了这些县的绅士，甚至只能说代表了上层绅士。根据张仲礼对中国绅士的分类法，上层绅士系由那些学历较深者以及有官职者组成，"使上层绅士有别于下层绅士的标准是由他们的学衔所体现的较高学历"③。因此，能够被一县之知事和议会认可为"具有学识经验者"或已然当上了国会省会议员及各机关职员者，无论如何都已进入了上层绅士行列。现将被推举之审查员名单列如下④：

---

① 《制定自治分所简章》，载 1921 年 2 月 14 日《大公报》。

② 《省自治根本法筹备简章》，载 1921 年 1 月 13 日《大公报》。

③ 张仲礼：《中国绅士——关于其在十九世纪中国社会中作用的研究》，上海，上海社会科学出版社，1991 版第 21 页。

④ 审查员名单参见 1921 年 8 月 21 日《湖南筹备自治周刊》第 22 期。

熊希龄	仇 鳌	王克家	蒋国辅	粟戡时	赵 恒
杨世昌	李若谷	陈贞瑞	李原骏	余德广	康和声
彭 旭	谢宝林	陈应森	邹成谦	陈绳威	蒋风梧
陈 傲	朱侣云	唐 陶	钟甲森	胡 迈	李继辉
李光第	程希洛	谢国藻	汤荫棠	姚寿衡	杨守康
朱应祺	周歧南	曾 毅	严国桢	余树本	金次仁
吴友贞	覃遵典	田兴珠	杨怀恭	江天涵	黄裳元
游如龙	彭承念	吴纪猷	朱德龙	罗辅国	吴华翰
谢光焯	萧 登	田佐汉	傅作楫	程子枢	李世英
颜应春	杨 全	段 莪	唐承寿	方永元	舒守恂
胡树瑚	胡 曜	许汝珩	孙迪哲	成先杰	周毓丰
黄觐光	欧阳谷	何炳麟	胡祖杞	沈炳寰	张鉴暄
马 洵	申开云	任时琳	夏国瑞	何德堃	欧阳荣
向玉阶	何国赞	于鸿钧	吴舜卿	潘源选	彭 健
何调鼎	胡裔蒸	于良佐	贝允昕	李永翰	刘 焜
何 起	陶圣烈	梁经铨	李 诲	雷霎溥	邓国勋
周鹏鸁	侯昌铨	方汉儒	李朝襄	蒋辉祖	邱鹏年
徐 固	侯文化	龚盛际	刘基钜	冯 铨	周铣锟
曹佐熙	何 瞿	欧鸣高	雷铸寰	方维夏	龚 超
郑致和	陈国钧	陈树森	姚彦文	李元植	陈际翔
傅定祥	杨云坡	彭 瀛	周道藩	涂惺宇	文兴焕
段书麟	刘绍基	杨甘霖	殷大向	颜丙炎	李汉文
谭鸣和	刘振汉	傅庆余	石玫玉	康醉渊	龙纳言
戈敦澄	张伯良	石鼎元	陈 焜	郭庆寿	何烛邻
姚润仁	唐芳惠	梁祥云	侯仗义	黄承熙	刘 焕
戴丹诚	曹绍建	文 骏			

由 155 名上层绅士组成的这个宪法审查委员会，除极个别未能到会者外，皆于宪草脱稿 10 天后会聚省城，郑重其事地开始其审查工作。1921 年 4 月 25 日，首由制宪筹备处召集审查员开谈话会，分路界推举 7 名审查规则起草委员，然后经过一周的起草、讨论、表决，始将审查规则通过。5 月 9 日，开会选举熊希龄为宪法审查委员会审查长，仇鳌、刘揆一为副审查长①。由于制宪筹备简章规定的审查会期限只 20 天，而需要审查的宪法

宪法审查记录

正文 130 余条，外加附属法案 5 种，事责繁重，审查会乃决定于正式会期前开预备会。5 月 13 日，审查会开第一次预备会议，逐条讨论省宪法条文。

对于宪法条文的讨论，审查员们可谓极其认真，简直认真到走火入魔的程度。第一天讨论，仅通过一段 31 个字的序言。第二天讨论，仅通过了宪法正文总纲第一条。又，预备会刚开始，各种各样的修正案已层出不穷，仅第一、第二两章的修正案已经油印出来的，就达 100 余起②。如果按这样的速度，宪法草案及 5 种附属法草案共 442 条，至少要 3 年时间才能审查完毕。因此，舆论直斥省宪审查会不是

① 刘揆一（1878—1950），字霖生，湖南衡山人，华兴会创始人之一，亦为同盟会元老。民国建立后曾担任北京政府工商总长、国会议员，国会解散后回湘。因与起草委员意见不合，刘揆一对副审查长一职推辞不就。审查长熊希龄则有事请假。因此，审查会只得又增选粟戡时为临时审查长，蒋国辅、王克家为副审查长。参见龙兼公著《湖南自治纪略》，载 1921 年 9 月 1 日《大公报》。

② 抱一：《警告省宪审查会》，载 1921 年 5 月 18 日《大公报》。

在审查宪法，而是在破坏宪法①。这使得审查会不得不修改规则，将表决起立人数三分之二通过改为过半数通过，又延长每日开会时间。即使这样，审查进度仍十分缓慢。

审查员对于宪草的这种认真劲儿，一方面固然是绅士学究咬文嚼字的毛病使然，另一方面更体现了绅士们对于省宪所持的当家做主姿态。随后我们将看到，这种当家做主的姿态使学者草案被"零刀碎割"②，也使来自民间的意见被筛选过滤，其结果则是使宪法文本尽量符合绅士阶层，特别是参与制宪的审查员们的意志。

五·二　公民意见之表达

虽然宪法起草的权力给了学者，审查的权力给了绅士，一直以来积极参与制宪运动的公民社会并没有因此置身于制宪过程之外。审查程序开始后，各社会团体纷纷集会讨论宪法草案，纷纷向审查会提交意见书，甚至向审查会请愿、示威。省内各大报纸都开辟专栏，讨论有关宪草的种种利弊得失，一时间，制宪问题又从书斋回到社会。视宪法为人民权利保障书的公民和公民群体都在利用这个机会表达自己的政见或诉求，其中，尤以女子联合会对妇女权利的要求最为强烈，以至于形成了一场规模不小的女权运动。

还在审查会开议宪草之前，湖南女子联合会便先声夺人，邀请各县审查员开欢迎会，提出宪草虽有男女平等之义，规定了男女在法律上的平等地位，但对女子权利的规定不够具体和充分，请审查员在修改时务必将女子参政权、继承遗产权、男女教育平等、一夫一妻制、

① 抱一：《警告省宪审查会》，载 1921 年 5 月 18 日《大公报》。
② 李剑农：《由湖南制宪所得的教训》，载 1922 年 6 月《太平洋》第 3 卷第 6 号。

婚姻自决权等条文全部通过或加入宪法①。随后，女子联合会又发表宣言，就上述权利要求提出修改宪草的具体意见：其一，第二章第五条原文为"人民在法律上一律平等，无男女宗教阶级之区别，无论何人，不得以人身为买卖之目的物"，应改为"人民在法律上一律平等，无男女宗教阶级之区别，无论何人，不得买卖人口，纳妾蓄婢"；其二，第一章第七条后应增加一条，为"人民无论男女，均有继承财产之权"；其三，第二章第十八条原文为"人民依法律有选举被选举及任受公职之权"，应于"人民"二字下，添"无论男女"四字；其四，第四章第二十九条原文，"公民年满二十五岁以上，无左列情事之一者，皆有被选为省议员之权"，应改为"有中华民国国籍之男女公民，年满二十五岁以上，无左列情事之一者，皆有被选为省议员之权"。

1921年5月17日《大公报》载女界请愿审查会纪事。

宣言说，这几条意见是妇女们"万众一心，无论如何，要审查诸公采纳的，而尤以参政承产二条最为重要。诸公如不采纳……到时候我们

---

① 《女界欢迎审查员纪事》，载1921年5月4日《大公报》。

为己身利害计，为人格人权争存亡计，当不惜绝大的牺牲"①。

　　女子联合会的要求提出后，立刻引起了广泛争议。社会舆论有支持的，有反对的。而审查会内部，对于如何处置妇女界的要求，也起了争端。大部分审查员只同意男女有平等的受教育权利，对于女子参政权、遗产继承权、一夫一妻制等，都不主张写入宪法。反对女子参政的理由，主要是女子受教育程度低，不具备参政的智识和能力；反对女子遗产继承权的理由则是，社会组织及家庭习惯改革之前，承认女子遗产继承权将会在兄弟姐妹间、夫妇妯娌间引发无数的纠纷，引起社会及家庭秩序的紊乱；而反对规定一夫一妻制的理由是，以前娶有妾的将无法处置，类似条款只宜写入民法；更有少数斤斤于夫权与男统的审查员，主张取消草案中原已规定的女子参政权和受教育权②。审查会的这种倾向引起了妇女界强烈不安。女子联合会遂于 5 月 16 日，即审查会将要通过或否决有关女子权利的提案之前一日，集合省城各女校学生约 2000 人，到审查会会场请愿，要求反对女子权利的审查员当众陈述理由，最后迫使副审查长仇鳌当面承诺，对于女界要求的"教育平等权"、"财产继承权"、"参政权"等，一律赞成③。然而，在通过相关条文或提案时，仍有少数审查员坚决反对，其中尤以程子枢、程希洛二人最为激烈。他们主张将第五条"人民在法律上一律平等"下面的"男女"二字删去，将第十九条"享受同等教育"上面的"无分男女"四个字也要删去。程希洛还撰专文反对女子参政，理由之一是"女子生理上的作用不同，当兵纳税与生育关系，女子不能与男子强同一律"④。程子枢竟提出了一个公然主张纳妾的修正案，

93

宪法审查：谋求妥协有多难

五

———————

　　①　《女界联合会意见书》，载 1921 年 5 月 6—7 日《大公报》。

　　②　《昨日省宪审查会纪闻》，载 1921 年 5 月 18 日《大公报》。

　　③　《全体女界请愿审查会纪事》，载 1921 年 5 月 17 日《大公报》。

　　④　程希洛：《不主张女子参政》，载 1921 年 5 月 16 日《大公报》。

要求给妾正名为"第二妻"①。二程并大骂起草委员为"鹦鹉"，只知抄袭外国政治制度，不顾中国国情。二程如此顽固，引起妇女界轩然大波。第一女师范、蚕业讲习所和其他女校的师生都游行、示威、请愿、宣传，扬言要以尿罐子作武器痛打二程，吓得两人不敢外出②。女审查员陈俶则在审查会中据理力争，以至于"悲愤填胸，咽不成声"③。即便如此，陈俶所提女子有权继承遗产案在表决时仍不得通过。5月18日，女子联合会派代表20人前往审查会质问，并要求旁听，被警卫阻拦，代表们便在会外静候，直到审查会原则上通过了陈俶有关女子承产权的又一提案④。5月24日，审查会第九次预备会通过草案中有关男女受平等教育权的条款。6月1日，审查会第十四次预备会讨论草案第二十八条关于男女皆有选举权的条款，程子枢主张改"男女"为"人民"，程希洛主张改"男女"为"省公民"，皆被否决，女子参政权于是确定⑤。女界争取权利入宪的运动可说成绩斐然。然而始料未及的是，在8月23日审查会的正式会议上，有关女子财产权的条款——"人民之私有财产有依法律分配于其子女之权"，又被否决了。原来，正式会议时值暑假期间，女权运动的领袖和女校师生大都离开长沙返回家乡，预备会时因受压力而赞同女权的审查员们，便以迅雷不及掩耳的手段，把他们内心里并不赞同的女子承产权给取消了⑥。这样，妇女们费了九牛二虎之力，争得了草案中所规定的女子参政权和受教育权，至于女子联合会宣言所指陈的那几条修改办法，竟无一被采纳。

---

① 《全体女界请愿审查会纪事》，载1921年5月17日《大公报》。
② 黄士衡：《赵恒惕的省宪活动》，见政协全国委员会文史资料编辑部：《文史资料选辑》（30），北京，中华书局，1962版第157~173页。
③ 《全体女界请愿审查会纪事》，载1921年5月17日《大公报》。
④ 《女界代表昨又请愿审查会》，载1921年5月19日《大公报》。
⑤ 龙兼公：《湖南自治纪略》，载1921年9月1日《大公报》。
⑥ 《佩服》，载1921年8月24日《大公报》。

与此类似的是，社会主义者要求将生存权和劳动权写入宪法的意见也没有被采纳。宪草公布后，来自社会主义者的批评最为激烈。毛泽东撰文说："现在无职业及失业的人如此之多，这样重大的社会问题，宪法上不规定解决办法，真是岂有此理"，"这次制宪，如果不多采纳些社会政策放在里面，将来革这部宪法的命的，一定就是那些人"①，他因此强烈建议在省宪中加入保障劳动者利益的相关条款。毛泽东的这一主张得到了受社会主义思潮影响的许多知识分子支持，因此审查会开议不久，就有审查员王克家提出修正案，请在宪草关于人民权利义务一章中增加三条：①人民有最低限度生存权，②人民有从事相当职业之权，③人民有享受其劳动所生纯利之分配权。结果这几条全被否决②。

女子承产权的得而复失和劳动保护案的被否决表明，由上层绅士组成的审查会很难通过那些从根本上推翻旧习惯、改革旧制度的提案，特别是难以通过不利于绅士阶层自身利益的提案。所以有批评者说："他们（指审查员）一百五十五分之一百五十四是男子，为什么同他讲女子应有遗产继承权？他们不是些胖手胰足饥寒无告的，为什么同他讲保护劳动，讲要求生存的权利？"③长沙《大公报》主笔龙兼公悲愤地说："聚七十五县'出类拔萃'的人物于一堂，来创造一部自昔未有的大宪典，硬说他们一定不知道顺从真理，对于亟待解决的社会问题，想个相当适宜的救济方法。一定打不破偶像，冲不破旧制度旧习惯的罗网，拓不开胸襟，展不开眼界，不能替我们最大多数的人民谋最大多数的幸福，甚至于还要在宪法上留些缺憾，播些危险的种子。这种武断的臆揣的话，无论将来结果到底怎样，我受着'同情心'和

---

① 毛泽东：《省宪法草案的最大缺点》，载 1921 年 4 月 25 日《大公报》。

② 龙兼公：《湖南自治纪略》，载 1921 年 9 月 1 日《大公报》。

③ 龙兼公：《我不相信》，载 1921 年 5 月 12 日《大公报》。

'希望心'的支配，总是绝不敢相信的。"① 然而"同情心"和"希望心"左右不了审查会的意志。在宪审的整个过程中，类似社会主义者和理想主义者的提案都无法通过，这使得许多人，尤其是那些一开始将湖南立宪看作革命行动的激进知识分子，对省宪的热情一落千丈，甚至一变而为省宪的反对者。有人投书上海《民国日报》说："这等省宪法，与我们小百姓无益，我们便不能承认。我们非要实行我们最纯洁、最高尚的理想主义，把这虚伪的、强迫的、污秽的私人宪法铲除不可。"② 宪法审查会的阶级色彩与保守倾向，大大地减弱了公民参与制宪的热情，并使省宪运动失去了一部分支持者。

省宪关于教育经费的规定。

尽管如此，那些有社会地位的、能进一步影响制宪过程的团体和个人，尤其是上层绅士云集的团体，对省宪的热情仍有增无减，而他们的意见，也能受到审查会的充分重视并最终在宪法中体现出来。比如，教育会和律师公会的要求，可说没费什么力气就被采纳了。教育会的要求，主要是提高和保障教育经费。学者草案规定，每年教育经费，至少须占全省预算案岁出的 10%；每年提出之教育基金，至少须占全省预算案岁出的 1%。但省教育会认为，10% 这个比率远远不够，请审查会将教育经费的比率提高到占预算的 20%，每年提出教育基金的

① 龙兼公：《我不相信》，载 1921 年 5 月 12 日《大公报》。
② 子绮：《没有好结果的湖南宪法》，载 1922 年 1 月 13 日《民国日报·〈觉悟副刊〉》（上海）。

比率提高到占预算的2%①。随后，审查会中教育界的代表在相关提案中，又将教育经费比率提高到30%。这个提案在审查会第二十八次预备会时得以顺利通过，因而，正式公布的湖南省宪法第七十六条规定："每年教育经费，至少须占全省预算案岁出百分之三十；每年提出之教育基金，至少须占全省预算案百分之二；其保管方法，及用途，以省法律定之。"②

1921年8月22日《大公报》载律师公会请愿事件。

律师公会的要求是关于提案权的。草案为救济议会政治弊端，略采全民参与立法精神，规定省教育会、农会、工会、商会作为法定之职业团体，有权提出关于各该会范围内之法律案，省议会必须以之付议，但没有规定律师公会也有同等提案权。律师公会因而请愿于审查会，要求享有与教育会、工会、农会、商会同等之提案权③。相关提案在8月22日审查会正式会议初读会时被否决，但在8月26日二读会表决时又得以通过④。律师公会的成功，马上引起连锁反应。原来，草案中之所以未规定律师公会有提案权，是因为社会上对该会作为全省性职业法团的性质存有疑义，人们"咸以律师

---

① 《请修改省宪法草案所列教育各条之意见》，载1921年5月24日《大公报》。

② 参见本书附录一：《湖南省宪法》。

③ 《律师公会力争提案权》，载1921年8月22日《大公报》。

④ 毓英：《审查会二读会之释疑》，载1922年8月27日《大公报》。

非一般人所有之职业，律师公会非全省之法定机关……不能与农工商同语"。现在，既然律师公会有了提案权，则其他地位不及农工商的职业团体也应有提案权。因此，二读会在表决通过律师公会有提案权之后，又表决通过"其他依法律组织之职业团体"亦有提案权①。这样，律师公会的努力不但提高了本团体的地位，也为一般社会团体参与立法开了方便之门，扩展了草案中已略显的全民立法精神。

总的来说，在宪法审查程序中，公民意见被采纳的程度，要视这种意见所指向的利益群体在现实社会中所处的地位如何，其参与政治的程度如何。虽然各种社会群体都希望自身权利要求得到肯定，但由上层绅士组成的审查会，更多地照顾了那些有发言权的绅士群体的要求，或是出于压力不得不顾及某些有较强参政能力的群体所表达的意见。这种局面虽然离理想主义者所期待的大众民主有着遥远的距离，但如果考虑到当时大众参与政治程度极低的事实，特别是考虑到制宪运动的实力后盾其实是军人集团而非社会力量本身，那么，宪审过程中有限的政治参与，以及对公民意见有限度的采纳，可以说已是十分引人注目的民主气象了。

宪审过程中另一个更加引人注目的现象，是审查员自身意志的强烈表达。宪法审查会对草案有关政制问题的修改，最能说明这一点。

五·三　政制问题

公民意见之表达，虽然在审查会内外引起一些纷争，但并不至于妨碍审查程序进行。对不同利益诉求持不同倾向的审查员，只需在投票时表明自己的立场即可，一般不至于在审查会内部引起激烈冲突。但在有关政治制度的安排上就不一样了。由全省 75 县议会法团推举出来

①　龙兼公：《湖南自治纪略》，载 1921 年 9 月 1 日《大公报》。

的审查员们，都是各地方的头面人物，他们很有可能进入将来的议会、政府或司法机关，而他们所支持或反对的实力人物则有可能主宰这些机关，因此，制度安排时的权利分配，直接关系到审查员的切身利益。这使得审查会在讨论有关政治体制条款时各持己见，纠纷不断。

学者草案中，对政治制度的设计大体效仿英法责任内阁制，规定省长之下设省务院；省长由省议会，省教育会、农会、工会、商会，各县议会、教育会、农会、工会、商会，分别组织选举团选举产生；省务院长及由省务院长推荐之省务员，皆由省长任免；一切大政方针，皆须经省务院议决方可施行。至于省长、省务院与议会之间的关系，一方面省长及省务院要对议会负责任，议会可以通过不信任投票的方式，令省务院长、省务员或省

关于政制问题的争论。

99

务院全体辞职，还可以提议并交由公民总投票表决，令任期未满的省长退职。另一方面，省长有解散议会之权。根据草案说明书的解释，只有这样才能使立法权与行政权相抵，既收议会监督行政之益，又使行政能抗衡议会之无理挟制，而收"集思广益行政敏活之效"①。

对于草案的这种制度安排，审查会内外都有不少人持反对意见。有一种意见认为，草案使行政首脑受到太多制约，认为既有省务院对议会负政治责任，就应让省长超脱于政治漩涡之外；不信任投票只应

---

① 《湖南省宪法草案说明书》，载《太平洋》1921 年第 1 期。

针对省务院而不应牵及省长①。但大多数意见认为，省长被赋予了太大权力，应效法《临时约法》，不予行政首脑以解散议会之权；甚至有人指责草案"采君主独裁政体，收立法司法之权，归于行政一部，以增进省长无上之特权"②。除这两种对立的意见外，还有一种意见，根本反对设省长一职，主张采瑞士式的委员合议制，认为这种制度有许多优点，既符合民主潮流，又可泯除首领之争，此制若得在湖南实行，不但可以避免省长一人专横，还可以容纳多方人才及意见；且因湘省正处南北纠纷之中，其情形与瑞士处于欧洲列强之缓冲地带相似，废弃首领制，可杜绝南北要人觊觎之心。此说一出，关于行政组织究竟应采省长制（或曰独任制）还是合议制的话题，便成为社会舆论和宪审会议辩论的焦点。社会名流刘揆一，宪审委员会副审查长王克家等，都是合议制的大力鼓吹者③。

将瑞士的合议制搬到处于四战之地的湖南，先不论学理上如何，至少在当时的湖南人看来，很不合时宜，只会加剧湖南政争无宁日的局面，或者根本无妥善办法产生出合议制的六七个政务官。因此，社会舆论及大部分审查员都认为这是一种行不通的办法。而宪审期间回湘的审查长熊希龄，亦邀集赵省长、筹备处主任及审查员们开茶话会，谓省长制适合于现时，请审查诸君牺牲个人意见，成一部完全适宜的宪法④。因此，审查会否决了行政合议制案。

有关行政合议制的提案虽然被否决了，但审查会在通过有关省长与省务院的条款时，对草案做了大幅度修改，将省务院的组织修改得

---

① 萧征铭：《湖南省宪法草案之评议》，载《太平洋》1921年第3卷第2号。

② 刘揆一：《对于湖南省宪草案之意见》，载《湖南筹备自治周刊》1921年第16期。

③ 《熊凤凰与省宪审查员之茶会》，载1921年6月6日《大公报》。

④ 参见1921年6月16日香港《华字日报》"中外要闻"栏。又见"中央研究院"：《赵恒惕先生访问记录》，载《赵恒惕传记资料》（一）。

类似于委员合议制，使草案所拟责任内阁制面目全非。关于这一层，李剑农事后在《湖南制宪所得的教训》一文中已有详细列举并解说如下：

草案原文：

第五十三条　省设省务院及行政各厅。

省务院以各厅之厅长组织之，以内务厅或财政厅之厅长为省务院长，其余各厅厅长皆为省务员。

第五十四条　各厅之设置及组织，以省法律定之。

第五十五条　省务院长，及由省务院长所推荐之各省务员，皆由省长任免。

省长任免省务院长时，须得省议会之同意。

此项同意案，省议会若于提交后三日内不行可否之表决时，即作为默认；但否决不得逾二次。

第五十九条　省务院长或省务院全体，受省议会之不信任投票时，省长非解散省议会，省务院全体即须辞职。

修正案：

第五十七条　省设省务院及左列各司。

一，内务司；二，财政司；三，教育司；四，实业司；五，司法司；六，交涉司；七，军务司。

省务院以各司之司长组织之，各司司长皆为省务员。

第五十八条　各司之组织，及司长之任期，以省法律定之。

第五十九条　各司司长，由省议会选举二人，咨请省长择一人任命之。

省务院长由各司司长互选一人，呈请省长任命。

省务员如有溺职及其他违法行为时，省长得罢免之。

第六十三条省务员全体，或一员受省议会之不信任投票时，即须辞职。

审查会的修正案中，最令人难解的，就是关于省务院组织的几条。世界各国，没有把行政部的各部数目及名称，采板板地规定在宪法上。因为行政部应该如何分部，须随时势的变迁。修正案将湖南省行政部限定分为七司，这是第一层令人难解。湖南纵然主张联省自治，外交权总不能不归于国政府。审查会对于省政府和国政府的财源不敢分划，竟敢在省宪上设一个交涉司，侵犯国政府的外交权，这是第二层令人难解。责任内阁制的阁员，没有一定的任期可说，议会信任他，他可以继续做阁员（英国内阁命运长的，如爱斯蔡内阁长至十来年）。议会不信任他，几天几月的工夫就倒了。审查会的修正案，既采用责任内阁制，又要将省法律来规定各司司长的任期，这是第三层令人难解。责任内阁制的阁员，没有不由阁长自己选定，交总统或君主任命的。因为责任内阁，对于议会要负连带的责任，阁员若不由阁长自己选定，意见行动便不能一致，便不能负连带责任。至于阁长的选择，当然属于议会多数党的领袖，议会没有一个多数党，就要属于能够联合几党的领袖。倘若他在议会中没有多数的后援，他自然不敢担任组阁。所以阁长断没有由一些不相干不同意志的阁员互选出来的。审查会的修正案，既采责任内阁制，不把选择阁员的权付与阁长，反把选择阁长的权付与一些由省议会选出的阁员。假使湖南有两个对立的大党在省议会中，那七司的司长，都由一个多数党选出，或者尚无大碍；现在湖南既无有大政党，司长的当选人又有14个，选举的结果，不外是由一些的小政客团体，瓜分七司的位置。七司司长，断不能有一致的意见。由这种不一致的阁员选出一个阁长，怎么能负连带责任？这是第四层令人难解的。责任内阁的阁员，纯以议会的意旨为去留；违法溺职就要受议会的弹劾，政策的误谬就要受议会的不信任投票。总统或君主，虽有罢免他的权，不过是形式上的行动。审查会的修正案，既以弹劾和不信任投票赋予省议会，又于第五十九条赋予省长以严重的罢免司长权。省务院即受了议会的宰制，又要受省长的宰制，两面夹攻，这种责任，如何能负？这是第五层令人难解的。责任内阁制，为两项对待的动作：议会对于内阁，可以不信任投票，内阁对于议会，可以解散。倘若没有这两种对待的方法，就不免一方受他方的挟制。议会不怕被解散，不信任投票权的行使，才有真正代表民意的精神和价值。因为解散议会，立刻就要改选，意思是诉之于民意，以判内阁和议会的曲直。所以英国议会，有时和内阁意见不对，自己要求改选以观察民意。这才是责任内阁制的真精神。审查会以不信任投票权赋予省议会，把省长解散议会的权削去了，这是大背于责任内阁制的原理……这是第六层难解的。这六层难解的问题，倘若从纯粹的理论上去求解，是终于不能解的。我们要解释，只能从当时审查会中的特别情形去解释。什么是当时审查会中的特别情形？当审查会开幕的时候，审查员中有一小部分的政客，极力主张采用瑞士的委员合议制，不要省长。表面上的理由就是：省长地位，容易引起政争；若采委员合议制，可以免除争省长的弊害。因为省长的地位只能容纳一人，委员合议制可以容纳多数人。实际上的理由，就是要将最高行政权，平均分配于中西南三路的高等政客。他们既主张模仿瑞士的委员合议制，依瑞士的办法，行政各部的长官，就非由议会选举不可。但是抱持这种主张的，在审查会中，只有极少数。大多数的人，都以为瑞士的政制，是世界上最特别的政制，我们湖南决不宜取法。所以大多数的审查员，都主张维持草案原文所采的责任内阁制。后来因为议员分配问题，中路的审查员全体退席，弄到开不成会。那些主张委员合议制的政客，就利用这个机会，和中路的审查员妥协，把采取委员合议制，作议员分配的交换条件。

中路的政客，只要多取得几个议席，就将原来责任内阁制的主张牺牲了；但是表面上还是要顾全原来的颜面，所以将草案原文"零刀碎割"，割成一个不可解。他们要采板板的规定七司，就是要有这多司长，才够他们心目中三路政客的分配；一时想不出七个司的名目来，就糊糊涂涂把交涉司也添在里面。原来主张采委员合议制的，并不是都真正见到瑞士政制的好处，实在大多是注目在省行政权的瓜分。有了七个司长的位置，给他们在省议会里，用选举方法来瓜分，他们的目的就达到了，就添上一些连带责任，不信任投票的种种条文，他们也心满意足了。那些主张责任内阁制的审查员，能够真正懂得责任内阁制的精神和作用的，也只有少数的人，大多数的人，不过是自己预备做省议员，采用责任内阁制，省议员方可操纵政府。现在所采的责任内阁制，不惟阁员要对于议会负责任，并且全由议员选举；议员可以推倒阁员，阁员又不容易解散议会。所以主张责任内阁制的审查员，对于那种修改案，也心满意足了。这就是前面那几层不可解的解释①。

李剑农的解说尖锐地指出了审查员在宪审过程中专为自身利益打算的情形。他指出，这些自己预备做省议员的审查员们，为了便于将来在议会中瓜分权力并操纵政府，将草案所拟的责任内阁制修改成了一个形似内阁制、实为合议制的混乱莫名的政府体制。而修正案的体制不论看上去多么混乱和有悖学理，其宗旨却只有一个——把省议会的权力扩张到无限大，把湖南的政权作为三路政客的利益分配物。这也就是说，合议制的主张，在舆论的热烈讨论中虽然是出于对独裁之恶感以及对民主理想之追求，在审查会却是瓜分政治权力的需要。这种需要，随后更加强烈地体现在省长选举和议员名额分配问题上，由

---

① 李剑农：《由湖南制宪所得的教训》，载《太平洋》1922年第3卷第6号。

这两个问题引出的纠纷，最终导致了审查会破裂。

五·四　审查会之破裂

宪法审查会之所以在省长选举办法和议员名额分配两个问题上出现不可调和的纠纷，主要缘于审查会内部"路界"势力之间的矛盾。

"路界"这个词，在湖南的历史并不长，它源于清末学制改革。清末湖南创办新式教育时，为方便各县学生就近入学，按地区分设中、西、南三路师范学堂。长沙、岳州和宝庆为中路，常德、澧州、辰州为西路，衡州、永州、郴州为南路。自此以后，路界地域之见扩大到用人行政上，而这次宪法审查委员会，也"中了这种路界的毒"①。由于中路大县多、人口多，西、南两路则小县多、人数少的缘故②，那些深怀"路界"之见的审查员们，便在议员名额究竟应以人口为比例还是以地区为比例的问题上，在省长选举究竟应由县议会决定还是由公民总投票决定的问题上，闹得不可开交。

关于省长选举办法，草案原文第四十二条规定，省长以下列方法所组织之选举委员会选出：

105

　　一、省议会全体为一选举会；

　　二、省教育会、省农会、省工会、省商会，各出相等人数组

---

① 李剑农：《由湖南制宪所得的教训》。

② 民初，湖南全省共计有 75 县。属中路者，有长沙、善化、湘阴、浏阳、醴陵、湘潭、宁乡、益阳、湘乡、攸县、安化、茶陵、巴陵、平江、临湘、华容、邵阳、新化、新宁、武冈、城步等 21 县，其余 54 县均属西、南两路。以人口数量计，全省约 3000 万人口，中路约 1500 万，占全省人口 1/2。以田赋计，全省田赋共计 360 万元，中路 170 余万，占将近一半。参见张朋园《中国现代化的区域研究——湖南省》第一章第二节、第四节，载台"中央研究院"《近代史研究所专刊》(46)，1982 年出版。

织一选举会;

　　三、各县教育会、农会、工会、商会,平均选出与各该县议会,全体相等之人数,与各该县议会全体联合组织一选举会;如县议会之人数为奇数时,其零数之分配,由教育会、农会、工会、商会用抽签法定之;

　　四、一等市之教育会、农会、工会、商会,平均选出与该市议会全体相等人数,与该市议会全体联合组织一选举会;如该市议会之数为奇数时,其零数分配之法与前项同。

　　省长选举,由前列各选举会,各于其驻在地,同时举行投票,每一选举会为一权。

　　草案所拟的这个办法,既不将选举省长之权单独给予议会,也不采用全体公民直接投票的选举办法,而是在全省范围内组织数十个有代表性的选举会,一会一权来选举省长。学者们设计这样一种选举办法,本义有三:其一,避免省长选举为议会中少数政客操纵,"因为做议员的,多不免是专务的政客;若把选举省长权全给予他们,小政客和大政客相结托,省长的地位,将变成一种政客权利的交换品"①,所以草案所定省长选举,省议会只有一权,既不作为代表全省人民选举省长之唯一机关,亦不令省议会提出候选人决选。其二,由于当时教育未普及,交通又不便,一般公民没有能力或条件对候选人作出恰当判断,若行直接选举,结果还是会被办理选举的政客操纵,所以虽然从理论上说,直接选举最合乎平民政治精神,草案却采间接选举办法,不由人民直接选举省长。其三,为了"使有职业的国民,成为合法的、正式的、有组织的基本团体,将他们引入政治的活动范围以内,不受那些专务政客做买卖生意的人所宰制"②,所以草案对于省长选

---

① 李剑农:《由湖南制宪所得的教训》。
② 同上。

举，于省县各议会外，加入省县各法团代表，既减少间接选举为少数政客所操纵的弊端，又借此扩张社会的组织程度以及社会团体参与政治的程度。由此可见，学者草案的这种安排实在煞费苦心。然而，这一旨在限制议会权力并有步骤地实现平民政治的选举省长方案，未能得到宪法审查会认可。6月9日，审查会第二十次预备会否决了草案第四十二条，将其修改为"省长由省议会选举候选人七人，交由各县议会同时决选之"①。也就是说，将选举省长的权利完全交给省议会及各县议会。

新的省长选举办法出台后，遭到中路审查员一致反对。由于中路所拥有的县份数及县议员人数远不及西、南两路，如果省长选举交由各县议会决选，那么中路就将处于劣势，因此中路审查员强烈主张省长选举应由省议会提出候选人，交由全省公民总投票决定，并斥责西南两路"不过以路界关系本路县议员可占多数，而留为县员包办选举，便于操纵地步"②。而西、南两路审查员也反过来指责中路表面上伸张人民权利，实际上人民并无判断能力，所谓全民投票决选省长不过是为了方便中路议员以本路人口数量多来包办选举③。双方各执一词，分歧日甚，审查程序遇到障碍。

使宪审程序难以继续的另一个障碍是关于省议会议员名额的分配问题。关于这个问题，草案原文规定如下：

　　第二十七　条省议员之名额以人口为比例，每人口三十万选出议员一名。

　　第一百二十四条（附则）户口调查未完竣以前，本法第二十七条之规定暂缓施行；省议会议员之名额，暂以县为标准，每县

---

① 龙兼公：《湖南自治纪略》，载1921年9月1日《大公报》。
② 《噫，省宪审查会破裂矣》，载1921年7月12日《大公报》。
③ 《破裂后之省宪审查会》，载1921年7月12日《大公报》。

一人，由两县合并为一县者二人；但非遇意外事变，至迟须于本
法公布后之三年内，将全省户口调查完竣。

草案的这个规定，一是采西方国家通用的人口比例原则，同时考
虑到第一届议会选举之前户口绝不可能调查清楚，因而暂时采取以县
为单位的地区代表制。二是坚持议员人数宁少勿多的原则。按照李剑
农的解说，这样规定是"恐怕议员人数太多了，于议事上过于纷扰，
陷于'筑室道谋三年不成'的状况，所以在原则上确定人口 30 万选
出议员一人，在暂行的办法上，每县只选出议员一人。大凡初行议会
政制的国，议会没有经过长远的历练，不曾养成有秩序的传习，议员
人数越多，议场越无秩序，议事越不能按期进行。按诸吾国各处议会
的现状无不皆然，这是草案主张'人少'的理由。"① 从理论上说，草
案所拟办法既符合学理又顾及事实，不可谓不周全。然而，一遇到审
查会内的路界势力，这种办法又行不通了。原因很简单，草案正文以
人口为比例的规定将使大县多、人口多的中路在议员名额上占优势，
不利于人口少的西、南两路。附则以县为单位分配名额的暂行办法则
将使西、南两路占优势，有损中路各县的眼前利益。因此，当 5 月 26
日宪法审查会第十一次预备会首次接触到议员名额分配问题时，便大
起争执，"有主张以县区为比例者，有主张减少人口数者，有主张加
小县亦得选出一人之但书者，甚至于有主张限制大县不得过几人
者"②。而中路审查员坚决主张以人口为比例，并且不用附则，如果非
要用附则就以田赋为单位而不以县为单位③。这样，由于人口与地区
的关系，中路与西、南两路审查员又一次站到了对立的阵营中。又，
根据制宪筹备简章按大县 3 名、中等县 2 名、小县 1 名的比例推举出

---

① 李剑农：《由湖南制宪所得的教训》。
② 龙兼公：《湖南自治纪略》，载 1921 年 9 月 1 日《大公报》。
③ 《噫，省宪审查会破裂矣》，载 1921 年 7 月 12 日《大公报》。

中路审查员向社会求援的报道。

来的审查员人数，西路 63 人、南路 46 人、中路 46 人，西南两路相加超过三分之二，因此中路审查员根本无法在会场内与西南两路抗衡。于是，中路 46 人以"不甘受多数压迫"为由，于 6 月 14 日全体退席抗议①。西、南两路不为所动，开会如故，然舆论哗然，指为非法②。为扩大抗议声势，退席审查员又邀集中路各县 1000 余绅民开谈话会，商量办法并请求声援，军界人物鲁涤平、叶开鑫、张辉瓒等亦派代表参加。与会者多主张坚持到底，"无论如何，不可稍殉己见"，甚至有人主张，若不达目的，中路 20 余县便不参加最后的总投票③。在这种局面下，西、南两路审查员不得不暂停开会，等待调停，审查程序因此停顿。

　　为调解中路与西、南两路审查员之间的分歧，省制宪筹备处迭次召集各路审查员开茶话会，疏通意见。经双方同意，决定于审查会内成立"整理修正案委员会"，推举陈国钧、夏国瑞、唐芳惠、钟甲森、陈应森、欧阳谷、陈傚、粟戡时、方维夏、胡迈等 10 人为整理委员，就有关提案进行协商。并将意见不同的提案分类整理，先分发各审查员署可否字，次开协议会逐案讨论，行假表决后再以所通过的提案交审查会作最后决定。按照这个办法，整理委员会随后就议员名额分配问题整理提出甲乙丙丁戊巳子丑寅卯等案，将其抄发给各审查员，请

① 龙兼公：《湖南自治纪略》，载 1921 年 9 月 1 日《大公报》。
② 《昨日之省宪审查会》，载 1921 年 6 月 16 日《大公报》。
③ 《长宝岳公民谈话会纪事》，载 1921 年 6 月 20 日《大公报》。

署名盖章，签定可否，省长选举问题则有方维夏、唐芳惠之提案被抄发给各审查员。到 7 月 1 日，审查会在开了第十次协议会之后，终于假表决通过了得审查员署"可"字较多的丙案、卯案及方维夏案，其余各案均被否决①。丙案系关于附则第一百二十四条修正案，拟定第一届省议员名额暂以田赋为标准，田赋 1 万以内出议员 1 名，每满 6 万元增加 1 名。根据这个提案，中路将出议员 57 名，西路 55 名，南路 54 名。卯案系关于第二十七条议员名额正文，拟定省议员名额以人口为比例，每 20 万人口得选举议员 1 名，但不满 20 万之县亦选 1 名，奇零数在 10 万以上者得加选 1 名。方维夏案则系关于第四十二条省长选举办法，主张由省议会预选数人，交公民总投票决选。以上三项提案，除丙案较多照顾到西、南两路利益，使议员名额几乎平均分配外，卯案和方维夏案都更有利于中路。比如卯案，以 20 万人口出议员 1 名，则长沙、湘潭各县可出议员至 10 人以上。这引起了西、南两路审查员强烈不满。7 月 9 日，审查会第二十七次预备会正式表决卯案及方案时，原已在协议会假表决通过的这两项提案又被否决，20 多天的调解努力完全失败。7 月 11 日，中路审查员 46 人全体辞职，并发布辞职报告书，声称"……自开会以来，辄有少数审查员怀挟路界，故意操纵，遇有路界关系诸问题，即莫不横生波折，同人等无力与争迫不获已……"② 于是，宪法审查会宣告破裂。

五·五 宪审的结果

宪法审查会破裂后，省制宪筹备处以及军政社会各界急起挽救。筹备处一面挽留退席审查员，不允辞职；一面召集未退席审查员开茶话会，提出具体调停办法：①关于省长选举，即被否决之方维夏案，

---

① 《谢光焯等四十六人辞职报告书》，载 1921 年 7 月 12 日《大公报》。
② 同上。

修改为由省议会选出 4 人，交全省公民总投票决选，另增附则：第一届省长选举由省议会选出 7 人，由全省县议员决选之。②关于议员名额，即被否决之卯案，分三种解决办法：其一，每人口 25 万出议员 1 名，奇零数满 12 万 5 千加出 1 名，人口不满 25 万之县亦出 1 名；其二，每人口 20 万出议员 1 名，不满 20 万者亦出 1 名；其三，名额共定 120 名，以人口比例分配之，不足分配之县亦得增额 1 名。随后，筹备处召集退席审查员开茶话会，告知调停办法。筹备处三主任彭兆璜、钟才宏、吴景鸿分三路调停各审查员，而审查会副审查长王克家亦分别邀集各路审查员谈话，竭力疏通。

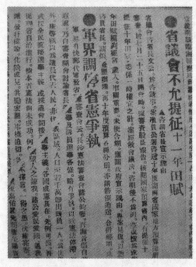

军界调停审查会争执的报道。

当此时，湖南军事形势又趋紧张，湘军正在酝酿出兵湖北"援鄂自治"，而省内的自治却搞得乌烟瘴气、矛盾丛生，以至于"报纸喧传，腾笑中外"①，这引起了军界及社会各界强烈不满。7 月底，湘军将领宋鹤庚、鲁涤平、谢国光、吴剑学、叶开鑫、张辉瓒、贺耀祖、唐生智等 20 人联名致电审查会，敦促各审查员"化除成见、共励宏图"，并发表对于所争执问题的主张云："议员代表人民，非代表区域。人口至若干万即出议员一人，为世界通例。省长选举，或采全民直接选举主义，或采议会间接选举主义，各国成宪具在，先例可援。吾湘现整饬师旅，敦促联省自治进行，倘本省宪法尚未成功，何能望人之谅我……"②与此同时，商会、教育会、农会、工会、律师公会召开联席会议，准备"提出根

五

宪法审查：谋求妥协有多难

111

① 《军界调停省宪争执》，载 1921 年 7 月 28 日《大公报》。
② 同上。

本主张为最后办法"①，北京及各省区自治会以及旅京湘绅熊希龄等亦来电劝审查员捐除意见②。经过多方疏通并在各界压力下，1921 年 8 月 1 日，宪法审查会重开预备会，按筹备处提出的调停办法通过了关于省长选举之正文及附则，同时按筹备处提出的第二种方案通过了议员名额分配办法。因此，正式通过的湖南省宪法关于议员名额分配及省长选举之条款如下：

  第二十九条　省议员之名额，以人口为比例，每人口二十万选出议员一名，但不满二十万之县，亦得选出议员一名。

  第一百三十条（附则）户口调查未完竣以前，本法第二十九条之规定，暂缓施行；省议员之名额暂以各县田赋为标准；凡田赋未满一万元者，选出一名；一万元以上六万元未满者，选出二名；六万元以上十二万元未满者，选出三名；十二万元以上，十八万元未满者，选出四名；十八万元以上者选出五名。

  第四十七条　省长由省议会选出四人，交由全省公民总投票决选，以得票最多数者为当选。

  第一百三十一条（附则）户口调查未完竣以前，本法第四十七条之规定暂缓施行，省长之选举，由省议会选出七人，交由全省县议员决选之。

  根据第二十九条规定，人口每 20 万选出议员 1 名，但不满 20 万之县，亦得选出议员 1 名，而西、南两路有人口仅 3 万余之最小县，亦可出议员 1 名，对照人口每 20 万出议员 1 名的规定，差距至六七倍之多。因此，修改后的议员名额分配办法实际上是人口代表主义兼采地方代表主义，附则第一百三十条规定的暂行办法则采"金钱代表主

①　《昨日之五会联席会》，载 1921 年 7 月 28 日《大公报》。
②　龙兼公：《湖南自治纪略》，载 1921 年 9 月 1 日《大公报》。

义"。这样妥协折中后的结果，三路利益各得其所：人口多田赋多的中路根据人口比例原则和田赋多寡可以争得较多的议员名额，人口少但县份多的西、南两路根据"不满 20 万之县，亦得选出议员 1 名"之但书，也可获得与中路相抵的议员名额。至于省长选举办法，正文满足了中路的要求，附则却使西、南两路满意。这样，三路审查员皆大欢喜，审查程序在解决了这两个争议最大的问题后得以迅速进行。

纠缠于权利纷争的各路审查员之所以如此痛快地抛却前嫌达成妥协，一个最重要的原因是湘军援鄂战争的爆发。关于援鄂战争的具体情形，将在随后章节述及，这里只谈这次战争对宪审程序的影响。1921 年 7 月 26 日，当宪法审查问题丛生之际，赵恒惕以湖南援鄂总司令身份，在长沙举行誓师典礼，随后出兵湖北，打算赶走湖北北洋军，援助鄂省成立自治政府，以扩大联省自治的地盘和影响。在这种形势下，审查会的各路审查员迅速回到审查席上，接受了制宪筹备处的调解方案。至 8 月 3 日，省宪所有未及审查的部分都已通过表决，预备会宣告结束。同日起，又分三组审查 5 项附属法：第一组 51 人，负责宪法草案条文整理及审查《省长选举法草案》，推举王克家为组长；第二组 48 人，审查《法院编制法草案》，推举欧阳谷为组长；第三组 51 人，审查《省议会议员选举法草案》、《省议会组织法草案》及《县议会议员选举法草案》，推举仇鳌为组长。三组对草案皆无多讨论亦无多修改，基本上照原文通过①。8 月 20 日，省宪审查会正式会议开幕，全省军民长官以及农、工、商、学、报各界代表以及湖北、广西等外省代表 300 余人莅会庆贺。副审查长仇鳌表示："以后对草案无多变动，必能如期完成。"② 24 日，省宪法初读告竣，开始二读。就在这时，湖北战场上的湘军陷入被动，吴佩孚自洛阳南下直逼岳阳，湘省再次面临被北洋军宰割的命运。29 日，审查会在湘军战败岳州失

---

① 《省宪审查会分组审查纪闻》，载 1921 年 8 月 6 日《大公报》。
② 《省宪审查会开幕纪录》，载 1921 年《湖南筹备自治周刊》第 23 期。

守的军情下将二读三读一日内完成，并随即通电全国，宣布湖南省宪法成立①。可见湖南省宪告成，实受湘军援鄂战争所赐，否则派系间各就利害争执到何时尚难预料，因而当时流传着两句新"诗经"——"经始宪法，经之营之；北兵攻之，不日成之"②。

由于时势的关系，湖南省宪法的审查可谓虎头蛇尾。原定20天的预备会开了近3个月才将前五十三条字斟句酌审查完毕。自五十三条以下则来不及逐条审查，只审查各章大体，提出大纲表决。至于20天的正式审查会，更开得糊里糊涂，徒具形式而已。这样马虎了事的结果，便是审查后的宪法在相当程度上保留了学者草案的原貌。9月9日，审查会在开完第十六次正式会议，将5种附属法草案都通过三读之后宣布闭幕，审查程序由此画上句号。

虽然由湖南上层绅士组成的宪法审查会未来得及对整部宪法草案作讨价还价式的审议和修改，但绅士阶层试图集中政治权力并在不同派系间均衡利害关系的目的已基本达到。经审查后的宪法，大大地扩张了议会的权限——它一方面将本应属于行政首脑的组阁权转移到议会，另一方面，又取消了草案赋予公民职业团体的省长选举权。虽然最后规定省长决选诉诸公民总投票，但普通人民参政能力的低下必使实际权力落到省县议会以及绅士团体手中。同时，审查后的宪法还是三路利益妥协的产物。故此宪法起草委员李剑农认为，审查后的湖南省宪法贯穿了一种与草案截然不同的精神。他说："起草委员会所定的草案，是不敢将湖南的政权，完全付与省议会，听那些大小政客去瓜分；至于中西南三路的地域观念，是绝对不承认的。审查会的修正案，把省议会的权，扩张到无限大，把湖南的政权，作为三路政客的利益分配物。这就是两案根本精神上的不同。为什么起草委员会的人，不敢专信任省议会？因为他们观察现代世界各国的趋势和中国各种议

114

---

① 《省宪审查会分组审查纪闻》，载1921年8月6日《大公报》。

② 李剑农：《中国近百年政治史》第495页。

会的现状，觉得议会并不能得一些超人的全知全能之士来组织。不敢专信议会，是现世界的普遍现象。为什么他们不承认三路的地域观念？因为他们觉得三路的名词，不过是政客用来瓜分利益的武器，在历史上没有深远的根据，一般的人民，也并没有这种心理。他们不唯不承认，并且深感它在湖南政治上的害处，想使它归于消灭。为什么审查会的心理完全与起草委员会相反？因为审查会的人数太多，一部分人的正当心理，都被部分人的政客心理所挟制。审查会的会员，一大部分是预备做省议员的，换句话说，就是预备分割湖南政权的。所以他们的精神，就与起草委员会的精神不同了。"① 李剑农进而得出结论说，湖南制宪最大的教训就是不应该将自由修改草案的权付与审查会，因为审查会是一种似民意而非民意的特殊势力，这种特殊势力会损害宪法的根本精神，使其变得支离破碎且不合理。他甚至认为审查程序根本就是多余的，既然相信专家，聘请了专家学者来草拟一个完善而有系统的宪法，就不应当再请一个人数众多的审查会去修改它。特别是在选民教育程度极其低下，无法判断宪法良否的情况下，由选民选出的代表去审查它，简直就是一种矛盾。

李剑农的这种批评固然言之有理，但审查程序却未必多余。诚如胡春惠在其专著《民初的地方主义与联省自治》一书中所言："假若赵恒惕省略了各市县推选代表对省宪加以审查的手续，那么这与清末皇室所颁的《丙午宪政大纲》，那种钦颁宪法有何不同？而省民自治的民意形式又如何显示？所以我们不能评论湖南省制宪采取省民审查手续为不当，我们应归咎于当时省民水准之低落，而不能真正行使他们宝贵的政治权。此一问题乃是整个中国国民教育亟待提高之问题，而不是湖南省宪问题的本身了。"②

另一方面，尽管如李剑农所言，审查会作为一种特殊势力介入制

115

---

① 李剑农：《由湖南制宪所得的教训》。
② 胡春惠：《民初的地方主义与联省自治》第198页。

宪程序，损害了宪法的系统性与公正性，但是与此同时，这种介入使绅士阶层与省宪法之间产生了深刻的利害关系，使学者们闭门制造的省宪法获得了一定的社会基础，不至于成为空中楼阁。当然，绅士阶层意志与利益的强烈体现也给省宪法打上了精英烙印，使它在获得绅士认可的同时，被关心劳动阶级的社会主义者唾弃，这其中的得与失，直接影响到省宪后来的命运。

六

中国第一部省宪出炉

六·一 援鄂战争：意外的插曲

湘军援鄂战争发生在 1921 年夏秋之交，这是一件当时震惊国内外的大事，更是一件关系到湖南制宪进程以及自治运动前途与命运的关键性事件。为了了解这场战争的前因后果，我们且将湖南制宪的具体情节放到一边，来看看当时联省自治运动在国内的发展形势以及首倡省宪自治的湖南又一次卷入战争的缘由。

前文提到，当 1920 年北方直皖相争、南方阵营又内讧不已之际，湖南乘机摆脱南北政府，树起了立宪自治的大旗。当湖南的自治运动积极进行之际，西南各省又出现了一系列有利于联治运动的形势变化：四川督军熊克武让位于刘湘，刘改称四川总司令兼省长，并于 1921 年 1 月宣布四川自治；贵州督军刘显世被部下逐走，其后任卢焘改称贵州总司令，也于同年 1 月宣布贵州自治；大云南主义者唐继尧侵略四川失败，于同年 2 月为其部下顾品珍所逐，顾也废除督军改称云南总司令。这些新上台的军阀，一方面实力有限，不求向外发展；另一方面为迎合省内要求自治的呼声，巩固自身地位，都加入到联治运动的潮流中。与此同时，在北洋派统治的区域内，自治运动也有蓬勃发展的趋势。1920 年 12 月，江苏省议会通过了省长民选案；1921 年 6 月，

陈炯明（1878—1933）

浙江督军、皖系军阀卢永祥通电主张制定省宪，成立了"浙江省宪起草委员会"；同年7月，同为皖系的陕西督军陈树藩被北京政府免职后组织了"陕西省宪会议"。在南方政府所在地广东，粤军总司令陈炯明是最热衷于联省自治的实力派人物，他于1920年10月被广东省议会选为广东省长后，即通令各县提倡自治自卫，并准备先在乡村实行分区自治，将乡村中之警察治安与税收交由人民自办，然后逐步实行县长、县议员、省议员与省长之民选。陈炯明的联治主张在国民党内得到吴稚晖、张继、汪兆铭、李石曾、褚辅成等赞成，在外界得到章太炎等名流极力推崇。1921年5月，广东省议会通过决议，正式组织了广东省自治法起草委员会，广东各县也纷纷成立了自治筹备会等机构。甚至，孙中山在这年5月5日就任非常大总统时，也表示容纳联省自治运动，他的对内宣言中有一段说道：

> ……国会代表民意，复责文以戡乱图治，大义所在，其何敢辞，窃维破坏建设，其事非有后先。政制不良，则政治无术。集权专制，为自满清以来之秕政，今欲解决中央与地方之纠纷，唯有使各省人民完成自治，自定省宪，自选省长，中央分权于各省，各省分权于各县，庶几既分之民国，复以自治主义相结合，以归于统一，不必穷兵黩武，徒苦人民……①

总之，1920年冬季后，联省自治运动进入了高潮，"各省都在争

---

① 转引自李剑农：《中国近百年政治史》第507页。

取自治，各省的团体争取自治的通电和各省代表到北京请愿实施自治的新闻，占满了报纸的篇幅，自治运动成为五四运动后规模最大的一项运动"①。

在联省自治运动的高潮中，湖南的北方邻居、直系军阀统治下的湖北省，也试图加入到立宪自治的行列中来。"二次革命"后，湖北沦为北洋军防地，统治湖北的直系督军王占元昏庸无能，专事聚敛，其所辖第二师又军纪松弛，祸害地方，致使原本不甘受北洋军蹂躏的湖北人士，对王氏积怨日深。1920 年秋，与湖北声气相通的湖南省成功驱逐北洋军阀张敬尧，实行湘人治湘，这对湖北的自治运动是一个极大鼓舞，湖北省内各界与京、沪各地湖北人士里呼外应，发起了"驱王自治"运动。当时在武汉领导进行鄂省自治的团体，除湖北省议会外，还有湖北自治公会、湖北全省自治筹备会、湖北各界联合会、湖北省宪讨论会、湖北省宪筹备会、湖北学生联合会等团体。这些团体也如当初湖南的驱张团体一样，到处奔走呼号，决心赶走王占元，实现鄂人治鄂。然而，湖北人没有自己的军队，驻扎湖北的大都是北洋系的国防军，要想去王，不能凭赤手空拳的喊叫。因此那些奔走自治运动的团体和人士，一方面向北京政府请愿，要求撤免王占元；另一方面则派出代表到湖南乞师，请湘政府出兵，援助鄂省赶走王占元北洋军。1921 年春，鄂省自治运动的领袖人物，与赵恒惕同为日本士官生又同为同盟会同志的蒋作宾、孔庚、李书城先后来到长沙，游说湖南军政要人和各界人士，请求湖南以自治先进之省援助湖北自治。其时，王占元在湖北的统治更为混乱，全省各地兵变不断。6 月初，王氏直辖的第二师第七团在武昌闹饷兵变，王首先将欠饷全部发还变兵，派火车免费遣送回乡，然后又设下埋伏，将变兵一举歼灭。这一灭绝人性的大屠杀招致鄂省内外一片声讨，也加快了鄂人驱王自治的

---

① 丁中江：《北洋军阀史话》第 362 页，北京，中国友谊出版社，1992 年（以下引用本书均为此版本）。

步伐。湖北省议会特致函湘军总司令，恳请湘省迅速出兵。函称：

> 王占元祸鄂久矣，最难忍者，此次宜武迭遭兵变，奸杀烧抢，无所不至，惨目伤心，不堪言状。王氏既乏统驭之力，鄂民亦无自卫之能，如水益深，如火益热。敝会代表鄂民，实难缄默，唯有吁恳麾下，本救灾恤邻之旨，兴吊民伐罪之师，驱除横暴，以解倒悬。无任迫切祷盼之至①。

与此同时，在湘的鄂省人士也加大力度运动湘军出兵，他们许诺湘军驱王后可以驻军鄂南，并由鄂省供给军饷、军火，还说湘军功成后可以在武汉召开联省会议，进而组织联省自治政府，完成统一大业，成就不朽功名，等等。恰在此时，前四川督军熊克武也为商讨出兵湖北事来到长沙。熊克武在川省内部第一、二两军间的竞争中失败，熊表示愿率第一军向外发展，以免同室操戈。蒋作宾、孔庚等人对川军援鄂大表欢迎，他们同样许诺将来驱王成功，熊部川军可驻扎鄂西，饷械均由湖北供给。于是，川湘两省共同出兵，会师武汉组建联省政府的憧憬，将一部分湘军将领激荡得心旌神摇，更何况当时湖南内部兵多财尽，正有向外发展的需求②。

湖南素称鱼米之乡，原本富庶，然自南北相争以来，兵连祸结公私财尽，张敬尧驻湘期间又百般搜刮，将湖南变成了赤贫省份。赵恒惕当政后，湘军扩编为两师10个独立旅，各自据地称雄，却又日日向省府要饷。省库收入既不足养如此多兵，要裁减又不能得各将领之同意，于是"财政奇穷，即数百金亦筹措维难"，军队则"饷弹异常缺

---

① 《总司令关于援鄂之咨文》，载1921年7月29日《大公报》。
② 陶菊隐：《吴佩孚将军传》第52~53页，上海，中华书局，1941年（以下引用本书均为此版本）。

乏，积欠极巨，恤金未发……"① 各地驻军更纷纷擅委官吏就地筹饷，搜刮一空依然难填欲壑。这种情况下，让军队向外发展，觅食他省，自然是大小将领求之不得的事。

尽管如此，作为湘军统帅的赵恒惕一开始并不打算应湖北之请出兵援鄂。湖南首倡自治的目的，本身就是为了摆脱战祸，保境息民，因而湘省宣布自治后，尽量取中立态度，不开罪南北任何一方，同时与周边省份保持友善关系——一方面与川、滇、黔、粤四省成立联省自治阵线，一方面又与鄂、赣两省订立互不侵犯和攻守同盟的联防条约。尤其在与鄂省关系上，湘军屡屡向汉阳兵工厂购买军火，王占元从未拒绝；湘米经湖北出口也须王占元关照，两省政府的关系可说相当密切②。如果出兵援鄂，一则有违湘鄂联防条约，失信于周边省份；更重要的是王占元与吴佩孚同属直系，湖南如出兵，可能引来吴氏干涉。因此，尽管湖南面临兵多财尽的困境，有向外发展的动力，赵恒惕却并不敢贸然打破既有格局，挑起战端，更不敢有妄自称大担当统一事业的野心。他拒绝了蒋作宾等鄂省人士请求，反而应粤省陈炯明之请，做出"援桂"的决定——于是年7月1日召开军事会议，派衡阳镇守使谢国光率一部分湘军进占桂林，以巩固"湘粤联盟"并扩大西南联省自治阵线。所谓湘粤联盟，即指湖南赵恒惕政府与南方政府内陈炯明系之间的军事政治同盟。湖南宣布自治，与南方政府一贯所持的北伐统一战略相冲突，因此孙中山曾一再要求湖南当局放弃自治，与广东政府合作共同出兵北伐。但湖南不愿再度化为南北战场，又不愿公开反对孙中山，于是赵恒惕以服膺三民主义、支持孙中山在广州建立"联省自治政府"相敷衍，暗中却与广东内部反对北伐支持联省自治的陈炯明结成同盟。1921年初，南方粤桂战争之际，陈炯明一再要求湘军出兵攻桂，赵恒惕不愿与多年的老朋友桂系开战，曾试图调

---

① 朱传誉：《赵恒惕传记资料》（一）第22～25页。
② 陶菊隐：《北洋军阀统治时期史话》第1076页。

和粤桂冲突，说服陆荣廷宣布广西自治，未果。后桂军大败，陆荣廷败走河内，赵于是应陈炯明之请派湘军两旅进占桂林，帮助粤军平定广西。援桂既履行了湘粤联盟的义务，又可扩大并巩固西南自治阵线，"庶几于省防省治，皆有大益"，因此赵在省内的一片援鄂声中，断然做出援桂的决定①。

然而，湘军两大师长宋鹤庚、鲁涤平是强硬的援鄂派。"宋鲁二人自湘军驱张战争大获全胜以来，就以为北洋军不堪一击，更不把素无善战之名的王占元放在眼下。他们对于汉阳兵工厂和武昌造币厂，久已垂涎欲滴。特别是，他们鉴于湖南内部仍有明争暗斗，认为只有向外发展，才能消弭内争。根据这些情况，他们便经常在赵的耳边嘀咕，主张移援桂之师以援鄂"②。而蒋作宾等鄂省代表也极力鼓吹援鄂有利论，并得出结论说，广西地瘠民贫，援桂如获石田，援鄂则可以解决湖南的实际困难。至于吴佩孚的问题，他们认为吴氏此时以奉系为主要敌人，对王占元又早已心存不满，湘军不必多虑③。

正当湘省内部就援鄂之事意见分歧时，两湖以外的皖系陈树藩又出人意料地掺和进来，促成了湘军援鄂的定局。陈树藩原为陕督，直皖战争后皖系失势，陈被逐，因此积恨于直系。皖系的军阀政客在汉口设有银行，名曰"中原银行"，陈树藩在陕西种植鸦片搜刮的钱，有一大部分就放在此银行中。皖系一直在寻找机会摧毁直系，恰好遇着湘省酝酿出兵湖北，驱逐直系的王占元，陈树藩于是答应由中原银行提供湘军援鄂的军资。军资有着，援鄂的运动便成熟了④。

122

---

① 参见陶菊隐《北洋军阀统治时期史话》；又见丁中江：《北洋军阀史话》第 174 节。

② 陶菊隐：《记者生活三十年》第 57~58 页。

③ 同上。

④ 李剑农：《中国近百年政治史》第 493 页。

但赵恒惕仍然顾虑吴佩孚干涉，认为援鄂之举必先取得吴氏谅解，否则不宜轻举妄动。他先令湖南常驻洛阳代表赵冕询问吴佩孚的态度，吴回避不见。他又派曾任吴佩孚副官的"长岳护路司令"葛豪到洛阳见吴，葛被吴留在洛阳一去不回。最后赵恒惕派总司令部军法处长萧光礼前往洛阳，萧还是找不到与吴谈话的机会。不久萧光礼因另有要务被召回省，刚到火车站就被老朋友第一师师长宋鹤庚迎到家中，宋授意萧向赵汇报说，吴佩孚对王占元久怀不满，只因同属直系，对于湘军出兵援鄂一事，不便公开赞成，只能默契于心。其实，吴佩孚对湖北另有一番心思。

萧光礼诳报军情，赵恒惕信以为真，乃于是年 7 月 20 日召开军事会议，决定出兵援鄂。赵被推为湖南援鄂自治军总司令，宋鹤庚为总指挥兼第一军军长，鲁涤平为第二军军长，参加作战的五个旅长升为第一至第五纵队司令。1921 年 7 月 26 日，赵召集所有在省少校以上军官在长沙举行援鄂誓师典礼。誓词云：

> 世界进化，民族自治主义风靡一时。我湘军自驱张以来，即首以湘省自治，树全国之风声，期进于联省自治，定百年之大计。是我湘之于各省自治，实负有督促进行之责，义至正任至重也。近顷以来，鄂省人民鉴于非自治不足以图存，非自决不足以言治。以鄂省历年之残破，变乱之频仍，政治之烦苛，民生之窘瘼，苟鄂省厉行自治，岂得贻祸至斯。用是呼号奔走，乞援吾湘。楚实仁亲，庸能坐视？……①

就这样，湘军打着督促邻省自治的旗号，堂而皇之地出兵湖北了。而当时寄希望以联省自治解决中国问题的社会舆论，对湘军此举，也

123

---

① 《总司令援鄂之誓师辞》，载 1921 年 7 月 29 日《大公报》。

多持赞许姿态。社会名流蒋百里、汤斐予曾有谈话说："此次湖南为自治与鄂宣战，全国舆论，大概一致赞成。沪上各报，对于联省自治，鼓吹最力。在野名流，对于此种问题，亦将在沪上有所讨论，以期实行。湘鄂战争，决非局部问题，稍有识者，当认为全国大问题。"① 因此，为舒解内部压力而向外发展的湘军，在时论眼中又确如其誓师辞中所说，担当着为联省自治而战的大任。

1921 年 7 月 28 日，湘军在孔庚、夏斗寅所率的"湖北自治军"② 前导下，由岳州进入湖北，湘鄂战争全面开始。湘军分三路进攻，中路在岳州方面，左翼在常、澧方面，右翼在平江方面。鄂军也分三路应战，中路总指挥孙传芳，左翼司令刘跃龙，右翼司令王都庆。三路之中，湘军在中路与对方肯打硬仗的孙传芳部战得难解难分，从 7 月 29 日至 8 月 5 日，双方鏖战 8 昼夜，羊楼司、赵李桥阵地几度易手。8 月 6 日，湘军占领羊楼司通山诸要塞，进拔嘉鱼蒲圻至咸宁，迫近武昌。同日，王占元电请辞职，旋即由武昌逃走。

王占元前脚刚走，吴佩孚后脚就到了汉口。此前，吴佩孚已派直军第二十五师师长萧耀南率部开往汉口。湘鄂双方鏖战之时，王占元一日数电呼号乞援，萧耀南坐视不救。8 月 9 日，北京政府任命吴佩孚为两湖巡阅使，萧耀南为湖北督军，孙传芳为长江上游总司令。吴佩孚当上两湖巡阅使坐镇汉口后，才开始调兵遣将，但只许各军固守阵地，不得向前进攻，与此同时授意萧耀南向湘军提议停战，并称即日派代表前来议和。

赵恒惕对湖北没有野心，更不想和直军作战，只希望达到鄂省自

---

① 《蒋百里汤斐予两先生对于援鄂军事之谈话》，载 1921 年 8 月 27 日 《大公报》。

② 夏斗寅原系鄂西护国军团长之一，1918 年因兵败率残部退入湘西，受湖南当局改编，称"鄂军团"。援鄂自治运动中，夏斗寅受命为"湖北自治军前敌司令"，打着"鄂军回鄂"的旗帜，充当开路先锋。

《大公报》关于援鄂战争的报道。

治的目的以扩大联治派地盘，缓解湖南"阻南拒北"的压力。因此当萧耀南提出议和后，他立刻下了停战命令，甚至主动放弃汀泗桥车站等前方据点，以免双方因阵地相接可能发生的冲突。萧耀南的议和代表尚未出发，赵已主动派湘军总部参谋长唐义彬、秘书长钟才宏、军法处长萧光礼到汉口接洽和谈，并提出和平条件四项：①承认萧耀南在湖北的地位，但须改称"湖北总司令"，宣布湖北自治。②请吴佩孚不要就任两湖巡阅使。③由湘直双方公推蒋作宾为湖北省长。④直方补贴湘军战费 500 万元，湘军自动撤回湖南。

125

萧耀南对湘方的和谈代表虚与委蛇，吴佩孚则避而不见，也不与赵恒惕直接通话，湘直两军处于不战不和状态。期间，吴佩孚陆续调来河南宏威军统领赵杰、鲁军旅长张克瑶、直军第二十四师师长张福来等部，以加强后方兵力，又令海军总司令杜锡珪调集大批军舰备用。万事齐备后，吴便将湘方和谈代表萧光礼扣押，反过来向赵恒惕提出两项停战条件：①湘军无条件撤回湖南。②惩办甘为戎首的湘军师长宋鹤庚、鲁涤平。

赵恒惕中了吴佩孚的缓兵之计，追悔莫及，只得亲临前敌，于8月22日下达第二次总攻击令。是日起，湘直两军在汀泗桥两侧展开你死我活的恶斗。湘军久战疲劳，至26日阵地已有不支气象。27日，吴佩孚在金口掘堤，左翼湘军于滚滚洪流中立足不住，退往临湘，牵动正面湘军全线溃退，赵恒惕又赶往前线，竭力稳住阵线。与此同时，孙中山已指派许崇智的第二军和李福林的福字军为北伐军，整装待发。赵担心北伐军"伐虢取虞"，一面商请孙中山改道江西，一面请陈炯明派自己的可靠军队入湘应援。此时桂事已近结束，陈炯明为履行湘粤联盟义务和巩固西南联治阵线，一面阻止北伐军出发，一面将粤中湘籍部队编为"援湘军"，任宁乡籍将领洪兆麟为总指挥，即日开拔赴援。

蒋百里（1882—1938）

战局转换湘军失利，还急坏了全国各地醉心于联省自治的政客文人和公民团体。湘军逐走王占元后，联治派在汉口组织第三政府的声浪洋洋盈耳，为了不使希望归于幻灭，各方人士或致书吴佩孚，苦口婆心劝其息兵；或发动舆论大张挞伐，谴责吴佩孚穷兵黩武。旅津的湘鄂人士黎元洪、熊希龄等均通电劝告吴不要迷信武力。梁启超劝吴佩孚"勿将安福系之垢衣，取而自披于肩背"。与湘省立宪自治最有关系、武昌兵变后又曾敦促湘省出师的蒋百里致书吴佩孚说："将军而诚欲爱国救民也，奉自治之义，为天下倡，则湘鄂敢不唯命是从。即不然，鄂省之事还之鄂地人民，直湘两军各归原防，亦不失为正义之一种。计不出此，而曰吾有兵。去当其兵少，则朝曰正义，夕曰正义；当其兵多，则正义二字绝不出口，而惟武力之是恃。吾恐此后再欲以爱国救民救天下，天下不再受将军之欺矣……"① 上海全国各界联合会也致电吴佩孚说："湘军为鄂人除自治之障碍，为国家除残暴之武人，出入枪林弹雨，生者冒危难，死者掷头颅。王占元理屈气馁乃不得不去，而萧耀南坐索巨饷，未出一兵，竟得湖北督军。公盘踞洛阳，亦因此坐博两湖巡阅使之头衔，受命北庭，敌视民意，仍与王占元相类。举动如是，不特为湘军所切齿，抑且无以对鄂人，无以对国家，未审公清夜思维果以此自豪耶！抑以此自愧耶！国人向认公为忠诚者，今觉公为狡狯矣……"②

吴佩孚对这一切充耳不闻。8月28日，吴氏令海军司令桂锡珪率军舰7艘满载北军，在日本军舰掩护下由螺山开往岳州。湖南既无海军，江防又很薄弱，加之不敢开炮误伤外国兵舰，致使北军军舰得以开进洞庭湖直抵岳阳楼下。当天，岳阳城失守。刚从前线赶回岳州湘军总司令部的赵恒惕在一片炮火声中落荒而走，前方湘军因后路被截断，如潮水般溃退下来。

8月30日，赵恒惕于兵荒马乱中回抵长沙，得悉江西督军陈光远又应吴佩孚要求派赣军攻入湘东醴陵。赵见腹背受敌，只好部署湘军退往湘西。此时陈炯明见岳州失守，西南门户洞开，恐直军乘胜倾巢南犯，便连发9次急电与赵，告以洪兆麟军已兼程赴援，此军都是湖南子弟兵，可以完全受赵指挥，并保证孙中山不会另派军队，劝赵切勿退湘西，必要时退湘南。赵恒惕于是又准备应陈炯明之请率部退驻湘南。可是，吴佩孚占领岳州后并不打算挥师南进，盖因此时北方奉系欲乘虚袭吴之后，而"四川援鄂军"已深入鄂西，吴氏四面受敌，根本无力对付广东。他请来英国公使做调停人，欲尽快结束湘直战争。驻湘英国领事乃夜访赵恒惕，请赵亲往岳州与吴会面，签订一纸和约。

9月1日，赵恒惕乘英舰美格洛亚号到达岳州，与吴佩孚在中国

---

① 《蒋百里致吴子玉书》，载1921年8月27日《大公报》。
② 《吴佩孚大受舆论攻击》，载1921年8月24日《大公报》。

兵舰江贞号上闭门会谈。吴提出四个条件：①湖南取消自治，北京政府任命赵为湖南督军、省长兼两湖巡阅副使。②惩办战争祸首宋鹤庚、鲁涤平。③鄂军夏斗寅部脱离湖南，移驻湖北，改归萧耀南节制。④划岳州为直军防地，湘军退驻汨罗江南岸。赵认为这四个条件均无商量余地。关于第一条，他说湖南自治是湖南三千万人和湖南省议会决定的，不能由他一人做主取消。湖南为宣布自治之省，他的职位不能由北京政府任命。关于第二个问题，他说他身为总司令，应负战争责任，不能委过于部下。关于第三条，他说鄂军团如移归湖北管辖，难免不被解散，他将无以对相从多年的部下。关于第四条，他说湖南已宣布自治，不能容许客军驻境。经过双方讨价还价，最后急于求和的吴佩孚放弃了前面三个条件，只坚持驻军岳州。赵提议岳州两不驻兵，由地方警察维持秩序，吴坚执不肯，但作为让步，将第四条改为"直军暂驻岳州"，且声明"不干涉政治及财政"，和议于是达成①。9月24日，张福来率直军第二十四师进驻岳州，援鄂战争闭幕②。一场轰轰烈烈的援鄂战争，只成全了吴佩孚占据湖北的心愿。其实，早在湘军有意援鄂之初，吴佩孚就生了驱王自代之心。王占元同为直系，吴佩孚自然不好直接出面，而湘军所为，正好为他的据鄂野心提供了契机。结果，湘军向外发展不成，反而损兵丧地，将一个弱邻变成了强邻。

128

援鄂战争的失败，不但粉碎了湘军向外发展的美梦，还粉碎了湘省试图扩大联治地盘缓解外部压力的设想，使湖南自治的前途步入险

---

① 《总司令部昨日茶话会纪事》，载1921年9月7日《大公报》。

② 这里关于援鄂战争及湘直和约的叙述，除文中另有注释者外，主要采自陶菊隐著《北洋军阀统治时期史话》及《记者生活三十年》两书的相关章节。援鄂战争时期，陶为上海《新闻报》驻湘记者，自始至终对战事进行跟踪报道，采访了许多当事人，比如关于湘直和谈的细节，便来自和谈中作为湘方证人的蒋百里。笔者翻阅了当时长沙及上海多家报纸的报道以为佐证，发现有关援鄂战争的各种说法中，陶菊隐的叙述最可信。

境。当战争进行时，湖南曾派出大批代表分赴南北各省活动，意图扩大自治同盟。赵恒惕更备有密函分致各省当局，主张召开"联省会议"，组织"联省自治政府"，凡赞成此项主张者，请其签名为信。当时不仅陈炯明、刘湘、顾品珍、卢焘、卢永祥一致赞成，便是直系的江西督军陈光远也签名赞成，并向湖南代表胡瑛声明，湘军援鄂并不影响"湘赣联防条约"①。赵恒惕还幻想吴佩孚能够同意召开联省会议，因为上年吴佩孚自衡阳撤兵时，也曾以民治主义相号召，建议召开国民大会，恢复法统，取消南北两政府，另行组织全国统一的合法政府。如果能将吴佩孚拉进联治派阵营，或至少他不反对，自治的湖南就相当安全了。而湘鄂两省的名流熊希龄、范源濂等，也曾在天津黎元洪的住宅频繁聚议，与全国各地要人书信来往密电交驰，设法运动吴佩孚"挟湘军以自重，立刻召集联省会议以号召天下"②。梁启超力劝吴氏："若趁今日与湘军提携，则长江指挥若定，南北政府虽极不愿而不能反对，则大势瞬息而定矣"，"若必欲迫湘军出境，是不异自翦其羽翼以资敌。天下事固有一着误而满覆者，此类是已。"③ 蒋百里从战争一开始就断定，湘军唯一的活路在于全局变换，他因此致书相关人等，讨论如何激化北政府内部的矛盾，促成奉、直决裂，进而促成吴氏与湘军取一致行动④。

但吴佩孚的战车将这一切化为乌有。援鄂失败之后，驻扎岳州的北军时时以鹰隼的目光监视着湖南的动静，将湖南的自决自治变成了北军监管下的"自治"。另一方面，赵恒惕与广东内部反对派陈炯明之间的同盟，在援鄂战争中表露无遗，赵因此交恶于孙中山领导下的

129

---

① 陶菊隐：《记者生活三十年》第 60~61 页。

② 丁文江、赵丰田：《梁启超年谱长编》，上海，上海人民出版社，1983 版第 935 页。

③ 同上，第 935 页。

④ 同上，第 931 页。

南方政府，被视为南军北伐统一中国的一大障碍。因此，战争的失败使湖南自治面临着比此前更为险恶的外部环境。就内部环境而言，谭去赵来之后，谭延闿与赵恒惕两派之间的矛盾一直被压抑着，两派之间暗斗不息，谭延闿本人也并不安于在上海做寓公。援鄂进行之时，湖南军人曾打算在武汉组织联省政府，推谭延闿为副总统或"两湖自治联军总司令"，这样谭就不会再回湖南争政权，谭赵之间的矛盾就可以消解。如今联省政府已成泡影，湖南内部的派系矛盾只能在内部消化或在内部爆发，所谓自治便难免要演变为自乱。

话说回来。尽管援鄂失败使湖南自治的前途变得险恶，但对民众的自治运动来说，又是一剂不无益处的苦药。首先，军事失败狠狠地打击了湘军的骄横之气，为各阶层社会力量团结起来反对武人政治提供了契机和动力。湘军自驱张之役大获全胜之后，自视为湖南三千万人民的救命恩人，虽口头上附和民治主义，实际上只知割据自雄，并不知"民治"二字为何物。此次援鄂的军事行动，纯由军事会议决定，并未征求任何民意或提交议会议决。不一月时间，湘军丢盔弃甲丧城失地；更有甚者，岳州失守后，军队完全失去控制，溃兵沿平江大道南逃，一路上杀鸡宰牛，大肆抢劫，同张敬尧时代的北兵不相上下。这激起了各阶层民众的公愤以及舆论的口诛笔伐，全省上下一片"打倒武人政治，实行民治"的怒喊，进而掀起了一场声势浩大的裁兵运动。湘军将领在一片喊打声中威风扫地，纷纷提出辞呈，自请惩罚。当时宋鹤庚、鲁涤平两师长以及张辉瓒、赵铖、邹鹏振等旅长，都有悔罪、请辞及赞成裁兵的文电公诸报端。宋鹤庚的辞职呈文中说："湘局阽危，财源枯竭。收束军队，实为要图。既不可与言兵，允宜解柄，敢不立即避位……应即恳钧座俯将第一师师长职务并准辞卸，即行严加惩处……"鲁涤平的呈文说："军行所过，道路咨嗟，将士糜躯，暴骨原野。外惭清议，内疚神明……涤平实不胜命，罪有攸归……"第二混成旅旅长赵铖的辞呈则更具诚意，他说："由岳回省，沿途察看，亲见居民十室九空，荒凉满目，至今思之，尤觉恻然心痛……自觉补苴无术，咎戾滋多。与其尸居一时宠荣，徒增人民之痛苦，何如牺牲个人权利，藉赎以往之愆尤……"① 虽然军人的这些表态可能是表面文章，但军威于此大损，军人的嚣张气焰有所收敛，"养兵为祸"、"武力不可恃"成为全省上下一致的共识。自此以后，裁减军队并通过裁军整理内政，成为自治运动中长期而艰巨的努力。这是后话。

就当时正在进行的制宪运动而言，援鄂战争失败最直接的影响，除了前文已提到的促使宪法审查员放弃争执迅速将草案审查完毕外，还产生了一个意想不到的结果——一项关于缩减军费的宪法补修案。当援鄂军事失败社会各界发起裁兵运动之际，省议会联合宪法审查会向政府施加压力，要求收束军队。总司令赵恒惕被迫出席议会，表示可将军队减至两万兵之数②。于是，业已将各种草案审查完毕即将闭幕的省宪审查会又提出非常动议，对省宪法关于军费预算的条文提出修改。原来，审查会在审查关于军费预算的条文时，鉴于军事仓皇，急求宪法审查告终，便顾不得再费时讨论，只照草案原文通过。其条文如下："现有军队未收束以前，本法第八十八条之规定（关于义务民兵制）暂缓施行，但至依本法所定正式政府成立之日止，须将军费减至省预算案岁出二分之一；至邻近各省自治政府成立后之半年止，军费须减至省预算案岁出三分之一；至国宪成立后之半年止，军费须减至省预算案岁出四分之一；并须于国宪成立后，即为实施本法第八十八条之预备进行。"援鄂失败之后，审查员们在"打倒武人政治"的呼声中，认为这条规定对军费开支限制太松，预算过多，与民心不符，"如此项军费不能减少，是同人未代三千万人民增何利益"③，因

---

① 《军人觉悟之佳耗》，载 1921 年 9 月 10 日《大公报》。

② 《审查会新成立之军费声明案》，载 1921 年 9 月 9 日《大公报》。

③ 同上。

而于 9 月 5 日的第十三次正式审查会中紧急动议,提出修改条文,减少军费预算①。但是,考虑到宪法已经三读通过,轻易变更条文于法律程序不合,有损宪法威严,于是决定脱离宪法正文,另外成立了一项军费补修案,声明对省宪法第一百三十九条关于军费预算的规定修正如下:

现有军队未收束以前,本法第八十八条之规定暂缓施行,但全省现在军费每年支出至多不得超过省预算案岁出三分之一并须于国宪成立后即实施本法第八十八条之规定。

这项补修案于 9 月 8 日,也就是省宪审查会闭幕的前一日正式付表决通过。随后,审查会即咨行省长、总司令及省议会,要求将此项补修案通告全省各民意机关,并要求议会照补修案编制当年预算。

关于军费补修案的声明公布后,致力于裁兵运动的社会各界大表欢迎,说它是"聚民意而凝结成晶的"②。为使这项脱离宪法正文的补修案具有与省宪法同等的法律地位,在随后进行的总投票程序中,公团联合会又向议会请愿,要求将军费补修案与省宪法一起,付公民总投票表决③。

六·二 全民总投票

根据制宪筹备简章,"公民总投票"是湖南制宪三步曲的最后一道程序。这一程序的目的是使省宪法与全体省民发生直接联系,得到

---

① 《审查会对于军费之非常动议》,载 1921 年 9 月 6 日《大公报》。

② 龙兼公:《军费补修案当然要付总投票》,载 1921 年 10 月 2 日《大公报》。

③ 《各公团关于军费补修案之公函》,载 1921 年 10 月 1 日《大公报》。

省民的直接认可，从而使其获得完全的合法性。经过总投票程序后，由学者起草、绅士审查的湖南省宪法，就成了一部经由全民公决的宪法，就可以对内对外宣称它体现了湖南全体人民的共同意志。因此，总投票这一程序，从法理的角度看，最直接地体现了主权在民的原则；从现实角度看，它是地方自治政权寻求政治合法性最有力的手段。当然，在当时的情形下，总投票这一形式能不能使省宪与全省人民发生实际的关联，能不能使自治政权获得全省人民真实的认可，则是另一回事。

关于总投票的具体办法，筹备简章当时并无规定，仅有"总投票方法另定之"一语。1921 年 3 月省宪起草工作开始后，制宪筹备处即着手准备总投票的相关事项。4 月 5 日，筹备处公布了"湖南省自治根本法总投票方法草案"，并提交省议会讨论。4 月 15 日，省议会经三读后，将总投票方法三十条逐条通过，交湖南省政府公布施行。最后议决的总投票办法大致如下：①划分调查区及投票区，调查投票人资格，登记投票人名簿，发给投票人投票证书。②每投票区于其比较适中之地设一投票所。③凡持有投票证书者，按照投票通告所载之投票日期，携带投票证书亲赴投票所换取投票纸，在投票纸上亲书"可"字或"否"字及自己姓名①。

投票纸样式

另外，根据制宪筹备简章规定，总投票未施行前，得派员分途宣讲。因此，湖南省制宪筹备处在制定和公布总投票方法同时，又制定了《自治法宣讲规程》，通令各县切实施行。《规程》要求在总投票开

_____

① 《湖南省制定省宪法总投票方法》，载《湖南筹备自治周刊》1921 年第 10 期。

始前 10 天，每县得派 12 至 16 名熟悉省宪条文的宣讲员，到小市镇、圩场、城乡交界处巡回讲演，并于投票日在投票所讲演，任务是解释总投票方法并宣讲省宪法的性质及大概内容，省制宪筹备处则每县遣特派员一名，会同县知事及县筹备分处办理宣讲事宜①。后来，筹备处又采纳省宪审查会的建议，令各县审查员于宪审完毕后即返回本县，担任特派员及宪法宣讲员，"俾洞明原始，演发精义"②。

1921 年 9 月 9 日，湖南省宪法审查会将省宪法草案及 5 种附属法草案全部审查完毕后，宣布闭幕，省制宪筹备处于是呈请省长限期办理总投票。10 月 1 日，各种印刷好的法案及宣讲稿开始陆续送抵全省各县。10 月 21 日起，各县开始为期 10 天的省宪宣讲。11 月 1 日，总投票开始，为期亦是 10 天。之后，各县依总投票办法第二十六条之规定，陆续将投票结果报告省制宪筹备处。最后结果，除废票与弃权票不计外，总计全省"可"字票数 18158875 票，"否"字票数 575230 票，显示省宪法获得了绝大多数省民支持③。

究竟这 1870 余万张得票中，有多少张票是按照《总投票方法》所订的程序获得的？又究竟有多少人参加了投票？这些问题无从考知。总投票开始时长沙《大公报》的时评说："……省宪自审查后，已经有这么多日子了，讲演的手续，又已经竭力进行了。今试在大道上任意拿一二人，而问以省宪是甚么东西？晓得的自是有人，不晓得的恐怕要占十分之八九，这无容为之遮掩的……"④ 而最后结果，竟有 1800 余万张支持票数，据说主要是各县知事雇佣书记员代书"可"字得来的⑤。应该说，这种状况已经是民国以来的"惯例"了。考虑到

---

① 《订定自治法宣讲规程》，载 1921 年 4 月 4 日《大公报》。

② 《各县宪法演讲员之议定》，载 1921 年 9 月 3 日《大公报》。

③ 《省宪授受典礼志盛》，载 1921 年 12 月 12 日《大公报》。

④ 《总投票后的过虑》，载 1921 年 11 月 1 日《大公报》。

⑤ 罗敦伟：《湖南省宪法批评》，载《东方杂志》1922 年第 19 卷宪法研究号。

关于总投票的布告

当时湖南交通之不便、户籍之不详、教育之未普及、一般民众对政治之冷漠等等因素，这 1800 余万张"可"字票以及那 57 万余张"否"字票，都难脱伪造嫌疑。不能排除有一部分公民认真参加了投票，但所谓"全民批准"，只能说仅是一种形式。对此，民国法学家陈茹玄曾有评论说："大凡国民总投票之制，其施行仅限于地小人稀，或素有组织之社会，知识程度较高之人民。苟其聚无数无知之人民，平日已未参与，临期莫详事由，本无意见可言，近以投票，将茫然不知所为。且吾国各省户口，至今未有翔实之调查，投票尤易于作伪。贪官劣绅，从而利用此机，以实行政治买卖。把持垄断，上下其手。其尤桀者，或且从而欺民窃国焉。此吾于湘省总投票之采用，不能不嫌太早。该宪草交由省民总投票时，已弊端百出，所谓'公民总投票决定'者，早经以其自身之经验，证明为有名无实之具文矣。"[1]

不论实际情形如何，《湖南省宪法》通过总投票后，算是获得了作为主权者的全省人民的签署认可，成为全省最高法律。1921 年 12 月 11 日，湖南省制宪筹备处举行隆重的省宪授受典礼，在全省军政绅商学各界代表见证下，郑重其事地将省宪法成案 6 种交托省长赵恒惕，请择日公布。1922 年 1 月 1 日，湖南省政府正式公布实行《湖南省宪法》，省长赵恒惕在布宪典礼上发表长篇大论的演讲，其中说道：

135

---

[1]　陈茹玄：《民国宪法及政治史》，上海，政治学社，1928 版第 153 页。

> 民治的真精神，在人人各本健全的道德，遵守一定的法规……我省既有宪法所规定的，又出于共同的民意，无论官吏人民，总须遵守宪法行事，互相尊重，互相劝勉，以期真正民治之发展①。

这些话可谓深得民治主义与法治政府的精髓，又出自全省军民两政最高长官之口，使不少人对湖南省宪的前途抱相当乐观之估计。为了表示"与民更始"，政府对布宪之事大肆铺张，长沙城通城庆祝了3天，有庆祝、有提灯、有京剧名角表演戏剧，"此为民国以来未有的热闹"。同时，又开放除总司令部以外的所有公署衙门，任人参观，以示民主之意，"所以有民国以来未有的拥挤"②。赵恒惕并亲自将省宪条文以大楷书之，张贴于一特制的八角亭内，以8人扛抬，周游长沙市街，军警鼓乐开道，以示庄严。但一般人民视之，以为是迎神赛会，或当作赵省长的书法展览，不以为意③。毕竟省宪法这个东西，乃中国历史上闻所未闻、见所未见的新事物，而一般民众所关心者唯生计，诸如民主宪政等等，与他们的智识水平相距太远。因而轰动一时的湖南省制宪运动，虽然动员了不少人参与，但绝大多数普通民众，对于这部以他们的名义制定和公布的省宪法，并无深刻认识，亦无参与热情，这是不能回避的事实。

然而无论如何，由湘政府经营一年有余，得到省内外不少官绅、学者、社会团体鼎力相助的湖南省立宪运动，总算取得了一个不错的成就——1922年元旦公布的《湖南省宪法》，非但是联省自治运动中唯一制定成功并公布实行的自治宪法，也是中国政制史上破天荒第一部省宪法。社会名流褚辅成说："湘宪告成，为民国政制开一新纪元，

---

① 《官吏人民共同遵守法律》，载1921年1月20日《大公报》。
② 《省宪庆祝会游览杂记》，载1922年2月4日《大公报》。
③ 朱传誉：《赵恒惕传记资料》（一）第36～38页。

本诸全国舆论所倡导，重以三千万人民之票决，且以湘省频年战祸所牺牲为此戈戈者之代价，可谓极缔造之艰难，垂共和之模范矣。"① 梁启超把湖南这回取得的成绩，比肩于曾国藩、左宗棠、黄兴、蔡锷对国家的贡献。他说，湖南人物，曾、左是第一流，黄、蔡是第二流，"而谭赵诸人，以一种百折不回的精神，把湖南从北政府手中恢复转来，得有现在的地位，这遂是'湖南蛮子'那种倔强之心，为主义所在，什么都可以牺牲的特点！湖南人自曾左至现在，本身和全部跟着的为主义奋斗的牺牲，已经不少，以这样贫苦的地方，用这样大的牺牲来供给全国……据我个人观察，在这平凡的中华民族，不可不有这湖南蛮子。我很希望湖南人要继续从前，不要说蛮子不好，要把先辈的蛮气继续下去"②。

当然，除了那些对湖南省宪抱有特别期待的省内外人士，一般人对这部宪法的颁布，大多不以为然。盖因民国以来，毁法造法，载诸报端，皆振振有词。各种法律文本，通常都被视为军阀政客之八股，《湖南省宪法》也不例外。反对联省自治的陈独秀断言："我以为此时一部宪法，还不及一张龙虎山的天师符可以号召群众。"③

时过境迁之后，我们考察《湖南省宪法》公布后数年间湘省自治运动的进行情况，认为这部宪法虽然未能开创什么新局面，却也非一纸空文毫无用处。一方面，有迫于内外压力不得不维护和使用这部宪法的自治政府；另一方面，有信仰这部宪法的议会及其社会力量，他们视省宪条文为政治生活的最高准则并加以运用，从而对实际政治产生了不可忽视的影响。为了研究这两方面的力量究竟如何并在怎样的程度上实践了这部宪法，以及实行这部宪法对现实政治产生了怎样的影响，首先有必要对宪法文本，特别是对那些因现实问题而设的条款，

---

① 《褚辅成等来电》，载《湖南省议会报告书·卷五电文》，1925 年。
② 《梁任公讲演录》，载 1922 年 9 月 3 日《大公报》。
③ 陈独秀：《联省自治与中国政象》，载《向导》周报 1922 年第 1 期。

作必要的分析介绍。

六·三　宪法文本分析

《湖南省宪法》共一百四十一条，分十三章，大致可分为五个部分：①人民之权利义务；②省之事权；③省政府机关之组织及省政权之行使；④下级地方自治之组织；⑤本法之修正及解释。综观宪法全文，可以发现这部宪法的根本精神以及基本的制度设计，是对当时西方民主国家最民主、最理想的宪政制度的移植，其受美国宪法的影响尤为明显。比如独立的司法（第八章第九十三条、第九十四条、第九十五条），弹劾与罢免的程序（第五章第五十二条、第六十一条、第六十二条、第六十三条），等等。至于议会和政府制度的安排，则主要取法英、法责任内

《湖南省宪法》封面

阁制（第五章），同时又效法当时德国新宪法，使议会不仅可对省务院行不信任投票，还可对省长行类似不信任投票（第五章第五十二条）①。另外，当时世界上极新颖的，只在美国、瑞士等少数国家运用的直接民权，比如创制权、复决权、罢免权、总投票权等，在《湖南省宪法》中都有体现，其中总投票权的运用尤为突出，举凡省议会、县议会、市议会之选举与解散（第四章第二十八条、第四章第四十四条、第十章第一百零六条、第十一章第一百十四条），省长、县长、

---

① 复菴：《答萧君文》，载《太平洋》1922 年第 3 卷第 2 号。

市长之选出（第五章第四十七条、第十章第一百零三条、第十一章第一百十三条），议员之召回（第四章第四十三条），法律之复决（第六章第六十六条、第六十七条），等等，俱由人民直接投票决定，可谓积极求全民政治精神之发展，也可看出制宪者为使湖南省宪充满进步精神之苦心与努力。然而，这些规定与当时湖南的现实相距太远，对于占人口大多数又目不识丁的湖南民众而言，大量的直接民权实在是太奢侈太慷慨的礼物，因而反受人诟病，被认为"陈义过高，未必有实行之心"①。

当时以及后来论者对这部宪法最为关注之处在第二部分——省之事权。这个问题，在当时久为论争之焦点，因为不少人担心省宪之结果，有碍于国宪制定与国家统一。后世论者，则从这一部分的规定中辨认湖南省宪的目标究竟是打造独立王国，还是期待统一的联邦制国家。从《湖南省宪法》对于省之事权的具体规定看，这一部分系采列举主义，即逐条列举省具体拥有的权力。在制宪者之意，以为湖南的自治不单是谋一省自治，而是希望联邦的实现，而联邦制的根本精神在于将中央与各省的事权在宪法上划分，鉴于当时国宪尚未成立，只好在本省的宪法上将省之事权一一列举，以便为省政权限定施政范围，也为将来制定国宪时设一分权的标准。如此，则"于发扬民治之中，仍寓维持统一之意"②。具体而言，省之事权共列举了 15 项：①省以下之地方制度，及各级地方自治之监督。②省官制、官规、官俸，及官吏之考试。③省法院之编制，监狱及感化院之设立，及司法行政之监督。④各种职业团体之组织，及关于劳动之法规。⑤制定本省税则，募集省公债，及订结省政府负担之契约。⑥制定户籍法及登记法。⑦省公产及营造物之处分。⑧各级学校学制，及与教育相联属之事项。

139

---

① 朱传誉：《赵恒惕传记资料》（一）第 40～41 页。
② 《赵省长复汤斐予讨论自治电》，载《湖南筹备自治周刊》1921 年第 10 期。

⑨矿业、农林之保护及发展。⑩各种公共实业及关于实业之法规。⑪省以内之河川、道路、土地整理，及其他土木工程事项。⑫省以内之铁道、电话、电报支线之建设，但为谋交通行政之统一，联络省际商业之发达，及应国防上之急需，国政府之命令，得容受之。⑬省内之军政、军令事项。⑭省警察行政事项。⑮卫生及各种公益慈善事项。

为避免破坏国家统一之嫌，湖南省宪在列举上述省之事权后，又在其他相关条文中对省宪与国宪的关系加以界定或补充说明，比如总纲第一条："湖南为中华民国之自治省"；第三章第二十六条："其他关于省以内之事项，在与国宪不相抵触之范围内，省得制定法规，并执行之"；第七章第八十八条："中华民国对外国宣战时，本省军队之一部，得受国政府之指挥"；附则第一百二十九条："国宪未成立以前，应归于国之事权，得由本省议决执行之"，诸如此类，均体现出省宪对统一国家的尊重与服从。因而有一派观点，认为湖南省宪对这一问题的处理相当之可取①。但相反的观点则认为，湖南省宪对省权的规定太过，除了外交、度量衡、关税之外，举凡军队、警政、司法、立法、行政均列入省自治范围，省行政官员包括省长均不经中央政府任命，特别是规定省高等审判厅享有完全的司法终审权，这是世界上任何一个民主国家的地方政府也不曾完全享有过的。因此，"对其进行制度上的研究，只会得出这种结论，即这是一种分立，国中之国'，而不是自治"②。本文不准备对1922年《湖南省宪法》作宪法学分析，因此对于这部宪法在制度上究竟是一部自治法还是独立法的问题，不作深究，只重点讨论这部宪法中与当时湖南现实最密切相关的条款。

---

① 相关论述参见周鲠生：《读广东省宪法》，载何勤华、李秀清编《民国法学论文精粹》（第2卷），北京，法律出版社，2002年，第575～584页；又见胡春惠《民初的地方主义与联省自治》第198～200页。

② 朱国斌：《近代中国地方自治重述与检讨》，见张庆福：《宪政论丛》（第2卷），北京，法律出版社，1999版第331～416页。

当时湖南最现实的问题反映于省宪上的，一是人民权利之保障，二是对政府权力的监督与约束，三是对军费开支的限制，四是对发展教育的重视。这四个方面的宪法规定都指向同一个目标——扫除官僚武人政治，建设民治政府。

其一，关于保障人民权利。宪法为人民权利之保障书，立宪各国，莫不于其宪章上逐项列举人民固有之权利，同时明确政府权力之界限。但是，有不少宪法文本，在赋予人民权利同时又为政府权力预留太多操作空间。比如民初《临时约法》，其第二章列举人民种种自由权利，条文形式异常整齐美观，然章末总括一条曰："本章所载人民权利，有认为增进公益，维持治安或非常紧急必要时，得依法律限制之"（《中华民国临时约法》第二章第十五条）。"增进公益"、"维持治安"、"非常紧急必要"等等，皆茫无界域之词，而所谓"依法律"者，其法律又可由政府随时修订变更，因而这一条无异将全章所列人民之权利，不分轻重一并取消。为避免这一弊端，《湖南省宪法》第二章在列举人民之权利时，处处注意从实质上划定政府权力的界限，比如第十一条："人民在不抵触刑事法典之范围内，有用语言、文字、图书、印刷，及其他方法，自由发表意思之权，不受何种特别法令之限制，或检查机关之侵害"；第十二条："人民在不抵触刑事法典之范围内，有自由结社，及不携武器平和集会之权，不受何种特别法令之限制"。这两条都在条文上明确无误地将限制这两种自由的法律，限于普通刑事法典之范围，此外无论何种法律，皆不认其有效。其他各条也有类似特点，且用词异常确切，不用概括性条文，不用模棱两可的字句。比如第六条规定人民有保护其身体生命之权，在作了笼统性的规定之后，又不厌其烦地规定权力机关不能对人民的身体生命如何如何。另外，鉴于当时各地驻军在防区内摊派勒索胡作非为，人民不堪其苦的现实，《湖南省宪法》第二章还列举了一些专门针对军人的条款，如第七条："……人民之私有财产，不受非法之科罚、捐输、

141

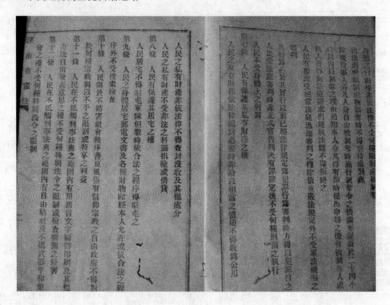

省宪关于人民权利的规定。

或借贷";第八条:"人民有保护其居宅之权。人民居宅,不得驻屯军队。但战时依合法之程序,得驻屯之";第九条:"人民之身体、住宅、邮电、文书,及各种财物,除经本人允许,或依合法程序外,不受搜索检查";第十三条:"人民或人民之自治团体,有购置枪支、子弹,以谋自卫之权;但须经官厅之许可登记。前项之枪支子弹,无论何种机关,不得强制借用,或提取",等等。总之,省宪法第二章共十六项规定中,有八个"不得"与八个"不受"。八个"不得"中,除第五条系指"无论何人"外,其余全都是对政府说的;而八个"不受"则完全是人民对政府违法侵权行为说的[①]。因而这部宪法在当时又被戏称为"十六不宪法"[②]。

为了理解这些"不得"与"不受"对当时湖南民众的意义,这里不妨将1917年傅良佐督湘时发布的相关文告做一番对比:

① 详请参阅本书附录一:《湖南省宪法》第2章。
② 《"不得"与"不受"》,载1921年9月26日《大公报》。

一，凡认为与时机有妨害之集会结社或新闻、杂志、图画、告白等类，一律禁止。

二，凡人民所藏物品可供军需之用者因时机必要，禁止输出。

三，检查私有枪炮弹药、兵器火具及其他危险物品，因时机必要应予押收或没收。

四，凡往来邮件电报应予检查或拆阅。

五，因交战不得已时应予"破坏、烧毁人民之动产、不动产"。

六，接战地域内，不论昼夜，"得侵入家宅、建筑物、船舶中进行检查"。

七，"寄宿于接战地域内居民，因时机必要，得令其退出"①。

傅良佐的这个布告虽然发布于戒严时期，但对于自南北相争以来就一直处于兵灾与战火中的湖南人民而言，这个布告宣布的情形实在是一种生活常态，因而《湖南省宪法》第二章关于人民权利的规定，可以说关系到每一个湖南人的身家性命。对于有产阶级的士绅和商人，他们昼夜所思，更莫过于如何在战乱的年代保全生命财产。所以当时社会各界，对省宪法第二章倍加推崇，认为是这部宪法中"大放异彩"之处②，甚至省宪尚未公布，各社会团体便已联合起来组成"促行宪法会"，请愿要求政府提前实行第二章③。

其二，监督政府权力。制宪的目的，除了划定政府权力的界限以保障公民之权利自由外，其最重要的任务是设计一套政治权力的运行机制，因此，《湖南省宪法》的主要篇幅被用来规定省政府机关的组

143

① 《督军宣布戒严之布告》，载1917年9月21日《大公报》。
② 龙兼公：《省宪草案的长处和短处》，载1921年4月24日《大公报》。
③ 《各公团促行宪法会之呼吁》，载1921年9月9日《大公报》。

织办法以及省政权的行使方式。总的来说，这部宪法所规定的，既非纯粹的责任内阁制，亦非省长制，而是介乎两者之间的、同时兼有委员合议制性质的政治体制，其特点则是赋予省议会极大权限。关于这一层，前文已有论述。议会权力被规定得特别大，一方面固然如李剑农所批评的，使行政权与立法权之间失去平衡，方便于议会操纵政府，但这是就法理而言。就事实言之，当时实际政治权力皆掌握在政府一方，而政府又掌握在军事实力派手中，即便依宪选举新政府，政府首脑——省长，还是非实力人物莫属。在这种情况下，赋予议会较大权力，正可以为议会制约行政军事首脑的独裁增添一份政治筹码——只要这个军事首脑不像袁世凯那样为了挣脱束缚彻底解散议会、推翻宪法。根据《湖南省宪法》规定，省长虽然总领军民两政，有统率全省军队、任免全省文武官吏的大权（第五章第五十五条），但省长发布命令时，非经省务

宪法对省长权力的限制条文。

院长及主管各司之省务员副署，不生效力（第五章第六十二条），而省务院长及主管各司之省务员，皆由省议会产出（第五章第五十九条），即便省长职位本身，也是由省议会提出候选人（第五章第四十七条）。高等审判厅厅长、高等检察厅厅长、审计院院长等重要职位，都由省议会选举，由省法律惩戒，而非由省长任免（第八章第九十二条、第九十四条，第九章第九十六条、第九十七条）。另外，当省长有谋叛、贿赂或其他重大犯罪行为时，省议会可对其提出弹劾，令其退职（第四章第三十九条）。议会还可基于不信任，提交公民总投票表决，令未满任期的省长退职（第五章第五十二条）。议会除了这些

144

政治筹码之外，还有宪法赋予它的一项最基本的职能，即议决预算案和决算案。对此，《湖南省宪法》规定如下：

第七十二条　省长须于省议会开会后之五日内，将次年度之预算案，提交省议会议决；

省长得提出追加预算案，交省议会议决；

以省款经营之事项，非一年所能完竣，或其费用，非一年所能筹备，或因契约之关系，其负担不止于一年者，得经省议会之议决，预定年限，设继续费；

省议会对于预算案，得修正之；但不得增加岁出，或增加新款项；

预算案内之款项，经省议会议决后，不得滥用。

第七十三条　省长须于会计年度终了后，将前年度之决算案，提交省议会议决。

第七十四条　省之财务行政状况，及省议会议决之预算案决算案，省长须详细公布之。

为辅助议会在财政上监督政府，《湖南省宪法》还规定了一套独立的审计院制度，赋予审计院长以极大权限，具体条文如下：

第九十六条　省设审计院。审计院长，由省议会选举。

第九十七条　审计院长任期八年，在任期内，非依本法第三十九条第九款之规定，不得免职。

第九十八条　经费之收入，各征收机关，须于缴纳省库时，报告审计院。经费之支出，须经审计院长按照预算案，或临时支出之法案，核准签印支出；与原案不符时，得拒绝之。

　　另外，为防止实力军人长时间盘踞政府，《湖南省宪法》还规定，省长任期4年，不得连任（第五章第五十一条）。这一条款在当时颇受非议，认为太刚性，太不尊重事实①。但我们从这刚性的条款中，可以看出制宪者扫除武人政治的决心。

　　简而言之，湖南省宪的制订者在如何监督和约束政府权力方面可谓煞费苦心，他们抓住了政府权力的核心——财政权和人事权，不给政府在这两方面胡作妄为的机会，试图以此牵制军人政府的独断专行。诚然，宪法文本上的规定与实际政治不是一回事。当权者允许制定并公布一部处处限制自己、管束自己的省宪法，不等于他会自觉自愿钻进省宪的笼子里把自己关起来。但是，这部宪法既然是政府极力倡导并大张旗鼓公之于众的，就等于政府向公众许下了一个愿意接受管束的承诺，这为议会及其社会力量设法监督政府行为，并在政府违宪时设法向政府施加压力，铺设了台阶并提供了最高法律依据。后来湖南省议会及社会团体与省政府之间为预算案决算案，为加税、为借债、为缩减军费等问题旷日持久的争执，都与此有关。

　　其三，对军费开支的限制。当时湖南最大的困境，也是自治运动最大的障碍，可用四个字概括——兵多、财尽。兵多与财尽是一个问题的两个方面，兵多财必尽。而解决了兵多的问题，也就从根本上解决了财政问题。要解决兵多的问题，就必须限制政府在军费上的开支，迫使军队裁兵减员，这是当时制宪者为实现湖南自治目标而关注的一个极要害的问题，故此在省宪法中作出了一个十分刚性的规定，这就是前文所说的省宪第一百三十九条以及援鄂战争失败后由省宪法审查会紧急动议并付公民总投票表决的第一百三十九条补修案。这两项条文关于限制军费开支的硬性规定，很快成为政府和军队头上的紧箍咒，被掌管预算的议会和致力于裁兵运动的公民团体时时拿出来念诵，对

----

①　朱传誉：《赵恒惕传记资料》（一）第40～41页。

后来议会、政府与军人集团之间矛盾的演化产生了深刻影响。

其四，对发展教育的重视。在一个有专制传统的社会中建设民治政府，不但需要历史的机缘，更需要与民主政治相匹配的社会条件。在各种支撑民主政治的社会条件中，最基本的莫过于人民的参政能力以及与之相对应的受教育程度。湖南省宪的制订者在将一整套西方民主国家的政治体制移植过来时，并非不知道这种外来的政体与湖南人民的政治能力之间有着多么巨大的鸿沟，因而《湖南省宪法》对国民教育给予高度重视，以期提高全民教育程度，奠定民治政府的基础。另外，当时军人乱政纲纪荡然，教育界人士所最感痛苦者，为教育经费之被挪移，及学校被军队盘踞。制宪者因此又对这两方面的问题予以特别重视，其具体条文如下：

宪法对政府权力的制约条文。

第二十一条　人民有受教育之义务。

义务教育以上之各级教育，无分男女，皆有享受其同等利益之权。

第七十五条　全省人民，自满六岁起，皆有继续受四年教育之义务。

第七十六条　每年教育经费，至少须占全省预算案岁出百分之三十；每年提出之教育基金，至少须占全省预算案岁出百分之二；其保管方法及用途，以省法律定之。

第七十七条　成绩优良之国民学校，得酌量奖励之。

第七十八条　成绩优良之职业学校，经省议会议决，得为添置设备之补助。

第七十九条　省须设立大学一所。

第八十条　为达本法第二十一条第二项之目的，省政府及各自治团体，须设备特别基金资助贫户男女学童之适于受中等以上教育者，其资助之方法，须以省法律定之。

第八十一条　学校不得驻扎军队，或据为军人住宅。

在宪法中写入教育条款，《湖南省宪法》是开先河者。此前民国元年公布的《中华民国临时约法》以及1916年公布的《中华民国约法》，于教育方面全未涉及。这次《湖南省宪法》所列教育8条，除最后一条系针对当时之特殊需要而设外，其余7条多为此后1931年公布的《中华民国训政时期约法》以及1936年5月5日公布的《中华民国宪法草案》（即"五五宪草"）所采纳。这是《湖南省宪法》在条文上的贡献①。在现实政治中，这些条文公布后立即成为湘省教育界人士发展教育事业及教职员工维护自身权益的有力武器。

综上所述，1922年元旦公布的《湖南省宪法》，是一个奇怪的混合物，既移植了当时世界上最民主最先进的宪法制度，又对症下药安排了一些解决时弊的政治程序。但它的精神是统一的。它是要彻底扫除官僚武人政治，建构一个全新的、以民治主义为依归的法治政府。在武人专政、军阀割据的时代，这样一部宪法和相关的宪政运动，无疑具有不寻常的意义。它是一次以和平理性的精神追求政治进步的努力，通过比较民主的、合乎法理的程序，创制了一部以民主和法治为核心价值的省宪法。同时，立宪过程中比较广泛的学理讨论和政治参与，也是一次宪政思想的启蒙和民主政治的训练。这些，在中国宪政

---

①　王凤喈：《宪法与教育》，见何勤华、李秀清：《民国法学论文精粹》（第2卷），北京：法律出版社，1999版第733～746页。

史上都是值得一书的。章太炎称赞说，湖南的立宪，是临时约法被毁弃后"法治精神之硕果仅存者"①。就上述宪法文本及其产生过程看，这样高调的评价并不过分，问题是，这样一部宪法，真的能实行吗？实行起来会有什么结果？

---

① 汤志钧：《章太炎年谱长编（1919～1936）》，北京，中华书局，1979 版第 822 页。

七

1922 年湖南的全民直选

《湖南省宪法》经制定并正式公布后，便进入了实施阶段。实施省宪的第一步是选举和组织新政府。选举，是人民行使主权最重要的方式。《湖南省宪法》为发扬民治主义，规定省及各县民意机构，须由人民直接选举；省及各县最高行政长官，须由民意机构预选，由人民总投票决选①。当时由于户口调查未清，也由于宪审过程中审查会内部的权利纷争，规定第一届省长选举不付公民总投票，只交由全省各县县议员决选。这就是说，湖南省立宪后的第一届省议会和县议会，皆由全省公民直接选举；第一届省长由省议会和各县县议会选出，属间接选举。省宪法又规定，至迟须于本法公布后的 3 个月内，依法办理省议会及各县县议会的选举；并至迟须于议会选举完竣后的 3 个月内，依法选举省长，然后由正式省长依法组织省行政机关（附则第一百三十八条）。根据这些规定，湖南省临时政府在 1922 年元旦公布省宪之后不久，即着手办理组织新政府的各项选举事务。首先是省议会

① 《湖南省宪法》第四章第二十八条规定：省议会，以全省公民直接选出之议员组织之；第五章第四十七条规定：省长由省议会选出四人，交由全省公民总投票决选，以得票最多数者为当选；第十章第一百零六条规定：县议会之议员，由全县公民直接投票选出之；第十章第一百零三条规定：县长由县议会选举六人，交由全县公民决选二人，呈请省长择一任命。

议员的选举和各县县议会议员的选举，然后是在此基础上的省长选举以及各司司长选举。当所有这些选举完竣后，已是年关将至。1922年的湖南，真可以称得上是一个选举之年。本书将把讨论的重点放在省议会议员的选举，因为这项选举在当时不仅是全中国而且是全亚洲破天荒的一次大范围内的直接选举，一次建立在省宪基础上的民主试验。这场试验究竟以怎样的形式进行，并将带来怎样的结果？是一件值得探究的事情。

七·一　省议员选举的法律依据

省议会议员的选举，简称"省选"。其法律依据有两种，一是《湖南省宪法》，二是与省宪法同时公布的《湖南省省议会议员选举法》。这两部法律对省议员选举的基本规则及操作程序都有明确规定。

其一，关于选举人和被选举人资格，《湖南省宪法》规定如下：

第三十条　有中华民国国籍之男女，年满二十一岁以上，于调查选举人资格以前，在湖南继续住居满二年以上，有法定住址，无左列情事之一者，皆有选举省议员之权：

1. 患精神病者；
2. 被剥夺或停止公权，尚未复权者；
3. 受破产宣告，尚未撤销者；
4. 吸食鸦片者；
5. 营不正当业者；
6. 未受义务教育者。但义务教育未普及以前，以不识文字者为限。

根据这条规定，绝大多数湖南公民，只要年满21岁，不论男女都有选举省议员之权。因为受这一条前三项限制者毕竟为极少数，而后三项又概念模糊，或难以查证，因此当时省议会议员选举事务所承认的合格选民共计有22795916名①，占湖南全省总人口的70%左右。当然这个数字不能说明真实的选民人数，但能说明选举权确已扩大到极大程度，使这次选举至少在形式上可称为直接选举（或曰普通选举），也使湖南省成了世界范围内较早实现普选权的地区。至于被选举权，省宪法第三十一条规定，凡25岁以上的公民，只要不是现役军人、在校学生或在任的官吏、宗教师，皆有被选为省议员之权②。

其二，关于选区划分与省议员名额分配。《湖南省省议会议员选举法》第十三条规定，选举区以现设之县为境界。当时湖南共有75县，因此分75选区。每个选区也就是每个县该出多少名议员的问题，是选举中最重要也是最易引起纷争的问题，好在上年75县的宪法审查员们已将这一问题吵了个水落石出，载于省宪第二十九条及附则第一百三十条。第二十九条规定，省议员之名额分配以人口为比例，每人口20万得选出议员1名，但不满20万之县亦得选出议员1名。附则第一百三十九条则规定，第一届省议员名额分配暂以田赋为标准，田赋每满6万元得增加议员1名，但田赋不满1万元者亦可出议员1名。按照这个标准，当时每县最少可出议员1名，最多可出5名，全省将总共选出议员166名。这条附则还不厌其烦，将75县每县该出几名省

---

① 《湖南筹备省议会议员选举事务所报告书·文告》，1922年，第12页。

② 台湾学者张朋园在《湖南省宪的制定与运作》（《中华民国建国史讨论集》第二集，1982年，台北）一文中说，当时湖南省议员选举"依法令规定……在竞选资格上曾有五项限定：①曾在国内外专科学校毕业；②曾任荐任1年或委任3年以上之职务；③曾任县议员3年以上；④曾任中等学校校长或教员2年以上；⑤曾任法团职务5年以上。"笔者遍寻有关这次选举的法令文件，未找到上述5条件中的任何一项。关于被选举人资格，《湖南省宪法》有明文规定，而《湖南筹备省议会议员选举事务所报告书》中，对有关法律规定，包括被选举人资格，有极详细的解释，但从未提到上述5种限制。

议员逐一列举，作为定案，为第一届省议员选举省却了一个巨大的麻烦。后来在省选过程中，又有许多县要求增加议员名额，都被省选举事务所以"省议员名额系宪法规定不能增加"而回电拒绝①。

其三，关于办理选举人员及其职责。根据省议员选举法，办理选举的负责人及职员主要有七种：①总监督，②区监督，③调查员，④投票管理员，⑤投票监察员，⑥开票管理员，⑦开票监察员。

总监督负责监督全省一切选举事

《湖南省省议会议员选举法》

宜，由本省行政长官充任，也就是由省长兼任。

区监督负责监督本选区一切选举事宜，由各选区行政长官充任，也就是由各县知事兼任。

调查员负责调查本选区内合格选民人数，将各选民的姓名、年岁、籍贯、住址、居住年限逐一登记，以便各选区造具选举人名册。各选区调查员以及投票管理员、监察员，开票管理员、监察员，皆由各选区监督分别委任。

投票管理员负责投票所的启闭，掌管投票箱、投票簿、投票纸及选举人名册，并决定投票之应否收受等。

开票管理员负责开票所启闭，清算投票数目，检查投票纸真伪，决定投票是否合法等。

投票监察员和开票监察员负责监视各管理员办理投票开票事宜。

153

---

① 《湖南筹备省议会议员选举事务所报告书·纪事》，1922年，第14页。

除了法定的这几种办理选举人员外，总监督和各选区监督又分别任命了省和各县的选举事务所所长，具体负责全省或各选区选举事务。

其四，关于选举程序。根据湖南省议会议员选举法规定，选举程序分为调查—宣示—投票—开票四个环节。所谓调查，系指选举人名额与资格的调查。各选区在投票选举之前，应按地方情形划分本选区为若干投票区，然后派遣调查员若干名，按选举人资格挨家挨户调查合格者，造具选民名册。选民册造成后，首先要呈报省总监督，以便省根据各区选民数额分配投票纸。然后各选区要根据选民册将各投票区选民名单分别列表公示于各投票所前，以供众览，这一环节称为"宣示"。宣示后如有人发现选民名单有错误、遗漏或不实者，可出具凭证要求选区监督更正。由于这些手续比较麻烦，而选民资格真实与否又至关重要，因此宣示选民名单的日期至少应有半个月左右。宣示之后便进入投票环节。投票前，各选区监督应按照各投票区选民名单

对选举法的详细解释

分别造具投票簿，并按定式制成投票箱。投票前若干日，各区监督还应颁发选举通告，将投票日期、投票所地址、投票方法广为告之。然

后，将投票簿、投票箱以及由省统一颁发的投票纸分发各投票所。投票时，选民应亲赴投票所，在投票簿本人姓名下签字后领取投票纸一张，用无记名法书写被选举人一名，投入票箱。投票完毕后，投票管理员及监察员应将投票始末情形造具报告，连同投票箱，于投票完毕之翌日移交开票所。俟各投票所所有票箱送齐后，选区监督应亲临开票所，与开票管理员监察员一起，当众开票并公布结果①。

除了上述种种法定的选举规则及程序外，还有由湖南省选举事务所颁发的《各县筹备省议会议员及县议会议员选举事务所简章》、《湖南省议会议员选举办事期限表》、《各选举区监督执掌须知》、《造册须知》、《调查须知》、《投票须知》、《投票所办事细则》、《开票所办事细则》、《投票匦式样》等一系列规程，都是对前述宪法规定的补充或解释。这些规程中最重要的一项补充是关于投票证的使用。投票证由各选区根据选民册印制，于投票前分发给各投票区的绅士，再由调查员会同各绅士挨家挨户派送到选民手中。投票时，选民须持投票证到投票所换领投票纸，方可投票。一人一证，一证一票②。显然，使用投票证的目的是为了防止重复投票。

1922年1月13日，湖南筹备省议会议员选举事务所正式成立，所长为彭允彝③，由兼任选举总监督的省长赵恒惕任命。选举事务所成立后，立即通电各县，限电到3日内成立各县选举事务所，3个月

---

① 详情参阅本书附录二：《湖南省省议会议员选举法》。

② 《湖南筹备省议会议员选举事务所报告书·规程》，1922年，第5～25页。

③ 台湾学者胡春惠所著《民初的地方主义与联省自治》一书第192页说，当时任选举事务所所长的是原任湖南省议会议长彭兆璜。此说不确。任这次省选事务所所长的是彭允彝而非彭兆璜（参见《湖南筹备省议会议员选举事务所报告书·纪事》第1页）。彭允彝，字静仁，湖南湘潭人。曾任旧国会议员、北京政府教育总长。彭兆璜，字公望，湖南湘阴人。曾任南京留守府秘书、民初湖南省议会议长。

省议员选举事务所全体成员合影。

内完成所有选举事宜。省事务所还对各项选举日程的起止日期做了详细规定：1月18日起至2月13日止，完成选民人数及资格调查，为期27天；2月14日起至3月23日止，完成选民名册的编制、宣示和更正，为期38天；3月24日起至3月26日止，举行投票，为期3天；3月27日起至31日止，开票及电报投票结果并通知当选人，为期5天①。

由于各种各样的原因，当时各县基本上没有也不可能按上述日程完成各项选政。大部分县到4月份才开始投票，最迟的到5月18日才报告投票结果②。因此，这场选举实际上持续了4个多月时间。

七·二 选举百态：选民、候选人

前面种种有关省议员选举的规定，除了选举日程过于仓促不合情

---

① 《湖南筹备省议会议员选举事务所报告书·规程》，1922年，第3~4页。
② 《湖南筹备省议会议员选举事务所报告书·表》，1922年，第44~51页。

理外，其他方面不可谓不合理周到。但纸面上合理而周到的这些规定，并不能保证这次选举有序进行。根据当时长沙各大报纸派往各投票区的观察员报道，以及事后当事人的描述，这次空前绝后的选举办得实在不成体统，简直是乌七八糟，乱不可言。各种各样的纠葛、黑幕、丑闻和指控，充满了报章篇幅。合格选民究竟若干？没有人说得清；有多少人参加了投票？无从得知。竞争异常的激烈，打架斗殴处处发生；金钱运动无孔不入，"无论哪个穷乡僻壤，桃源秦汉的浑噩百姓，都被其引得心慌意乱"①；舞弊空前猖狂，官司空前的热闹；而各种预料或不曾预料到的问题层出不穷，文电交驰，纠缠不休。最后结果，"被选举的没有十分之一的真正民意"②。而百姓的愚顽，绅士的龌龊，官僚的贪婪，在选举中表现得淋漓尽致，廉洁的道德荡然无存。唯一保持克制未遭舆论批判的，竟然是军队③。有人说，这都是直接选举

① 四愁：《新议员的新毛病》，载 1922 年 5 月 27 日《大公报》。
② 巽言：《替普选辩诬》，载 1922 年 4 月 5 日《大公报》。
③ 《湖南近百年大事纪述》第 436 页说："省垣和各县城的投票所，派有军队在场监守，乡镇多由团防队执行监守任务。这些武装监守者，实际上是他们公开的打手。"此说难以成立。根据当时省选举事务所颁发的选举办事细则，在投票所及开票所维持秩序的是警察而非军队，亦非团防（参见《湖南省选举省议会议员报告书·规程》第 20~24 页）。从当时省事务所与各县事务所的往来文电看，投票过程中有少数县，比如长沙、衡山、耒阳等县，鉴于投票所秩序混乱，请派军队维持秩序，省事务所一律回电拒绝，声明投票所秩序只能由警察维持。耒阳县由于知事包办选举，遭反对者围攻县署，知事急电总司令，请派兵弹压，省事务所回电说"碍难照准"（参见《湖南省选举省议会议员报告书·纪事》第 21~23 页）。据悉当时军队干预选政有案可查者，仅为泸溪一县，情形是有军人携带武器强行写票，不服制止，泸溪知事乃呈报总司令，请电饬泸溪驻防军队长官核查办理。另外，候选人被指控运动军队非法拉票或抢票的，还有大庸、桃源、乾城、慈利 4 县。这几个县都属湘西地区。选举结束后，有驻郴州第六混成旅旅长陈嘉佑出于对当局不满，通电揭露种种选举黑幕，扬言召集旧省议员到郴州举行"非常会议"以推翻这次选举，因没有应和者而作罢。似乎可以得出结论说，除了极少数军人外，大部分军人在这次选举中比较克制，没有干预选政。因此，自援鄂战争失败后备受舆论抨击的军人，在这次省选中却没挨什么骂。

惹的祸,都怪立法者太重理想,将人民程度估计得过高。有人说,大部分的人民并未参与其中,直接选举根本就不存在,说直选不好太冤枉,要怪只能怪人性的丑陋。如此种种,不一而足。这里综合当时报章上大量的见闻观察报道,参照相关法令文电,就这次选举暴露出来的主要问题及其原因归纳如下:

第一,户口不清,调查不实。

无论什么选举,首先要搞清楚的是由谁来选举。这次湖南省议员选举既然是直接选举,就要搞清楚三千万湖南男女老少中,哪些人有资格参加选举。然而当时的湖南还从未有过详确的户口调查,人民若干,程度若何,都只知道个大概①。至于这个大概数中有多少人符合选举法所规定的那些资格,在当时的技术条件下没有三两年时间是弄不清楚的。而不论制宪者或当政者,都急于想要省议会早早成立,以组织行宪政府,否则时日迁延,一部劳神费力弄出来的省宪法有可能一无用处。所以省宪有规定,至迟须于公布后 3 个月内办理选举,新成立的省选举事务所更规定各县要在不到一个月的时间内将选民资格调查完竣。要在如此短的时间内将选民人数以及每位选民的姓名、年龄、籍贯、法定住址及其在湖南的居住年限查个一清二楚,谁都知道是不可能的。省令因此要求各县知事责成当地乡绅协助调查员工作。于是,所谓选民调查基本上就变成了向乡绅了解情况。一般情形是,调查员要求各乡各镇各城区熟悉地方情况的绅士,主要是那些负责地方治安的都甲团绅,提供所属区域的户口情况,然后以之为根据编制选民名册。这还算比较负责任的。最不负责的做法是根本不做调查了解,由调查员关起门来捏造"选民"。这样编造出来的选民册,真实性自然是无法保证的,漏报、浮报、乱报的情形比比皆是。

---

① 1917 年 4 月,湖南省长公署曾就湖南各县土地、面积、人口、赋税总额做过一次统计,公布湖南人口总数为 31402580 人,所以湖南号称三千万人民(参见《湖南近百年大事纪述》第 352 ~ 355 页)。

漏报有时候是因为不明选举原委的乡绅，以为衙门又预备抽税，所以故意隐瞒少报。但大多数时候，漏报是因为对选民权利的漠视，或为了舞弊，实质上是剥夺了一部分人民的选举权。对于大多数浑浑噩噩不在乎什么选举权的百姓，漏报不漏报本无所谓。但对于有政治觉悟的个人特别是有组织的社会群体，故意漏报会引起抗议甚至政治风潮，比如衡阳县妇女界为争取女选民的投票权就引起了一场不小的风潮。当时，在各种漏报的情形中，对女选民的漏报最为常见，甚至被认为理所当然。湘潭、益阳、醴陵、衡阳等县妇女界因此群起抗议，要求在选举事务所中增设女职员以调查女选民，或干脆分配一定比例的选民名额与女性。衡阳县妇女联合会在发现女选民领不到投票证后，便派代表前往选举事务所，要求查阅选民册，并借得选民草册数本，拟查阅名单后另册标出男女，不料县署突派警员将选民册追回，并拘押女界代表两名，指控其"抢劫"。衡阳女界因此悲愤莫名，一面呈报省长控告该县选举事务所所长一干人等违法，要求严惩；一面发起"护法运动会"，呼吁全体女界联合起来维护宪法权利。省事务所只得派要员前往衡阳平息事态①。

另外，牵涉舞弊的漏报行为还会在候选人之间引起纷争。所以当公布选民名单及发放投票证后，要求补报和更正选民的要求纷至沓来，给选举事务平添了无数曲折。

在漏报具体选民的同时，各县各投票区又常常夸大虚报选民总人数。由于选民人数与投票证、投票纸的多少直接相关，而投票证、投票纸又是各候选人想方设法要得到的，因此各投票区的都甲团绅、各选举事务所的所长职员，以及各县知事，大都会浮报选民人数，以便从上级获得多于实际需要的投票证、投票纸。这里摘录省选举事务所颁发的一则文告，它可以使我们了解当时各县浮报选民数目的严重状

159

---

① 参见《衡阳女界联合会呈省长文》，载1922年4月19日《大公报》；《衡阳女界护法运动会宣言》，载1922年4月24日《大公报》。

况以及选民调查结果的不可信程度：

通令各县知事不得浮报选民数目

案据武冈知事卢振鹏、选举事务所所长夏国宾电报遗漏选民数目……查该县面积人口较长沙为少，前报省宪总投票选民数为五十五万零七百七十二名，此次本所核发投票纸数为六十万五千八百四十九张，两相比较，选民与长沙相差不远。乃该监督该所长漫不加察，突报遗漏选民数四十九万零，以外该县公民呈报遗漏尚不在此数，合前报数共百数十万。依此类推，则湖南全省人口将在一万万以上，几占全国人口四分之一。调查失实已可概见……选民多寡须视调查而定，而当选则以得本区投票票数比较多者而定。希望当选者只应求得本区多数同情，不可肆意垄断一市一乡，浮争票数以图操纵。须知城市相率为伪，各镇乡皆因缘而起，甲区如此乙区亦然，于选政前途至多阻碍，今武冈有此情弊，他县自难保其必无，为此令仰各选举区监督认真办理，毋稍偏徇，并着令知各选民一体知照，此令①。

160

选民是选举的依据，选民不实，选举就会乱套。这次湖南省的所谓直接选举，由于没有户口调查的基本依据，临时的选民调查又缓不济急，致使漏报、浮报以及由调查员闭门捏造的乱报大行其道，因此关于这次选举中究竟有多少合格选民，投票率究竟有多高，等等一系列有关选举的基本指标都无从知道。不但如此，选民人数和资格的虚假，还为候选人非法运动选举以及各处经办人员徇私舞弊提供了巨大的操作空间，使这场选举注定充满黑幕与纠纷。

————

① 《湖南筹备省议会议员选举事务所报告书·文告》，1922年，第24～25页。

第二，大多数公民放弃选举权。

选举权的扩大，在西方民主国家是一个漫长的过程。直到1918年，英国法律才确定成年男人的普选权。在美国，1920年才刚刚通过妇女拥有选举权的宪法修正案。而1922年的湖南，由于一纸宪法，全省所有21岁以上的公民无分男女都享有了选举权。但是，对于这种从天而降的民主权利，湖南大多数的百姓并不知道意义何在，如何使用，乃至"相率放弃选举之权利与监督之责任"，任由绅士官僚包办①。这是1922年湖南省议会直选中暴露出来的一个更本质性的问题，也是民国以来历次选举出现的普遍问题。根据曾经角逐这次省议员的当事人叙述，当时选民册中，真正的选民不超过十分之三四；即此十分之三四的选民中间，真正有相当知识了解投票之意义，尊重自己的选举权不盲从不胁从者，又不知能有十分之一二否；即使有之，而肯牺牲时日十里五里届期跑到投票所投票的，就更罕见了②。

在选民相率放弃选举权的情况下，投票是怎样进行的呢？常见的情形是，投票开始之前，各区监督，也就是各县知事，召集各投票区协助办理选举的绅士开会，按各投票区呈报的选民人数，将投票证分发给这些绅士。比如长沙城区，当时城厢内外共有254个街团，分东南西北4个投票区，县知事于法定投票日期前半个月左右，将投票证分发给这254团的团总，责成他们会同调查员按户发给选民，"以便按区投票而免紊乱"③。这些团总——有时候是都总、甲长，总之是各城区、各镇、各乡的绅士，很少会真的将投票证按户分发给选民。至多，他们会发一部分给更下一级的绅士，然后扣留多余的部分。另外，各区经办选举的职员，包括调查员、管理员、监督员、选举事务所长甚至选区监督，都会想方设法扣留一部分投票证，因为早有运动选举的

① 巽言：《普选救弊之一法》，载1922年4月9日《大公报》。
② 李祚辉：《我对于今次选举之观察》，载1922年4月18日《大公报》。
③ 《长沙县预备选举投票记》，载1922年3月10日《大公报》。

人以各种理由或代价来谋取他们手中的票证。这样，投票证——实际上等于选票，便分散到了各县各城区各乡各镇等级不同的绅士和官僚手中。据说最下级的绅士，一般可以分到百余张投票证①。

由于很少有选民会主动跑到投票所去投一张不知与自己有何关系的选票，所以需要选票的候选人，如果他们不打算贿赂知事所长或选举职员大规模舞弊的话，就必须讨好那些握有投票证的乡绅，从他们手中获取成批的票证，这便是拉票。拉票之后，再雇人投票。投票的时候，被雇的投票人一般每人握有数十张投票证，每次从投票管理员手中换取选票一张，投完后又回来再换一张，如此循环往复，管理员监督员皆熟视无睹，候选人彼此也心照不宣，因为这是没有办法的投票方式，不能算作舞弊。

另一种常见的方式是，候选人直接要求那些乡绅动员本投票区的选民为自己投票。这样动员起来去投票的选民，有时也是有条件的，比如吃饭、喝酒、少量的金钱等。因此，到处就有了这样的场面："平常长袍短褂，高视阔步，瞧不起做工耕田的人们，此时忽然放下身份，和他们作揖打拱，贵人家里的金钱酒食也要分给他们几许；做工耕田的人们看到这样，便知道，原来当官发财要如此的！"② 这样的投票人通常也会被要求一人多次投票，因此与被雇佣投票并无多大区别。

当然，候选人不能无偿地从乡绅手中获得投票证，也不能平白无故让乡绅为自己组织投票，他们必须具备一些基本的条件：一是要有钱。首先，候选人必须组织数十至百余人不等的队伍为自己奔走拉票，然后要雇佣几十至数百人或组织成群结队的选民在不同的投票点投票，这其中还要招待应酬选举事务所的职员，要花钱购买投票证，等等。一般每个候选人至少要花费两三千元，多的要一两万元。但仅有金钱

① 李祚辉：《我对于今次选举之观察》，载1922年4月18日《大公报》。
② 民盾：《此回选举的影响》，载1922年3月31日《大公报》。

还不够，候选人还必须有地方势力的支持，俗称为"地盘"，这是第二个基本条件。当时能够竞争省议员的，基本上是地方上有权有势有名望的豪绅，其势力范围所在的街区乡镇或行业所拥有的选票，是竞选者必争的，这样的选票被称为"基本票"。若是没有地方上成箱累箧的几万基本票，竞选便很难成事。三是候选人还要有家族背景，以获得本家本族成千上万的"族票"。"族票"一般是不容他人染指的，一个选区假如有几个大家族，竞争就会变得非常激烈。上述三个条件中，尤以金钱一项至关重要，必不可缺。如果候选人具备了金钱条件，同时又有地盘和家族背景，"那末，只要再找得三五十个尽忠的组织员，雇用得几十名得力的选手，便可以在各区各都的都甲团绅手里，把整千整万的选票，一扎一扎地送进瓯里去。前后总计，与闻其事的充量不过一千人"①。

这样的选举方式，是在公民相率放弃选举权的情形下自发形成的，合情，但不合理，更不合法。因此，对民主政治抱有真切信仰的知识分子，特别是青年学生，无法接受这一现实，乃至与选民发生直接冲突。长沙选区的投票便是一例。

首善之地长沙选区的投票，是3月24日开始的。第一天，投票人不很多，秩序差强人意，但各种弊端已然显露。第二天，投票情形较为踊跃，长沙学生联合会为慎重选举杜绝弊端，特派代表前往各投票点监察。学生代表来到投票所，一面演说，要投票人"拿出良心，保全人格"，不可受金钱运动，不可重复投票；一面监守在选票发放处，不许给任何人多发选票。这样搞了没多久，混乱就发生了，受雇来投票的选民气急败坏，到处追打学生，其中尤以东区投票所情形最为混乱。当时派往东区监察投票的，有育才、明德和第一师范的学生。投票开始不久，有朱振武、陈琳两学生见一人手持选票数十，即前往开

---

① 巽言：《替普选辩诬》，载1922年4月5日《大公报》。

导，说按照投票办法，每人只可投一票，先生为何投如此之多？该先生无词可对，老羞成怒，即大呼喊打，并指学生抢夺他的选票，其余选民马上附和。朱、陈两学生负伤逃奔学生联合会报告，请求援助，于是更多的学生整队前往投票所监察。未久，喊打之声又起，有"灰衣悍将"重拳伤人，选民参做助手，一时秩序大乱。学生躲入投票所内，脱身不得。长沙县周知事闻讯，当即率卫兵前往，多方开导选民，并允惩办学生，始将学生带出。知事将学生带到县署后，温言抚慰，说各位慎重选举，来区监察，实属难得，惟选民不但不依，反来侮辱，依律应惩办，然人数太多，不好如何，希望各位将这些选民当作狂人，不要理会。他这样安慰学生："照新约所说，此种人不可治，是人力难行，唯祈祷天父，使其悔改。"为防止选民生事，周知事请学生从县署后门归校。学生不依，说我们代表全体同学监察选举，今天受了奇耻大辱，却还要从后门出，誓死不从。周知事无法，只得电请戒严司令部，派全副武装的军士一队，将学生护送归校。这是东区投票的情形。

在北区投票所，学生代表看见有三四十人在做买票卖票的生意。一票吃点心，二票吃饭，四票喝酒，十票即与洋一元。学生当即上前制止，忽冒出工人模样者三四十名，聚而呼打，幸得警察救护得力，学生免遭毒手，然已饱受惊吓，逃回学校①。

当时知识界追求民主人权的人士，对于选民素质如此低下、任人摆弄的表现，大有恨铁不成钢的愤怒。长沙《大公报》的时评说："人民十之七八都是愚陋。有些只知饥食渴饮，简直没有理及这事。有些，专受人家的操纵，或是拿少许金钱酒食去买弄他们，或是拿地域家族的陋习去鼓动他们，他们无不乐于征事，真可怜极了。"② 然而，理性者说，"法律制度是人类实质生活的表现，是一种精神的外

① 《学生监察选举团受辱详情》，载 1922 年 3 月 26 日《大公报》。
② 民盾：《民性测验》，载 1922 年 4 月 10 日《大公报》。

表，外表只能适合内容，不能创造内容。无论哪种法律，与大多数人生活的内容适合，才能推行无阻"，湖南这回选举的荒唐怪相，实因立法者不重现实太重理想，推行与大多数人实际生活毫不相干的直选制度，"所以弄得罪孽深重如此"①。

不论是由于人民的愚陋还是立法的不善，湖南省破天荒的这次选举试验只能说是失败的——大多数公民既未参与选举，所谓直选便是有名无实。而由绅士官僚包办推举出来的省议员，当然不能说是真正的民意代表，甚至，这场选举本身是否合法、是否有效，都成了一个说不清的问题。

第三，竞争激烈，舞弊丛生。

与普通民众的冷漠消极形成鲜明对照的是，绅士阶层的大多数成员，特别是上层绅士，对这次省选报以极大热情。他们了解省宪法的来龙去脉，也知道省议会在将来政府中举足轻重的地位，所以将这次省选视为千载难逢的登途捷径，以至"无肠公子，鼓腹大郎，平日一毛不拔秋毫必析者，皆竭其居奇计赢之伎俩"，纷纷起而应选②。据估算，平均每个议席有10个左右的候选人角逐。比如长沙县，呈报选民人数98万余人，依法可选出省议员4名，参加角逐者达50余人③。这些候选人有的是凭借声望资历，有的是凭借家族势力，更多的是凭借地域关系，加入奔竞之途，如浏阳县之东西南北四乡，湘阴县之东西北三乡，安化县之前后两乡，湘乡县之上中下三里，湘潭县之十三镇三乡共二十一都，都有应选者④。

---

① 李祚辉：《我对于今次选举之观察》，载1922年4月18日《大公报》。

② 《零陵选举之现象》，载1922年4月7日《大公报》。

③ 这里所说"每个议席有10个左右的候选人角逐"，是笔者根据《湖南筹备省议会议员选举报告书》中的相关数据，以及当时报章披露的有关情况，作粗略统计而得出的结论。统计之所以粗略，是由于数据不是很完整，而且准确性无从考证，所以结论也是粗略的。

④ 《运动选举之佳话》，载1922年2月11日《大公报》。

竞争既激烈，舞弊就难免。而户口不清、调查不实，大部分公民放弃选举之权利与监督之责任，更为舞弊大开了方便之门。因此，诡诈、黑幕、丑闻、纠葛等各种各样的舞弊和暴力现象在这次选举中大行其道，无处不有。舞弊的伎俩，无非是以金钱运动和势力压迫相结合，贿托经办选举的官绅包办、造假，或收买地痞流氓强投硬抢。舞

选举风潮报道之一

弊情形最为严重的是祁阳县。该县候选人彭某为地方巨富，花重金贿托县知事和选举事务所长委任自己的亲信担任调查员、管理员、监察员，捏造选民名册，至投票日始将选民名单榜示，然后任意分配投票证，导致祁阳县议会、工会、农会、教育会等群起反对，呈控总监督，表示决不承认选举结果，宁愿不要省议员。衡阳县有管理员被人贿买，私填选票，使前来投票的选民无票可领。常德县有投票所的管理员与监察员，将他人得票强迫作废，用刀截毁至万余张。长沙县有人伪造投票证。岳阳县开票时发现数千张关防不符的假票。醴陵县知事为慎重选举，对监察员管理员严加督促，只准一人一票，不准独领包投，结果监察员等遭地痞围殴。大庸县发生了团防与军人打架的事件，因

为团防被大族收买，军人则为曾充当该地驻军参谋长的候选人助阵。另外如械斗、抢票、夺瓯、毁票等暴力事件，时有发生。种种混乱情形不胜枚举。

当时被闹得最大的选举事件，是长沙县临湘镇的选举舞弊案。起因是临湘镇在开票时，发现整叠无法从票箱投入、显系管理员开箱装入的选票，上面写有同一候选人姜济寰的名字，开票员当即取出交监察员验明。在场监督开票的商会、教育会、律师公会等公团代表均指为舞弊证据，于是监察员、警务员以及各公团代表当场将票箱封闭，等候裁决。不料次日，有涉嫌舞弊之权绅周介陶、黄裳二人，率数十名警察来到开票所，以武力胁迫开票，并销毁证据。事发后，长沙公民数百人在火宫殿召开公民大会，有主张究办违法人员的，有主张将此次选举一律推翻的，最后推出公民代表李运生等，向长沙地方法院起诉周介陶、黄裳。与此同时，长沙各公团亦召开会议，讨论对付办法，大都主张法律解决，也有主张宣布此次省选非法不予承认的。会后，湖南中华工会会长刘玉堂、律师公会葛光宇等，分别将涉案的管理员、监察员、候选人一干人等告上法庭。长沙地审厅根据选举法规定"选举诉讼事件应先于各种诉讼事件审判之"原则（《湖南省省议会议员选举法》第六十二条），很快发出传票并开庭审判，原被告双方亦组织规模可观的律师团对簿公堂，使这一案件成为轰动长沙城乡的大热闹官司。除此之外，还有旧省议员陈天全、丁光道等，发动80余公民向省议会请愿，要求政府究办此案违法人员并宣布此次选举无效。类似选举纠纷与控案，当时长沙各大报纸都有连篇累牍的报道。差不多每个县都出现了选举纠纷，大部分县份有呈诉到省选举事务所或地方法院的控案，有举报选举违法的，有要求宣布选举无效的。这些控案的发起者，除了少数是有责任心的公民和社会团体外，大多数是竞选中的败北者和旧省议员——败选者的不平和旧议员的醋意，是这次省选中实际的监督，使得各种各样的舞弊情状暴露于光天化日

选举风潮报道之二

之下①。

由于不具备基本的技术前提和社会条件，湖南的这次大规模直选不可避免地办得荒诞不经。从法理上说，仅选民册不实这一桩，就足以构成从根本上推翻这次选举的依据；而投票时人人都违法，就等于无法。既然在事实上是一次无依据无章法的选举，那么对竞选中各色人等的胡作非为，就认不得真。如果认真追究起来，恐怕投票人无一不应受刑事处分，当选人无一不应被宣布无效。湖南没有这么大的法庭与牢狱，一部呱呱坠地的省宪法也经不起这么认真的折腾。当时操

---

① 童梅岑所著《赵夷午与湖南省宪》一文中提到这次省选时说："……于是命各县选举省议员。承办者乃将内定之人名，填写之票，置之瓯中，使人舁之，游行四乡，谓之投票。游行既毕，乃聚之于县长大堂上，当众开之，自然一律当选，而人民于此事，实罕闻之，此尚不能算作弊，故亦绝无所谓选举诉讼之案"（见朱传誉编《赵恒惕传记资料》第41页）。此说为许多论者所引用，但与事实相差殊远。内定之事或有，但投票程序绝不是让人抬着票箱四乡游走一番。选举诉讼案则铺天盖地，而不是"绝无"。童梅岑即童锡梁，他对赵氏主政时湖南情形的描述极具史料价值，唯在此问题上有臆断之嫌，或许是将此次省选情形与上年湖南省宪法总投票情形混淆之故。

办选举的要员们，莫不深知其中利害，所以对各种舞弊控案，虽口头上三令五申说要查核究办，实际上是睁只眼闭只眼。对于各种要求宣布无效推翻重选的诉求，则装聋作哑，不予置议。后来，省选举事务所实在无力应付各县络绎不绝的上告者，便将皮球踢向法院，发布一则布告云：

> 为布告事。查湖南省省议会议员选举法第五十三条第五十四条第五十九条至六十一条六十三条之规定，凡关于选举无效及舞弊违法当选人资格不符、票数不实、落选人应当选而不当选、候补当选人名次错误、选举犯罪等事，概以法庭审判为唯一之解决方法，未设法庭之处向相当受理诉讼之机关起诉。本所为办理选举行政机关，对于此类呈词既未便越权受理自不必逐件批答。各该区选民人等，如确认有前列情形，仰即依法提起诉讼，毋得来所具控。此布①。

与此同时，省选举事务所又通电各县，凡对于被控的当选人，在法庭判决其当选资格无效之前，一律发给当选证书②。也就是说，不论选举过程如何，不论当选者是谁，只要是参加了这次竞选又得到相对多数选票的，都一律先予承认。这样，来自75县166名幸运的当选者，在一片质疑与喧嚣声中组成了湖南省立宪后的第一届省议会，并于1922年5月齐聚省城，于5月19日召开第一次议事会，选举常德籍议员、前湖南省临时省长林支宇为议长，随后便着手选举和组织新的省政府。

169

---

① 《湖南筹备省议会议员选举事务所报告书·文告》，1922年，第27页。

② 《湖南筹备省议会议员选举事务所报告书·纪事》，1922年，第26～30页。

七·三　选举结果及分析

从直接民主的意义上说，1922年湖南省的这次省议员选举无疑是失败的。但从扩大政治参与的角度看，这次选举并非完全没有意义。不论选民册是多么的虚假，不论选举过程多么的弊窦丛生，有一点却是肯定的：这是一次选举，而且是一次自下而上的有自由竞争者的选举。在这次选举中，选举权虽然没有如立法者所预设的那样扩大到全省所有21岁以上的男女公民，却扩大到了几乎整个绅士阶层。因此，当时有一位颇为大度的落选者，名叫李祚辉的，在总结自己的经历与观察后得出结论说，"这次选举，有由贵族主义进而为平民主义的倾向"，他说："从前的选举，一般人不能与闻，譬如三十万选民的地方，只要有三数十人就可以垄断一切，这一次三十万选民的地方，纵少权柄操在三数千人的手中……大略言之，前一次一个大绅士可以垄断万数的选民，这一次一个土绅士只能垄断百数的选民，可见选举权也由少数而渐趋于多数。"李祚辉的这个结论，是通过对比民国元年的省议会选举得来的，他说："民国元年的选举……当时社会上尚未脱几千年的专制思想、贵族思想，只注重门阀注重资格。那时候的选举，一般的选民毫无说话余地，表面上看起来，竞争不激烈，不花钱、不运动，似乎是好现象，其实这一种包办政治，与选举本意截然不相为谋。这样被选的议员，正不必夸口，实由于选民不闻不问。这一次选举，也有许多人还想做包办的迷梦，以为拿什么举人翰林候补道等等的资格，就可以先声夺人。殊不知十年来思想变迁，社会心理早已非举人翰林候补道所能统一，于是有苍头特起的人，亦可以独立成军，有时候大人先生竟不能不退避三舍。新势力既如雨后春笋，不可遏抑，而旧官僚又想维持门面，不能不拼死力争，有时为面子问题，不惜牺牲金钱以期最后的胜利，此风一开，竞争者势成骑虎，只好也拿金钱相抵制……此种风气，固然是不好，但比之包办选举，我觉得还不失为进步的现象。从前可比是强奸，这次可比是契约买卖，契约买卖虽然不好，比强奸总胜一筹"，"所以我自己虽然是一个落选的人，根本推翻，我是不主张的。"① 这位落选者李祚辉，其实是个来路不凡的人，他是省长赵恒惕的妹夫②。他的落选也从一个侧面反映出这场选举，并非包办。

虽然选举权扩大是湖南这次省选中的一个基本事实，但选举过程中舞弊现象的严重，却使选举结果——166 名当选议员的代表性成了问题。如果这些新议员大部分是依靠舞弊当选的毫无选民基础的个人竞争者，不代表任何人或群体的利益，那么所谓选举权的扩大就变得完全没有意义了。对于这个问题，李祚辉的观察认为，候选人主要是依靠家族和乡土的支持，而不是舞弊来获得选票的。他说："一百六十几名议员，就是代表一百六十余家族一百六十余地方的意思"，"由金钱贿买的人固然难说绝无，但我觉得总占少数。"③ 为了佐证这一说法，同时为了对选举结果做进一步分析，这里将 166 名当选议员的大致情况列表如下：

1922 年湖南省议会选举当选议员表

选区	议员姓名	年龄	资　历
长沙	彭　耕	37	日本明治大学经济科毕业，竞选前任省公署实业科科长
	史　镒	48	长沙总商会会董，慈善公所主任，盐商，肄业于湖南时务学堂
	姜济寰	44	前任省财政厅厅长，曾任长沙县知事
	汤荫棠	44	日本测量学校毕业，曾任省测量局长，省宪法审查员

171

---

① 李祚辉：《我对于今次选举之观察》，载 1922 年 4 月 18 日《大公报》。
② 参见《赵省长应付湘局之鳞爪》，载 1923 年 7 月 23 日《大公报》。
③ 李祚辉：《我对于今次选举之观察》。

	陈小源	35	日本法政大学毕业，律师
浏阳	刘沅葆	34	日本法政大学毕业，曾任省宪法审查员
	潘仲青	43	日本明治大学法政科毕业，财政厅矿务科长，曾任省宪法审查员
	孔昭绶	45	《长沙日报》主笔，省教育会副会长，湖南优级师范以及日本政法大学毕业生，曾任湖南第一师范校长
湘潭	唐建藩		前清道班，盐业世家
	程起源	41	湘潭速成师范毕业，县视学经理处管理员
	朱矫	36	长沙《大公报》编辑，湖南高等学堂毕业
	言焕纶	54	株洲镇都总
湘乡	谢钟枒	58	著名矿商
	包道平	38	长沙《民国日报》经理
	刘季涵		江西某县知事
	杨宗熙	44	矿商
宝庆	萧堃		总司令部顾问，日本政法大学毕业，曾任北京总统府顾问
	李光第	52	日本政法大学毕业，北京教育部秘书
	唐岳五		广西干部学堂毕业，总司令部副官长
岳阳	周嘉淦	56	前清秀才
	袁英	32	群治法政学校毕业、长沙监狱署长
	杨成湜	33	岳阳贫民工艺厂厂长

	林支宇	47	湖南警官学堂毕业，前任临时省长，曾任湖南全省警务处长、民政处长
常德	李镇藩	46	
	戴展诚	55	前清进士，首批赴日自费留学生之一，曾任清末学部右参议，湖南中路师范学堂监督
	胡毓桢	34	县立初级中学校长
澧县	孟庆暄	35	
	石宪玉	45	县立中学校长
	李劲	34	南县知事，《新湖南报》经理
	王克家	46	日本早稻田大学政治经济科毕业，湖南地方审判厅厅长，省宪法审查会副会长
衡阳	孙斌	40	前任衡阳县知事
	左全志	35	宁乡县知事
	颜方珪	42	优级师范毕业，第二女子师范学校校长
	赵果	53	优级师范毕业，东安县知事
衡山	赵聚垣	36	南路师范毕业，衡阳县知事
	邓坚	41	
	胡懋芬	30	湖南省立高等政法专门学校毕业，曾任云南某县候补知事
零陵	吕漾源	36	广西高等巡警学校毕业
	伍坤	48	旧省议员

郴县	谢宝林	41	北京中国大学毕业，曾任省宪法审查员
	欧阳幼旭	55	历任岳云中学、湖南高等工业学校、第三女子师范学校校长
桂阳	李毓尧	30	地质学家，毕业于英国伦敦皇家学院
	刘映蔡	59	
沅陵	冯士修	40	北京法政学校毕业，其父冯锡仁曾为前清军机大臣，湖南矿务公司总理
	张声树	37	法制编纂委员会成员，曾任省立政法专门学校教员，省宪法起草员
芷江	彭定均	42	两湖师范毕业，曾任湖北某县知事
	刘家正	41	留日毕业生，曾任广西某县知事
永顺	胡德昌	41	湖南高等学堂毕业，竞选前在辰州任典狱员
	何绍元	42	县警察所所长，曾任常德警察厅及湖南警察厅司法科长，
靖县	黄 铖	33	
	申建藩	38	
湘阴	彭熙治	42	旧省议员
	易静鼎	53	湖南法政学堂毕业
	陈建屏	52	县参事会参事员
醴陵	朱侣云	32	日本法政大学毕业，上海《救国日报》编辑，省宪法审查员

醴陵	廖汉瀛	40	湖南警察学校毕业，茶陵县知事
	王昌国（女）	47	日本女子师范毕业，北京中央女子学校创办人、校长
宁乡	刘宗向	42	北京大学毕业，长沙含光女子中学创办人，湖南高等师范学校校长
	朱剑凡	40	长沙周南女子中学创办人，校长，曾留学日本
	胡曜	48	北京法律学堂毕业，历任贵州高等审判厅厅长、高等检察厅检察长
益阳	刘厚桐	52	益阳商会会长，前清时曾任知事
	汤日新	33	湖南省立高等工业专门学校毕业，曾任陆军第一师军械官
	黄孟祥	42	日本千叶医学院毕业，长沙康济医院院长
攸县	尹匡时		县参事会参事
	徐元玉	44	
	文任栋	34	湖南高等学堂毕业，县团防局长
安化	彭国钧	46	长沙修业学校校长，长郡中学创办人、校长
	邓寿荃	35	富商
茶陵	李儁	35	长沙地检厅检察官
	刘居安	37	
	谭培元	52	

新化	晏孝泽	49	前清云南候补知县，县团防局长、保卫团长，锡矿山铁业会会长
	苏鹏	42	县农会会长，留日毕业生，曾任铜元局长，常德警察厅厅长、旧议会副议长
武冈	姚彦文	43	湖南高等巡警学校毕业，省警察厅科长，曾任省宪法审查员
	唐国珍	39	日本高等师范学校毕业，县财产保管处处长，曾任省立第一师范校长
	曾霈霖	44	
新宁	李荣植	39	日本法政大学毕业，曾任县知事、承审员
	刘思范	31	日本士官学校毕业，竞选前任总司令部参谋
城步	彭锡珍	36	
平江	方维夏	43	日本农业大学毕业，省公署教育科长，曾任省宪法审查员
	李师韩	44	前清附生，县参事员
	徐汉彪	36	曾任新宁县知事
临湘	方安澜	46	
	李耀湘	45	
桃源	鲁兆庆	36	日本高等商业学校毕业，湖南公立商业专门学校教员，曾在汉口办工厂
桃源	刘夷	28	湖南私立第二法政学校毕业，律师
	董维键	35	美国哥伦比亚大学法学博士，湖南省立高等工业学校教授，曾任省宪法起草员

汉寿	罗大凡	36	湖南高等商业学校、甲种农业学校教员，省教育会干事
	曾 毅	44	省公署教育科长，曾任省宪法审查员
华容	严国桢	45	旧省议员
	段 峨	35	旧省议员
沅江	周天爵	28	
石门	李非彭	40	
	梁庆云	40	县劝学所所长
慈利	吴树勋	37	大庸县知事
	蔡尔盛	40	湖南高等师范学校毕业，曾任石门县知事，省视学委员
安乡	毕承庚	39	
	熊瑞龄	34	留日毕业生
临澧	侯文化	34	日本法政大学毕业，县农会会长，曾任省宪法审查员
	邓业巨	44	湖南优级师范毕业，县公立中学教员，曾在广西任知事
南县	涂星宇	37	湖南省立高等政法专门学校教员，曾任省宪法审查员
	夏 炎	38	
耒阳	刘善继	38	湖南《民本日报》经理，第三师范毕业
	谷 飞	30	

耒阳	石镇湘	40	湖南省立高等政法专门学校毕业，竞选前任总司令部军法官
常宁	吴鸿骞	36	日本法政大学毕业，县参事会参事
	陈一清	29	湖南省立高等政法专门学校毕业，县参事会参事
祁阳	彭如霈	31	县财产保管处处长，富商
	刘霆威	40	富商
道县	何国琦	49	湖南省立高等政法专门学校毕业，曾任省宪法审查员
	周树勋	48	
宁远	欧阳振声	41	日本早稻田大学毕业，旧国会议员，曾任上海《中华新报》经理，旧议会议长
	郑致和	41	湖南高等巡警学校毕业，省警务处秘书，曾任省宪法审查员
永明	唐陶	30	日本法政大学毕业，县教育会会长，曾任省宪法审查员
	蒲焕俎	38	
江华	杨百先	43	
	徐敏	36	县教育会会长，县立女子学校校长
新田	蒋先觉	37	
	谢尹	36	
永兴	李咸亨	52	日本高等巡警学校毕业，历任各县警察所所长，曾任省宪法审查员

永兴	李佐周	41	
宜章	邝鸿钧	42	
	彭旭	35	日本早稻田大学毕业，曾任省宪法审查员
汝城	朱应祺	31	日本早稻田大学毕业，省公署交涉股股员，曾任省宪法审查员
	胡树瑚	43	南路师范毕业，历任各县视学委员，曾任省宪法审查员
临武	周元铸	46	
	陈振东	44	米禁专员，曾任常德知事
溆浦	谌百瑞	51	前清名士
	荆嗣佑	33	湘社主任，曾任榷运局长，毕业于日本京都帝国大学经济系
	萧登	40	日本千叶医学院毕业，陆军卫生材料处长，伤兵休养处长
辰溪	萧隆湘	26	
	胡濯汉	44	
黔阳	黄培彦	42	
	陈绳威	33	北京大学毕业，省公署总务科长，曾任省宪法审查员
麻阳	宋承璟	45	
	田云龙	44	
保靖	李劲	36	

龙山	陈树森	33	县杂税局长
会同	刘思桂	40	
	杨亮卿	26	
绥宁	杨定飞	48	
	周树棠	57	
凤凰	吴伦徽	41	
乾城	向澄清	40	曾任县制定省宪法筹备处主任
永绥	刘文运	33	
晃县	舒守恂	28	北京法政专门学校毕业，省高等政法专门学校教员，省长公署顾问
大庸	熊世凤	32	曾任湘军第八混成旅参谋
安仁	周荫棠	35	湖南省立高等政法专门学校毕业，县立高等小学校长
	李怵	51	日本警官学校毕业，总司令部参议
酃县	贾梯青	52	前清附生，县劝学所所长
	罗俊奇	34	日本高等工业学校毕业，长沙楚怡工业学校教员
东安	陈焕南	43	旧国会议员，总司令部秘书长，前任警察厅厅长
	雷铸寰	41	湖南高等学堂毕业，省公署内务科长，历任廉溪中学、大麓学校校长

资兴	程子枢	56	资兴中学校长，曾任省宪法审查员
	袁蒝鸿	46	通州铁路局秘书长
桂东	方忠翰	49	湖南省立高等政法专门学校毕业
	郭亚藩	34	县立高等小学校长，劝学员
嘉禾	唐宅俊	65	县参事会会长
	雷飞鹏	60	湖南高等学堂毕业，省立图书馆馆长，总司令部高等顾问
蓝山	刘镇南	39	湖南省立高等政法专门学校毕业，宜章县承审员
	邓湘南	47	旧省议员
泸溪	文一元	38	西路师范学堂毕业，中学教师，曾任保靖县知事
	王上仁	48	旧议会副议长
桑植	陈国钧		美国伊利诺大学国际法硕士，法制编纂委员会成员，曾任省宪法审查员
古丈	罗忠珪	31	
通道	杨明体	45	

资料来源：《湖南筹备省议会议员选举事务所报告书·表》，长沙《大公报》，《湖南历代人名词典》（湖南历代人名词典编委会编，湖南出版社1993年）；《湖南历史资料》（湖南历史资料编辑室编，湖南人民出版社出版）；《湖南文史》（田伏隆主编，湖南文史杂志社出版），以及《湘乡县志》、《醴陵县志》、《宁远县志》等十几种县志资料。

以上166名议员，平均年龄40.7岁。由于资料局限，这里只寻得

124名当选议员的大致情况。这124名当选者中，至少75人有在国内外中等以上学校受专门教育的经历，超过60%。另据郭宝平著《民国政制通论》，这一届省议员中有33%的人，也就是说有55人左右，可以确认有留学海外的经历①。在职业方面，124人当中，有50人是教育、法律、新闻界的从业人士，45人在竞选前是在任或曾任官职的官僚绅士，另有若干人或为富商、厂矿主，或为前清时旧绅。据此大致可以说，官僚绅士以及文化教育界人士，占当选议员的绝大部分。这些人大都在国内外各类学校受过新式教育，尤其以受法政专门训练者为多。他们的文化素质、社会经验和政治见识等，都足以适应参政议政的需要。一次如此混乱的选举却能够成功地网罗人才，这要得益于

当选的省议员第四次常会时的合影。

主导选举的绅士阶层，本身是一个经过遴选的依靠功名和学识作为上升途径的阶级。又，根据笔者翻阅的大量县志资料，这些人不论学历如何，职业如何，都有一个共同点，即他们的家族基本上都属一县一乡的世家望族，长久以来或垄断官府功名，或支配着地方事务。这印

---

① 郭宝平：《民国政制通论》，太原：山西人民出版社，1995年，第69页。

证了李祚辉的说法，即这些议员是家族和地方的代表。事实上在清末民初的社会中，有能力将子弟送到国内省内寥寥无几的新式学堂、甚至远涉重洋到海外去求学的，也只有地方上的世族。这些家族在地方上有权有势，候选人因此获得大量"族票"和"基本票"自不在话下。如果没有家族和地方的支持，竞选者甚至连候选人的资格都难以获得，比如上年省宪法审查会中著名的女审查员陈俶，虽然有很不错的声望和资历，在这次省选中却没有一席之地。陈女士籍贯郴县，8岁离乡，两番东渡，嫁桂阳县郑氏。返国后，陈父已卖郴县家产迁居上海，陈本人在长沙任教，又任女子联合会理事，交游广泛，才学资历俱佳，因此被本籍举为省宪法审查员。但这次省议员选举时，郴县却不肯承认陈俶的被选举人资格，说她"与其夫居住长沙，二十余年来从未至郴一行，今因选举来郴。论人则仅于童时住郴八年，一人不识。论财则所得于其父，而于郴县无与。从夫则属桂阳"[1]。陈俶的遭遇说明，竞选者必须在地方上有根基，获得本乡本土的认可。另一方面，地方上有权有势的望族，如果所推举或支持的人毫无资历学识声望等，也是难有竞争力的。宁乡县的选举最能说明问题。宁乡有省议员名额3人，竞选时有团防总局局长刘某、财产保管处处长王某呼声最高。刘氏、王氏均系世家，且与在任梅知事极为投契，因此投票尚未进行就有内定之说，但最终当选者却是该县最负重望的朱剑凡、刘宗向、胡曜三人。朱剑凡乃两江总督魏光焘女婿，清末学校教育兴起时，为了在长沙创办周南女子学校将自家80余亩园林住宅作为校舍，并变卖家产及夫人首饰充当学校经费，因此享有毁家兴学的美名。刘宗向是郭嵩焘弟子，学问高深，曾任湖南高等师范学校教务长及校长，还曾在长沙创立含光女子中学。胡曜也是宁乡世家，当时著名的法律专家，曾历任贵州高等审判厅厅长，高等检察厅厅长。

183

---

[1] 《各县之运动选举者》，载1922年2月25日《大公报》。

著名教育家，省议员之一的朱剑凡。

与宁乡县选举情形类似的还有新宁县。《新宁特约通信》报道说：

本邑选举情形……异常圆满。用金钱的没有当选……当选者为李荣植刘思范二人。他两人都是穷措大，这回当选一个子也没花，完全硬干出来的。他们的履历如下：

1. 李荣植，日本法政大学专门科毕业，留学甚早，清末回国，当选承审员，做过知事，办过学堂，前任县教育会会长。

2. 刘思范，城南师范附属小学毕业。在第一师范读过书后，留学日本士官学校，现任总司令部参谋。

他两人的能干都还好，至将来能不能代表我们三十万小百姓，且等半年周载再瞧罢①。

184

宁乡、新宁两县的选举结果，以及前面统计数字中教育、法律、新闻界人士在当选人中所占的相当大的比重，说明候选人个人的才学智识也是竞选中的一个重要因素，这个因素再加上雄厚的家族背景，就具有极大的竞争力。当然，官僚绅士在当选议员中也占有很大比重，这部分人同样具有地方的家族背景，有些仕途显赫，有些可以把持地方控制选举资源，所以具有不一般的竞争力。

纯粹依靠金钱和舞弊的当选者，选举结果不能说明没有，也不能说明有多少，但大规模选举舞弊并不容易。事实上当时有不少县，比

---

① 《新宁特约通信》，载1922年3月14日《大公报》。

如郴县、祁阳、黔阳等，都有绅士自发组织的选举监察团监督选举①，而各投票区的绅士对本乡本镇所拥有的投票权也看管得很紧。比如选民人数最多的衡阳县，在投票前各乡各镇的绅士都开会议决票证分配办法。报载："东乡某镇在城的约二十余人（都是些穿长衣的），也开了一个会，议决四个条件是：①全镇票数（约四万张）照依时价出售，如本镇人当选，则照时价减半。②售票所得，作为地方公益之用。③如本镇无人当选，则将全镇票数售与一人，不得分散零售。④投票前十日再开会商议，择人出售。"② 这样买卖选票的办法可说世界奇闻，但它说明那些地方绅士将选票当作了地方公共资源。候选人若想获得更多的选票，必须通过与地方乡绅以及其他精英之间的谈判才能实现，而在这个过程中，某些社区精英已经意识到可以通过选举，为本社区谋利益。这种情况下，候选人想仅仅通过少数几人包办或舞弊来获得当选所需的几万乃至十几万选票，不说绝无可能，至少有相当难度。比如益阳县有士绅周某，受族人指使将本镇选票悉数包办，结果被乡人饱以老拳后捆送警察所收押③；耒阳县知事刘虞包办选举，招来绅民围攻县署，几乎酿成骚乱。刘虞急电省署请派兵弹压，却被省方告之"碍难照准"④。可见舞弊的空间虽大，风险亦大，想瞒天过海或一手遮天，都不那么容易。前面说到选举中层出不穷的诉讼和纠纷，也说明了这个问题。

综上所述，关于这次选举比较可靠的说法是：候选人主要通过金钱运动，依靠家族和地方的支持来获得选票，但候选人的资历、学识

---

① 《湖南筹备省议会议员选举事务所报告书·纪事》，1922 年，第 16～19 页。

② 《衡阳特约通信》，载 1922 年 3 月 8 日《大公报》。

③ 《益阳特约通信》，载 1922 年 3 月 31 日《大公报》。

④ 《耒阳选举之大风潮》，载 1922 年 4 月 1 日《大公报》。

和声望，是赢得竞选很重要的因素①。

在一个政治落后的宗法社会中推行代议政治，结果导致家族主义和地方主义（或曰部落主义）扩张，这可能是难以避免的事。由于社会组织程度的涣散，阶级政治的不发达，使候选人既无政见可号召，亦无强大的政党可依赖，不得已只能提倡部落主义、家族主义，把血统观念、地域观念极力鼓吹。就投票者而言，通过本乡本族有名望和政治影响力的大绅士与官府沟通，本是一条传统的政治表达渠道，现在通过选举程序将这—表达渠道制度化，也是顺理成章互惠互利的事。因此竞选的时候，甲地的人不许乙地的人侵入，张姓的本家不许李姓来运动。这样选举结果，代表各个家族各个狭小地域的议员们，各有心思，各有怀抱，对本族本乡的利益坚持争执，可能会导致对全省公共利益淡焉漠焉。但是这种状况，可以在代议制的实施过程中逐渐改善，逐渐理性化。而且，在当时特定的环境下，这些对本家族本地区利益知之最深、感之最切的议员们有一个共同的敌人，即鱼肉地方的大小军阀。所以这一届议会成立后最主要的成绩，就是议决和通过大

186

① 湖南省志编纂委员会所编《湖南近百年大事纪述》，将这次省议员选举描述为谭延闿、赵恒惕、林支宇三派政治势力之间的竞争："谭、赵、林三派的政团——民康社、民新社、湘社，其总社设立长沙，各县都设有分社。三派的议员竞选者，各收买一批走卒，抢夺选票"。这一观点几乎为所有涉及此论题的作者沿引。但据笔者所掌握的资料，当时除耒阳一县有比较明显的民康社成员活动外，其余县份基本上从文献中找不到这三个党派的活动踪迹。并且耒阳的实际情形是民康社成员与把持选政的知事和选举事务所所长之间发生冲突，并非三派之间的争持。关于这一点当时长沙各大报纸皆有报道。事实上，当时湖南的政党尚处于萌芽状态，上述三个党派的成立都是 1921 年下半年以后的事情，比如民康社的成立是在 1921 年 12 月 25 日，组织成员多半为省宪审查员与旧省议员，里面各种派别及无派别的人都有，组织该社的初衷则是"省宪成立，有组织政党之必要"（参见 1921 年 12 月 26 日《大公报》）。湘社的成立，约在 1921 年 10 月左右。民新社直到 1922 年 1 月才申请备案（参见 1922 年 1 月 12 日《大公报》）。湖南省宪成立后的省议员竞选自 1922 年 1 月就开始了，从逻辑上说，刚刚成立的这些党派不可能有能量把持这次省选。

量的议案来反对政府及地方驻军的强征苛敛（详情将在第八章讨论）。事实表明，这一批代表家族和地方利益的省议员，是一股颇有能量又不无积极意义的政治力量。

值得一提的是，这次选举中也出现了些许具有现代意义的竞选方式。其中，最典型的是长沙商界和醴陵女界推举代议员的努力。商界在历年的兵荒马乱中不但损失惨重，而且为支撑政府贡献最多、负担最重，举凡筹饷、赈灾、借债等等，都离不了要商会出面将负担摊向各行各业的商民，因此这次省选刚刚开始，长沙总商会便通电各县，要商民合力团结推举代表，代商申诉，"务乞各商会固结团体，一致进行，以期达到目的"①。

商界努力的结果并不十分理想，最后有长沙总商会会董史镒，益阳商会会长刘厚桐当选为省议员。前列表格中还有少数几名当选的商人，因为不能确定是商界推举的代表，所以不作论例。已知的这两名当选的商界代表中，益阳商会会长的当选

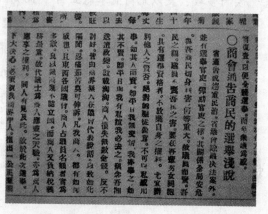

《大公报》关于商会热衷选举的报道。

187

因涉嫌舞弊也不作论例。这里只论长沙商会。长沙商会的努力是这次选举中最具现代气息的——它不是依靠血缘和地域关系，而是通过横向的社会组织来动员选民和组织投票。首先，长沙总商会在选举前发布了一个白话文通告，动员商民积极参加选举，不可放弃投票权利。这个"通告"说：

———————————

① 《商人与选举》，载 1922 年 2 月 13 日《大公报》。

省宪告成趋重民治。省议会除议决法案外，并有选举官吏、弹劾官吏之权，其关系全局安危，与吾商民切身利害，何等重大。故议员而贤，吾民之福；议员不贤，吾民之害。要在吾辈男女同胞，具有选举资格者，不放弃自身之权利，尤以辨别他人之贤否，绝对的服从公意，不可以私感用事。如其人而贤，即平日我无交情，我亦举之；如其不贤，即平日与我有私谊，我必去之。窃念吾湘迭遭政变，数载汹汹，商人损失无数金钱，反不讨好，皆由商界无人在议会代表说话，以致如此隔阂，忍痛茹苦莫可申诉，凡我商人，都有如此感想。且东西各国议会，商人占议员名额者实为多数，良以无商业不能立国，而商人又负纳税义务最重，故代议士为商人应尽之天职，亦为商人应享之权利。同人有见及此，故于此次选举，下大决心，必须就我商界中人，推出一公正廉明之议员，列入议席，代表我商人，陈诉疾苦减轻负担，谋种种福利于将来，迭经会议，众意金同。愿我商界全体同胞，有大觉悟，具大团结，主张公理，勿持私见，表示一种真毅力真精神，能如此，我商人方可以图生存于今日。他人常说商人做事不齐心，往往虎头蛇尾，愿大众一雪此耻……①

然后，"通告"将选举投票的步骤以及如何防止调查员管理员舞弊等细节逐一告之，比如当调查员登门调查时，要将家中男女选民详细报明，使其当面登入册内；女子没有大名的要取一个正式名字入册；调查员如果遗漏选民，要当面质问或报告商会；投票前每户都应如数收到投票证，如票证不足或没有收到，应随即报告商会，切勿放弃，切勿受人愚弄，等等。长沙总商会将这个通告以及相关事项遍发长沙城区各行业公会及各街团，务使家喻户晓。并要求各行业各街团的负

---

① 《商会通告商民的选举浅说》，载 1922 年 2 月 13 日《大公报》。

责人，对于每行业每街区内的选民数目以及实际收到的投票证书，随时报告商会，以备核查并防止他人拐骗。各行业各街团如有什么疑问或要求，要及时向商会提出，商会将"随时随事接洽解释，并担负向政府交涉义务"①。

长沙商会的这些努力究竟取得了怎样的效果，不得而知。从当时长沙选区的情形看，最后有 4 名候选人从 50 余名竞选者中胜出，得票最多者 13 万余票，最少者 8 万余票，商界代表史镕的得票数名列第二②。虽然无法考证史镕所获得的十数万选票中，有多少来自被商会动员起来的商民，但他在大官僚大绅士云集的长沙选区内得以当选，与商会的努力应有直接关系。更重要的是，商会的这种动员选民和组织投票的方式，与民治主义精神和选举的本意最相契合，是这次乱哄哄的选举中难得的一线光芒。

这次选举中另有一例可以确认是依靠团体努力而当选的议员，即醴陵选区的王昌国女士。王昌国出身醴陵世家，前清末年赴日留学，毕业于日本女子师范大学，回国后在北京创办中央女子学校，历任该校校长。湘省制宪后，王女士闻省宪规定女子有参政权，乃由京返里参加竞选，受到醴陵女界的极力推戴。女子联合会一面派出宣讲员，到城乡各投票区活动演讲，动员选民支持女界代表；一面邀集男界代表 200 余人开会，请同意在全县 66 万张选票中分 20% 与女选民。男界代表不允，双方争执，竟至大打出手，有 7 名女子学校的女生被殴伤。事发后，女界群情激愤，到县署请愿，并进一步要求县知事在委任管理员和监督员时男女各半。知事搁置不理，而省选举事务所亦电告该县"投票纸不能由女生要求分配"③，妇女联合会于是集合千余人到县署与知事力争，"三日不食，夜则露坐庭中。外间复时以危词恐吓，

① 《商会通告商民的选举浅说》，载 1922 年 2 月 13 日《大公报》。
② 《各县已产出之省议员》，载 1922 年 4 月 10 日《大公报》。
③ 《湖南筹备省议会议员选举事务所报告书·纪事》，1922 年，第 21 页。

谓男界将不利于女子。女界屹不为动。县校女生尤告奋勇，每人手握一纸，条写自愿打死字样，谓如果有不测，各家长不得埋怨，校长教员亦未加阻止……县知事及省派来之委员睹此情形，知女权不可过事压抑，乃与区境董协商，准如所请"①。最后，王昌国成功当选，妇女界如愿以偿。醴陵女界以如此激烈的方式运动选举，引得益阳、宁乡、湘潭、衡阳等县女界争相效仿，大争女权，从而给这场有名无实的直接选举注入了些许直接民权的内容。

七·四 省长选举及新政府成立

湖南省议会选举从 1922 年 1 月中旬开始，至 5 月下旬结束，历时 4 月有余。省选尚未结束，各县又分别举办了县议会议员选举，简称"县选"。县选的情形和结果与省选大同小异，有不少候选人是省选失败转而竞选县议员的。到 7 月份左右，全省 75 县的县选渐次告竣，共选出县议员 2761 名。

省议会和各县议会成立后，首要工作便是依宪法选举省长和成立新政府。1922 年 7 月 15 日，湖南省省长选举事务所成立，随后，各县相继成立了省长选举事务分所。8 月 20 日至 22 日，省议会依据《湖南省宪法》第一百三十一条及《湖南省省长选举法》的相关规定，进行省长预选。预先办法，是由省议会以无记名方式选举 7 名省长候选人。最后结果，在有 161 名省议员出席的投票中，赵恒惕获得 133 票，、熊希龄 115 票，谭延闿 87 票，李汉丞 89 票，宋鹤庚 80 票，田应诏 76 票，彭允彝 65 票，均依法当选为省长候选人。随后，省长选举事务总所将预选结果电告各县分所，规定于一个月内，各县同时举行决选。9 月 10 日，全省县议会举行省长决选，赵恒惕在有 74 县共

---

① 《醴陵女界被殴后之选举运动》，载 1922 年 3 月 25 日《大公报》。

2593 名县议员出席的决选中，以 1581 票的压倒多数获胜，当选为湖南省正式省长①。

湖南省长赵恒惕

省长选举完毕后，便是政府七司司长及高等检察厅厅长、高等审判厅厅长以及审计院长的选举。依照省宪法规定，省务院下设内务、财政、教育、实业、司法、交涉、军务七司，七司司长均为省务员，其产生办法系由省议会选举二人，咨请省长择一任命之。省务院院长则由省务员互选一人，呈请省长任命。另外，为使司法独立并制约政府，省宪还规定省高等审判厅厅长、省高等检察厅厅长以及审计院院长皆得由省议会直接选举产生。以上七司、

二厅、一院共 10 名政府要员的角逐，免不了又是一番明争暗斗，"竞争之激烈，前此未有。选举之利未见，其害已先睹之"②。到 1922 年 11 月中旬，省议会经过一番酝酿和操作，终于选出各司司长人选 14 名，分别是：内务司吴景鸿、冯天柱；财政司袁华选、周子贤；教育司李剑农、张伯良；实业司胡学绅、唐承绪；交涉司仇鳌、杨宣诚；司法司欧阳谷、徐钟衡；军务司李佑文、王隆中。之后，省长赵恒惕在这 14 人中分别圈定了各司司长的正式人选，他们是：内务司长吴景

191

鸿，财政司长袁华选，教育司长李剑农，实业司长唐承绪，交涉司长杨宣诚，司法司长徐钟衡，军务司长李佑文。其中教育司长李剑农被司长们互选为省务院长。另外，省议会还直接选出了高等审判厅厅长李菱，高等检察厅厅长萧度，以及审计院院长陈强。这些人构成了湖南省立宪后的第一个行宪政府。

1922年12月18日，赵恒惕正式向省议会宣誓，就任湖南省省长。誓词极为简单："恒惕誓以至诚，遵守宪法，执行省长之职权。"议长林支宇作答："今日为省宪成立第一届民选省长宣誓就任之日。本会所希望于省长者，在促进民治，发皇省宪，完成此四年之功绩。湘宪实施，为全国所注目。省长能否遵守宪法，执行省长之职权，尤为全湘人民所监视。第一届民选省长责任重大之所在，即一面扫除旧日秕政，一面展布新猷，由歧路而纳于正轨，由官治而趋重民治。军队应如何收束，财政宜如何整理，教育宜如何振兴，实业宜如何发展，贫民生计宜如何救济，劳资问题宜如何解决，在在为本会所殚精竭虑。愿与省长宏济艰巨，而期其有成者，所望今后省长，一本民意为从违，依省宪为设施，尊重代议政治之精神，事事与本会开诚相与，则省长宣誓就任之日，即吾湘邦命维新之日。"① 宣誓仪式后，赵恒惕即率各机关长官及各新选司厅院长由省议会到新省公署举行就任礼。

经过这一番堂而皇之的礼数后，新的湖南省政府宣告成立。此时，距1920年7月湖南宣布脱离南北政府实行自治已经两年有余。这两年多时间中冗长而繁琐的制宪程序以及一系列大大小小的选举，直至最后的宣誓仪式，在形式上完成了"以主权归还全省人民"的任务，其实际意义则是为自治政权提供了政治合法性，使其成为一个形式上被人民授权的政府，一个可以号称代表了三千万湖南人民的政府。至于这个费了如此大力气来谋求合法性的政府，是否真能遵守宪法，以民

① 《赵省长昨日宣誓就任纪盛》，载1922年12月19日《大公报》。

意为从违，"由歧路而纳于正轨"，在后人看来自是枉费心机。然而，征诸史实，在新政府成立后的短短数年中，不论政府还是民间，都做出过实实在在的努力，力图将宪法付诸现实，使政治迈上轨道。其结果，"虽未尽如人意……亦属煞费苦心矣"①。下面我们来看看民间社会为实施省宪法所作的努力。

---

① 《湘赵关于时局之最近态度》，载1926年1月28日《申报》。

八

公民社会与省宪法

斯科特·戈登在《控制国家》一书中说："良好的政府来自于使得权力能够被控制和恰当地定向的一种政治制度的结构。"① 1922 年，湖南省根据一部旨在控制权力的省宪法进行了各种选举之后，产生了各级议会、政府和省一级司法机关，人为地建立起了可以说符合西方宪政精神的政治结构。然而，这个在形式上体现了主权在民和权力制衡精神的政治结构，真的能使权力得到控制和恰当运用吗？真的能造成一个良好的政府吗？在为建立新政府而进行的选举中我们已经看到，宪法文本上的直接民权在实际操作过程中变得有名无实，还引发了前所未有的喧嚣和混乱。不过，在这种混乱中，我们也看到了时代有限的进步。这一章开始我们要讨论，社会力量如何推动省宪施行并运用省宪维护自身权利。这样的讨论将使我们了解到，文本上的宪政秩序能否在有自治觉悟和政治能力的社会力量督促下，落实到现实政治中。

八·一 裁兵运动

省宪经制定后，推动省宪实施的力量，首先来自公民社会。早在

---

① 斯科特·戈登：《控制国家—西方宪政的历史》，南京，江苏人民出版社，2001。

1921年9月湘军援鄂战争失败时，省教育会、总商会、农会、工会、律师公会、报业联合会等团体，便联合起来组成了"各公团促行宪法会"。这个促行宪法会最重要的主张，是敦促政府裁兵。其宣言说：

> ……顾各国宪法之实施，全赖人民之魄力。吾湘人而如果毅然决然，欲省宪之实施乎，固宜急起直追，大声疾呼，与彼障碍宪法者奋斗，以去其障碍物。本会同人以促行宪法，责无旁贷，代表各界中之公意，发为良心上之主张……①

为此，该会成立后马上联合社会各界，发起了一场声势浩大的裁兵运动。1921年9月9日，也就是该会宣告成立的当天，即分别向省议会和省长请愿，要求政府依照省宪法第七章有关军事条款，将兵额裁至一万人，其呈省长的请愿书说：

> ……吾湘养兵过多，已召自焚之祸。此次援鄂失败，应存悔过之心……公团等听各界呼吁，为群众请求，本救死延命之忱，作正本清源之计。昨公同议决，请裁兵额，留一万人为度；请减军费，岁支百五十万为限。伏恳钧座，念满目疮痍，察舆情向背……非敢越俎而谋，实缘切肤之痛……②

与此同时，教育界、法律界、新闻界人士沈克刚、欧本麟、贝允昕、马续常、俞兆庆、包道平、龙绂瑞等，发起组织了"湖南弭兵会"，敦促政府设立裁兵委员会，尽快实施裁兵计划③。

面对社会各界此起彼伏的裁兵呼吁，当时还未改选的旧省议会积

---

① 《湖南各公团促行宪法会宣言》，载1921年9月11日《大公报》。
② 《各公团促行宪法会之呼吁》，载1921年9月9日《大公报》。
③ 《湖南弭兵会成立纪略》，载1921年9月19日《大公报》。

极回应，召开紧急会议，于9月17日通过"改编省防军"一案，要求政府将湘军两师十一旅一巡防军之现有编制改编为省防军，兵额不得超过2万，军饷每月不得过30万，限一个月办理完竣。省议会并且起草了一份"省防军改编条例"，交省长施行①。

当时湘军号称10万，月支军费100万以上，要在一个月之内将兵员减至2万，支出减至30万，临时省长兼湘军总司令赵恒惕表示无法做到，向议会提出辞职，请另选新省长。议会不允。赵恒惕再辞，要交出省长印信，议会写了一篇洋洋洒洒的长文，一边责备一边挽留，仍请实施裁兵。

在全省上下一致的呼吁和敦促下，赵恒惕发布裁兵宣言，通电各县知事收缴散兵枪支举办团防，藉减军备；同时通电各军长官征求裁兵意见②。当时刚刚打了败仗且遭到舆论声讨的湘军各高级将领，或有所觉悟，或迫于形势，纷纷回电表示极力拥护。各公团促行宪法会及湖南弭兵会见状，遂于9月20日再次发起大请愿，呈请总司令限期裁兵。其请愿书道：

> ……自钧座通电征求各军官同意，各军官复电，已无一不表示极端赞成，且无一不请求当机立断。钧座既容纳人民请愿于先，复征得军官同意于后，在手续上已极审慎之能，在事实上无复迟延之理。就连日情形观察，各军官纷纷提出辞职，裁军之时期不可谓非成熟；各地士绅将就地收枪举办团防，裁兵之雏形不可谓非渐具。然以号称两师十旅之众，长官辞职而不蒙慰留者有几？军士溃散而能招集归队者又有几？官多于兵，兵甚于匪。是钧座所谓着手裁并者，至今究达何种程度，且究需几何时期可以裁并竣事，皆尚在惝恍迷离未可知之数。敝会等于日昨特开全体职员

---

① 《省议会改编省防军之议案》，载1921年9月18日《大公报》。
② 《赵总司令收束军队之三电》，载1921年9月12日《大公报》。

大会。讨论之下，佥以裁军诚贵在着手实行，而实行尤重在限期竣事。现在征集各军官同意，已达裁军之初步。其第二步行则至迟十日内可以颁布裁军命令。第三步进行，则预计一月内亦可按照命令完全竣事。为政不在多言，顾力行之何如？是在钧座乾纲独断，发奋有为，救济财政之困难在此，减轻人民之痛苦在此，整理军制之紊乱亦在此。如此而独不能急起直追，计期竣事，则钧座裁兵之宣言，悉成欺民之谈。本会等裁军之呼号，已等穷途之哭。万不获已，唯有诉之全国总民意，以求正谊公理之伸张……①

这里所谓"万不获已，唯有诉之全国总民意"等等，是指如果总司令不采取裁兵实际行动，则各公团将联合省议会以及省内外各界，对其进行"总弹劾"。可见这一次请愿于涕泣陈情之余，实含有威胁意味，"真所谓以最大魄力下最大决心了"②。

9月24日，赵恒惕颁布裁军令，命各师旅将军队裁去一半，军费减至月支50万元③。

10月10日，省城学生联合会又邀集各公团，举行声势浩大的双十节游行，主题同样是实行省宪与裁兵。参加游行的学生和市民数万人，高呼"打倒官僚武人政治，实现民治"，推出代表分别向省议会和总司令部请愿。省议会议长当即表示，无论如何要咨请政府切实裁撤军队，"如政府仍然漠视，则本会自行解散，以谢吾湘三千万人而已"④。

在社会各界的不断推动下，在随后一年多时间中，湘政府实施了

---

① 《各公团呈请总司令限期裁兵》，载1921年9月21日《大公报》。

② 《我对于裁兵后的意见》，载1921年9月20日《大公报》。

③ 《总司令通电实行裁兵》，载1921年9月24日《大公报》。

④ 同上。

有限度的裁兵计划，最后被裁汰合并的军队计有：第二混成旅（旅长赵铖）、第四混成旅（旅长张辉瓒）、第二师第四旅（旅长邹序彬）、第六混成旅（旅长陈嘉佑）、第七混成旅（旅长罗先闿）。至1923年新政府成立时，湘军正规军还剩下两个师、三个混成旅，外加沅陵镇守使辖下二旅及湘西巡防军，相比援鄂战争前的二师十一旅一巡防军，确有锐减①。当然这个幅度远没有达到裁军令所计划的目标，与各公团及省议会的要求更有霄壤之别，但总算是朝着裁兵与实施省宪的方向前进了一步。

军队是军阀的命根子，没有哪个军阀是乐意裁兵的，但养兵须有财力，如果向外发展不成，本土又民穷财尽，政府想不裁都不行。尽管如此，如果没有公民运动的压力，湖南的裁兵仍然难以落到实处。大小军阀为了生存，势必抢夺地盘扩充私军，所以当时全国范围内的裁兵运动搞了几年，军队却越裁越多。当然，湖南之所以能裁去部分军队，也不排除有派系倾轧的因素。

八·二　教育经费独立运动

《湖南省宪法》关于教育经费的规定，是省宪实施后公民社会关注的另一重大问题，教育界人士更因此发起了一场旷日持久的教育经费独立运动。

民初，伴随着民治主义思潮的普及，国民教育受到前所未有的重视，不少人视发展教育为救国救民的不二法门，即便是军阀政府，亦无不摆出扶持教育事业的姿态。然而，此起彼伏的内战与政潮屡屡将教育推向破产的边缘，在连年的兵荒马乱之际，水火饥溺之后，政府哪里还会把教育当一回事！湖南在张敬尧督湘时代，教育事业已备受

---

① 《湘军军额调查》，见《湖南省议会报告书·卷四公文·议决案》，第30~31页。

摧残，经费时断时续，学校不死不生，非设备空虚，即薪水无着。1920年驱逐张敬尧宣布自治后，湖南教育界曾发起教育独立运动，筹划成立一个由教育界自主选举、不受官厅支配的"教育委员会"，以期使教育不再被政潮左右①。这个运动最终没有达到目的，但在1921年得政府许可，将湘岸盐税附加划拨为固定的教育经费，并成立了一个教育经费保管委员会，负责从各处盐局监收教育附捐，支配和发放各学校经费。这是湖南教育经费独立之始②。盐税教育附加每年收入约80万元，从此占湘省教育经费之大宗，但常为榷运局把持，或被地方驻军截留，并无保障。1921年10月，省长赵恒惕发布训令，严厉通饬榷运总局及各地分局，不得将已划拨为教育经费的盐税附加挪作他用，如盐局与分局违案办理，不但要照数赔偿，还要将分局局长撤差究办③。这使得各公私学校经费稍有着落，虽不敷使用却能勉强维持。1922年元旦公布的《湖南省宪法》，对教育问题给予高度重视，规定了发展和保障教育事业8项条款，其中包括每年教育经费至少须占岁出的30%。这对历年来于无可奈何之中惨淡经营的教育界是个安慰也是个鼓舞。1923年新政府编制预算时，教育界即以省宪为依据，要求政府按30%的标准增加教育经费。然而由于财政亏竭，以及军费不能骤减，这个要求根本无法满足，预算案也因此无法编制。省长赵恒惕遂召集政务会议，决定将教育经费定为占岁出的16%。教育界群起抗议，诘责教育司长李剑农之无能，李因此两度提出辞职④。最后确定的民国12年度预算案中，教育经费支出经常临时合计370余万元，占岁出21%⑤，是除军费外最大的开支项目。

199

---

① 《组织教育委员会之请愿》，载1920年11月18日《大公报》。
② 《盐款划拨教育经费谈》，载1921年4月22日《大公报》。
③ 《省长严禁挪用教育经费》，载1923年11月18日《大公报》。
④ 《李院长辞职与预算案问题》，载1923年5月12日《大公报》。
⑤ 《十二年度新预算案咨送议会矣》，载1923年5月31日《大公报》。

虽然教育经费在预算中获得大幅度增加，却似画饼充饥，难以兑现，甚至连被划拨为教育经费的盐税附加也不能保障。原来，新政府成立前后，由于财政奇绌，多次向经营盐业的淮商借款，淮商即以盐税相抵，这使得一些依赖盐税的军队伙食无着，于是纷纷提借已划拨为学款的附捐。1923 年 8 月护宪战争爆发后，这种情形变本加厉，榷运总局甚至有电致各地分局及淮商，以军需紧急，要求将所应拨之教育经费暂行挪用，教育经费保管委员会因此收入锐减，直至不名一钱①。这反映出在一个战乱的年代，军人秉政的情况下，军事优先主义对教育的侵蚀。这种侵蚀，在那个时代实际上无可避免。至 1924 年初，被各军队提取的盐税附加达 40 余万元，教育司欠发各教育机关经费达 7 个月之久，"省内学校敷衍无法，海外学子典质殆尽，教育几于破产"②。为挽救局面，教育界再次发起教育经费独立运动。在全省教职员联合会的呼吁和组织下，从 1923 年暑期开始，全省各地教育界人士即到处奔走呼号，或集会筹谋，或罢课请愿，要求政府禁止军队擅提学款，严惩违宪抗令之榷运局，并设法筹还积欠经费。政府当时正处于军事危急当中，对此类要求一味敷衍，"不曰某款可靠，即曰某款即发。时而另谋财源，时而整顿税收，变幻千端，不可捉摸"③。另一方面，军队与榷运局仍抵借挪用教育经费如故。教育界人士见多年来所恃之一线生机归于泡影，惶恐万状，乃于 11 月中旬开会集议，提出解决办法 5 条，其中最重要的一条，是呈请省长改变盐税附加的征收办法，由教育经费保管委员会派员至扬州直接提取，以杜绝军队和地方挪用。教职员联合会并发表宣言说：

---

① 《省长严禁挪用教育经费》，载 1923 年 11 月 18 日《大公报》。

② 《咨省长准凌议员炳提议请筹还并严禁提取学款以维教育文》（十三年一月十九日发），见《湖南省议会报告书·卷四公文·议决案》第 155 页。

③ 《教职员会之重要宣言》，载 1923 年 11 月 18 日《大公报》。

……事关教育存亡，万望勿再以空言相托。倘果无办法，则同人等维持之力已尽，唯有敬谢不敏，并乞速筹旅费，以便治装他适。尤有郑重声明者，同人等为保存人格起见，此后再不作罢课之要求，亦不作索薪之举动。枵腹实难从公，儒者以治生为急。士各有志，免误前途……①

在教职员工准备集体辞职，全省教育岌岌可危的情况下，教育司东挪西借，发放了部分欠薪；省议会通过一系列法案，禁止军队截留赋税；省长赵恒惕亦通令各军队长官，不得挪用已划拨为学款之盐税附加，违者照数追缴，同时令行榷运局通饬各分局，嗣后对于教育经费不得再行提扣，其已提取之款要设法筹还②。至于教育经费保管委员会要求派员直接至扬州提取盐税附加的办法，政府则不肯应允。

教育经费委员会成立

1924 年 9 月，教育界又正式成立了一个教育经费委员会，负责教育经费的筹划、保管和分配。委员会分执行、监察两部，成员由教育界公举产生，其中执行委员 5 人，由德高望重的教育专家担任，比如曹典球、胡元倓；监察委员 13 人，包括教育行政官厅主管教育经费的职员、省议会教育股专员、省教育会代表、教职员联合会代表、省立学校校长等③。在这个委员会的统筹下，教育

---

① 《教职员会之重要宣言》，载 1923 年 11 月 18 日《大公报》。

② 《省长咨复文》（十三年二月一日发），见《湖南省议会报告书·卷四公文·议决案》第 156 页。

③ 《教育经费委员会之选举大会》，载 1924 年 9 月 25～26 日《大公报》；《教育经费委员会之成立大会》，见 1924 年 9 月 28 日《大公报》。

界人士四处奔走乞求，进行旷日持久的索薪、请愿，于风雨飘摇中维持着濒临破产的教育事业。

由于军队也是日积月累地欠薪欠饷，对政府通令历来阳奉阴违，所以虽然有教育界的极力维持，教育经费仍然被挪借，无法制止。至1925年6月，各岸盐款教育经费被军队提去者，达80余万元①。也就是说，从1924年1月至1925年6月的一年半时间中，又有近40万元、占总额1/3的教育经费被挪用。教育界人士认为，经费之所以屡屡被提而令行不止，主要是因为由榷运局代征，未能实现真正独立，政府既不认可由教育经费委员会派员至扬州直接提取，则必另外设法。1925年暑假，湖南省教职员联合会以及各公私学校校长，又一次发起教育经费独立运动。其时，湖南内部局面已相对稳定，赵恒惕在结束护宪战争之后，又连续用兵肃清了湘南湘西残余反抗部队，基本上实现了全省军政统一。在此前提下，教育界进一步要求实现教育经费之彻底独立。1925年7月初，湘西、湘南各学校派出教职员代表，到省索取校薪，声明政府如不拨款，下学期就不开学。教职员联合会于是组织非常委员会，各公私学校校长亦多次开会集议，讨论解决办法。7月8日，非常委员会召集各公私学校校长及教职员代表召开联席会议，提出教育经费独立5项措施，请政府确定实施。这些措施包括：①盐税附加，由教育经费委员会在岳州入口处提盐斤自卖，不再向各榷运分局办理；已提之盐款，由政府偿还。②米捐附加，历年来积欠甚巨，应由政府偿还。③省河厘金，由教育经费委员会直接派员征收，已提之款由政府偿还。④卷烟捐，直接交解教育经费委员会，并报告教育会。⑤不足之数，请政府拨定厘局或榷运局，由教育经费委员会直接征收②。随后，教职员联合会非常委员会推举代表，向省长、教育司长及财政司长请愿，要求明确答复。7月16日，省长召集省教育经费

---

① 《教育经费被提之概数》，载1925年12月7日《大公报》。
② 《教育界关于教育经费之两大会议》，载1925年7月9日《大公报》。

委员会成员、省教育会主任、教职员代表，以及省议会议长、财政司长、榷运局长等，召开教育财政会议，讨论教育经费解决办法。政府方面认为，提盐自卖与榷政有妨，不便实行，而教育经费委员会亦不愿负责卖盐。最后商议决定，所有附加教育经费，由淮商公所代收后直接解交教育经费委员会，任何机关提取时必须有教育经费委员会的印收，不准使用任何其他种印收抵解；省河厘局收入，全数拨作教育经费；以前种种积欠，渐次偿还①。会后，省长赵恒惕就此事发布通令，除令教育经费委员会知照外，并令榷运总局、省河厘金局，遵照办理。通令如下：

　　为令行事。案查教育经费，逐年收入，益形短少。迭经严切令饬不准提做他用，而各处擅自挪移者，时有所闻。若不严加取缔，学校愈难维持。兹特明白规定，嗣后盐税附加之教育经费，应由淮商公所扫数缴纳该会核收。如各该分局，将学捐挪解他项机关，无该会正式收据者，不准抵解。其损失之学捐，即由各该局长负责赔偿。省河厘金局，每日税收，亦应全数缴解该会，掣取收据。无论何种机关，不准再行提拨……②

　　1925 年底，湘政府实行严厉的整理财政计划，规定一切税收均需解缴代办金库之中国银行。此举原是为了杜绝军队擅自提拨之弊，但也动摇了教育经费独立的原则。教育经费委员会以此事关系至为重大，又不便公开反对政府新政，乃函请政府偿还该会借垫发出之经费 30 万元，解除以后经管学款之责任。政府方面审度之下，因恐招致学款动摇风波迭起，遂明白表示，对于淮商代收之盐税附加，认作公益性质，不受新颁整理财政条例束缚；对于省河厘局税收，为维持专作学款定

---

①　《省长署昨日教育财政会议纪闻》，载 1925 年 7 月 17 日《大公报》。
②　《省长整理教育经费之要令》，载 1925 年 7 月 19 日《大公报》。

案，兼顾财务行政统一起见，由该局按月直接解缴金库，再由代办金库之中国银行全数发交教育经费委员会核收，以维教育经费独立①。

　　总的来说，《湖南省宪法》实施后的数年间，湖南的教育事业虽然未能如宪法所载得到充分保护与发展，但总算得以维持，并在某些方面有一定发展。据省教育会对1924年湖南全省教育状况的调查，这一年湖南包括幼稚园、小学、中学、师范学校、职业学校、专门以上学校在内的各类学校，共计17458所，占全国总数8.8%；学生人数682064人，占全国总数9.1%；教职员人数51371人，占全国总数15.1%；教育经费总数6050070元，占全国总数9.2%。1925年，政府拨出经费，将各县联合中学收归省有，另外筹备开办了第一、二、三女子中学，第三甲种农业学校，理化博物实验室等新事业②。1926年，成立了湖南大学。

　　湖南大学之创设，固属应时势之要求，亦是因省宪之规定。《湖南省宪法》第七十九条载明：湖南须设立大学一所。1924年1月，在教育界的呼吁以及教育司长李剑农的极力促成下，成立了湖南大学临时董事会，编制湖南大学计划书，旋因经费困难而告停顿。随后，湖南省立工业、商业、法政三专门学校校长及教务主任，陈情于军政学界要人，请给予援助。经各界努力，得政府许可，获得筹办费10万元。未几，内战发

筹备湖南大学之报道。

---

①　《湘赵维持教育经费独立》，载1926年1月17日《申报》。
②　《十四年度新办之教育事业》，载1926年1月20日《大公报》。

生，筹备大学之事又搁浅。1925 年 11 月，省长赵恒惕任命湖南大学筹备委员 8 人，组织湖南大学筹备处，着手将工业、商业、法政三专门学校改组为湖南大学。同时，拨三专校及前岳麓书院一切产业为大学校产，并规定种种特权。1926 年 2 月 1 日，湖南大学正式成立①。它是这场自治运动中教育界取得的最引人注目的成就。

除此之外，省宪运动还催生了一场轰轰烈烈、影响波及全国的平民教育运动。

八·三 平民教育运动

所谓"平民教育运动"，是指针对大量年长不识字的平民——主要是工人、农民以及失学的贫苦儿童，进行的补习教育，所以又称"平民补习教育"或"平民读书运动"。湖南的平民教育运动，"五四"以后即有少数学校之学生捐钱创办，但无任何组织，各自为谋，社会上亦不甚重视。1921 年冬，《湖南省宪法》制定完毕，教育界人士罗教铎、方克刚、何迥程、张锦云、周方等，以平民政治必基于平民教育，自治普选尤非不识字之民众所能为，因而请愿于省长，要求给予特别经费，推行平民教育。罗教铎说："吾省首倡自治，实行普选，若复听此年长失学者之满谷满坑，尚复成何自治！""况现所用之教育经费多为贵族子弟享其权利，同是纳税服务之人民，不得同享教育之利权，既非

平民教育的一个处所——教育会幻灯场。

① 《湖南大学开学时委员长之报告》，载 1926 年 3 月 11 日《大公报》。

205

所以示大公，更非所以巩自治之基也。"① 于是，有"湖南平民补习学校"之发起。1922年春，罗教铎等组织了湖南平民补习学校校董会，租长沙乐道古巷颜子庙为校舍，开办了第一个平民补习班，嗣后逐期增开班次，如成人夜班、半日班、女子工学社、儿童负贩团等，凡可以谋平民知识技能者，皆渐次举行，虽经费紧张，校址无着，仍苦心经营不懈。1923年底，省长赵恒惕拨长沙小东街前大清银行房屋为平民补习学校校舍，使其发展更为迅速②。

湖南平民教育运动的发展，还受益于当时著名的平民教育界家晏阳初先生。1922年3月，晏阳初来湘，在湖南青年会演讲平民教育，听讲者多各界要人，对晏氏平民教育理念大为推崇。随后，青年会组织"平民教育委办会"，委托城区各小学附设半日班或夜班，招收年长失学者，以晏阳初所编《平民千字课》为教材，利用各学校教师教室之课余授课，费少而便利。此外，第一师范、第一女师、长郡中学、长沙师范、公立法政等专门学校，也附设了平民学校。这些平民学校每期时间约为4个月（附设于专门学校者，有的学制长达一两年甚至三四年）。一年之后，从各类平民学校毕业的学生已达4000余人。1923年秋湘局震荡，护宪军兴，平民学校多数停办，然影响已及全国，声名更远播海外③。

1923年8月，"中华平民教育促进会"在北京成立。湖南负平民教育策源地和平民教育最发达省份之声望，各界人士皆思奋发作为，不甘人后，然阻于军事，不得不暂行搁浅。是年底政局稍宁，湖南教职员联合会及教育会倡议发起平民教育之大运动，且于1924年元旦组织各校学生各社会团体万人大游行，进行宣传员。1924年1月15日，"湖南平民教育促进会"正式成立，票选罗教铎、方克刚、曹典球、李

---

① 《平民补习学校呈教育司文》，载1923年1月23日《大公报》。
② 《湖南平民教育运动之经过》，载《湖南平民教育周刊》1924年纪念号。
③ 参见《湖南平民教育周刊》1924年纪念号。

剑农、何炳麟、李六如、贝允昕等15人为董事，组成董事会。随后又票选曹典球、方克刚为正副董事长①。从此，湖南的平民教育高唱入云，成为一场持续数年遍及全省的社会教育运动。

湖南平民教育促进会成立后，主要做了以下几件事情：

第一，将平民教育从省垣扩展到全省城乡。平民教育大运动兴起后，省城各处平民学校渐次恢复发展。与此同时，平民教育促进会函促各县组织分会，并请各县学校各国民小学附设平民学校及平民读书处。1924年7月，平民教育促进会通过决议，利用省城各学校学生放假回乡的机会，推广平民教育，要求学生们寒、暑假期间，在本县本乡开办平民学校。促进会又敦请省视学随处宣传平民教育，督促各县县长及各县视学认真办理，甚至缄请各处军队长官，在军队内开设平民学校。

第二，劝导、动员平民入学。1924年5月，平民教育促进会组织劝学队，划省区为内外东西南北8段，每队设正副队长各一人，队员若干人，挨家挨户劝导各年长失学平民入校读书。各劝学队员按照所招学生多少，分别计功。同时，又组织电影讲演队，播放幻灯片，吸引和招收平民学生。每年"五一"劳动节期间，促进会派员四处演讲，散发传单及各种印刷物，鼓励平民向学。

207

《湖南平民教育周刊》

第三，编辑发行平民教育读物。鉴

---

① 彭泽：《本会两年来大事记》，载《湖南平民教育周刊》1925年第100期。

于晏阳初所编《平民千字课》宗教色彩太浓，难以引起平民兴趣，1924年3月，平民教育促进会新编平民千字课，分发给各平民学校。每逢寒暑假则分发给回乡学生，以便在各县开办短期学校。另外，还发行了《平民教育周刊》等辅助读物。

第四，申请、筹集平民教育经费。平民教育由民间发起，无固定经费，最初的经费甚至要由促进会的董事垫支。1924年4月，省议会在平民教育促进会的强烈要求下，通过全省平民教育经费案，议决拨款6万

关于湖南平民教育情况之报道。

元，作为印书费。由于财政紧张，教育司实际核准的印书费仅3200元。大部分经费是由热心平民教育的人士通过各种途径筹集的，比如发起募捐大会，或请地方殷富及社会团体赞助等。为了使平民教育有常年经费，罗教铎等平民教育家一开始便不断向省长、省议会及省教育司请愿，要求将平民教育视为义务教育之一部分，要求在预算中列入平民教育专门经费。1925年底，全国第十届教育会联合会在长沙召开，推广平民教育是这次大会的主题之一，教育界趁此机会向省议会提案，要求将每年教育经费的十分之一划作平民教育经费。然而不久政局剧变，教育界的努力功败垂成①。

由于政局多变经费无着，持续数年的湖南平民教育虽然在表面上轰轰烈烈，实际发展却很有限。据统计，至1925年10月，全省有40个县成立了平民教育促进会，64县开办了平民教育，共有平民学校

---

① 彭泽：《本会两年来大事记》。

1714 处，就读学生 4.6 万余人，历年毕业学生约 3 万人，另有 5 万人受到短期平民教育①。根据全省平民教育促进会的目标，到 1935 年的时候，要使全省无不识字者。但其时湖南全省不识字之人民，约有 1400 万人，可见平民教育发展的实际规模与其目标之间，存在着巨大差距，可说是杯水车薪②。

同全国其他地方的"平教"运动一样，湖南的平民教育，不仅是知识与技能的传授，更有公民教育的内容。就湖南的具体情形而言，这场运动的发起和进行，与立宪自治运动有着密切关系。当时省宪已经公布实行，各种各样的民主权利已载诸法典，人民却不知其为何物，这是《湖南省宪法》在实施过程中最先遇到的尴尬与困境，也是第一次普选陷入混乱的原因。因此，如何提高人民的智识程度以救济普选的弊端，并从根本上巩固自治根基，是当时知识界人士备感迫切的问题。教育界发起平民教育运动，试图"用最短的时间，最少的银钱，去教一般人民读好书，做好人……对于人类和国家应尽之责任，应享之权利，可以多明白些"③。这可以说是一种无可奈何的办法，虽然杯水车薪，却也别无良策。我们从这种愚公移山式的努力中，可以体会到一部分信仰省宪与自治的知识分子们的良苦用心。抛开自治与省宪，仅从发展教育的意义上说，自清末废除科举，兴学数十年，普通民众对于现代教育仍十分隔膜，通过平民教育运动，使生活于底层的普通民众接触一些新文化新知识，使已失学的成年人受相当之补习教育以利于生计，使贫苦儿童也有受职业教育及中等以上教育的机会，这种努力于国于民，都善莫大焉。如果持之以恒，可望从整体上提高公民素质，并可与湖南的宪政运动相得益彰。可惜，囿于情势与条件，这

209

---

① 彭泽：《本会两年来大事记》。

② 静厂：《平民教育之将来》，载《湖南平民教育周刊》1925 年第 100 期。

③ 陶知行：《平民教育概论摘要》，载《湖南平民教育周刊》1924 年第 53 期。

个运动最后被声势更为浩大的革命运动所吞噬。

八·四　司法独立运动

除教育界外，法律界也是推动省宪实施的重要力量。湖南律师公会、司法研究会、司法促进会、法界联合会等团体，在制宪运动中一直扮演着重要角色，在省宪公布后更致力于建设新的法律体系，尤其是致力于落实省宪法所规定的司法独立原则。

《湖南省宪法》规定，司法制度实行三级三审制，高级审判厅检察厅之下，设地方审检两厅；地方厅之下，设初级厅。初级厅为完全起诉机关，地方厅为完全上诉机关，高级厅为完全终审机关。当时湖南已设的司法机关，只有高级审检两厅，以及长沙、常德、辰州三个地方厅。所有应归初级厅受理的诉讼案件，都由县知事兼理；而上诉案件，在没有地方厅的地方，就由邻县知事受理。这种司法依附于行政的局面久受诟病，在国际上也很不光彩，因此省宪法第一百三十五条规定："依本法所定之初级审判厅及检察厅，至迟须于本法公布后一年内完全成立。"但一年之后，当省县各级议会与政府都已次第成立时，司法机关却少有成立者。原因很简单，没有筹备经费。1923年1月31日，新政府司法司颁布命令，废除邻县上诉制，但在公布施政方针及随后编制民国12年度预算时，又以财政紧张，不同意普设法院①。旧制既废，新制又不立，司法系统遂陷入混乱。法界人士群起抗议，纷纷集会、请愿，发表宣言，指责政府公然违宪，要求罢免司法司长。3月初，湖南法界联合会召开大会，要求政府依宪法规定迅速成立13个地方厅及75县初级厅，并公推代表张伯英等，就政府违反宪法缓设法院一事提出质问②。5月，又召开大会，推举贝允昕、罗

---

① 《全体省务员出席议会详情》，载1923年5月12日《大公报》。
② 《湖南法界联合会召开大会》，载1923年3月6日《大公报》。

杰、任绍选、马续常为代表，晋谒省长，要求确定司法经费，迅速筹设各属地方法院①。在法界的强烈要求下，省议会接二连三通过了"请限期设立法院案"、"请赶速设立各县法院妥筹经费慎选人才案"等重要议案②，而最后确定的民国 12 年度预算中，司法经费经常临时共列洋 268 万余元，开设地方法院和初级法院的经费被列入其中③。1923 年 6 月，省务院召开政务会议并通过决议，决定自 1923 年 7 月 1 日起，分三期普设法院，至 1925 年底之前全部完成④。但不久护宪战争爆发，这一计划未能如期进行。战争又加重了财政危机，预算所列司法经费不能落实，致使普设法院的步伐迟滞不前。

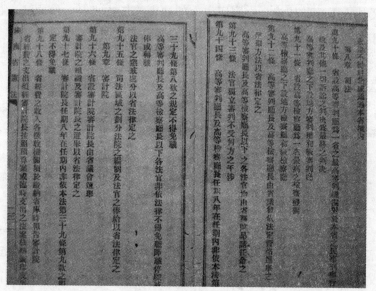

省宪关于司法独立的规定

① 《法界之设厅运动》，载 1923 年 5 月 12 日《大公报》。
② 《湖南省议会报告书·卷四公文·议决案》，第 9～28 页。
③ 《民国十三年度预算交出矣》，载 1924 年 5 月 20 日《大公报》。
④ 《省务院答复书》（十二年七月十日到），见《湖南省议会报告书·卷四公文·质问案》，第 13 页。

1925 年，省内局势趋于稳定，政府决定彻底整理内政，励精图治，司法独立的问题在法界推动之下有了实质性进展。是年 7 月，政务会议通过普设司法署计划，决定在没有条件开设初级法院的地区，先成立司法公署，使知事不再兼理司法①。10 月，司法司筹备进行了一次大规模法官考试，以选拔人才，应司法独立之需。为慎重起见，这次考试向北京大理院和总检察厅聘请了江庸、朱得森、陈瑾昆等法界权威担任典试委员长及典试委员。其时应考者共 200 余人，考取者 76 人，随后被司法司分别委出，派往各地担任推检等职②。

司法独立为宪政基本要素，凡立宪国家，无不有法官独立审判而不受他人干涉的传统。中国历史上的知事兼任法官制，使司法大权尽落于知事之手，贿赂公行，任情出入，弊害丛生，实为沿袭千年之恶制。民国元年二年，湖南省政府曾遵照民国政府法令，在各县普设初级法院，继而被袁世凯全盘推翻。自治运动中，法界人士以省宪为蓝本，推动政府革除旧制、恢复法院，以建立起独立于行政的司法体系，这不能不说是一种具有进步意义的努力。

八·五 长沙《大公报》维权纪实

省宪的实施，不仅为公民推动政府裁撤军队、发展教育等事业提供了法律依据，也为公民团体争取和维护自身权利提供了法律武器。前文曾提到，《湖南省宪法》最为时人称道之处，是对人民权利的保护条款，它不但逐条列举了人民所应有的权利义务，还特别明确了政府权力的界限，以及进行政治表达的制度途径。省宪法公布实施后，各种各样的请愿、罢工、罢课、集会、结社等等，皆无不援省宪条文为依据，理直气壮。而在各种政治表达的渠道中，最常见的是请愿，

---

① 《政务会议通过普设司法署计划》，载 1925 年 7 月 24 日《申报》。
② 《湘省举行法官考试》，载 1925 年 10 月 16 日《申报》。

尤其是向省议会请愿。根据《湖南省议会报告书》的详尽记录，省宪公布后数年间，湖南省议会通过的各类议案中，人民请愿案约占三分之二。请愿者主要是各县议会、民间团体以及公民个人，内容包括请政府豁免田赋、租税；请剿匪施赈、拨款恤灾；请惩办有劣迹的知事、团总、征收官吏和议员；请制止军队驻扎民宅、学校；请制止地方驻军非法抵借田赋、勒索捐税、劫夺团防枪支；请制止警察违法检查、违法阻止公民集会，等等。

虽然作为民意机构的议会，经常扮演为民请命的角色，它本身却并不是一个公正无私不需要被监督的权力机构。议会及其议员完全有可能像政府和政府官员一样，越出自身权力的边界，充当侵犯民权的祸首，发生在1923年春天的省议会咨请政府取缔长沙《大公报》案，便是一例。不过这里要讨论的不是议会专制的问题，而是《大公报》如何打着省宪的旗帜，别开生面地将一桩"政府查封报馆案"，闹成了"报馆状告政府违宪案"。

长沙《大公报》是自治运动时期湖南省内最大最有影响力的报纸，以持论公允、直言不阿著称。它常以"人民的喉舌"自命，摘奸发伏，为人景仰亦遭人怨毒，其与省议会及议员结怨，由来已久。还在省议员普选时，《大公报》便屡屡揭发其中种种黑幕。省议会成立后，更经常毫不留情揭露不肖议员之丑状，比如某某议员卖官，某某抽鸦片，某某包赌包娼，等等。曾被指名道姓批评过的省议员彭熙治无比委屈地说："报纸对于议员，好似做起居注，天天任意谩骂"①。1923年3月，《大公报》又登载了某些省议员包围内务司，替人谋求差事的"怪剧"，当事者郴县籍议员谢宝林大为愤恨，在议会开会时大骂："毫无价值之大公报，应咨请省长严加取缔。"《大公报》不示弱，指责谢宝林违宪干涉言论自由，回敬道："毫无价值之省议员！应

213

---

① 《省议员又为本报斗跳一场》，载1923年3月17日《大公报》。

请郴县人民撤回。"① 这位挨了骂的议员更加愤怒了，第二天又在议会大吹法螺，说："在我个人受骂，不算什么。但该报说是有少数不肖议员，包围行政长官，替人家谋差事。试问同人谁未荐人，是大家都受了骂。"经他这一番妙论，就有不少议员附和，说言论自由应有限制，报纸应在法律之内说话，甚至有人发挥说，骂了166名省议员，"就是骂了三千万人，就是破坏省宪"。更多议员认为，新闻记者应从大处着眼监督政治，对细处则应从略，"以免传播外省，有失自治省名誉"②，等等。《大公报》将这些言论一一搬到报纸上，附上"编者按"，将谢宝林连同所有议员，认真地教训了一番：

> 编者按：本报所载包围内务司之某议员，未曾注明某字就是你谢宝林的符号，你谢宝林何必如此干急！即使注明是你谢宝林，你谢宝林也只可履行正当手续，要求本报更正；你不履行正当手续，动辄就在大会红头赤脸的大骂，甚么"挑拨恶感"，甚么"毫无价值"，都自你口中骂出来了。试问谢宝林，你且沉着脑壳想想！到底是你不是？还是我们不是？至于你违宪的话，你无故要政府取缔本报，干涉言论自由，不是显然违宪吗！你动辄谓言论自由要在法律之内，难道说了你们议员几句，就到了法律以外吗！

> 其余各议员要报纸少说些，恐怕要失自治省名誉。话本来不错，只是各位还要自己检点！太弄糟了，报纸有报纸的天职，不能不说；报纸即或一时缄口不说，议会也未必能保全名誉咧！"止谤莫如自修"，议会中多少脑筋清醒的人当能体谅斯语③。

---

① 《毫无价值之省议员》，载 1923 年 3 月 16 日《大公报》。
② 《省议员又为本报斗跳一场》，载 1923 年 3 月 17 日《大公报》。
③ 同上。

省议员们受了这番数落，无可奈何，毕竟报纸针对的只是议员个人的言行，不便治罪，因此谢宝林要求咨请政府取缔《大公报》的动议没有通过。事隔不久，4月11日，《大公报》又登载了一篇题为《省宪》的"编辑余话"，将省宪、省议员、政府司厅院长等都绑在一起，讲了几句很不中听的话，省议员们终于抓着了把柄，新仇旧恨一起报。这篇招来横祸的"编辑余话"是这样写的：

> 北京的省宪同志会开会的那一天，褚辅成公然把湘宪端了出来恭维几句，在我看来，褚君到底是外省人，不晓得湘省的真相，所以敢于恭维；褚君对于省宪到底是外行，所以敢于胡乱恭维。
>
> 若记者住在这里许久，莫说是恭维，就是提及，他也要脑壳痛了。省宪对于人民的成绩，只加进几层痛苦；对于政府的成绩，只造就一百多个金钱购买的议员和几个金钱购买的司厅院长而已。
>
> 褚君又说道，省宪成绩不良决不是他本身的罪过，我们不可因噎废食。这话本是不错的，但我们不怪省宪难道怪人民吗？人民怪不上，由省宪所产生的议员和司厅院长等等也怪不上，追根究底就不能不怪那想借着制造省宪以图自私自利的了[1]。

这篇短文见报后，正在开会的省议会马上变更议事日程，于当天表决通过一个临时议案，请政府"依法惩治"《大公报》。省议会的咨文说：

> 为咨行事。案准本会黄议员孟祥陈议员小元等于四月十一日在大会临时动议，略谓本日《大公报》时评栏内言论荒谬，信口雌黄，显系破坏省宪，对于本会同人及政府当局公然侮辱，应恳

---

[1] 《省宪》，载1923年4月11日《大公报》。

变更议事日表，提前讨论，当经表决通过。金谓破坏省宪公然侮辱，应请政府依法惩处，案经全体公决，相应附粘《大公报》时评，咨请贵省长查照依法惩治为荷。此咨。①

两天之后，省长正式咨复议会，准"请高等检察厅依法办理，并令行省会警察厅勒令即日停刊"②。而在此之前，就在 4 月 11 日当天，内务司长吴景鸿已致函警察厅长，请派警员至大公报馆勒令停刊。随后，内务司又向省高等检察厅提起公诉，告《大公报》破坏省宪罪，"想借这个题目极力见好议会"③。

最初，《大公报》知因言获罪，曾商恳政府从轻发落，至被勒令停刊，即通电全国，抗议湖南省议会与政府干涉言论自由。与此同时，报馆向湖南省高等检察厅提出辩诉状，要求对于省当局所提公诉，为不成立之宣告。理由如下：①本报言论受省宪法第十一条之保护，并未抵触刑事法典何条。"破坏省宪"四字，遍查刑律，绝无条文，而法律无正条者不问何种行为不为罪。若援以内乱罪诸条文，则必以暴力行动为要件，本报仅以言论触怒省议员，无任何阴谋暴动事实，所以"破坏省宪罪"不成立。②被控侮辱罪亦不成立。本报"编辑余话"既非于省议员与司厅院长执行职务时当场侮辱，也非当场而对其职务公然侮辱，更非对公署公然侮辱。且侮辱罪必须有特定被侮辱之人，本报并未列举何人姓名，省议会依法无诉讼能力。因此，本案被控两点皆不成立，应为不起诉之判定④。

《大公报》不但理直气壮为自己辩护，更反过来向长沙地方审判

---

① 《咨省长准黄议员孟祥等临时动议请依法惩治大公报馆破坏省宪文》（十二年四月十一日发），载《湖南省议会报告书·卷四公文·议决案》，第 8 页。

② 《省长咨复文》（十二年四月十三日到），载《湖南省议会报告书·卷四公文·议决案》，第 8 页。

③ 《湖南的省宪与报馆》，载《东方杂志》1923 年第 20 卷第 6 号。

④ 《大公报案近闻》，载 1923 年 5 月 12 日《新公报》。

厅提起行政诉讼，状告内务司长吴景鸿在法庭认定事实之前，迳用私函指示警察厅长查封报馆，构成行政违法。《大公报》因此要求：①请依《行政诉讼法》第二十九条之规定，先行停止被告吴景鸿勒令停刊之原处分之执行。②请依同法第一条第

《大公报》的辩诉报道。

一款之规定，判决取消原处分。③请依同法第三十条及《刑法》第一百四十八条之规定，将该被告移交初级检察厅提起公诉。④请依同法第三十条之规定，附带判令该被告赔偿《大公报》因停刊所受之经济损失①。

长沙地审厅接到《大公报》的讼案之后，不知如何举措，只得先搁置起来。过了一个月，终于想出一个理由，将这桩棘手的案子奉送到省高等审判厅。原来，内务厅长吴景鸿4月11日勒令《大公报》停刊的函中，有"奉省长面谕"字样，4月13日省长更有关于此事的公开训令，也就是说，查封《大公报》的命令实际上来自省长而不是内务司长。《行政诉讼法》有规定，凡属省长之违法处分损害人民权利者，应向高等审判厅提起诉讼。长沙地审厅因此将此案驳回，不予受理。《大公报》当即提出抗告，指长沙地审厅"惮于推断其事理，而猥以推卸为能事"，要求地审厅"迅赐解卷湖南高等审判厅依法核办"②。高审厅接到这个变得更加棘手的案子后，也不知如何举措，也只好先搁置起来，然后以"据官吏服务令第二条长官所发之命令有违

217

---

① 《大公报案近闻》，参见 1923 年 5 月 12 日《新公报》。

② 《大公报诉讼之进行》，载 1923 年 5 月 17 日《新公报》。

法令规定及形式不完具者属官无服从之义务是停刊即出自省长之意思亦应由吴景鸿负责"为由,判决"此案仍应由长沙地方审判厅受理"①。

就在长沙地审厅与湖南高审厅之间推来让去,不肯执法的时候,省外舆论及省内社会各界,发起了声援《大公报》的运动。湖南省报界联合会、教育会、商会、自治研究会、司法促进会等公法团体,留日同乡会等旅外团体,甚至一些向来追随省议会的县议会,皆纷纷通电,或指责政府破坏省宪蹂躏民权,或敦劝司法机关毅然决然判断是非,或鼓励《大公报》不屈不挠将官司打到底。其中,湘潭县议会更通电各县议会,请一致声援。原电文如下:

> 各县县议会公鉴:昨接省议会严电内开,十一日《大公报》所载编辑余话一则,诋毁省宪,侮辱议员,业经咨请政府依法惩处等语。正考查间,又接《大公报》代电,陈述该报被内务司长吴景鸿函请警察厅长石成金派警勒令停版情形,并诉行政处分违法状一纸过会。比经本会常驻委员及各议员切实研究,均认此次查封报馆为不合法。兹将理由说明如次:查省宪法第十一条人民在不抵触刑事法典之范围内有用语言文字图书印刷及其他方法自由发表意见之权,并不受何种特别法令之限制或检查机关之侵害。今《大公报》据事直书,有闻必录,此天职也。因触省议员之怒,乃竟用大会名义,咨请政府惩处,而内务司又迳用私函交警厅勒令停刊,按之宪法,实相违背,不合者一。又查省宪法第六条人民受法庭审判时,非正式宣告判决有罪确定后,不受何种刑罚之执行。《大公报》果有抵触刑事行为,应向检察厅告发,履行侦察手续,提起公诉,并须经审判厅判决罪名确定后,方能处罚。行政官厅不能侵夺法权,又何能发布司法处分之命令? 不合

① 《湖南高等审判厅行政诉讼决定十二年抗字第二号》,载 1923 年 7 月 17 日《新公报》。

者二。又查报纸条例定有停版罚则，乃帝制时代之法规。民国肇兴，遂经北政府废止。湘省首称立宪，不采文明制度，而袭专制淫威，止谤甚于防川，外省藉为口实，封一报馆不惜，如自治何？如宪法何？不

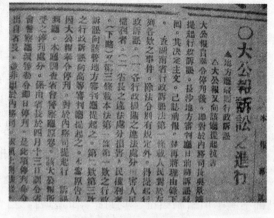

《大公报》的抗告报道。

合者三。溯吾湘制宪之初，众谤群疑，毫无保障，独《大公报》出而拥护，另列专栏，缕析条分，声嘶力竭，对内则引起人民觉悟，对外则激励各省赞襄，省宪告成，实该报鼓吹提倡之力。迹其苦心孤诣，盖深愿朝野人士始终恪守宪法，以固邦本，而保尊荣，遇有轨外行动，因其嘱望之殷的，遂不觉言之过激，非侮辱也。纵或评论失当，言者无罪，闻者足戒，似应区心略迹，以示大公。计不出此，又从而摧残之，负厥初衷，没其成绩，不合者四。且大公报组设以来，中外欢迎，所宝贵者，直言耳，正义耳。能直言则必不畏强梁，持正义则必不恃唯阿，是以补救功多，声誉隆隆。自停刊后，喧传外埠，报载朗然，或就事实发明，或据法律解决，影响所及，关系匪轻。如果政府立予起封，日月之食何伤，桑榆之失何挽，而竟违反舆论，剥夺自由。不合者五。本以上理由，故认定此次勒令《大公报》停刊为不合法。本会为尊重省宪起见，除函请省议会取消原议外，用特代电贵会，希即主张公道，一致援助，是为至盼。湘潭县议会叩鱼印①。

① 《大公报案近闻》，载 1923 年 5 月 13 日《新公报》。

219

湘潭县议会的这番通电，晓之以法理，动之以道义，将政府之违法与此案之利害关系，分析得头头是道，尤其是动员各县议会起来反对省议会的成案，确属非同寻常。紧接着就有永绥县议会通电规劝省议会道："议会为民意机关，报馆乃舆论代表，议会与报馆名称虽异而其展扬民意则一。查封报馆与解散议会之举动虽异，而其摧残民意则一。如不互相维护，铲除专制萌芽，则从此淫威日长，民意日消，将来之以武力解散议会，当亦犹今日之查封报馆也。"①

省议会方面，虽然有一部分议员始终坚持严惩《大公报》，但谁都不愿承担钳制舆论、查封报馆的恶名。当《大公报》通电全国请求声援时，省议会深恐"嫁祸于本会"，也马上发出一则通电，声明议会只是要求政府"依法惩处"，并未要政府查封报馆②。不久，又有省议员包道平、方维夏、朱剑凡、潘仲青等20余人向政府提出质问，谓政府"在未咨交法院起诉之先，遽即以行政命令勒令该报停版，此种处分，实系与省宪第十一条相抵触，亦与本会咨请政府依法惩处之意相违背"。又责问，本案既已经地方审判厅受理，何以迁延将近一月，受理行政诉讼之审判衙门，与命令该报停刊之处分机关，均未见发布停止原处分执行之命令，"政府对于人民法赋之权利自由，似不应如此视同儿戏"③。这样，此案始作俑者之省议会反得以逍遥事外指指点点，而本想极力见好于议会的政府则落得里外不是人了。

法院方面，地审厅和高审厅虽未正式开审此案，但高等检察厅对于内务司所提公诉，已宣告为不成立，予以驳回，这等于认定《大公报》之无罪④。

---

① 《永绥县议会为大公报案声诉不平》，载1923年5月29日《新公报》。
② 《省议会第三次常会议事录》，见《湖南省议会报告书·卷四》，第182~184页。
③ 《大公报案近闻》，载1923年5月12日《新公报》。
④ 《湖南的省宪与报馆》，载《东方杂志》1923年第20卷第6号。

基于各方面压力，更为了维护自治省形象，内务司于 6 月 4 日停止了对《大公报》原处分决定的执行，准恢复原状。重新出版后的《大公报》以胜利者姿态于当日头版头条发表时评，将此案定义为"正义不可磨灭"的证明。时评说：

被省议会咨请省政府勒令停刊五十三天的《大公报》，今天又出版了！我想在今天直径七里三分的长沙城中，一定充满了"《大公报》又出版了"的声浪。这种声浪，固然百分之九十八九是由一般人民欢喜脏内逸露出来的。也许还有百分之一并不是欢喜，乃是疑惑猜忌或嫉妒的表示。究竟为欢喜，为疑惑，为猜忌，为嫉妒，我们且不管它，我们只认定"正义不可磨灭"是一种必然的事实，《大公报》遂基于此事实而又出版了！

《大公报》的时评。

有人说："《大公报》此次因为囿识忌讳，做了几句开罪权要的时评，遂致停刊五十三天，营业上受了三千余元的损失，料他这回出版，一定再不敢放胆直言了。"这种揣测，确是根本错误：报纸是人民的喉舌，民有所命，不敢不言，阿附取容，岂不丧失了代表舆论的资格？况报纸之在中国，若非开在租界内托庇外人，被停被封，乃其本分；不停不封，不成其为报纸！《大公报》不停刊封闭几次，更不成其为《大公报》！①

---

① 龙兼公：《大公报又出版了》，载 1923 年 6 月 4 日《大公报》。

　　我们从这桩公案的过程分析，该案所以能得到正义的结果，很难说是省宪本身的法力。如果报馆不奋起反击，如果公民团体和社会各界不起而声援，那么无论宪法条文多么美观，都将无济于事。这个案例表明，具有独立意志的公民社会，尤其是破除了政府迷信也破除了议会迷信的新闻界，已作为一种社会权力而存在。它不但能运用省宪维护社会的自由权利，还在很大程度上督促政府在宪法的轨道上行使权力。而公民社会监督政府权力、维护自身权利的过程，就是省宪条文发生效力的过程。时人每讥湖南省宪法为具文，的确，对于没有政治能力的个人和群体，省宪只是一纸空文；但对于有意志有能力者，省宪就可以成为其权利的保障书。换句话说，省宪虽不能成为人民权利的根本保障，但能作为人民保卫自身权利的工具。

　　事实上，《湖南省宪法》实施前后，省内各公民团体以及社会各界发起裁兵运动、发展教育事业、促进司法独立等等，诸如此类的努力，皆无不是以宪法条文为工具来推动宪法的实施，以期通过不懈的努力，一点一滴构筑起民治政治的基础，使形式美观却根基肤浅的省宪法，有朝一日能够名符其实。因此当我们评价湖南省宪运动的时候，除了要看到武人政客借着省宪以图自私自利的一面，也要看到公民社会借着省宪致力于社会进步的一面。联治运动进行之时，曾有论者指出，省宪自治是打不倒军阀的，但是，它试图发展社会力量，培养人民政治能力的精神，"是顺的，不是逆的"①。而这，也是我们探讨那场立宪运动之意义所在。

---

　　①　佚名：《集权与联邦皆不能推翻军阀》，载《东方杂志》1922 年第 19 卷第 17 号。

九

议会与政府:绅权与军权的制衡

推动省宪实施的另一种、也是最重要的社会力量，来自绅士阶层。相对于与省宪十分隔膜的底层民众和秉承民治主义精神构筑宪政基础的知识分子，绅士阶层具有更充实更现实的政治权力。其与省宪法之间有着更深刻的利害关系，对政治的参与和影响也更为直接有力。

九·一 议会行使职权

绅士阶层参与政治或者说分享政治权力最重要的途径，是通过议会行使宪法权力。自从议会开议后，议会内为权力和利益而进行的争吵，议会与政府的角力，便成为湖南政治生活中一道长盛不衰的景观。这届由选举产生的议会，不论与他省议会横向比较，还是与旧省议会纵向比较，有三个特点：一是议员比较有骨气，二是会场秩序出奇的混乱，三是成绩相当的可观。

关于第一项。这届省议员之所以有点骨气，有法律上和事实上的原因。从法律上说，《湖南省宪法》赋予议会极大权限，举凡政府行政、人事、财政预算等等，都被置于议会的监督之下。而在事实上，这个作为最高权力机构、担负着监督政府职能的议会，并不是一个除宪法条文之外毫无现实支撑的权力附庸——它是一个权力主体，背后

223

站着整个绅士阶层。由选举产生的 166 名省议员以及 2700 余名县议员，他们全都是各地方有名望有权势的绅士，其权力来源于全省 75 县为数众多的城乡绅士。可以说，议会权力基本上掌握在绅士阶层手中。基于这样的前提，议会与政府的关系，在很大程度上便是绅权与军权的关系，是绅权与军权相互合作又相互制衡的关系。在这个关系中，军权无疑是占上风的。但绅权也不甘示弱，它以宪法为根据，以本身所掌握的社会权力为依托，设法扩张自身权力，并与主宰政府的大小军阀争夺权力。其结果，是在一定程度上抑制了政府滥权，同时维护了议会的尊严。发生在 1923 年初退伍兵包围议会事件，可为一证。

1923 年 1 月 9 日，数百退伍兵包围省议会，欲强迫议会通过一桩提征田赋案，以便政府从田赋收入中拨付退伍兵的欠饷。包围者声称："政府谓只要议会通过提征田赋案即可发给存饷，如议会不能通过此案尽可包围。"议会电请政府解围，政府不理；电告警察厅，也一致不来。负责议会警卫的执勤巡官且表示，警厅下令要他不要干涉。议员们被围之下，不能自由出入，又不见政府负责，群情激愤，拍桌顿足，认为政府唆使退伍兵压迫议会，这种搞法，不但议员不能答应，全湘三千万人民都不能答应，赵省长高居省长职位，是干什么事情的？在军警林立之地发生这等乱事，真正岂有此理！政府如不来维持秩序，议会干脆不要开会了。如此僵持近 7 个小时，最后军务司长终于派来军队，设法将包围者遣散。

包围事件发生后第二天，省议会对政府提出大质问，请省务院长及省务员出席答复。议会问：①以迫发存饷要挟通过田赋案，到底是省长院长司长哪一人说的？②训令警署不准干涉，此令是谁发的？经过六七点钟之久，连次电告军政机关，而迟迟不来，是何原因？③逼迫不经法定手续仓忙通过此案，殊失议会尊严，若将来各团体如此援例，议决之案，政府能办得通么？省务院长李剑农答复道，他万分抱愧，身为院长，事先却不知有如此骇人听闻的事，直到包围发生几个

小时后，才得知经过，于是与
军务司长紧急磋商，派兵弹压，
故稍迟延，请议会见谅。至于
到底是谁唆使的，李院长答：
"政府中人非蠢如鹿豕，不至如
此乱说，假如调查属实，听凭
处分。"议会又问，退伍兵存饷
的事，原本有预算的，为何不
发？请交预算决算来，公开审
查。人民有纳税之义务，即有
清查财政之权利。议会有权代
表人民行使此项职权，政府不
报告旧账，徒空空向人民要钱，
万万不能！最后，省务院长、

议会抵制政府收捐的报道。

内务司长表示：①由政府速筹发给存饷办法于 3 日内宣布，以后随时
保护议会不受侵扰。②赶在最短时间造报决算及预算。议会见政府引
咎自责，颇有诚意，遂不再追究①。

这届议会的第二个特点，是会场秩序极其混乱。秩序混乱的一个
原因，是因为议员们刚从全省各地来，程度参差不齐，阅历各不相同。
有留洋的，有当过国会议员的，有当过教育总长湖南省长的，也有足
不出县孤陋寡闻的。省议会第一次常会时，有一位杨姓议员，竟在会
场提出质问于议长："外间发出许多传单，有说政学系的，有说马嘶
团的，又有说我们已被他们收买的。我要问议长，到底政学系是什么？
马嘶团是什么？"这一问，问得在座诸人先是目瞪口呆，继而哄堂
大笑②。

① 《省议会对于省务员之大质问》，载 1923 年 1 月 11 日《大公报》。
② 《省议会旁听席上侧记》，载 1922 年 5 月 25 日《大公报》。

由于程度和阅历的不同，理解问题、看待问题的方式，不免大相径庭，议事也常常陷入痛苦不堪的境地，"明明是讨论大体，有些人又把条文中的字句破细筛似的讨论起来，真可说得'不识大体'；又有些人，明明人家已经说清了，他又要敷陈一遍，好像有许多精意，非反复申详，不能明其奥妙，昭示旨归"①。

秩序混乱的更重要的原因，是议员们基本上没经过代议政治的训练，不习惯于理性的讨论，不遵守规则，不尊重他人，虽然都是绅士身份，在会场上却斯文扫地。请看 1922 年 6 月 14 日省议会的议事情景：

昨日省议会表决了三项要点，两三天的讨论已得着结果，又能贾其余勇，举出一个审议会长，不能不说是有成绩。说到秩序，就不敢承教了——拍掌、顿足、拍桌、打几、奋争、狂闹、骂人，只有未曾相打。本案关系重大，固然不得不有奋闹的精神，贯彻的能力，但是议事细则总不能因为案情重大便可"除外"！并且奋争狂闹未见得比从容讨论容易解决些。但是这几日来，大家对于本案的精神，到底不懈，我是很佩服的。

李君儁声如游丝，我们尖着耳朵尽听，听不出他的"所以然"，难怪各议员请他放高声气。他误会大家的意思，以为是制止他说话，遂发起脾气来，忽然一声爆发，满座皆惊，正如《老残游记》记述白妞的梨花大鼓，"忽然深入地底忽然高拔云霄"；他还大拍讲台，带怒带骂——仿佛骂了狗屁二字——的数说了人家一顿。懂法律的人似乎不宜如此！

陈君绳威本来说话过多，并且不应跑到议长身边去说，大家于是大拍冷掌。拍掌不足，继以顿足，务要将他"撤回"才罢

---

① 《省议会旁听席上侧记》，载 1922 年 5 月 25 日《大公报》。

……此回拍掌顿足之凶，为开会以来所未见。即如王君克家等各
老法家，也随着大众，捧掌猛拍。更可惊的是顿足一项！我平常
只在青年会电影场里见过，每每说是无意识的举动，如今立法的
议员先生都仿行起来，这项方法也就随着名贵，以后不敢菲薄看
电影的人们了。昨日顿足的尤以谢君尹为最奋勇。

　　昨日选举审议长，有一票上书"今日表决之无聊"。投票的
人寻到票上来发牢骚，也可谓无聊！自爱之人，决不如此①。

　　虽然会场秩序混乱，却并不妨碍议会行使职能。事实上，这届议
会的成绩相当可观——这是它的第三个特点，也是我们要重点讲述的
方面。据统计，自 1922 年下半年至 1926 年上半年，湖南省议会共通
过禁止军队非法掠夺案 73 件；减免苛捐杂税及田赋案 68 件；弹劾、
查办官吏案 73 件；限令政府取消借款或停止发行公债案 12 件②。从笔
者掌握资料最为翔实的湖南省议会第三次、第四次常会以及第四、五、
六、七、八次临时会的记录看，自 1923 年 3 月至 1924 年 8 月间，省
议会共议决通过人民请愿案 218 件；议会提议案 91 件；省长提议案 35
件；社会团体提议案 2 件；质问案 18 件；否决案 20 件③。内容涉及裁
兵、立法、政府预算决算、禁止地方驻军非法提征赋税勒索商民、限
制政府发行公债抵借外债、究办腐败官吏、减轻地方负担、赈灾、剿
匪、保护商业活动、保护教育事业、保护公民财产和人身自由、振兴
实业、维护民族利益、维护省宪法等等，其中关于监督政府行政减轻
人民负担和制止军队擅权的议案约占 80%。现就当时社会反响较大以
及议会与政府争执最激烈的若干议案列表如下：

227

_____

① 《省议会旁听席上侧记》，载 1922 年 6 月 15 日《大公报》。
② 郭宝平：《民国政制通论》，太原，山西人民出版社，1995 版第 69 页。
③ 《议决各案表》，见《湖南省议会报告书·卷二表》，第 71～152 页。

1923—1924 年湖南省议会议决部分要案表

案　名	属　性	动议者、请愿者或质问者	议决咨行或质问、否决时间	结　果
关于财政司向中国银行借款案	质问案	议员邓寿荃	1923.3.15	政府被迫中止借款。
请明白答复市政借款案	人民请愿案	长沙市民易晟等	1923.3.22	省长咨复：该项垫款并未成事实，市民请愿实由传闻之误。
关于政府私向淮商借款及用途案	质问案	议员易静鼎	1923.5.18	省务院答复：系预征盐税，非正式借款，无须由议会议决。
请收回发行省库券成命案	质问案	省议会	1923.7.10	收回成命，停止发行。
催造十二年度预算暨历年决算案	议会提议案	省议会	1923.4.16	省务院催各机关赶造汇总后延期交议。
遵照宪法实行裁兵案	议会提议案	议员熊世凤	1923.5.2	议案所提裁兵计划被部分实施。
请速订收束军事整理财政计划交本会核议案	议会提议案	议员李耀湘	1924.1.19	省长咨复：已遵照办理。
咨请政府速订知事考成条例认真甄别贤否案	议会提议案	议员余德广	1924.3.18	相关考试条例不久通过，1925年进行了第一次全省县长考试。

依照宪法程序限期赶设各县初级审检两厅以便法权独立知事民选案	议会提议案	议员余德广	1923.4.12	政务会议议决:分三期普设各县初级法院。
请撤销各县杂税征收专局改由县知事分委市乡自治机关征收案	人民请愿案	长沙、岳阳、衡山、常德等十八县县议会	1923.5.30	此案有损省库岁入,徒利地方权绅中饱,议会一再坚持,政府我行我素。
取消军事田赋特捐案	议会提议案	议员陈振东	1923.12.10	省长咨复:军事危急,万难取消。议会再三坚持无结果,通电各县拒纳。
请撤销湖田亩捐案	人民请愿案	滨湖十县代表彭秩苞等	1923.12.20	省长咨复:年关紧逼军事未休,政府难维现状,若议会别有筹款之术政府自可免予抽捐,否则本案万难取消。
令长沙知事收回契税抵借成命并作通例案	人民请愿案	长沙县各镇乡都总	1924.1.28	省长咨复:令各县遵照办理。
关于浏阳驻军提拨田赋并派员向人民勒借案	质问案	议员潘仲青	1923.2.10	省长咨复:指拨田赋额未超过该县应征田赋;派员勒提一节已电令制止。
通令各军军官各县自今以后无论何军不得自由提借田赋案	议会提议案	议员包道平	1923.12.14	类似议案特多。政府迭饬各军事长官严行制止,但收效甚微。

九

议会与政府:绅权与军权的制衡

229

请制止各军收编各县团防枪支案	议会提议案	议员雷飞鹏	1923.12.31	同类议案也很多，政府三令五申禁止，但收效甚微。
请撤销财政司擅制石灰厘率并颁布农用各项肥料厘率案	人民请愿案	长沙县农会	1924.5.24	省长咨复：石灰税系财政司为划一税收新办法，农会指为违法，实属别有用意。
请撤销湘西木业军事特捐案	人民请愿案	湘西木业代表方顽佛等	1924.5.31	省长咨复：此项特捐迭经令饬湘西各军长官迅予取消；今再令湘西田镇守使、叶督办严行取消。
请速发退伍员兵存饷案	人民请愿案	衡阳县议会	1923.4.4	省长咨复：财政艰难，除发行免息公债分期摊还外别无办法，请议会速将政府咨交"存饷公债条例"议决。
请筹还并严禁提取学款以维教育案	议会提议案	议员凌炳	1924.1.19	省长咨复：令饬榷运局不得再行提扣，已提之款设法筹还。
请撤销司法司违法制定人民诉讼费负担各项法规案	议会提议案	议员马续常	1924.1.21	省长咨复：此种规定属行政章程，非一般法律，无须议会议决。
咨请议决设置警政视察员案	否决案	省长赵恒惕	1923.3.22	否决理由：财政艰难，不必援引先例增设冗员。

咨请添设省务院职员案	否决案	省长赵恒惕	1923.4.12	否决理由：省务院组织由省宪法规定，不能随意修改。
讨伐蔡钜猷宣布戒严咨请同意案	省长提议案	省长赵恒惕	1923.7.14	议会通过决议案，支持省长"实力护宪"。
弹劾省长案	否决案	议员徐汉彪	1923.4.5	否决理由：省长未犯贿赂或谋反大罪。

资料来源：《湖南省议会报告书》卷二表、卷三记事录、卷四公文。

从表中所列情形看，议会相当尽职地履行着省宪法赋予的各项职能，起到了监督政府的作用。但这是就表中议案结果而言。事实上，大部分的议决案是没有任何结果的，它们或被束之高阁，或被敷衍了事。一般来说，关于减免赋税、裁撤征收机构这类断政府财路的议案，都不

省议会的议决案（部分）。

会被认真执行；而要求制止地方驻军苛征滥提的议案，虽然能得到政府积极响应，却很少被地方军队执行。因此我们不能得出结论说，宪法一旦付诸实施，政治权力就可以在宪政的轨道上运行了；尤其是被大大小小的军阀所攫夺的政治权力，不可能凭一纸宪法就转移到议会和政府来。但是，依宪法程序所产生的新政府，其行使权力的方式却受到宪法规定的权力机制的约束，从而产生了某些只有在宪政秩序下才会出现的政治结果。这是一个虽不多见却引人注目的事实。如果我们从上述列表中还难以察觉这一事实的话，下面试将其中几桩重大议

231

案的具体情况作进一步讨论，以便证实这一结论。

九·二　重大议案个案分析

　　首先要讨论的是 1923 年初新政府刚刚开始运作时发生的两宗借债案。要了解这两宗议案的原委，先要了解湖南当时的财政状况。湖南财政收入，向以田赋厘金为大宗，次之则为田房契纸烟酒屠宰印花种种杂税，再次为官业收入。年收入总额，"合国家地方两税每年收入，尚不过千三四百万元"①。具体来源可参见民国 10 年度②湖南省岁入预算表：

民国十年度湖南省预算岁入之概数③

1. 经常门

　　第一款　田赋二百万元。按：湖南各属田赋合计约每年三百六十余万元。因湘南各属与湘西绥宁等 32 县田赋已预征至民国十一年，所以未列入预算。

　　第二款　厘金二百九十四万元。

　　第三款　常关税二十五万元。

　　第四款　盐款一百五十二万四千八百九十三元。

　　第五款　当契正杂各税共一百八十三万四千七百三十九元。

---

　　① 《林支宇辞职之表示》，载 1920 年 11 月 27 日《大公报》。

　　② "年度"系指会计年度，根据《湖南省宪法》第七章第七十一条，会计年度以每年 7 月 1 日为始，至次年 6 月 30 日为止。因此"民国 10 年度"系指 1921 年 7 月 1 日至 1922 年 6 月 30 日这段时间。

　　③ 参见 1921 年 7 月 5—7 日《大公报》：《十年度预算岁入出之概数》、《十年度省地方出入概数》。

内分（一）田房卖税五十万元；（二）当税二万元；（三）牙帖税二十万元；（四）屠宰税二十六万元；（五）矿税二万二千七百三十九元；（六）烟酒费税六十五万元；（七）印花税二十万元。

第六款　官业收入二百一十五万零八百一十六元。内分（一）趸船租金一千六百四十元；（二）造币余利二百一十四万八千一百七十六元。

第七款　杂收入三十六万八千零一十一元。内分（一）契纸工本三万元；（二）司法收入一十八万一千二百零三元；（三）矿产税六千八百一十八元；（四）各县田赋代收征收经费（即卷费）一十五万元。

合计一千一百零六万八千四百六十九元。

2. 临时门

第八款　正杂各捐二百六十六万二千五百八十六元。内分（一）淮盐军费一百四十万元；精盐军费六万二千五百八十六元；（三）军事谷米特捐一百万元；（四）查验盐票费二十万元。

第九款　杂收入厘金罚款五千六百六十元。

合计二百六十六万八千二百四十六元。连前经常门，总计全年岁入，系一千三百七十三万六千七百二十五元。

233

由于财政秩序的混乱，也由于天灾人祸，当时湖南每年收入和支出的确数无从知晓，预算常常等同虚文，既不详实，也难以施行。因此这个预算表不能反映当时收入的真实情况，但它可以反映收入来源的大致情况。从这个预算表中可以看出，当时湖南财政收入的来源十分有限，主要依靠田赋、关税和零星的商业捐税，工矿产业收入微不足道。事实也是如此。当时湖南的工业，比较有规模的，就只有民国以前所办的"华昌炼矿公司"、"和丰火柴公司"、"湖南电灯公司"；民国以后所办的"湖南第一纱厂"、"麓山玻璃公司"、"湖南灰面公司"这几家，真真是屈指可数。其余种种小工业，大都生意微末，毫无成就①。当然，湖南的矿业是很有名的。清末民初，湖南矿业之发达，公司之众盛，为全国各省之冠。第一次世界大战时，矿砂出口利润丰厚，湖南矿业发展进入鼎盛时期，锡矿山的锑砂，水口山的铅、锌，中外闻名。但1918年欧战结束，各种矿砂价格一落千丈，湖南矿业也从此凋零②。至1921年，产砂最多的常宁水口山铅锌矿已抵押殆尽，炼砂最盛的黑砂厂屡屡停炉，私营矿场大多难以为继，曾经作为政府生财机器的省矿务局也穷得没有饭吃了③。总的说来，由于连年的兵祸，加上连年的水患旱灾，土匪横行，使得湖南经济创痛巨深，百业凋零，"经商的无商可经，做农工的无农工可做"。至于交通方面，"电报徒供公用，火车仅运军人。河川船舶，时遭掳掠。往来行旅，不得安宁"。"数其落落大端，俱觉都只存奄奄一息之气"④。在这样贫乏和萧条的经济环境下，财政收入自然是捉襟见肘了。

财政支出方面，"军政两费支出，年需二千余万"⑤，这其中，军费支出又占去了岁入的绝大部分。比如民国11年度下半期，预算岁入共计575万余元，所列军费达516万余元，占岁入全额9/10⑥。除军费外，还有行政费、民政费、教育费、司法费等等，每年总需数百万

---

① 《湘省最近的工业状况》，见湖南省哲学社会科学研究所现代史研究室：《五四时期湖南人民革命斗争史料选编》，长沙，湖南人民出版社，1979版第13～14页。

② 张朋园：《中国现代化的区域研究·湖南省》，台北，"中央研究院"近代史研究所，1983版第261～301页。

③ 《十年来湖南矿业杂谈》，载湖南省哲学社会科学研究所现代史研究室：《五四时期湖南人民革命斗争史料选编》，长沙，湖南人民出版社，1979版第11～12页。

④ 《百业停顿的湖南》，载1921年10月28日《大公报》。

⑤ 《林支宇辞职之表示》，载1920年11月27日《大公报》。

⑥ 《熊议员提议裁兵案》，载《湖南省议会报告书·卷四公文·议决案》，第33页。

元。因此财政状况从来都是入不敷出。收支既不相抵，就不能不将以后之款提前征用，寅吃卯粮；或发行各种存薪存饷债券，得过且过。这样年复一年，能收的款项愈来愈少，积欠愈来愈多，而财政秩序愈来愈紊乱。比如民国9年度，湖南财政预算合国家地方经常岁入列洋1530余万元，而金库全年实收数仅只620余万元，不及预算的1/2。1923年初新政府开张时，军政各费积欠已达2000万元以上①，"教育界至于坐索薪水，省议会至于连日断炊，全城警察至于腊尽寒深始易冬服"②。这一年全省收入，田赋一项因抵借过多，只剩200余万元，经省议会议决，全部用来归还急需清偿的欠款。所余厘金杂税盐款等项，因预先指拨各军队薪饷，共计每月平均收入不过50万元左右，而支出方面月需总在百万元以上③。财政之亏竭支绌由此可见。

　　财政问题不解决，一切政务便无从开展。新政府负继往开来之责，以前种种积欠，不得不设法偿还；宪法规定的种种事宜，不得不设法开办。然现状如此，点金乏术，要从根本上解决问题，又非一朝一夕之功。为维持局面，新政府只得想办法借债，于是便引发出一桩议会反对政府向中国银行借款的质问案。

　　湘政府向中国银行借款的事源于新政府成立之前。1922年冬天，驻京湘人章士钊、钟才宏等向中国银行总行交涉，请得该行副总裁张公权来湘磋商，结果允诺贷款200万元，旋因北京国会议员罗上霓等反对而中止。1923年初，新政府财政司又电北京总行重申前议，该总行乃派汉口中国银行行长洪钟美、助理沈诵之来湘磋商，结果答应贷款60万元，其办法拟由湘政府向淮商公所借用期票转向中行拆息，每月支用洋30万元，以两月为限，其实就是以淮商盐税作抵押向中行借款。消息传出之后，省议员们大感愤慨，认为政府竟然不经议会议决

---

① 《袁司长报告财政状况》，载1923年1月19日《大公报》。
② 《湖南财政之前途》，载1923年1月5日《大公报》。
③ 《无可如何中之整理财政办法》，载1923年2月23日《大公报》。

擅行借款，是为非法。于是一面动员各县议会反对，一面由省议员邓寿荃提议，得16人以上连署，向政府发出质问书一份，要求政府明白答复有无其事、条件如何、作何用途①。省务院答复说，这笔款项性质非正式借款，只是"垫款"，并且还在磋商之中，尚未缔约，所以没有交议会议决。至于用途，则是为了整理财政统一收入②。省议会对于这一答复十分不满，认为政府一味敷衍欺瞒，"明是借款，而云垫款"；至于说整理财政，袁司长上任数月，对于旧欠尚无具体办法，对于以后财政收入亦无统一方针，惟言借款，深恐到手即罄，无补时艰，徒增人民负担而已；且以淮商所收之钱，向中行拆息预用，目前虽可救济，以后政费又何如？"所云整理，真是狗屁"③。因此，省议会决定阻止政府的借款行动。1923年3月26日，湖南省议会电告汉口中国银行，声明政府借款必须经议会议决方为有效。电文如下：

> 汉口中国银行鉴：敝省政府借款，非依省宪法第二十五条第三十九条之规定经敝会议决，不能承认有效。特此电闻。湖南省议会宥印④。

由于省议会和各县议会的极力反对，湘政府与中国银行方面均不敢再着手进行，借款计划于是中止⑤。

议会阻止了政府借款，却不能帮政府解决财政难题。当时厘金杂

---

① 《致省务院准邓议员寿荃提出关于财政司向中国银行借款质问书请于三日内明白答复函》，载《湖南省议会报告书·卷四公文·质问案》，第3~4页。
② 《省务院答复书》（十二年三月二十三日到），载《湖南省议会报告书·卷四公文·质问案》，第4~5页。
③ 《省议会对于借款案之大讨论》，载1923年3月25日《大公报》。
④ 《电汉口中国银行声明政府借款须由本会议决文》（十二年三月二十六日发），载《湖南省议会报告书·卷五电文》，第2页。
⑤ 《李院长关于财政问题之谈话》，载1923年3月7日《大公报》。

议会电告中国银行，不承认政府借款。

税等收入，基本上都被各地驻军从各征收机关截留，省金库所收寥寥。政府机关的运作全赖造币厂铜圆余利维持①。然1923年以来，市场铜价上涨，鼓铸铜圆逐渐变得无利可图，原来造币厂可日解铜圆2000串余利于省金库，以分配各机关伙食，但1923年7月后，造币厂停止上解余利，随后更经省议会议决，关门停铸②。金库于是一贫如洗，政府将为无米之炊。困窘之下，财政司想出发行省库券的办法，结果又引起议会与政府之间好一场争执。

1923年7月6日，省府拟定发行30万元省库券的消息被报章披露。此时议会正在开会期间，政府此举却并不通报议会，只经政务会议议决后便迅即执行。消息传出之时，政府委派的职员已携券前往各县，提索现款。省议员获悉后大哗，群情激愤，认为"政府于本会开会期间，发行此券，不先交议，公然实行……实已目无议会，将我一百六十六人，当做养老院一般。还要议会作甚？""此次省库券，本会必以全力使政府不能分文到手"③。7月9日，省议会开会讨论应对办法，并请省务院长及财政司长出席答复有关问题。财政司长辩解说，仿欧美先例，议会监督财政，应注重在预算，至于在预算范围内伸缩弥补，则为行政手段，政务会议有权决定。此次发行的30万元省库

237

————————

① 《日暮途穷之湖南财政》，载1923年7月8日《大公报》。

② 同上。

③ 《省议会对于发行省库券之大质问》，载1923年7月10日《大公报》。

券，可完纳民国13年田赋，并非额外增加人民负担，只是移旺月之款而济淡月；且就会计年度计算，系在预算范围内，所以不需要通过议会①。议会对此答复极不满意。一天之后，政府发行省库券的布告遍布四城。议会见政府一意孤行，乃紧急咨文，限于12小时内收回成命，否则将通电各县拒绝缴纳，并将对政府行不信任投票。咨文说：

为咨行事。案查政府近日发行省库券三十万元，滥派委员分向各县勒借现款，名为仿欧美先例，实无异提征十三年田赋，此种重大案件并不提交本会通过，显系蔑视议会破坏省宪，藐法殃民至斯已极。经昨九日电请省务院长财政司长出席质问，毫无结果，认为不得

议会限政府十二小时内收回成命。

要领。复经本日大会一致表决，即刻咨请政府限于十二小时内，将此种非法省库券立予收回成命。如政府延不执行并不依限答复，即由本会通电各县，对于此种省库券一致否认，一面对于政府行使省宪法赋予本会特权，以维宪法而舒民困。案经全体公决，相应备咨贵省长，请烦查照，限文到十二小时以内即予收回成命并依照见复为荷。此咨②。

　　面对议会咄咄逼人的攻势，政府召开紧急会议，商议对付办法，最后决定让步。省长于次日咨复议会说："湘省财源枯竭已极，历谋

---

① 《第四次临时会议事录》，载《湖南省议会报告书·卷四》，第58～60页。
② 《咨省长请将发行省库券于十二小时内收回成命文》，载《湖南省议会报告书·卷四公文·议决案》，第115～116页。

整理未得良果，目下军政需费急于星火，难谋现款即难维持现状，于无可如何之中故有此仿例推行之举。既动贵会之疑虑，业经省务院员出席说明而贵会给以顾念民艰请将成命撤回，敝省长遂即容纳贵会意见，依照办理。"① 随后，财司即令各处暂缓办理省库券事宜，并召回发行委员。但省议会以政府素无信用，仍不放心。且恐各县传闻不确，或有不肖员绅借端诈索，于是再次召开会议，决定发出快邮代电，将省长来文完全录入，交由各议员自行邮寄各该县，说明省库券已经议会议决政府承认停止发行，应拒绝缴纳任何相关款项②。

　　这样，在新政府成立后的短短几个月时间中，省议会一再制止了政府抵借外债内债的计划，使新政府在财政危机的困扰下举步维艰。议会如此施压，并非无视财政现状，而是想迫使政府从根本上解决财政问题——核减军费、裁撤军队。因此，省议会在抵制政府借债同时，向政府提交了内容详备的裁兵计划书，要求政府限期组织裁兵委员会。当时还有汉寿、益阳、南县、古丈、武冈、安化、宁远、岳阳、新宁、会同、桃源等 14 个县的县议会，与省议会一起，向政府施压，要求限期裁兵，将军费预算核减至宪法规定的幅度内③。结果，政府与议会在预算案问题上又大起争执。

　　根据《湖南省宪法》第七十二条，省长须于省议会开会后之 5 日内将次年度之预算案提交省议会议决。因此，省议会于 1923 年 3 月开第三次常会后，便不断催促政府提交民国 12 年度预算案，并要求其中军费预算要依宪法规定减至岁出 1/3。议会的咨文说：

239

　　① 《省长咨复文》（十二年七月十一日到），载《湖南省议会报告书·卷四公文·议决案》，第 116 页。

　　② 《再电各县议会各公团法团政府承认收回发行省库券成命文》（十二年七月十二日发），载《湖南省议会报告书·卷五电文》，第 11～12 页。

　　③ 《咨省长准周议员嘉淦熊议员世凤提议及汉寿等十四县议会请愿裁兵限期组织裁兵委员会拟具办法交议文》，载《湖南省议会报告书·卷四公文·议决案》，第 28～61 页。

……湘省民困已达极点，倘非量入为出限制用途，将见收数皆虚开支无着，紊乱之虞何堪设想……查宪法第一百三十九条载，至依本法所定正式政府成立之日止，须将军费减至省预算案岁出二分之一，至邻近各省自治政府成立后之半年止，军费须减至省预算案岁出三分之一，至国宪成立后之半年止，军费须减至省预算案岁出四分之一，并须于国宪成立后即为实施本法第八十八条之预备进行……据目前情况言之，庶政待举刻不容缓，教育无费，至于罢课，加以岁入皆虚，总数虽达一千一百余万元而实收究不过五百余万元，倘非立即裁兵减费以谋救济，是实收全数仅能作军用开支而政教两费纯然无着，又岂事实上之所能哉？况宪法审查会曾提出宪法第一百三十九条之补修声明案，规定现在军费至多不得超过省预算案岁出三分之一，经旧议会于十一年十一月五号咨交省长转省宪筹备处补行投票已得多县一致可决，有案可稽，是根据法理事实势非立将军费减至省预算案岁出三分之一不可……①

但省务院无法按议会的要求编制预算，因为在刚刚提交不久的民国 11 年度下半期预算中，军费开支还占了岁入的 9/10，军务司无法将其骤减至 1/3，所以直到 5 月中旬，预算案还是不能成立。省议会咨催 5 次，毫无结果。省务员则因不能如期提交预算已违宪法，两度提出总辞职，都被省长将呈文退回。省议会见常会会期届满，只得延开一个月临时会；而临时会又将期满，预算案仍不能交议。议会见等无可等，乃令全体省务员于 5 月 19 日出席议会，答复质问。省务院长李剑农在报告经过情形后说，根据现时的困难情况，预算实在难于处

---

① 《咨省长请造十二年度预算书采用量入为出原则文》（十二年四月十九日发），载《湖南省议会报告书·卷四公文·议决案》，第 18～20 页。

处符合省宪，"贵会对于省务员之不能尽职，自有正当办法，或提出不信任案，弹劾案，均听贵会主持。"至于核减军费，军务司长李佑文答复说，军队一时难裁，军费时下只能减至岁入 1/2，不能负责减至 1/3①。5 月 30 日，省务院终于将年度预算提交议会，所列全年经常临时收入 1586 万余元，支出 1686 万余元，其中军费支出 600 万元，超过岁出 1/3②。省议会对这个预算案进行审查后认为，议会已向政府提出裁兵案，各县议会都有要求政府缩减军队的请愿，政府应尽快查照执行，军费预算无论如何应按宪法标准缩减至 1/3，遂于 6 月 27 日咨请省长饬令军务司依宪法标准编制年度军费预算分册③。6 月 28 日，省长赵恒惕召集高级军官召开军事会议，议决修改陆军编制及给予令，预备裁军。关于缩减军费，众军官一致认为按省宪规定，现在军费支出还在 1/2 时期，不能承认 1/3。军务司于是复函省议会说，据各军队机关造送的预算分册，总计薪饷公干装具各项经常费及临时费，年需 1000 余万元，经省长酌减后定为 600 万元，已属减无可减，况且宪法第一百三十九条的本意，军费核减系取渐进主义，绝非限期猝然减为几分之几。600 万之数已接近岁出 1/3，是军费锐减之事实，也有宪法的依据④。这样，议会与军方又在如何解释宪法第一百三十九条的问题上产生了争执。省议会驳斥军务司说，依宪法第一百二十七条之规定，仅高等审判厅有解释宪法之权，军务司无权解释；600 万既已将近 1/3，为何不能再减数十万？"与其增数十万而有违宪之嫌疑，何如减数十万即博守法之美誉？贤明如各军长官，何难格外撙节，共纾时艰，以表示尊重省宪顾恤民力之至意？"省议会并且强调，"议案三

　　① 《第三次常会议事录》，载《湖南省议会报告书·卷四》，第 182～184 页。
　　② 《十二年度新预算案咨送议会矣》，载 1923 年 5 月 31 日《大公报》。
　　③ 《缄达军务司请依宪法标准支配军费数额编造十二年度预算文》（十二年七月二日发），载《湖南省议会报告书·卷四公文·杂件》，第 26～27 页。
　　④ 《军务司复函》（十二年六月二十七日发），载《湖南省议会报告书·卷四公文·杂件》，第 27～28 页。

读成立即为法律。"要求军务司执行议决案，按照军费占岁出 1/3 的标准核减预算，限期编制各种分册补送议会①。但军务司毫不妥协，驳复议会说：

> ……环境险恶，风雨飘摇，无相当实力，何以巩固自治，无善后办法，何能轻率裁兵……邻省自治，遥遥无期，自宜稍留实力，以资防卫……总之军费减至现额，乃几经省长召集各高级军官会议，敝司详加考虑，格外撙节，然后获得之结果。若必再三核减，则支配敷衍施行，诸多窒碍。敝司非不知三分之一之标准，与六百万之比较，仅有数十万之差额。不肯通融再减，只缘军政统筹，敝司责无旁贷，不敢轻易放弃，致使将来实施，陷于险境转有负贵会维护宪法之初心……②

可见议会与政府在军费预算问题上的争执，其核心是养兵问题，也就是裁兵问题。议会主张厉行自治必以裁兵为第一步，"兵不裁则财政不能统一，财政不能统一则凡百庶政皆不能置办"③。因此试图通过控制预算迫使政府尽快尽多地裁兵，从根本上解决财政危机和一切相关问题。尽管议会最终未能使政府按照议决案的要求核减军费，但政府方面可以说已尽了最大努力，军费预算已核减到前所未有的程度。如果没有一个被宪法赋予极大权力的议会的坚持，这样的政治结果是难以想象的。

从上述议会监督政府财政的几桩议案的情形以及最后结果中，可

---

① 《缄复军务司仍请查照前议核减军费限五日内造送预算分册文》（十二年七月十一日发），载《湖南省议会报告书·卷四公文·杂件》，第 28~29 页。

② 《军务司坚持军费不能核减》，载 1923 年 7 月 16 日《大公报》。

③ 《咨省长准周议员嘉淦熊议员世凤提议及汉寿等十四县议会请愿裁兵限期组织裁兵委员会拟具办法交议文》（十二年五月二日发），载《湖南省议会报告书·卷四公文·议决案》，第 28~29 页。

以看出宪法文本所规定的权力结构及其运行机制在一定程度上体现到了现实政治中，而之所以如此的主要原因，是议会对自身权力的坚持。它言必称省宪，言必称民意，理直气壮，盛气凌人，不能容忍被侵犯、被忽视；它急切地要在现实中兑现宪法赋予的最高权力，甚至到了高谈法理不顾现实的程度，这使得政府权力的行使处处受到监视，受到牵制，从而形成了某种程度上的权力制衡。虽然本质上是军人当政的政府不可能完全受议会摆布，但在议会强硬争持的某些问题上，政府常常不得不让步。如前所述，议会并不是一个除宪法条文之外毫无现实支撑的权力附庸，它有自己的权力基础——绅士阶层，所以，政府如果坚决不肯迁就议会，就可能导致议会动员社会力量与政府分庭抗礼的局面。发生在1923年底1924年初的军事田赋特捐案便是一例。

军事田赋特捐起征于1923年10月"护宪战争"激烈进行之时。所谓"护宪战争"，又称"谭赵战争"，是忠于赵恒惕的省军与一部分投奔谭延闿的军队之间进行的一场内战。战事从1923年8月开始，持续近半年。这场战争

省议会与县议会联合、抵制政府收捐。

同时又是一场要不要省宪的战争，所以又称"护宪战争"。由于当时湖南财政已十分匮竭，正常的捐输根本无法负担战争所需，谭军攻城略地更使赵军饷源干涸，数万饥疲之卒无款维持，兼任护宪军总指挥的赵恒惕乃于10月中旬召集军政联席会议，决定从当年田赋正供项下征收附加军用特捐，责成各县知事办理，并由军资处委派专员驻县监收。征收额度初定为田赋每正银一两带征光洋一元八角，后在各方要

求下减少 1/3，即每正银一两带征光洋一元二角①。这项捐输并未经省议会议决同意。但由于战情危急，议会又是极力主张护宪的，所以开始时采默许态度。11月底，大规模战事告结束，各县遭兵灾匪乱之后满目疮痍，而特捐委员仍在催索款项并借端勒索，民不堪命，怨声载道，长沙、醴陵、沅江、耒阳、平江等县议会均向省议会请愿，请转咨政府取消各该县军事特捐。同时，城乡绅民有至议会面诉疾苦者，有函责议会不能根据省宪为民请命者，有函请转呈政府恩准豁免者，"日必数起"。省议员陈振东因此于 12 月 10 日临时动议，请政府收回特捐成命。最后经大会议决："根据省宪法第七条人民财产不受非法捐输之规定，咨请政府从速收回军事特捐成命，其已征收各县，准其抵解田赋正供，以苏民困而重省宪。"②

议案通过后，省议会一面咨请政府照案办理；一面发出通电，报告各县知事、县议会、劝学所、财产保管处、团防局、教育会、商会、农会、工会等，声明军事田赋特捐已经省议会议决取消③。但政府对该议决案不予理睬，特捐委员仍在各县雷厉风行，催索如故，县知事因未接省长明令，不知所措。省议会见状，又议决通过省议员李佐周的动议，严厉行文，咨催政府遵案办理。咨文如下：

> 为咨行事。案准本会议员李佐周于本月二十一日大会临时动议，略谓军事特捐早经本会公决，咨请停止。乃政府派遣各县提征委员借端勒索依然如故，人民畏如虎狼，敢怒而不敢言，以故地方骚扰不堪言状，应催政府照原案取消特捐撤回委员等语，当

---

① 《总指挥部通令征收军用田赋特捐》，载 1923 年 10 月 14 日《大公报》。
② 《咨省长准陈议员振东动议请取消军事特捐文》（十二年十二月十九日发），载《湖南省议会报告书·卷四公文·议决案》，第 129～130 页。
③ 《电各县议会通告议决取消田赋军事特捐文》（十二年十二月十五日发），载《湖南省议会报告书·卷五电文》，第 20～22 页。

经提交讨论。金谓此案既经本会议决，一再咨请政府收回成命撤销委员，何以咨行日久尚未见政府明令取消，亦未准咨复过会，坐令人民陷于水深火热之中。本会同人殊属不解。值此护宪时代，政府虽具有苦衷，要不得蔑视省宪违反民意，况军事将近结束，饷糈逐渐减少，而不肖委员在乡骚扰甚至敲诈民财，强搬公谷。敛财有限敛怨无穷，若不急予取消则吾湘子遗乌有生理，应急催政府查照前案赶将特捐成命收回，并即日撤销提征委员，以全民命而符议案等语，案经公决，相应咨催贵省长，请烦查照，迅予办理，并希见复为荷。此咨①。

数日后，议会收到省长坚决不让步的答复。大意说，湘军积欠向多，此次用兵日久，粮饷浩繁不言而喻，若已解者准抵田赋，则各县已无正供之可言；未收者概予取消，则政府饷源为之立涸，军心一旦动摇后果将不堪设想。省长并指责议会不顾事实空谈宪法，一昧与政府争执而不肯与政府同心协力，其咨文说：

> ……此等办法按之平时程序似有未合，然当大法凌夷之日，宪纲不绝如缕，政府用兵戡乱，原属两害取其轻，若重援省宪第七条以相绳，则省宪根本危亡早已同归于尽……总之议会政府均为一体，苟可通行无所用其争执。如议会别有筹款长策既能见诸实施，谨当尊重民意依议执行，如此时无具体办法，敝部以大局所关而目前又无款以资抟注，对于此项特捐，认为事理情势均难取消……②

245

---

① 《咨省长准李议员周动议请咨催取消田赋特捐撤回提征委员文》（十二年十二月二十五日），载《湖南省议会报告书·卷四公文·议决案》，第137页。

② 《省长咨复文》（十二年十二月二十八日），载《湖南省议会报告书·卷四公文·议决案》，第130～131页。

但议会不理会政府所说的"事理情势"，仍以宪法相绳，指责政府"徒以军饷缺乏为虑，初不顾民间痛苦"，"本会忝为三千万人民代表，不得不据理力争，执法以绳，职责所在碍难承认，反陷政府有违宪之嫌，仍应咨催政府查照前案迅予取消特捐成命，赳日撤回委员，以维法案而苏民困。"①

上面议会与政府各执一端，下面各县便不知所从，纷纷观望。省长于是通电各县："特捐关系军饷，万无取消之事。"要求各县知事委员"积极进行，如地方再敢违抗，准予从严惩办，倘该委员等办理不力，亦应分别撤惩"。同时负责经办此项特捐的军资处亦颁发布告："省议会通电取消特捐，以事实论，政府万难承认。既无省长明令，该县开征自应并征特捐，以免借款无着。"②

就这样，省议会每议决取消一次，政府即发通电，或出布告，严限人民缴纳一次，始则严办阻挠，继竟以军法从事，惹得省议员们大动肝火："似此情形，还成什么议会政治！"③ 最后，省议会向各县发出通电："……特捐既经本会议决撤销咨请政府执行有案，则凡属指派特捐各县当可拒缴。"④

与此同时，拥护省议会的各县议会、各公法团体，函电交驰，纷纷呼吁政府执行议案，撤回委员，并支持省议会与政府抗争到底。浏阳县议会对省议会的请愿电文说：

> ……敝会经召集各法团商议，佥以政府一意孤行，灾黎万难

---

① 《咨复省长请查照原案取消田赋特捐撤回委员文》（十三年一月二十五日发），载《湖南省议会报告书·卷四公文·省长提案》，第88～89页。

② 《咨省长准浏阳县议会电请取消田赋特捐文》（十三年一月十号），载《湖南省议会报告书·卷四公文·禁提赋税勒捐苛派》，第57页。

③ 《省议会反对特捐之坚决》，载1924年1月25日《大公报》。

④ 《电复耒阳县议会凡指派特捐各县可以拒缴文》（十二年十二月二十二日发），载《湖南省议会报告书·卷五电文》，第22页。

负担，若任违反法案，则人民何所适从？特再电请贵会立向政府严重交涉，以维法案，并希电复，不胜迫切待命之至①。

攸县议会甚至主张省议会弹劾省长，其电文说：

> ……查军事特捐事前既未经本会议决执行，事后又经贵会议决取消，乃省长一意孤行，不顾宪法，除由攸县议会商会保管处劝学所教育会电陈省长，请其尊重议案明令取消外，理合电恳贵会坚持原议。万一省长再不取消，则是背叛议案，似触犯省宪法第三十九条第七款之规定，可否由贵会提出弹劾，仍祈毅力主持以苏民困②。

省议会与各县议会及公法团体的抵制，使军事田赋特捐的征收遇到重重阻力。此项特捐的征收办法原本极简章，就是在征收田赋正供时一并办理。按例，应由县知事责成各镇乡团总办理，征收专员只负责监收。但现在，许多县的知事或征收专员，不得不亲率兵士下乡勒缴，弄得民怨沸腾，鸡犬不宁。比如浏阳县，特捐委员因索款无门，竟将县中积谷私自运往省城变卖③。又如湘乡县，知事下乡收捐近20日，"各镇乡团总纷纷辞职，各市商会相率解散"，县议会议长更"提起辞职愤懑而去"④。由此可见，议会的权力不是纸面上的，它有真实的社会基础，又有制度支持，所以不惧怕同政府作政治上的

_____

① 《咨省长准浏阳县议会电请取消田赋特捐文》（十三年一月十号），载湖南省议会报告书·卷四公文·禁提赋税勒捐苛派》，第57页。

② 《咨省长准攸县议会电请迅予取消田赋特捐文》（十三年一月二十六日发），载《湖南省议会报告书·卷四公文·禁提赋税勒捐苛派》，第66~67页。

③ 《省议会主张撤销特捐亩捐之坚决》，载1923年12月22日《大公报》。

④ 《咨省长准湘乡县议会电请取消特捐撤回委员文》（十三年一月四日发），载《湖南省议会报告书·卷四公文·禁提赋税勒捐苛派》，第51页。

对抗。

有论者评价湖南省这届议会时说："议员们对于他们之主要职责，在代表人民替人民控制荷包，这一点认识较之当时北京国会议员们的只知为己，已经差强人意了。因为一个社会政治的现代化总是渐进的，而现代化民主宪政基础的奠定，往往是以观念的先变为其开端，我们若能用此一观点，来看省宪下湖南省议会的功能，即便它们的决议案只是一些'无弹之炮'，但对于中国政治现代化之蜕变，已然有了其作用。"①而通过对这届议会作进一步研究后我们发现，议员们在"替人民控制荷包"这个问题上，并不啻是一种"认识"，而是见诸行动的努力。他们的这种表现，以及与北京国会议员的差别，应该说与他们的权力来源以及票选程序，有直接关系。

九·三　无法驾驭的权力

当年极力支持联省自治运动的胡适，曾经对各省社会力量寄予最大希望，认为可以通过赋予地方社会力量以政治权力来发展其潜力，来与军阀势力抗衡。他说："增加地方的实权，使地方能充分发展他的潜势力，来和军阀作战，来推翻军阀。这是省自治的意义，这是联邦运动的作用。"② 以绅士阶层为主力的湖南地方社会力量在自治运动中的表现，可以为胡氏的这一言说提供一份实证。然而，我们还必须看到另一方面的事实——尽管绅士阶层及其议会在竭尽所能利用省宪扩张自身权力，也在设法行使职权阻止政府滥用权力，却并不可能因此将政治权力纳入宪政轨道。因为，它所面对的政府，从根本上说仍

---

① 胡春惠：《民初的地方主义与联省自治》，北京，中国社会科学出版社，2001 版第 196～197 页。

② 胡适：《联省自治与军阀割据》，见《东方杂志》1922 年第 19 卷第 17号。

然是建立在武力基础上的，社会权力的扩张，其实是在武力容忍下的扩张。更要害的是，这个因为各种原因容忍社会权力的政府，本身并不拥有充分的政治权力，它与当时的中央政府一样，同样面临着地方军阀割据的问题。这些地方军阀拥兵自重，雄踞一方，成为比政府和议会都要强大的、即便是控制政府的大军阀也难以驾驭的政治势力。

地方军阀之所以无法驾驭，是因为他们掌握了地方财政。其时有无名氏在《时事新报》上论述割据军阀打而不倒的原因时说："这班军阀所以能生存，就是靠着一笔由本省征收的国家收入。他们领取这笔款项实是横领，所谓截留便是。截留既久，便久假不归了。他们靠着这笔款项维持他们权威，所以中央权力小，人民权力也小，而只有中间的军阀权力大。"① 这个描述缩小到省一级范围同样是适用的。赵恒惕说："湘省财政奇穷，各地税收为各军所截留，其现象几如北京政府。"② 事实如此，那么虽有议会限制军费的严格预算，但政府连预算收入都无法掌握，又如何根据预算开支？虽有议会联合地方激烈抵制政府非法借债提征，但对于不经过议会和政府擅自勒提苛征的割据军阀，议会和社会力量又能如何？据记载，1923 年新政府刚开张的半年时间中，就发生了十数起规模较大的各地抵制驻军擅自提征赋税和勒捐苛派事件。比如 1 月份，有零陵、嘉禾、江华、道县、桃源等县议会向省议会请愿，要求制止衡阳镇守使谢国光等向当地筹借军饷，致使省议会向省务院提出质问；2 月，有浏阳县议会、商会、团防总局向省议会控告谢镇守使等向该县妄拨军饷 10 余万元，又引起省议会向政府提出质问案；3 月，攸县、平江、安乡等县议会、教育会、农会、商会、财产保管处、劝学所等团体，多次向省议会和政府请愿，要求制止第二师鲁涤平部守提坐索，请政府令第二师撤回提款委员，

---

① 佚名：《集权与联邦皆不能推翻军阀》，见《东方杂志》1922 年第 19 卷第 17 号。

② 朱传誉：《赵恒惕传记资料》（一）第 22～25 页。

安乡县议会并因此停会抗议。诸如此类，不胜枚举①。其结果，请愿归请愿，抗议归抗议，军队仍然提借如故，坐索如故，议会的质问和政府的制止，皆不过公文往返，少有实际效果。

政府不能制止军队苛索地方的另一个原因，是由于不得不养兵保境。当时湖南虽称自治，但各种名目的外省军队，如鄂军、川军、黔军、桂军、粤军等入境犯边之事，此起彼伏从未绝迹。政府为了保境，必须大量养兵，而政府本身又财政穷绌，边境危急之时，只好听凭军队蹂躏地方。所以每当战事发生，军队截留赋税自由提征之事，就变本加厉；而每年实际的军费开支，也大大超出预算，根本无法控制。这说明以省为单位立宪自治，至少要有各周边省份采取同一行动，真正息兵求治，否则省与省之间既不能相安，"而伪中央政府又操纵挑拨于其间，祸在俄顷何可不顾"②？

鉴于地方军队不能驾驭，预算不能执行，军费不能控制，那么议会对政府的监督，无论怎样尽职尽责，终归是徒劳无功；载诸宪章不容置疑的种种条款，也就变成了不切实际的纸上空文。所以，亲手起草了《湖南省宪法》并在随后的省政府中担任了省务院长、教育司长的李剑农，事后总结说："湖南在施行省宪的两三年内，所谓省宪也仅仅具有一种形式，于湖南政治的实际未曾发生若何良果。"③

不过话题仍然要说回来。虽然由于地方军阀的无法驾驭，使省宪条文等同虚设，但省宪并未因此被束之高阁。因为，不论是政府还是议会，始终都需要省宪这个形式，作为从地方军阀手中收回权力最合

---

① 参见《湖南省议会报告书·卷四公文·丁禁提赋税勒捐苛派》，《湖南省议会报告书·卷四公文·质问案》，《湘乡县议会报告书》，《益阳县议会报告书》，《安化县议会报告书》等，以及《大公报》本省新闻之《省议会昨又讨论提拨田赋事件》（1923.1.17）、《省议会对于非法提征之忿激》（1923.4.4.）等相关报道。

② 李剑农：《中国近百年政治史》第 506 页。

③ 李剑农：《中国近百年政治史》第 490 页。

理合法的工具。就当时的政府而言，形式上虽然产生于议会，实际上却由最有实力的大军阀控制。大军阀控制了政府，必对各自为政的小军阀进行吞并整合；而议会在打击地方军阀以集中政治权力这个问题上，与政府有着完全一致的主张。于是，政府与议会联合起来，采取各种强制手段，开始了一轮又一轮统一军权财权的努力。而所有这些努力，以及因此引发的战争，都以实施省宪和维护省宪的名义进行着。

护宪战争与省宪之修改

前文我们已在多处提及"护宪战争"这一重大事件。这场战争的酝酿，是在1923年新政府执政后不久，其原因简单说是军人集团内部矛盾演化的结果。之所以成为一场"护宪"的战争，则是因为军人的利害得失与省宪法之间，始终有着密不可分的关系。

湖南省宪得以制定，首先要归功于湘军驱张。湖南得以脱离南北政府维持自治局面，也因有湘军为实力后盾。对于制定省宪法，湘军将领不论属何派系，一开始都是极力赞成的。在省宪的起草、审查、完成以及省宪实施后的选举中，绝大多数军人都能保持克制，没有如何干预，这使得湖南能够产生一部激进的、充满了民治主义精神的省宪法，也使得省宪实施后一系列混乱不堪的选举不全酿成武力冲突。因此，当时省内外舆论，常以"大彻大悟"、"深明大义"等词语褒扬湘省军人，甚至习惯于骂军人为"丘八先生"的长沙《大公报》，亦在省宪公布后发表时评说："据现在看来，省宪已经公布，军人不唯没有反对，而且极力拥护，其为深明大义是更无疑义的"，"可算是湖南人民的真幸福了"[①]。

湘省军人之所以有这样的好名声，最重要的原因应该是他们的切

---

① 四愁：《莫受当》，载1922年1月11日《大公报》。

身利益与省宪自治不可分离，以至于不得不支持一部在条文上不利于自己的宪法。毕竟，一部以三千万人名义公布的省宪法，对于湘省阻南拒北、维持独立自治状态，具有非同寻常的作用。而独立自治，可以使实力不很强大的湘军免于南北政府的驱使，拥有省内固定的地盘和稳定的饷源。所以陈独秀说联省自治乃是建立在武人割据的欲望之上。湘省军人的觉悟，也很难说不是建立在武人割据的欲望之上。但是，与自治相伴随的立宪，特别是省宪的具体实施，与武人割据的欲望是相冲突的。立宪的一个最主要目的，就是要打倒军阀，还政于民。省宪实施后，公民社会发起的裁兵运动，省议会要求厉行预算缩减军费的坚决，各县议会对地方权益的维护，甚至教育界发展教育事业的诉求等等，皆无不将矛头指向军队，无不在挤迫军人的生存空间。湘军大将鲁涤平在湖南省宪起草的开幕式上曾演说道："军人既属危险人物之一，本不应有，但自治法成立之后，又恐有人破坏，故不能不暂存，作为自治法之拥护队。俟自治法实行稳固之后，吾辈军人，皆当退还田园，受自治法之保障。"[①] 果如其言，则军人与省宪将此消彼长，湖南人民有望获得真的幸福。可惜事实殊非如此。发生在1923年初的湘西事件以及随之而起的护宪战争，说明了省宪与军人之间的冲突不可避免，而湘省军人的觉悟，亦远远难敌其割地自肥的欲望。

十·一　财政危机与湘西事件

要讲清楚湘西事件，还得从财政问题说起。

关于湖南财政的大概，前文已有述及。当时政府所面临的财政危机，一方面固然由于经济萧条使收入困乏，另一方面则由于财政不能统一。财政不统一的根本原因是地方军队干涉民政。各地驻军把持厘

---

① 《昨日自治开幕记》，载1921年3月21日《大公报》。

局、杂税局，擅自委任征收官吏，擅自截留支拨赋税，政府收入不是被强行提去，就是被卵翼于军官的征收员及知事等主动贡献，因是财司如同虚设，政府一贫如洗。这种情形，自湖南沦为南北战场各路军队你来我往之时起，就没有改变过。湖南宣布自治后，依旧如故。赵恒惕无奈地说："各地只向政府索款，政府不能管各地收入也。政府不能律以正轨，欲求收支适合，大是梦话，真有不可终局之势。"① 由于财权不能统一，收支便无轨道可循，甚至岁入几何，岁出几何，入不敷出，实有几何，年度终结，实亏几何，政府都不能确切知道，久而久之，遂成一笔糊涂账，甚或连账都没有，总之财政秩序紊乱到极点。

财政为庶政之母。财政一乱，行政就一塌糊涂。教育如何维护、司法如何进步、实业如何发展，皆茫无计划，更不必说整顿吏治，救济灾民，维持政府信用等等改良政治的举措了。而政府当局及财政员司，大抵任事势之迁流，为消极之应付。及至情急势迫，每每饥不择食，无论如何恶劣的手段都在所不惜，"民国七年以前，纯以湖南银行为无限垫款机关，日乞灵于纸币，其为饮鸩止渴之下策无论矣。自是而后，滥发纸币之策既穷，乃继之以种种搜括。搜括之殆尽，又继之以卖产抛砂，厘金局之押包也，造币厂之商办也，通知书米护照之减成拍卖也，皆财政当局东涂西抹狼狈不堪之表现也。""故形式上虽有省议会议决之预算案，而事实上则尘封高阁，等若虚文，是虽不能不归咎于政府之藐视法案，然在当时之政制与地位，盖亦有莫可如何之势也"②。

1922年元旦《湖南省宪法》公布，随后依法产生了议会、省长及七司两厅一院的正式政府。新政府成绩如何，各方为之瞩目。不独省宪之价值，将以此为评价表，即联省自治，亦将以此为试金石。赵恒

① 朱传誉：《赵恒惕传记资料》（一）第22～25页。
② 张绍周：《整理湖南财政意见书》，载1922年11月10日《大公报》。

惕一心要将湖南打造成联省自治的模范省份①，下决心"使财政、军事、吏治诸大端，有根本之澄清，为宪政实施之先着"②。而宪法权力极大的省议会，一开会就要求政府厉行预算，对政府各种消极应付东挪西借的财政手段都予以否定，省宪条文更有对财政审计制度的严格规定，对军费教育费的明确规划。因此，财政收支漫无计划的局面不得不有所改变，统一财政成了新政府成立后的第一要政。1922 年 12 月 25 日，省长召集各司厅院长、省议会正副议长及旅以上军官开军政联席会议，共商整理财政问题。赵与各军官相约，从 1923 年 1 月 1 日起，各征收机关收入一律解归财政司，由财政司统一分配，各地军队不得中途截拨。至于过去积欠，拟设清理处清理，并决定，提征民国 12 年度田赋，用以了清军政积欠中最急于偿还的部分③。

对于政府提征民国 12 年度田赋的要求，省议会起初不肯同意，其主要原因是政府未能提交民国 11 年度预算，"不知政府到底收入几多，支出几多，收支相差又几多，米粮出关若干，收入若干，收入的又用在哪里，我们都是不知道的。只看见政府向人民要钱，不看见议会向政府报账，政府要钱没有这样要法，人民给钱没有这样给法"④。可是，如果不同意政府的要求，议会又担心军队以此为借口非法提征，

255

① 1921 年 5 月《湖南省宪法》起草完毕进入审查程序，赵恒惕在欢宴审查员时发表演说道："中国这个国家，宜于单一制，还是宜于联邦制。以这大的地方，这多的人民，已经试验十年了，单一制不大合适，自然是宜于联邦制。就积极方面说，更当采用联省建国的方法。我们湖南采这个政策，是自居造邦的首席，对于改造国家，是负了莫大的责任。我们制造这省宪法，就是造邦的根本。我们制造得好，自然是首邦的光荣，自然可以为各省模范。"（长沙《大公报》1921 年 5 月 2 日《省长欢宴审查员纪事》）类似谈话和主张，赵恒惕在许多场合及各种电文函札中一再强调，并且不论形势如何改变，总是顽固坚持，以至于到了不识时务的地步。这是赵与时常改变主义的谭延闿不同的地方。

② 朱传誉：《赵恒惕传记资料》（一）第 22～25 页。

③ 《昨日军政联席会议纪闻》，载 1922 年 12 月 26 日《大公报》。

④ 《省议会第三届临时会议事记》，载 1923 年 1 月 19 日《大公报》。

政府整理财政计划无法进行。最后，省议会以政府提交民国 11 年度下半期预算并严格制止军队非法借贷为条件，通过了"提征十二年田赋案"①。这笔收入总数约为 220 万元，其中 2/3 被用来偿还军费，1/3 偿还政费。田赋用完之后，收入便只剩厘金、杂税、盐税等项，远远不敷支出，财政司商取军务司并各军长官同意，准备将收入按比例摊分，不足之数暂以证券补充，待财政秩序恢复、收入增加后偿还②。

然而军队完全不理会政府的这一套计划，亦全不顾军政联席会议的决定。笑纳了 12 年度田赋之后，各地驻军依旧将势力范围内的厘金杂税据为己有，"连一个刮痧的钱亦不使政府看见"，新上任的财政司长袁华选想替换几个厘金局长、杂税处长，简直比登天还难③。

统一财政计划尚未进行就告失败，赵恒惕的威信大受打击。议会对政府表示强烈不信任，对政府要求借内债借外债等等要求一概拒绝，只不依不饶地要政府裁军缩减军费。就政府方面来说，12 年度田赋已拱手送给了军人，厘金杂税又收不上来，借债度日更难过议会关，真的是陷入了日暮途穷难以为继的绝地。

就在新政府陷入财政危机不能自拔的时候，远在湘西的沅陵镇守使蔡钜猷却饷源充裕、富甲全省。蔡有"烟土大王"之称，因为他掌握了一笔不能列入预算却数额巨大的收入——特税，也就是鸦片烟税。关于特税的来源和数额，蔡钜猷兵败后的洪江特税处长龚浩曾有报告说："浩视事以来，考察税源洞悉内情，知此项收入，居全省之冠，如无他种障碍，涓滴归公，则全年统收，不下千万元加。除耗及开支，至少亦有六七百万以内，全部军饷，计当差不远。每年入湘特货，约分三批，滇黔第一批在三月，二批在七月，三批在十月，由镇远沿沅

---

① 《昨日军政联席会议纪闻》，载 1922 年 12 月 26 日《大公报》。
② 《无可如何中之整理财政办法》，载 1923 年 2 月 23 日《大公报》。
③ 《空言整理之湖南财政》，载 1923 年 2 月 28 日《大公报》。

水流域，齐集洪江。"① 当时湖南全省财政收入，每年不过一千余万，而洪江一隅，便可岁入千万，可见湘西之富。蔡钜猷以沅陵镇守使一职掌控湘西，下辖刘叙彝第九旅、田镇藩第十旅，在洪江设卡抽税，与所部军官朋比分肥，久为各方所侧目。因此当 1923 年初省方与湘西关系趋于紧张时，社会上便盛传，赵恒惕将派兵进攻湘西夺取烟税。

蔡钜猷之不能见容于赵恒惕，还有一个极重要的理由，就是在防区内拥兵自重，不听号令。原来赵虽名为湖南省长，且在谭延闿出走后整合了谭系势力，成为一省之内无人可替代的军政长官，但谭系势力驻扎的湘西湘南地区，

《大公报》关于湘西事件的报道。

基本上不听省方号令，除镇守沅陵的蔡钜猷外，镇守衡阳的谢国光，镇守宝庆的吴剑学，都是赵恒惕所不能驾驭的。这些军人在防区内擅自增兵截税，委任官吏，其中尤以蔡钜猷为最。蔡将湘西所属各县"所有田赋厘金，全数提作军费，未解缴省政府分文。特税收入，尚未计及。而蔡镇守使时常电省，请拨军饷。其他如知事如厘金局长杂税局长，省政府几不能行使任免之权"②。不唯如此，蔡还依仗防区内充裕的饷源收编土匪，扩充军队，所部除第九、十两旅一万余人外，还有约一万未报省府备案的游击队③。

此外，蔡还与谭系叛将陈嘉佑通声气，使当局深以为患。陈嘉佑

① 《龚浩请整顿特税》，载 1924 年 5 月 21 日《大公报》。
② 《裁撤沅陵镇守使之由来》，载 1923 年 7 月 4 日《大公报》。
③ 《湘西归客之谈话》，载 1923 年 7 月 11 日《大公报》。

是谭系军人中的急先锋，原驻扎郴州，任第六混成旅旅长。早在 1921 年初，陈嘉佑就因私委地方官被赵恒惕严厉申斥①，嗣后更屡屡抗命，成为湘军中最不服调度的将领。1922 年初省议会选举，陈通电揭露种种选举黑幕，扬言将召集旧省议员到郴州举行"非常会议"，试图"政治倒赵"。当年 5 月孙中山北伐，陈接受孙中山任命，担任湖南北伐军第一路司令，由湘南开赴赣西，引得吴佩孚向赵恒惕问罪②。北伐失败后，陈嘉佑旅又由江西开回郴州，同时滇军朱培德、赣军李明扬等部也由宜章开入湘南蓝山、临武、嘉禾、宁远一带，陈恃友军为后援，又寄望谭派军人响应，公然发出迎谭倒赵的通电，赵恒惕遂下令免其职务，并将所部第六混成旅裁撤。此后，陈率余部活动于湘粤边界，"骚扰地方、搜刮民财"，常遭省军追击围剿③。1923 年 3 月，陈嘉佑受谭延闿命到湘西招兵买马，6 月初，又到湘南向宝庆镇守使吴剑学、衡阳镇守使谢国光运动倒赵，"为当局所极注目"④。

当陈嘉佑到湘西活动时，赵恒惕命蔡钜猷将其驱逐出境，但蔡不肯执行命令，甚至对陈礼遇有加，随后更借口"换防"，越境在安化、溆浦一带布防，省方与湘西的关系顿时紧张起来。

6 月 28 日，赵恒惕召集宋鹤庚鲁涤平两师长及谢国光、吴剑学、田镇藩三镇守使，叶开鑫、贺耀祖、唐生智、刘铏等旅长开军事会议，指出蔡钜猷紊乱财政、目无政府、包庇陈嘉佑，应从严惩办。他宣布将蔡调为湖南讲武堂总办，所部第九第十两旅分别并入第一、二两师，沅陵镇守使一职着即裁撤⑤。与此同时，赵提出缩减军费统一财政 6

---

① 《总司令重申军民分治电》，载 1921 年 1 月 7 日《大公报》。

② 陈旅占领赣西莲花后，吴佩孚有电质问赵恒惕："你们湖南既然宣布自治，为何又派军队侵入江西？"赵回答说："此系个人行动，与湘军全体无关。"见陶菊隐《记者生活三十年》第 92 页。

③ 《政府与议会间之陈嘉佑问题》，载 1922 年 8 月 24 日《大公报》。

④ 章伯锋：《北洋军阀》（三）第 368～370 页。

⑤ 《裁撤沅陵镇守使之由来》，载 1923 年 7 月 4 日《大公报》。、

项措施：①自8月1日起，按新拟编制将军费核减为年600万元。②以后军饷由财政司切实负责，各军官凡所保荐知事及各项局长，概不得请用该军防区以内，且务须少荐为宜。③修改军官给予令，中级以上军官暂停止晋薪。④裁并卫队营连及补充营连与电信排，以后军官不得以正式士兵作私人随从；⑤机关枪及骑兵营一律改为连。⑥制定补官暂行条例①。赵的这一举措显然是在杀鸡儆猴，也是在为财政危机找一条出路。他表示，如果大家不同意这些意见，他就辞职。与会各军官在赵氏盛怒之下均不便反对，罢蔡的决定就这样通过了。

7月2日，省长发布撤销沅陵镇守使命令。蔡钜猷不服，对讲武堂一职坚辞不就，蔡之下属亦联名致电省方，请收回成命。赵不允。蔡钜猷于是宣布脱离省军，就任孙中山大元帅府任命的"湘西讨贼军第一军军长"，委田镇藩、刘叙彝、周朝武为三路讨贼军司令，分兵向桃源、安化、宝庆进发。蔡还通电全国，指斥湖南伪造省宪，表明与赵氏及省宪彻底决裂。

省议会通过支持省长实力护宪。

蔡钜猷公然叛离，赵恒惕即令驻扎益阳、常德和华容的第一师第一、二、三旅拔队进防，将蔡部扼于安化、桃源一带，然后向省议会紧急提案，请同意讨伐蔡钜猷宣布省城戒严。省议会对省长的这一提案大费踌躇。一方面，议会不愿看到省军同室操戈，希望能和平解决湘西问题；另一方面，蔡钜猷目无政府，事实昭

① 《二十八日重要军事会议追志》，载1923年7月5日《大公报》。

彰，又受反对湘宪的孙中山任命，如不讨伐，则各路军队对于政府裁兵理财等等举措都可以称兵抗命，新政府将无法维持威信。经过一番争论后，省议会于 7 月 16 日通过了省长所提"讨伐蔡钜猷宣布戒严咨请同意案"。①

7 月 18 日，省长对蔡钜猷下讨伐令，并通电全国宣布讨蔡原因，略谓：

> 案查调任讲武堂督办蔡钜猷，前在沅陵镇守使任内，恃兵负隅，骄恣无忌，目无政府，弁髦法令。既治兵之无方，复民隐之不恤，故部卒则到处蹂躏，匪盗则各地潜滋，民困日深，民怨日炽……近复益肆横行，擅加军费，潜招土匪，暗作声援，其所辖一方赋课正供任意夺用，至于征榷之吏，牧民之官，由政府放者，一律拒受，代以私人，名曰镇守沅陵，实则俨成一国。敝省长恫念民困，力避兵戎，不得已仅将该前使撤调，去其兵柄，另与优位，犹冀其自审理屈，翻然来归，不意该前使毫无悔觉，竟敢称兵犯命，公然倡乱，通电不逊，窃号自娱，罪迹昭彰，忍无可忍。查湘省年来以奉行省宪力倡自治，差免兵革，仅得休宁，该前使既不惜涂炭生灵，谋为内乱，敝省长负全省人民付托之重，岂能容一人有破坏省宪之行。爰命各军分途征讨。酷暑兴师，原非得已，戡暴戡乱，实具苦衷……②

赵恒惕既已下决心以武力解决湘西，战事看来不可避免，但这时省内又兴起一股反战势力。一部分不愿打内战的政界要人以及一些有意袒护蔡钜猷以免唇亡齿寒的军事将领，斡旋于各方，竭力主张和平。

---

① 《省议会通过讨蔡戒严案详志》，载 1923 年 7 月 15 日《大公报》。
② 《讨伐蔡钜猷宣布戒严咨请同意案》（十二年七月十六日发），载《湖南省议会报告书·卷四公文·省长提案》，第 79～80 页。

赵恒惕被这些反战派牵制，欲战不得，湘西问题在一番剑拔弩张之后
又陷入了不战不和的僵局。

十·二 谭赵之争

湘西问题之所以陷入僵局，一个主要原因是军官中有不少高级将
领，特别是谭系将领，对赵氏杀一儆百以统一军权财权的用心深感不
安，因此以和平为号召消极地助蔡抵赵。另一方面，湘西问题不只是
湖南省内的一个局部问题，它还牵涉到南北之争，牵涉到想回湖南重
掌政权的谭延闿，这使局面变得更加复杂难解。

谭延闿自从 1920 年底政争失败黯然离湘后，对湘省政权仍念念不
忘。1922 年元旦湖南省宪公布，谭氏驰电致贺。是年 6 月，北京旧国
会恢复，黎元洪复职，电召谭延闿到京，打算任其为内务总长，谭回
电拒绝，称"延闿从西南义师之后，不能悖护法政府之主张；为湖南
人民之一，当服从联省自治主义"。7 月，湖南举行立宪后的第一届省
长选举，谭延闿是候选人之一，然选举结果，谭以 724 票之差惨败于
赵。从此，谭延闿放弃联省自治主义，一心一意追随孙中山。是年 10
月，谭氏在上海孙中山住宅由周震鳞介绍加入国民党，并将青岛自有
住宅变卖银圆 5 万元捐作党费，嗣后随孙中山赴粤，初任大元帅府内
政部长，后调任建设部长兼大本营秘书长①。而谭赵之间的冲突也从
此与南北关系纠缠在一起，使发生在湖南省内局部的事态不断扩大蔓
延开来。

1923 年初，当湖南当局与湘西之间关系微妙时，谭延闿授意蔡钜
猷揭发黔军袁祖铭假道湘西运械一事，在省内外掀起舆论，指责赵所
谓"中立""自治"是骗人的把戏。3 月，谭向孙中山保荐蔡钜猷为

---

① 朱传誉：《谭延闿传记资料》（三）第 185～212 页。

讨贼军湘西第一军军长，并派陈嘉佑到辰州进行军事活动①。6月1日，谭自广东致电赵恒惕及湘军各将领，斥责赵氏勾结北方欲图湘西，电文中说："发现洛吴致鄂萧一电，有湘省赵总司令，拟以四旅兵力，解决湘西陈渠珍蔡钜猷所部，甚愿我方援助等语"，谭因此痛斥道："湘以瓯脱自居，保境庇民，或尚可为人所曲谅，若通款北方，引致敌兵，自残同类，则是甘与正义为敌……两年以来，国有大事，湘皆无以自见，犹可诿为力不从心，若助顺则以无力自居，助逆则残民以逞，天下其谓之何。湘西蔡陈诸将，拥护元首，服从命令，世所共知。无故称兵，自相残杀，遂以此开南北之战端，以桑梓为孤注，揆之良心，岂宜出此，湘中明达，必不谓然。诸公身在局中，利害与共，若有其事，何可雷同。务望合力打消，切勿轻举，蓄力待时，以图利国。延闿在外，与有荣施。否则自相煎迫，各走极端，湘军十余年历史，因之隳坏，吊民伐罪，海内岂无? 健者素托深交，勿谓延闿不言也。"② 这个电报使人一望便知，谭延闿要有所行动了。

谭延闿这一番声色俱厉的电文发出后，赵恒惕马上回电辩白："自公倡自治，恒惕承怀，唯冀力行以事休养，虽成效未可遽言，然尚兢兢以保境息民为职志。若谓引外兵以糜烂桑梓，恒惕虽愚阇，断不至丧心狂病，冒此大不韪于天下，无论彼方是否确有此电，恒惕始终实未闻知。"③ 赵的这个回电可说是握着拳头赔小心，标志着谭赵关系彻底破裂。

谭延闿对湘西事件的直接介入以及谭赵关系的破裂，使各方人士意识到事态的严重，如果双方兵戎相见，南北势力必将乘机扩张，湖南又将化为战场，因此和平的呼声一下子高涨起来。6月9日，第一师师长宋鹤庚回湘乡原籍为母亲做寿，同为湘乡籍的宝庆镇守使吴剑

---

① 陶菊隐：《北洋军阀统治时期史话》第1298页。
② 《关于湘西事件之两要电》，载1923年6月15日《大公报》。
③ 同上。

学、衡阳镇守使谢国光接踵而来，他们联名电请第二师师长鲁涤平到湘乡共商时局，这便是第一次湘乡会议。在这次会议上，军官们达成共识，认为必须阻止广东势力渗入，决定联名致电谭延闿，劝其"在粤谋正当之发展"，不要回湖南活动。同时，又联名致电赵恒惕，劝其不要撤免蔡钜猷，以便息事宁人①。从这两个电文看，宋、鲁、吴、谢诸人一开始是想维持湖南自治局面的。事实上，军阀常以自身利害为从违，少有愿为一人一姓效忠到底者，只要现任长官赵恒惕不触及他们的核心利益，他们就无必要去掉一个长官迎来另一个长官。所以即便如吴剑学、谢国光这种倾向明显的谭系军人，也不愿以内乱为代价迎谭倒赵，所以尽管陈嘉佑数年来一直在运动倒赵，都未能成气候。

但赵恒惕这一次没有迁就这些军人。他或许以为湘乡会议另有企图，或许下定决心要以铁腕手段集中军权财权，总之，在6月28日的军事会议上他强行通过了裁撤沅陵镇守使的决定，同时决定采取一系列措施缩减军费统一财政，其后更下令讨伐抗命的蔡钜猷。这时，在军事会议上一度同意免蔡的吴剑学、谢国光离省滞留湘乡，反对用兵。赵令宋鹤庚、鲁涤平两师长赴湘乡劝吴谢回防区主持兵事，不料宋、鲁到湘乡后，反与吴、谢一致再开湘乡会议，讨论对策。吴剑学愤然道："昨日讨陈，今天免蔡，明天就要轮到我们了。"他主张起兵驱赵，恢复总司令制，推举宋鹤庚为湘军总司令，林支宇为省长。但谢国光不同意首先发难。宋鹤庚、鲁涤平主张既要打击赵的专制，保全蔡钜猷，以免唇亡齿寒；又要阻止谭延闿回湘，以免谭蔡里应外合，恶化事态。会议最后决定，请赵恒惕通电表示服从孙中山，然后再由湘军团以上军官联名通电表示服从省长，庶几两得其平②。

7月15日，赵恒惕在宋、鲁等人的压力下发表拥护孙中山的通电，称孙为"大元帅"，请其组织"联省自治政府"。接着湘军团以上

① 陶菊隐：《记者生活三十年》第96页。
② 陶菊隐：《北洋军阀统治时期史话》第1299页。

军官联名通电响应这个电报。18 日，宋鹤庚又领衔再发一电，请省长停止用兵湘西，同时劝蔡钜猷率部退回原防。此时议会已通过省长关于讨伐蔡钜猷、省城戒严的提案，而且赵已派第一师第一旅旅长贺耀祖、第二旅旅长唐生智分别由益阳、常德拨队进逼溆浦、辰龙关，在势已无收回成命之可能。如果蔡不去职，赵的威信将无法维持，而宋鹤庚等在这时联名通电请省长停止用兵，无异于逼赵下台。于是赵恒惕与蔡钜猷之间的问题，转变为赵与宋、鲁、吴、谢间的问题，赵氏欲杀一儆百统一军财的计划彻底受阻，乃于 7 月 20 日左右向省议会提出辞职①。

当省长与聚集湘乡的高级军官相持不下时，省议会议长林支宇、审计院院长陈强、第二师第三旅旅长刘铡奔走于长沙湘乡间，极力调停。他们征得赵恒惕同意，提出只要蔡钜猷率部赴粤、谭延闿不回湘，省长便停止对湘西用兵。但湘乡军人虽同意劝蔡离湘，却不能决定谭延闿的意志。调停因此无效②。

另一方面，赵恒惕在向省议会提出辞职的同时，向中下级军官求助。他召集在省各旅团营长开军事会议，说明时局并提出辞职打算。各军官一致挽留，主张对湘西严加挞伐。7 月 25 日，湘军团长唐生智、刘重威、蒋锄欧、何键等 17 人联名发出誓死拥护省宪维持政府威信的通电，给湘乡军人以当头棒喝。电文说：

> ……吾湘处此环境险恶之秋，约有数事，亟待陈明：吾湘为西南团体之一分子，绝对不附北方，一也；绝对拥护省宪，二也；同心同德，一致对外，三也；维持政府威信，使纪纲得以整饬，四也。倘有野心家不顾地方之糜烂，只图一己之权利，离间内部

---

① 南雁：《湖南的湘西湘南两问题》，载《东方杂志》1923 年第 20 卷第 13 号。

② 同上。

袍泽，冀图推翻省宪，则是三千万人民之公敌，即为我袍泽之仇雠。团长等一息尚存，誓当秉承层峰，合力驱除，以维湘局，而保安宁，石烂海枯，不移此志……①

护宪战争中的时局转换报道。

当时湘军编制，除湘西部队外，共有 2 师 3 混成旅，下辖 22 个团。17 名团长联名通电拥护省长，无疑是向他们的顶头上司集体示威，意味着宋、鲁、吴、谢等高级军官基本上已被架空。赵恒惕得到大部分中下级军官支持，态度更加强硬，马上就有传言说省长将以重兵进袭湘乡，谢国光、吴剑学被这一吓，即各自逃回原防地，宋鹤庚、鲁涤平则向当局提出辞职。一时主战派大占上风，省城及湘西公民请求驱蔡护宪的呈文纷纷出现，主和助蔡者被弄得鸦雀无声②。

谭延闿方面。当赵恒惕被迫通电拥护孙中山后，谭便向孙建议调赵出兵北伐以考验其是否真诚服从大元帅。孙于是委谭延闿为"湖南劳军使"，率滇军朱培德两营，于 7 月底由韶关取道砰石入湘境。谭军在郴州附近被驻军汪磊团所阻，绕道前往桂阳（因陈嘉佑长期在桂阳活动，且驻桂阳省军为谢国光所部），旋即由桂阳转赴衡阳。

谭延闿入湘，长沙大为震动，省宪维持会、湘南协会、各界联合会等团体，因闻谭将召集旧议会破坏省宪，乃于 8 月 5 日举行游街大

① 《十七团长维持湘局通电全文》，载 1923 年 7 月 28 日《大公报》。
② 南雁：《湖南的湘西湘南两问题》，载《东方杂志》1923 年第 20 卷第 13 号。

会，将以前谭主湘时滥发的纸币粘贴成"万民伞"，以示排斥。总的说来，当时民意对谭延闿普遍恶感，除少数国民党人物赴衡阳预备迎谭外，大多数都因谭这一来将使湖南卷入漩涡重见战祸而深以为忧。军队方面，除蔡钜猷、吴剑学、谢国光以及在早先裁兵运动中被削去兵权的张辉瓒外，大部分将领只许谭以劳军使名义暂留湘境，即素称与谭有旧且在湘西事件中助蔡抵赵的鲁涤平、宋鹤庚亦不希望谭来搅局。鲁涤平于8月2日遵赵令回湘潭防地后，即派代表进省向赵表明心迹，说讨蔡本是赞成的，因恐牵及吴、谢，不得已主和，并说自己与吴、谢战壕共生死，不忍撕破脸皮兵戈相见，会劝蔡钜猷和平离湘以解决矛盾。与蔡钜猷极接近的湘西巡防军统领陈渠珍此时也电省表示尊重省宪①。由于这种普遍厌乱的心理，军政界要人再次发起和平运动。8月5日，林支宇、陈强到湘潭与鲁涤平等开会讨论调解办法，最后决定：①各将领通电劝蔡钜猷去职以维政府威信。②谭延闿回湘只能以劳军使名义暂驻衡州，遇适当时机率蔡部赴粤。③请赵恒惕依法向省议会辞职，再由议会另选第三者出任省长②。6日，赵恒惕电各军官表示容纳调人意见依法辞职，并且同意由议会选举谭延闿为省长③。

由于赵恒惕的让步，湘潭会议所议决的办法颇有解决湘西问题的可能。不料8月7日，谭延闿忽然在衡阳宣布就任孙中山任命的湖南省长兼总司令两职④，并发布命令升任宋鹤庚、鲁涤平、谢国光、吴剑学四人为军长，任命林支宇为湘西善后督办，其他如陈嘉佑、张辉

266

① 南雁：《湖南的湘西湘南两问题》，载《东方杂志》1923年第20卷第13号。

② 《昨日省署对于湘局之大宴会》，载1923年8月11日《大公报》。

③ 《省议会对于护宪案之讨论》，载1923年8月12日《大公报》。

④ 孙中山于7月16日任命谭延闿为湖南省长兼湘军总司令，25日又改任为湖南讨贼军总司令。谭在衡阳不用"讨贼军"旗号而用省长兼总司令名义，目的在于向北方政府表明湖南问题乃是局部问题，与南北大局无关。见陶菊隐《北洋军阀统治时期史话》第1301页。

瓒、王得庆等亦分别给予讨贼军司令及师长等名义。又任命省署人员，以姜济寰为秘书长，石陶均为参谋长。同时，令旧省议会副议长廖燮及新省议会副议长雷铸寰设新旧省议员招待所，大有以武力推翻长沙的省政府而在衡阳另组政府之势①。

谭延闿之所以不肯以合乎省宪的形式由议会选举为省长而非要推翻现政府另起炉灶，是因为他此番回湘的目的，并非只为同赵恒惕争省长，他同时还肩负着孙中山的使命和北伐大业。关于这一层，9月初谭军一度占领长沙时张辉瓒在长沙总商会对绅商们有过详细解释。他说："中山先生以前途之不能发展，完全归咎于赵氏一人，谓否则必不致有陈炯明之背叛，与此次粤省之战乱，故首先即欲解决湖南。谭总司令到粤时，中山先生即以解决湖南的责任属之，谓谭如不能负此责，即以此责属之他人。而在粤省湘人讨论之结果，此种责任唯谭总司令能负之。而谭总司令自度之结果，以为在湘熟人较多，毅然回湘，必可不战而解决，不料竟至发生战争，惊动全湘，殊为遗憾"②。由此可见，由湘西问题引发的谭赵之争，不只是军人政客间的恩怨宿仇和权利争夺，它还牵涉到南北关系，牵涉到广东内部的政治分歧，最关键的是，牵涉到联省自治还是北伐统一的大方向问题。

湖南作为联省自治的重镇，赵恒惕作为与陈炯明一样死硬的联治主义者，构成了孙中山北伐统一的巨大障碍。赵恒惕与陈炯明之间早有攻守同盟，在反对孙中山的问题上亦常有默契与合作。1921年4月，广东非常国会选举孙中山为大总统，赵恒惕领衔全体湘军将领联名去电反对，说："总统选举有法律之规定，今以不法之手续而变更之，行将开纷扰损尊严也"；孙当选之后，赵又去电劝孙"万应严词拒绝，勿允轻就，以维法纪而定人心"③。湘军援鄂战争时，孙中山希

---

① 章伯锋：《北洋军阀》（四）第370～373页。
② 《张石侯在总商会之谈话》，载1923年9月5日《大公报》。
③ 《湘中将领反对总统选举》，载1921年4月13日《大公报》。

望湘军改用北伐军旗帜，作为北伐先锋，广东北伐军随后跟进，赵认为此举乘人之危，电请陈炯明劝阻，陈便以各种理由反对孙出兵湖南。1922年初，孙中山决定自己带兵北伐，以免在广东受制于陈炯明而不能有所作为。他决定取道湖南进攻直军，派代表吕超向湖南当局说明，对湘军无丝毫恶意，希望湘军参加北伐，至少不反对北伐。赵恒惕表示湘军不反对北伐，也决不对北伐军采取敌对行为，但请不要取道湖南。赵又派省高等审判厅厅长、同盟会老会员李汉丞到桂林，劝说孙中山改道江西。与此同时，湖南各公团亦组织"哀吁团"，吁请南北息争，阻止北伐军入境①。最后，北伐军不得不改道江西。不久陈炯明发动政变围攻广州总统府，北伐军回粤靖难失败，孙中山被迫下野。可见张辉瓒所说孙中山以前途之不能发展完全归咎于赵氏一人，乃是言之有据。

1923年初，陈炯明被滇桂军击败失去广东政权，孙中山去掉了心头大患，赵恒惕失去了联治阵营中最忠实有力的盟友。这年2月，孙中山在滇桂军拥戴下回到广州，重整北伐旗鼓。这一次他得到了谭延闿的帮助，决定将解决湖南作为首要问题。起初，孙并不打算像对待陈炯明那样对待赵恒惕。张辉瓒说："中山先生待人以诚，而无人不可以容纳，只有入名党籍印有手模而又有背叛者，最为深恶痛绝，故对于陈竞存虽有段之泉等连派代表为之说项，而中山不允，必剿除之而后已……在谭总司令未发动之初，虽嫌赵氏暧昧，亦曾属意赵氏，只要归政于谭，请赵来粤尽力，仍可引为挚友。"② 而谭延闿也曾派代表到湖南劝说赵恒惕、林支宇，但赵氏抱定联省自治主义，只肯敷衍而不肯效忠孙中山，即便在宋鹤庚等人的压力下，也只表示拥护孙中山组织联省自治政府。这样，孙便不再对赵抱幻想，作为"劳军使"的谭延闿也就变换旗帜在衡阳另立政府了。

---

① 《昨日各公团大会详纪》，载1922年3月16日《大公报》。
② 《张石侯在总商会之谈话》，载1923年9月5日《大公报》。

谭延闿另立政府，标志着湖南自治政府与广东大元帅府之间的正面对抗，对抗的核心问题不是赵恒惕一人之去就，而是湖南是否改变政治立场归附南方政府。至此，谭赵之争发展为湖南要不要坚持省宪与自治之争。

面对谭延闿及其广东政府的攻势，一直以来互相扯皮的湖南省议会与政府达成了空前的一致。1923 年 8 月 10 日，省长召集省议员及各界代表召开联席会议，请共纾护宪良策。随即，省议会召开临时紧急会议，讨论对策。议员们异常激愤，认为"湖南省长，并非一系一姓之人所有，但须经民意机关产生。现谭氏之行为，不唯湖南人格破产，且破坏省宪，即是破坏全国联治，非出师讨伐不可"；"且谭三次督湘，造恶已多，现在省宪施行一年，元气未复，而又

军人与议员的部分护宪言论。

来破坏，应通电全国，宣布谭之罪状，群起以攻"；"总之有毁宪者，明知战不能胜，亦须与之一战，无论如何，不能投降"①。11 日，省议会通过省长提案，请政府以实力制止毁宪行为。案曰："吾湘省宪为三千万人民意所构成，即为我中华联省建国之基础，无论何人有毁宪行为，均应咨请政府以实力制止。"② 与此同时，省议会又发出两则要电，一则电本省各师旅团长县议会，请一致拥护省宪；一则电全国各省督理、省长、省议会、法团、报馆、名流，请主持正义共维湘局。

---

① 《省议会对于护宪案之讨论》，载 1923 年 8 月 12 日《大公报》。

② 《咨复省长请以实力制止毁宪行为文》（十二年八月十一日发），载《湖南省议会报告书·卷四公文·省长提案》，第 80～81 页。

除此之外，省议员王克家等还联名通电，发誓要"殉宪"："克家等置身议会，纯为宪法所产生。性命既托诸宪法之中，行动岂敢出宪法以外。以省宪为玉律金科，岂等闲之可视；比省宪于布帛菽水，讵一日而能离。即欲倡言修正，须用宪法规定之手续；倘或妄议更张，实为全湘同胞之公敌。语云烈士殉名，克家等则曰议员殉宪。"① 由于谭延闿到衡阳后为备战提征田赋、收缴团防枪支并解散衡阳县议会，所以又有湘南省议员雷飞鹏、李况松等发电痛诋谭氏"以首倡制宪之人，于父母生长之邦，农事方亟，肆意称兵，不恤结百年大乱之胎，陷三湘为天阴鬼哭之场"②。

省外舆论方面，一些对湖南省宪急于观成的联治派社会名流，还有《东方杂志》等一向鼓吹宪政的刊物，对湖南省宪的命运也表现出极大关注。曾经力促谭延闿宣布湖南自治的章太炎甚至急火攻心，对谭氏及其广东政府破口大骂，他在致湘省议会的电文中说："谭氏为广孙诖误，神明变乱，俾圣作狂，入湘称兵，自立名号，以倡法著而自毁法，以功之首而为罪魁……是其根据广孙主义，非独不许湖南自治，亦且不许西南各省自治也。广孙之称大元帅，本非由西南公举，其职权只限于广东数道，而侮蔑邻封，驱人毁宪，吴佩孚所不敢施于湘省者，而孙、谭悍然行之，淫威所及，岂限一方，敌忾同

章太炎为湖南护宪之电文。

270

---

① 《又有七个省议员发出通电》，载 1923 年 8 月 9 日《大公报》。
② 《湘南议员致谭组庵电》，载 1923 年 8 月 26—28 日《大公报》。

仇，当有公愤。"① 章氏还曾致电赵恒惕，劝其果断出兵："既为保障省宪，慎固封守而战，非以身家性命殉之不为功。"②

赵恒惕方面，虽曾表示愿以辞职换取和平，但谭延闿一到衡阳另组政府，他便表示决不退让。在 8 月 10 的护宪大会上，赵说："从前蔡钜猷问题，恒惕个人，以为只要不失政府威信，个人进退，不成问题。现在既已破坏宪法，恒惕系由宪法产生，当然与宪法相始终，必将此事办了，再言进退，若悍然不顾而去，实为三千万人民之罪人。"③ 也就是说必与谭氏决一雌雄而后已。这样，谭赵双方各走极端，战争已不可避免。

十·三　护宪战争

谭延闿自 1923 年 8 月 7 日到衡阳后，即调动军队，分三路向省城进发。而赵恒惕亦于 8 月 19 日在省署成立护宪军总指挥部，任宋鹤庚为总指挥，唐义彬为总参谋，由于宋鹤庚不肯就任，赵只得自己兼任总指挥。此时，吴剑学、谢国光已公开接受谭氏号令，成为谭军主力；原极力调停各方的林支宇避往汉口，通电表示反对战争；宋鹤庚在两军开战后离湘赴汉，随后更转到上海去了；第三旅旅长刘铏因其儿女姻亲岳森在谭处任副官长，也不得不避往汉口。

鲁涤平在谭、赵两方已决定开战的情况下仍硬主和平，作最后之调停。一面向谭、赵约定，以 10 日为调和期，双方在期内不得开战；一面请孙文撤回谭延闿。这当然是办不到的。鲁于是指定湘乡、新化为中立区域，令所部袁植、戴岳、唐希忭等三团移驻，宣布对任何一

---

① 汤志钧：《章太炎年谱长编》（1919～1936），北京，中华书局，1979 版第 722～723 页。

② 同上，第 719 页。

③ 《昨日省署对付湘局之大宴会》，载 1923 年 8 月 11 日《大公报》。

方都不加入也不讨伐。不久宋鹤庚部黄辉祖、朱耀华两团加入中立，鲁氏一时成为握有实力的第三方。

　　至于谭赵两方的实力，谭军除有谢国光、吴剑学、蔡钜猷三镇守使的兵力外，另有陈嘉佑、张辉瓒、王得庆新募的军队；赵军主力为叶开鑫、贺耀祖、唐生智三旅长所部，另外澧州林支宇旧部唐荣阳旅亦尚可用。双方势力，大约旗鼓相当。现将各方兵力罗列如下，以便一目了然：

第一师　师长宋鹤庚（辞职）

　　第一旅　旅长贺耀祖（赵派）

　　第二旅　旅长唐生智（赵派）

　　　　第一团　团长郑鸿海

　　　　第三团　团长刘　兴

　　　　第七团　团长谢煜焘

　　　　第八团　团长李品仙

　　　　骑兵团　团长何　键

　　　　炮兵团　团长黄辉祖（中立派）

　　　　第十团　团长汪　磊

第二师　师长鲁涤平（中立派）

　　第三旅　旅长刘铏（中立派）

　　第四旅　旅长唐荣阳（中立派）

　　　　第五团　团长叶　琪

　　　　第六团　团长袁　植

　　　　第九团　团长唐振铎

　　　　第二十三团　团长唐生明

　　　　骑兵团　团长唐希忭

　　　　炮兵团　团长戴　岳

272

第一混成旅　旅长叶开鑫（赵派）

　　第二团　团长刘重威

　　第四团　团长邹鹏振

　　第二十二团　团长蒋锄欧

　　第二十五团　团长朱耀华（中立派）

第三混成旅　旅长谢国光（谭派）

　　第十三团　团长谭道源

　　第十四团　团长朱成曜

　　第二十一团　团长刘雪轩

第五混成旅　旅长吴剑学（谭派）

　　第十七团　团长吴家铨

　　第十八团　团长张湘砥

　　沅陵镇守使蔡钜猷（已裁撤）

第九旅　旅长刘叙彝（谭派）

　　第二十六团　团长谭润生

　　第二十七团　团长何降干

第十旅　旅长田镇藩（谭派）

　　第二十八团　团长杨毓棻

　　第二十九团　团长彭寿恒

　　湘西巡防军统领陈渠珍（中立派）

　　鄂军团　团长夏斗寅（赵派）①

战争的进程大略如下：

1923年8月15日左右，赵军左翼邹鹏振团向湘东进展，与谭军成光曜团相遇于草市，已小有接触，赵恒惕以攻击令未颁，去电制止。

---

① 《湘军现任军官一览表》，载1923年8月8日《大公报》。

23 日护宪军总指挥部向各路下总攻击令，以陈渠珍为第一路总指挥，攻蔡后路；唐荣阳为第二路指挥，攻蔡北路；唐生智为第三路指挥，攻蔡正面；贺耀祖为第四路指挥，攻蔡东路；是为赵军右翼。刘铏为第五路指挥，防守湘乡；叶开鑫为第六路指挥，攻击湘南正面，是为赵军中路。杨源濬为第七路指挥，攻湘南侧面，是为赵军左翼。24 日，中、左两翼首先接触，中翼蒋锄欧团击退吴剑学部第十七、十八两团，占领护湘关，次日得衡山；左翼邹鹏振团联络郴州汪磊团攻击衡阳侧面，与成光曜相持于攸县、安仁间。陈嘉佑部团长谭蒙在攸县一带招集土匪，图乘机扰赵军左翼后方，即被擒杀。右翼贺耀祖于 28 日对蔡部发起攻击，周朝武被迫退入辰龙关。叶开鑫率刘重威团，原定由湘乡夺取永丰镇，以迫宝庆，因鲁涤平率中立军五团在湘乡，不

《大公报》关于护宪战争的报道。

许叶军通过，叶不得已，乃令刘团加入攻衡阳正面。蒋锄欧、刘重威两团合力，于 30 日攻下萱州河天险，占领衡阳，谭延闿退往耒阳，谢国光退往永州。赵军数天之内各路告捷，可谓势不可挡。

然而就在赵军夺得衡阳庆祝胜利的第二天，长沙城却落入了谭军之手。原来长沙自开战后，防军多调入前敌，赵所直辖的卫戍团团长蒋锄欧也被调走，只留鄂军夏斗寅部几百人担任警戒，颇为空虚。驻防岳州第二十五团团长朱耀华，乃谭方军务委员张辉瓒外甥，战事之初，赵恒惕原防朱团有变，拟调长沙解散，经旅长叶开鑫力保，令由岳阳开赴前敌。叶为保全朱团起见，密令勿经省城，径趋衡阳，而朱因此自危，到湘潭后即潜往湘乡，加入中立。当赵军

274

攻击衡阳正急时，张辉瓒便力劝外甥倒
戈偷袭长沙。31日，朱团衔枚疾走夜袭
省垣，一路畅行无阻，城中且有哗变响
应者；次日，不战而得长沙。赵恒惕落
荒而逃，省署各高级官员各奔东西，张
辉瓒则以胜利者姿态进入长沙。进城后，
张任命宋鹤庚的参谋长方鼎英代理第一
军军长维持省城秩序，所辖兵力除朱耀
华团外，原加入中立军的炮兵黄辉祖团
也开到了长沙。张又电迎谭延闿迅速来
省主持一切，并请中立军鲁涤平到长沙

张辉瓒

维持局面。同时电告宋鹤庚、刘铏、林支宇回省任职，大有胜券在握
之势。

　　但鲁涤平并没有在谭军夺得长沙后应邀到省维持局面。9月2日，
鲁将所部从湘乡移驻湘潭，非特不来省合作，且要求谭军退出长沙30
里，与赵议和。宋鹤庚、林支宇、刘铏等也没有回省合作的表示。更
使谭方忧虑的是，北方吴佩孚一直在虎视眈眈。当赵恒惕逃出长沙时，
省内外便盛传吴氏将大举入湘援赵，谭延闿因急派代表，声明守赵旧
约，决不犯鄂，求北军勿援赵；而林支宇亦在汉口联络鄂绅，阻止鄂
军入湘。鄂督萧耀南一面敷衍湘鄂民情，表示决不侵湘；一面令所部
第二十五师向南进展，并电复谭氏，有将为自卫而入湘的口气。由此
可见，谭军占领长沙后的形势并不容乐观。

　　再说赵恒惕仓皇逃出长沙，策马直奔醴陵，在醴陵车站设护宪军
总指挥处，命湘西贺、唐两旅及湘南叶旅放弃前方全部阵地，回师反
攻长沙。于是叶开鑫率刘重威、蒋锄欧两团退出衡阳，在株洲与赵部
残军会合；贺耀祖、唐生智由辰龙关、安化、桃源退至益阳、湘阴，
迫近长沙。而此前避走汉口的刘铏，因见北军有南下意图，也急忙回

省，图率所部驱走省城谭军以阻止北军入湘。守城谭军在四围紧急中先以全力抵御刘铏，暂置回师赵军于不顾，赵军于是乘虚飞速入城，张辉瓒、方鼎英闻讯，急率朱耀华、黄辉祖两团渡江向宁乡退却，当9月13日刘铏入省时，叶部蒋锄欧、刘重威两劲旅已驱走谭军夺回长沙。不出半月间，长沙又成为赵恒惕军队的地盘了。①

赵军虽然再得长沙，形势却依然危急。贺、唐、叶各旅放弃阵地回师长沙，谭方军队便步步跟进一路尾随而来。谢国光部乘虚占领了醴陵、株洲，蔡钜猷部一路尾追到湘江西岸，而退往宁乡的朱、黄两团与各路联合，准备反攻。长沙三面受敌。17日，赵军叶旅与谭军谢旅在株洲激战，赵方终于夺回了株洲、醴陵，站稳脚跟，赵恒惕这才于23日从前敌回到长沙，再设护宪军总指挥部，并招从前逃往汉口等地的省署各官员回省复职②。

就在湘军竭力内斗时，北方吴佩孚的军队已乘机入驻岳州。岳州在1921年援鄂战争后由于赵恒惕与吴佩孚之间的一纸和约而为直军第二十四师张福来部驻扎，湖南省议会以及社会各公团对于赵氏签下的这个城下之盟自始就不予承认，认为北军驻岳与省宪自治不能两立，因而不断敦促政府或请愿于吴佩孚，要求交还岳州。1922年孙中山北伐，湖南各公团深恐直军驻岳给孙中山以入湘口实，于是在组织哀吁团阻止北伐军入湘同时，发起了要求直军退出岳州的运动，而省内军人也有乘北伐军入江西出兵收复岳州的强烈请求，赵恒惕于是向吴佩孚交涉，表示直军如不撤退，他将无以约束部下。吴佩孚以湖南取消自治、赞成统一为交还岳州的条件，并规定湘军不得进驻，岳州由警察维持秩序。1922年7月1日，赵恒惕通电赞成统一，主张建设"联邦化之单一国家"，并声明湖南仍为自治省区。7月27日，岳州直军

---

① 南雁：《赵军夺回长沙后的形势》，见《东方杂志》1923年第20卷第18号。

② 同上。

第二十四师移驻河南。此后，吴一再电赵催促湖南取消自治接受北京政府任命，而赵氏却依《湖南省宪法》被选举为湖南正式省长，而且在不声不响中，岳州已驻有省军①，因此湖南可说没用什么代价就收回了岳州。当然只要赵恒惕不依附南方，吴佩孚也没有什么损失。这一次谭延闿衔孙中山使命入湘，吴氏极为警觉，恐赵恒惕一失手，湖南将为南方所有，因此当赵军危急时，吴便决定再以北军入驻岳州。9月21日，第二十五师陈嘉谟旅开往岳阳，海军亦同时派江贞等三舰入湘协助陆军。而在此之前，中央陆军第二混成旅胡先念部已由公安、石首进入湘西临澧、常德。因湘人对北军极为敌视，吴氏顾虑湘军抛却前嫌一致对北，因此入湘后力避侵伐形式，只轻描淡写在岳州设"两湖警备司令部"，自兼总司令，以马济为参谋长，葛应龙为军务处长，谭道南为军法处长，坐观形势变化②。

北军入湘的消息证实后，湘省各方震动，中立派鲁涤平知鹬蚌相争，另有渔翁，乃致电谭、赵两方，竭力斡旋和局，劝令停战。提议自9月22日起双方以湘江、渌江为界，各守原防不得移动，派代表到湘潭姜畲镇举行和谈。为阻止北军而回湘驱谭的刘铏，此时亦与鲁氏一起，倡导和平③。谭、赵双方激战之后精疲力竭，需要休整，于是接受和平建议，各派代表到姜畲谈判。姜畲会议从9月22日开到29日，又展期至10月13日。谭军开出的和平条件为：①赵通电服从孙中山；②废除省宪法；③湘军团结一致对外；④公推赵为湘军总司令，谭为省长。赵军提出的条件则为：①谭率蔡部赴粤；②各军回防，不咎既往；③惩办叛将朱耀华；④修改省宪法。

① 陶菊隐：《北洋军阀统治时期史话》第1177～1182页。

② 南雁：《赵军夺回长沙后的形势》，见《东方杂志》1923年第20卷第18号。

③ 刘铏要求赵军退出长沙，由中立军入城维持秩序，事为赵方所反对，刘于是又到汉口去了。参见《东方杂志》第20卷第18号"时事述评"：《赵军夺回长沙后的形势》。

由于双方条件相距太远，特别是在省宪存废的问题上相持不下，最终无法达成和解。

当谭、赵和谈陷入僵局时，中立军内部又骤起风波。事实上，鲁涤平的中立自始就是有倾向的。当姜畲和谈进行时，蔡军刘叙彝部乘机东进，鲁涤平竟令经过姜畲不加阻止①，而在此之前，叶开鑫部刘重威团想通过中立军防地却不被允许，可见鲁涤平的中立实为消极助谭。然而，鲁氏属下驻扎湘潭的第六团团长袁植是个亲赵派，在暗地里通款于赵军，于是就发生了一件大事。10月13日，鲁涤平电召袁植赴姜畲开军事会议，且表示有加入护宪军之意，袁于是不顾团部同人阻挡前往姜畲，当晚便在鲁氏行营前被兵士以乱刀刺杀。在此同时，谭方第二十五团朱耀华部与第十七团吴家铨部在湘潭会合围攻第六团，而赵方蒋锄欧部亦很快前往接应第六团突围②。这一事件导致了和议的破裂以及中立派的彻底破产，此前一直依违莫决的刘铡终于放弃中立，就任赵恒惕新任命的第二师师长，而与袁植相友好的第五团团长叶琪、骑兵团团长唐希忭，也都投入了赵军。鲁涤平既失军事资本，又与赵方结下不解之仇，也只好放弃中立投入谭军去了③。

1923年10月18日，赵军强渡渌江进攻谭军谢、方两部，谭军战败。11月2日，赵军又强渡湘江进攻谭军蔡部，连续占领湘潭、湘乡，解除了长沙之围。此时，吴佩孚令马济率北军入长沙，为赵巩固后方，又令沈鸿英由赣边扰郴州。郴州为谭军与粤交通要道，粤省军需接济必经此路而来，谭为巩固后方，令谢国光、鲁涤平以重兵攻沈，赵军于是在11月7日再占衡阳。谭军原计划退出衡阳后以主力驻扎永州，待时机反攻，不料赵军乘胜前进，于9日攻下宝庆，进逼武冈，

---

① 参见《东方杂志》第20卷第18号"时事述评"：《赵军夺回长沙后的形势》。

② 《袁团长遇害详情》，载1923年10月18日《大公报》。

③ 陶菊隐：《北洋军阀统治时期史话》第1303～1305页。

使谭军湘西、湘南截为两段，不能互相呼应。10日，赵军占耒阳，11日得祁阳。12日，谭军倚为根据地的永州守军谢部刘雪轩团倒戈投赵。13日，赵军占领郴州。至此，双方胜负已见分晓。在此同时，粤局又告紧急，陈炯明军队倾巢而出进逼广州，孙中山急调广东北江守军救援广州，令谭延闿接防北江，谭于是率所部湘军全数入粤。湘南的战事宣告结束①。

湘西方面。起初只有贺耀祖率部牵制蔡军，赵军主力全在对付湘南谢、吴、鲁之能战部队。湘南全线告捷后，湘西背后的澧州唐荣阳、保靖陈渠珍急急改变中立态度奋力助赵，以赎此前观望游移的前愆。不久唐荣阳攻常德，贺耀祖攻溆浦，陈渠珍从保靖扼辰、沅背面，蔡部周朝武被击败溃散，尽成土匪，田镇藩请求省军收编，蔡钜猷率残部退入湘黔边境。至11月底，全湘战事基本结束②。

这一场持续数月的内战，使三湘子弟骨肉相残，人民受祸巨深。有收获的是赵恒惕政权——湘西问题解决了。虽然蔡钜猷仍在伺机作乱，但残兵败卒已难成气候，彻底肃清只是时间问题，湘西的军事财政可望纳入统一的轨道。湘南的问题也解决了，湘南不服管束的谭系军人尽数赴粤，连宋鹤庚、鲁涤平这种可自成一系的高级军官也被淘汰出局，湖南尽成赵系军人的天下。战争结束后，湘军改编为四个师，原为旅长级的贺耀祖、刘铏、叶开鑫、唐生智分别升任第一师至第四师师长。沅陵、宝庆、衡阳镇守使三缺永久裁撤。原为团长的何键、李品仙、刘兴、刘重威、叶琪、邹鹏振等皆升为旅长。赵又委叶开鑫为"湘西善后督办"，驻辰州以定湘西。委唐生智为"湘南善后督办"，驻衡阳以对粤设防。很显然，这种局面对赵是极有利的，此后新政府整理内政推行严厉的财政统一政策，实因有此军事的相对统一作为前提。

---

① 章伯锋：《北洋军阀》（四）第377～379页。
② 同上。

然而，福祸总是相依，利弊总是相随。护宪战争虽然胜利了，对湖南的自治运动却是空前的打击。湖南政局自程潜派出局之后，谭赵两派虽然明争暗斗，在维护省宪一致对外的问题上，却是绝对一致的。而谭延闿自离湘之后，直到随孙中山赴粤之前，也一直在上海与章太炎褚、辅成等名流一起，致力于联省自治运动，对省内自治给予政治上舆论上的援助，这是湖南得以在南北夹缝中勉力支撑，立于联治运动的中坚而不倒的重要原因。但护宪战争使谭赵两派分道扬镳，谭派人物不再见容于赵派，对省宪与自治的感情也就发生了变质。而战败赴粤的谭系军人从此与程潜派修好，同时效命于广州革命政府，时刻准备回攻赵系，重获故乡的政治地盘。这使湖南的自治前途预伏着随时可能到来的危机。

十·四 省宪之修改

护宪战争使湖南自治遭受重大打击的另一种力量来自北方。战争进行时，赵恒惕公然接受北军援助，战争结束后仍不得不允北军驻扎岳州、常德，实际上已自毁自治政府形象，这使南方革命政府对本欲极力拉拢优容的湖南政权，再也不能容忍和谅解。不但如此，帮助赵恒惕打败南方敌人的北方"朋友"吴佩孚，此时正推行其"武力统一、统一武力"计划，要压迫湘省取消自治归附北方。因此，当对抗南方的护宪战争结束后，湖南又面临如何抵制北方以保全省宪与自治的问题。

如同孙中山视湖南为北伐的障碍一样，吴佩孚一直视湖南为征服南方的障碍。1922年，直系军阀接连战胜奉皖两系取得北方霸权，并设法使北京旧国会复会，使黎元洪复任总统，适逢孙中山北伐失败，吴佩孚遂以为统一在望。因湖南自治影响及于全国尤其为西南各省效仿，所以想尽办法劝诱湖南放弃自治，其中包括以交还岳州为条件换取赵恒惕赞成统一。但赵氏在赞成统一同时仍要坚持联邦制，坚持省宪，被逼急了，就表示率部退守湘西，让南军北军直接冲突，吴佩孚对这一招总是无计可施①。

湘省的内战进行之时，旧国会在黎元洪、曹锟、吴佩孚张罗下，于 1923 年 10 月 8 日草草通过了一部《中华民国宪法》，而曹锟也在同时通过贿选当上了中华民国总统。为了配合这种形式上的宪政与统一，直系急于消灭各省自治状态，吴佩孚更加大了对湘省的压力，他伺机以北军入湘，借援赵驱谭要挟赵恒惕放弃自治。当赵军危急时，吴派代表相商于赵，拟将入湘北军全部投入前方作战，形式上受赵指挥，实际上则是使

吴佩孚

赵听命于自己，因此被赵拒绝。谭军败退时，吴竭力催促赵军乘胜入粤，征服广东，并许赵以"湖南省长"、"督理湖南军务"、"两湖巡阅副使兼援粤军总司令"等头衔，也被赵婉言拒绝②。战事结束后，北军屡言撤退而不见任何行动，吴佩孚的代表马济、葛应龙、谭道南常驻长沙，极力诱迫赵恒惕以及省内军政要人废宪。吴还邀请湖南政要钟才宏等轮流到洛阳做客，当面施加压力。与此同时，吴又授意相关人等在社会上制造废宪的"民意"和舆论。1923 年 12 月间，葛应龙在岳州召集绅商开会，以岳州各公团的名义通电反对省宪，随后又在岳州以长沙总商会名义发表赞成统一的筱电③。在葛应龙等人的运动下，湖南的大文人叶德辉也参与进来，署名发出主张废弃省宪的通电，同时写了一篇《与友人论省宪书》，对湖南省宪极尽攻讦之能事，说

281

① 陶菊隐：《记者生活三十年》第 85 ~ 90 页。

② 陶菊隐：《北洋军阀统治时期史话》第 1303 ~ 1305 页。

③ 大山：《湖南的省宪问题及边祸》，载《东方杂志》1924 年第 21 卷第 8 号。

"湖南费百万金钱,糜百万尸骸者,皆为省宪为之厉阶"。叶甚至散发传单,制造混乱①。

湘省的要人们在吴佩孚的压力下谨慎周旋,不敢稍露个人意见。战乱后停会数月的省议会一开始也显得十分涣散。赵恒惕则表示要通过军事会议解决省宪的存废问题,吴佩孚的代表于是又加紧运动各路将领,试图在军事会议上对赵形成压力。一时间,湖南废宪似乎已成定势,以至于在上海竭力坚持联治运动的社会名流们心急如焚。1924年3月8日,章太炎、褚辅成等分别致电湖南省议会、省长、省务院以及各军官,力陈湘省自治万不可任洛吴取消,请拼死护宪以维联治前途。褚辅成的电报说:"因吴佩孚武力统一之压迫,致当局不敢宣明其拥宪之态度而有种种毁宪之运动发现于光天化日之下,此诚联治前途之危运,亦湘人之奇耻大辱也……即谓湘省现处地位不能举联治主义而促成之,何至仅求拥宪自卫而亦不可得耶?不能拥宪便当殉宪,其不失为自卫之道则一也,弟等既力倡联治于前,不忍见同志变节于后,祈以定力支此危局……"② 章太炎在激励湘省要人"效死以保桑梓"的同时,还与老朋友叶德辉打起了笔墨官司,说"举国持论,皆以兄为不可理喻之人,而仆犹不敢决然割席,则以兄本儒人,非可与专做鹰犬者并论也。"③

沪上名人的电报发出后,沉默许久的湖南省议会及省内舆论,忽然作出激烈反应,公民联合会、省宪维持会等团体纷纷通电,表示坚决拥护自治。长沙总商会通电否认岳州假名冒发的"筱电"。省议会则连续提出两宗质问案,质问政府"外间纷传北方密使频来,希图撤销吾湘省宪,当局态度甚不明了……吾湘三千万人民不惜头颅脂膏所

---

① 《湘议会再催拿办叶德辉》,载1924年4月8日《申报》。

② 《电复褚辅成等本会矢志拥宪自卫文》(十三年四月十四日发),载《湖南省议会报告书·卷五电文》,第23~25页。

③ 《章太炎复叶德辉书》,载1924年4月6日《申报》。

费之代价，向谁取偿?" "当局自应明白表示，庶足以释群疑而慰疮痍"①。3月20日，省议会电复章太炎等，决心矢志护宪。对于热衷废宪的叶德辉，省议会也接连通过提案，咨请政府拿办，严加惩戒②。

叶德辉得知省议会的拿办提案后，大骂议会违宪干涉言论自由。他一面致函省长，表明自己只是在"讨论"宪法，"并无何项作用"；一面致书省议会，以不屑的口气写道："昨日各报有贵会通过案，对于鄙人与友人论省宪书，以为破坏宪法，呈文省长请将鄙人拿办。公等法人，不应有此违法之举。言论自由，国约法省宪法，同一载在条例。诸君如系守法，当以法律相责让，如系讲学，当以文字相讨论。鄙人非行政官，不畏贵会弹劾；非大公报，不畏贵会封禁。湘事各有秘密，鄙人所言，尚存忠厚，幸勿自扰。"③

省议员们对于叶德辉的藐视戏弄，大为愤恨，直斥为"是非不分的妖孽"，"前曾为洪宪功臣，后又为张敬尧走狗"，既以文电毁宪，又要宪法保护他言论自由，是以耆棍老资格故意捣乱，无论受何人保护，非惩办不可。于是有主张以内乱罪向法院起诉的，有主张请戒严司令立即拿获就地正法的，最后决定严厉行文咨催政府，从速拿办④。

省长在议会压力下，转饬警厅执行议案，叶德辉又在公馆内摆酒，请内务司长警察厅长一干政府大员赴宴，公馆内并有北兵把守。大员们当然不便赴宴，而警察厅长两难之下托病请假，引得省议会对政府又是一番质问⑤。

当议会与政府在叶德辉问题上纠缠不清时，全省各地军官陆续到

283

---

① 《致省务院准刘议员思范提出对于谣传北方密使来湘希图取消湘宪质问书请于三日内答复缄》（十三年三月九日发），载《湖南省议会报告书·质问案》，第16~19页。

② 《湘议会再催拿办叶德辉》，载1924年4月8日《申报》。

③ 《昨日省议会对于叶德辉之轩波》，载1924年3月28日《大公报》。

④ 同上。

⑤ 《警察厅长因病请假》，载1924年4月1日《大公报》。

省，准备开军事会议，省议会立即开会欢迎，军官们表示要与议会同心协力维护宪法。至此，湘省要人的真相毕露，北方使节的压迫完全无效。①

湘省各界领袖护宪情绪高涨，吴佩孚不肯罢休，几乎要以武力相见，赵恒惕不堪压力，向省议会提出辞职。议会大骂其身为省长，何得规避责任，请"勿萌退志勉为其难"②。4月15日军事会议召开，赵又提辞职之事，各将领一致表示不能让省长辞职，省宪可以修改而绝不能废除。与此同时，省方已选派代表赴洛阳、武昌疏通，向吴佩孚和萧耀南表示在维持省宪同时仍愿服从。而与赵恒惕有旧谊且有求于赵的马济也往来于长沙洛阳间，代为疏解。最后吴、赵双方达成妥协，决定可以不改变湖南自治的局面，将省宪法保留，但必须进行修改以使之符合国宪③。

根据《湖南省宪法》第一百二十六条第二款之规定，修改省宪法须有省议会议员四分之三，及全省县议会及一等市议会团体三分之二提出修正案，始得召集宪法会议，交公民总投票决定。这一条款原为慎重修宪而定，程序相当严格，因此自5月间省当局承诺北方决定修宪之后，就开始为这一系列程序大费周折。赵恒惕派代表分赴各县，授意各法团从速致电长沙，提出修宪要求，一俟各县电报到齐之后，即由当局正式表态④。吴佩孚的代表也到各县运动县议会，电请省议会提出修宪案。但省议会对修宪一事十分冷淡，虽然外面闹得甚嚣尘上，省议员们却不为所动。对于县议会要求修宪的提议，省议会不但

① 大山：《湖南的省宪问题及边祸》，载《东方杂志》1924年第21卷第7号。

② 《咨复省长请勿萌退志勉为其难文》（十三年四月九日发），载《湖南省议会报告书·卷四公文·省长提案》，第98～99页。

③ 朔一：《湖南实行修改省宪法》，载《东方杂志》1924年第21卷第21号。

④ 《湘赵对于废宪之步骤》，载1924年5月22日《申报》。

不表赞成，且提案咨请省长"通令各县知事，如有胁迫修改省宪之人，就地拿办，以惩奸宄而维法治"①。省议会通过这项提案的当天，长沙各报馆接到北军方面的电话，令勿将此项消息刊出。各报不予理会。北军乃派人到报馆检查报样，将准备付印的文稿强行抽出，结果第二天长沙各大报纸都在显要位置大开天窗。省议会见议案不能刊出，便向各县发出通电，请遵照议案办理。各报馆还因此请愿于省长，要省长制止北军的流氓行为，否则全体停刊②。就这样纷纷扰扰闹腾了两个多月，修宪的步骤仍是无法进行。最后，军界要人叶开鑫、唐荣阳、唐生智、刘铏等，先后出面疏通防区内的省议员，请署名于修正省宪案，并派员到省疏通。9月1日，修宪案终于获得了够法定人数的省议员及县议员签署。省长赵恒惕于是向省议会提出《宪法会议组织法草案》修正案，议会即于9月27日将此草案十三条经三读后通过，但为预防宪法会议将省宪根本推翻，省议会规定，修改后的省宪必须保持原有宪法的基本原则立场：①三权鼎立的原则不能变。②省务院长制不能废除。③官吏任命在全国合法政府未成立前不能受国政府任命。10月1日，省长正式公布《宪法会议组织法》以及赞成修宪提案的130名省议员姓名。接着，下令召集宪法会议，根据组织法聘请了40名宪法会议成员。10月10日，宪法会议正式开幕，随后进行了为期40天的修宪工作，于11月20将整部省宪法修改完毕③。

修改后的《湖南省宪法》，在立法、行政、司法三方面，相对于原宪法都有所变更，其大要如下：

立法方面，修改的要点为改直接选举为间接选举以及减少省议员

---

① 《电各县议会通告本会咨请省长拿办胁迫通电修改省宪之人文》（十三年五月二十四日发），载《湖南省议会报告书·卷五电文》，第26页。

② 陶菊隐：《北洋军阀统治时期史话》第1341~1342页。

③ 朔一：《湖南实行修改省宪法》，载《东方杂志》1924年第21卷第21号。

名额两项，具体规定：①省议会以全省公民间接选出之议员组织之，县议会以全县公民间接选出之议员组织之。②县长由省长任命之，如有贿赂或其他违法行为时，县议会得依法弹劾，请求省长撤办。③户口调查未完竣前，省议员名额暂定 108 名，也就是将原省宪第二十九条规定人口每 20 万出省议员 1 名改为每 30 万出 1 名，同时也将省议员被选举资格中的年龄规定从 25 岁修改为 30 岁。

行政方面修改的要点为改省务院长制为省长制，具体规定：①省行政权由省长及省务员行使之。②省长当选后得受国政府之任命。③省长任期四年，得连任一次。④省设省务院及内务、财政、教育、实业各司，以省长及各司长组织之，省长为省务院长，司长为省务员。⑤司长任期三年，由省长任免之，有溺职及其他违法行为时由省长罢免之。⑥审计院改为审计处。⑦全省军务为行政之一部，无论平时战时，其管理统率，属于省长。⑧遇国防必要或对外宣战时，本省军队得受国政府之命令。⑨县长由县议会选举六人，交全县公民决选二人，呈请省长择一任命，但在户口调查未完竣、下级自治未完成以前，由省长任命之。⑩户口调查未完成前，本法第四十七条及第五十二条规定之全省公民总投票，暂由全省县议员投票决选及决定之。

司法方面的修改为：①改三级三审制为四级三审制。②国政府未成立前法官由省长任免。③依法应送大理院总检察厅经审的案件，得送国政府之大理院总检察厅审理①。

对比修改前后的《湖南省宪法》文本，可以发现，此次修宪已改变了原省宪中的一些基本原则和精神。

第一，原省宪中的一个基本立场，是"独立自治"，即要使湖南摆脱中央政府的控制，关起门来另搞一套。修改后的省宪中，这种"门罗主义"倾向已大为弱化，其中最明显的是规定省长当选要由国

---

① 朔一：《湘宪在兵戈扰攘中修改竣事》，载《东方杂志》1924 年第 21 卷第 23 号。

政府任命，以及最足以代表主权意味的司法终审权方面的修改。原省宪中最受诟病的三级三审制被改为四级三审制，使湘省司法权置于中央政府之大理院和总检察厅隶属之下。另外，原省宪关于县市自治的规定中，所有"不抵触省法令"的字样，都被改为"不抵触国家法令及省法律"。似此种种改变，都体现出此次修宪的要旨——使省宪尽量符合国宪。

第二，省宪经修改后在基本政治体制的设计上发生了重大变更。原省宪为了防止行政首脑独裁，设计了一种类似于责任内阁制的省务院长制，且将省议会的权力规定得特别大，比如规定省长发布命令必须有省务院长副署，省务院长须由省务员互选，省务员又须由省议会选举等等。修改后的宪法则将组织省务院、任命省务员的权力全部收归省长，并且由省长兼任省务院长，这无疑已将省务院与省长署合而为一，虽保留了名义上的省务院，实际上已完全是省长负责制。另外，延长省长任期，改审计院为审计处，规定省长在过渡期内有权直接任命县长和司法官吏等等，皆无不是将原属省县议会的权力划归省长。因此，此次修宪使省长权力大为扩张，议会权力相形削弱。之所以进行这种制度上的重大修改，一个主要原因是当初省宪法审查会为了扩张议会权力，对学者草案"零刀碎割"，将省务院长制改得非驴非马，不但消解了原草案中的权力制衡精神，而且在权力分割时有许多不合理的设置，以至于后来实行起来殊多障碍。对此，原草案的起草者后来担任省务院长的李剑农一直严厉批评。而作为省长的赵恒惕，面对宪法条文的束缚和省议会的牵制，虽未如袁世凯那样一意毁法，却早已感到处处不便，他曾致书章太炎："谓年来湘省交通、教育、实业诸端，未能有所发展，自问甚为惭愧，惟究其原因，虽系环境所迫，实系省宪不善，条文牵掣之故。"[①] 因而，早在护宪战争发生之前，湖

[①] 《章太炎反对湘省改宪》，载 1924 年 4 月 25 日《申报》。

南全省县议会联合会就曾有过修正省宪案的表决，此次湖南修宪虽是出于吴佩孚的压力，赵恒惕所聘请的宪法会议成员中却有不少出于主动修宪的人①。这些人难免不秉承当局的意思，对省宪中不尽如人意的地方做根本性改动。在这里，我们不难领略到省议会设法阻拦修宪而省长军界要人设法促成修宪的另一层原因。

第三，省宪经修改后，已大失其平民政治的精神，原省宪中各种有关直接选举以及全民总投票的条款，都被更改或被附加条件。从法理上说，这自然是令人失望的倒退。不过考虑到当时湖南的社会现实以及业经试验过的有名无实的直接民主，此次条文上的倒退也可以理解为务实的倾向。

然而，条文上的修改不论宗旨如何、要领如何，是倒退抑或是完善，都已经不重要了。因为，当湖南费尽周折进行修宪之时，南北局势尤其是南方的局势已发生深刻变化，联治运动已近尾声，湖南的自治也已接近尾声。就北方而言，1924 年 9 月直系内讧，江浙战争爆发，随后发生了第二次直奉大战。10 月 23 日直系大将冯玉祥倒戈，北京政变，直系的势力从根本上动摇，湘宪所力求要符合的"国宪"也即将被遗弃。就南方而言，孙中山在历经变故劫难和多次失败之后，改弦更张，决定重新造党，"把党放在国上"，用政党的力量去改造国家②。1923 年，孙中山在苏俄代表指导、共产党人帮助下改组国民党，将一盘散沙形同空壳似的国民党改造成了一个有组织系统有群众基础的革命党。1924 年 1 月，有共产党员参加的国民党第一次全国代表大会在广州召开，确立了联俄、联共、扶助农工三大政策。同时，国民党又在广州创办黄埔陆军军官学校。这是一所在组织和训练方面取法苏联红军的军事政治学校，苏俄派来了军事教官并供给武器，共产党

① 朔一：《湖南实行修改省宪法》，载《东方杂志》1924 年第 21 卷第 21 号。

② 李剑农：《中国近百年政治史》第 551 页。

派出了最优秀的人才协助办校，国共合作的国民革命从此拉开帷幕。国民革命超越民国十数年来纠缠不清无休止的派系地盘之争，动员起人口庞大的普通国民，尤其是农民、工人等社会底层民众，将垄断政权的军阀官僚政客以及背后的绅士阶层统统打倒。这些长久以来为军阀混战断送头颅、耗尽脂膏却从未有政治发言权的被压迫者，一旦被强有力的政党组织武装起来，灌输以意识形态，号召他们为自身权利和党的目标而奋斗，其战斗力就远非那些朝秦暮楚、反复无常的派系部队所能比拟。因此当历史走到 1924 年的时候，尽管改组后的国民党仍在广东境内东征西讨，备极艰难险阻，但中国的命运已经注定。

十一

励精图治

　　1924 年至 1925 年左右国内局势的演变，虽然从事后看来已注定了国民革命的勃兴和联省自治运动的衰落，但从当时的具体情形看，局势并不明朗，联省自治大有回光返照之势。1924 年 9 月，孙中山再一次出师北伐，又再一次失败，而陈炯明再一次卷土重来。12 月间，陈炯明应"广东商界救粤会"之请及部下各将领之拥戴，通电复任粤军总司令，随后率部进逼广州①。1925 年 3 月 12 日，孙中山壮志未酬病逝于北京，因改组本已处于分裂状态的国民党雪上加霜。北方，曹吴的直系政权于 1924 年底倾覆，吴佩孚终究未能圆其武力统一的大梦，反落得自身无立足之地，被他一直要取消的湖南自治政府收留（吴佩孚 1924 年底兵败后，先从洛阳到汉口，萧耀南不敢收留他。北京段祺瑞政府令萧送吴至北京，或其他任何一处，但决不可以让他到湖南。萧征得段氏同意，送吴至湖北黄州居住。吴氏到黄州后引来冠盖云集，川湘苏浙要人纷纷作赤壁游，段政府深以为患，乃于次年 2 月命海军第二舰队司令许建廷至黄州，打算将吴强解至京。吴佩孚闻讯后于 3 月 2 日挟军舰两艘及残部 2000 余人乘风雨偷过武汉，逃往岳州。段又命赵恒惕将其逮捕解京问罪，赵以湖南为自治之地，不肯接

---

　　① 《时事日志》，载《东方杂志》1925 年第 22 卷第 2 号。

受命令，且发表通电云："国内互争，皆缘政见偶异，并无恩怨可言。子玉果已解除兵柄，不妨随地优游，何必迫之侨寓租界？既非国家爱护将才之至意，尤乖政党尊重人格之美德。"① 吴佩孚到岳后，湘省议会民间军界发起拒吴运动，要将其驱逐出境，因吴氏在援鄂之役令湘军蒙羞，又一直压迫湘省取消自治，所以不能见容。但赵恒惕力排众议，执意容吴）。

武统派既失统帅，联治派又占上风，联省建国的方案也再一次为国人所关注。事实上，联省自治虽然从来不被南北政府承认，但鉴于联治派所拥有的一定实力以及鼓荡多年不曾熄灭的联治思想潮流，南北的政要们，又都不得不对联治派有所敷衍或承认某些既定事实。直系当政时，虽视联省自治为莠言邪说，其于 1924 年 10 月颁布的《中华民国宪法》（俗称"曹锟宪法"），却采纳了不少联治派的主张，使其"公然成了一部联邦分权的宪法"②。1924 年底段祺瑞宣布执政时，对联治派作出了更多让步。段祺瑞也是反对联省自治的，但段的就职通电将"制定国宪，促成省宪"列为最重要的"国是"③。1925 年初，段政府在北京召集善后会议，这次会议不但容纳了唐继尧、陈炯明、赵恒惕等联治派实力人物，还竭力延揽联治派社会名流，如章太炎、熊希龄、褚辅成、胡适、潘大道、马君武等④，以至于联治派试图将这次善后会议开成多年来求之未得的联省会议。褚辅成向大会提交了旨在组建联邦制政府的《中华民国临时政府制案》；熊希龄提交了以联邦制精神制定国宪的《国宪起草程序案》；赵恒惕的代表钟才宏提

291

① 参见《东方杂志》第22卷第6号"时事评论"之《吴佩孚赴岳州》；又见1925年3月10日上海《申报》"国内要闻"版《吴佩孚抵岳之种种》。
② 李剑农：《中国近百年政治史》第536页。
③ 《段祺瑞拟就临时执政电》，见中国第二历史档案馆：《善后会议》，北京，档案出版社，1985版第3页。
④ 《善后会议会员暨代表姓名住址册》，见中国第二历史档案馆：《善后会议》，北京，档案出版社，1985版第41~48页。

交了《确立联治政制为改革军财各政之标准案》。这些提案都被列入善后会议议事日程①。会议召开的同时,湖南省议会议长欧阳振声率大批议员北上,宣传联省自治,并在北京发起组织了"全国各省省议会联合会"。这个省议会联合会早在上年8月时已由山东省议会发起,得到湖南省议会极力赞助,这次由于欧阳振声的努力,很快便于3月24日在北京宣告成立。省议会联合会成立后,各省议长联合起来,一面向善后会议争取表决权,一面电请未制宪各省迅速制定省宪法,以造成各省立宪自治的事实。会下,唐继尧、赵恒惕等实力人物直接致电段祺瑞,请接受联治提案,"兼之唐绍仪、章太炎等以名流为资格,从旁擘画一切,熊希龄梁士诒等挟其政界的旧势力在野代为疏通"②,于是段祺瑞在复唐、赵电中再次表示:"此次政局改造,其唯一途径,在使国宪省宪,同条并贯"③,其支持省宪自治的立场似乎十分鲜明。由是观之,当十几年的军阀混战耗散了一个又一个大军阀的实力之后,当孕育于广东的革命势力大展宏图之前,一直以来受南北政府打压的联省自治运动,忽然贯通朝野,再现"辉煌"。《东方杂志》的时评说:"各派各系既层层分裂,势均力敌,各不相上下,自保则团结力强,犯人则团结力弱……结果必至'分地自保'",因此,"由国内政治上势力之趋势观之,则不能不由地方自治;由经济状况与政治之关系观之,则应该由地方自治。故现在建国方法,除由地方自治以建联治国家外,殆无他种途径可取。"④

就湖南情形言,1923年由于护宪战争导致南北军队入境自治形

① 《临时政府制和联省自治的提案》,见中国第二历史档案馆:《善后会议》,北京,档案出版社,1985版第371~392页。

② 颂皋:《联治运动的勃兴》,载《东方杂志》1925年第22卷第10号。

③ 《王克家读段祺瑞复唐继尧赵恒惕书后》,见中国第二历史档案馆:《善后会议》,北京:档案出版社,1985版第125~129页。

④ 黄汉槎:《政局转变之因果与今后建国之方案》,载《东方杂志》1925年第22卷第10号。

象受损的局面，到 1925 年后有了根本改善。1924 年 9 月，驻扎常德的北军胡先念旅奉吴佩孚、萧耀南命拨队离湘，调驻湖北武胜关①。次年 1 月，萧耀南主动将所部第二十五师驻扎岳州的部队全部撤回。萧氏甚至复电赵恒惕附和联省自治，说："联治既成，统一斯现。心长语重，极表赞同。"② 善后会议召开之际，萧耀南特邀湖南省议会议长欧阳振声至官邸，详细咨询制定省宪事宜，欧阳氏力主鄂省速制省宪，以与湘省辅车相依，立联治之雏形，进而左右全国局势，而黎元洪亦自天津电萧，劝其审度环境与情势，制定省宪力图自治。萧氏大为所动。兼之鄂省议会民间团体极力推动，制宪声浪一时间高唱入云，湘鄂两省互助自治的前景再一次呈现，给孤立无援的湖南以极大希望③。更具讽刺意味的是，从前视湖南自治为眼中钉的吴佩孚，此时也成了湘省阻南拒北的一个助力。吴氏兵败避居岳州，与南北政府皆不两立，赵恒惕、章太炎等乘机游说，劝其"与鄂当局合作"、"主张联省自治"④。吴氏虽然对联省自治不感兴趣，然鉴于直奉战争后中央政权被对手掌握的情势，为图东山再起，只有依托地方军阀，因此，竭力运动湘鄂川黔豫等数省联盟及"联防自保"⑤。这使湘省于南北夹缝中获得了些许回旋空间。

在这种形势下，赵恒惕及其新政府决定励精图治，以铁腕手段切实整理内政，统一军权财权，以巩固湖南自治并使之为联省自治之表率。而经修改后的《湖南省宪法》赋予省长以极大权限，为赵氏推行其强硬政策提供了制度支持。

293

---

① 《胡先念旅不日拨队离常》，载 1924 年 9 月 24 日《大公报》。

② 1924 年 12 月，赵恒惕因欲促成联省自治，电商各省，请迅速制宪，萧耀南即复电表示赞同。参见长沙 1924 年 12 月 14 日《大公报》第 6 版：《萧耀南复电赞成制宪》。

③ 《鄂省之自治运动》，载 1925 年 3 月 18 日《申报》。

④ 汤志钧：《章太炎年谱长编》，北京，中华书局，1979 版第 825～826 页。

⑤ 陶菊隐：《吴佩孚将军传》第 120～121 页。

十一·一 扼制军人干政的整理内政计划

还在 1923 年底护宪战争刚刚结束时，赵恒惕便乘战胜之余威，再提整理财政计划。当时财政司根据省长命令，制定和公布了整理财政办法数条，规定自 1924 年 1 月 1 日起，各县局收入一律解库，各军队不得再向各地征收机关提取赋税；所有军饷，由省金库统一支配；所有积欠，不论旧案新案，一律停止拨付。具体办法是：财政司将各金库所辖收支区域内各征收机关应解的厘金杂税等数目查明，开列清单，令各金库派员前往守提，同时令饬各县知事予以配合，然后，各金库根据省长所审定的各师暂定军费数额进行拨付。为示公正公开，财司按月将各金库每一笔收入的来源及拨付去向，详细造具表册，公之于众①。

在政府整理财政同时，省议会又一再催促政府收束军队、核减军费。1924 年 2 月，省务院长率省务员出席议会，报告执政方针及整理军事财政办法，同意切实裁军，并表示"议会与政府此次一致护宪，患难与共，以后政府对于省宪总当极力拥护，务祈表现自治精神"②。不久，省长赵恒惕颁布整军命令和新订军事编制，要求各师旅将所部编制及编外人员造册呈报，以凭核实，并派员到各处军营点验军械，以裁汰冗员③。

这一轮整顿军事财政计划仅仅维持了几个月。财政方面，由金库统一支配军饷的制度从 2 月份开始执行，但擅自提拨之事仍时有发生。到 9 月，各军更以备战为由彻底打破禁令，纷纷向地方直接提款提粮。

---

① 《财政司统一财政之见端》，载 1924 年 3 月 6 日《大公报》。
② 《第七次临时会议事录》，载《湖南省议会报告书·卷四·议事录》，第 41~45 页。
③ 《省长整顿军费之要电》，载 1924 年 7 月 12 日《大公报》。

军事方面，裁兵方案不了了之。之所以如此，主要有两方面原因：第一是军饷缺口太大。当时各军向财司通报的军饷预算，每月总数达 90 余万元，而财司每月收入，平均不过 30 余万元，无计可施之下，只得根据每月实际收入，将军费按比例平均分配①，当然远远不敷各军使用，擅提粮款的事也因此无法制止。计划失败的第二个原因是军情紧急。1924 年 9 月，孙中山再举北伐，四川军阀熊克武此时也挂起了北伐旗帜，以假道攻鄂为名率川军入湘，此前被省军击溃的蔡钜猷亦受熊之收编卷土重来，占据湘西②。而在护宪之役中出走汉口的林支宇，亦回常德召集旧部，接受孙中山大元帅府任命的建国联军湘军第一军总司令职，同蔡钜猷、熊克武合作，与省军对峙③。与此同时，谭延闿率赴粤湘军攻赣，陈兵湘粤边境，对湘东形成压力；程潜率部进攻宜章，威胁湘南。一时间，湖南三面告急，军队疲于奔命，当局也就顾不得将领们违反禁令擅提滥征了。

这一轮整理内政计划的失败，说明内政要有根本之刷新，首先要裁减军队，否则穷尽全省之财力尚不足以养兵，又何谈理财。但是，孤立的省宪自治首先必须保境，而要保境又不得不养兵，这是当时有心图治的议会和政府无法解决的难题。正如李剑农所说："既欲保境，必须养兵，养兵以保境，无异扫境内以养兵，民疲负担，如何能息，民疲其筋力以负担军费，犹尚不给，则一切建设，无从开始，所谓模

295

---

① 《省长支配七月份军费电》，载 1924 年 7 月 21 日《大公报》。

② 1924 年 9 月直系内讧江浙战争爆发，受制于直系的云南唐继尧、四川熊克武与孙中山达成协议，决定分途北伐，会师武汉。11 月，熊部川军由黔东入湘西，蔡钜猷受熊收编，在辰州就任孙中山任命的建国联军第六军军长。熊、蔡的军队开到湘西后并不北伐，而是占据要津提征赋税收编土匪，湘西各属深受其害（见陶菊隐《北洋军阀统治时期史话》，第 1408～1411 页；又见 1925 年 4 月 10 日《申报》第 6 版《熊赵将战之局势》）。

③ 《湘西战事暂行停顿》，载 1925 年 5 月 3 日《申报》。

范省者，徒托空言。"①

　　到 1925 年，经过对湘南湘西几次用兵之后，湖南终于迎来了一个四境稍为安谧的短暂时期。这年 1 月，谭延闿的北伐湘军在江西战败，内部分化，湘东压力基本解除。与此同时，省军在湘南连续两次击退受孙中山命假道湖南北伐的程潜部队，程潜本人一度被镇守湘南的唐生智诱入汝州擒获。随后，省军抽出兵力对付湘西的川军和滇军。4 月，省军进攻湘西，以破竹之势攻占桃源、常德、辰州诸要塞②。不久，又击退唐继虞滇军，夺回特税所出之洪江③。5 月，川、滇军队相率出境，蔡钜猷、林支宇兵败出走，湘西底定④。

　　在军事趋于统一的基础上，湘政府再一次端出整理内政计划。因吸取了前一次失败的教训，这一次计划更注重裁兵，并决定刷新吏治，扫除理财障碍。1925 年 3 月 2 日，赵恒惕于省长署召开军政会议，与各高级军官统一意见，决定大政方针。经过详细讨论，这次会议通过了精简军队、整饬吏治、统一财政三大议案，主要内容为：①实行一枪一兵，按新订编制收束并改编部队。②知事民选，未实行前先考试，合格者方能任用。③统一财政，各厘局征收款项一律解缴金库，各军经费，由政府统筹发给⑤。

　　湘省自实行自治以来，军政会议通过之裁兵理财决议案不胜其多，

296

---

　　① 李剑农：《中国近百年政治史》第 506 页。
　　② 由于熊克武与赵恒惕有旧谊，加之当时谭延闿正受命出兵江西北伐，对湘东形成威胁，所以赵一开始未与熊氏破裂，只一再婉请川军离境。湘东的压力解除后，赵便抽出兵力对付川军。1925 年 4 月，省军进攻湘西，蔡钜猷所部军队纷纷倒戈，省军于是以破竹之势占领桃源、常德、澧州、辰州等地。熊、蔡在湘西不能立足，乃取道广西前往广东。见长沙《大公报》:《蔡钜猷改受熊克武命令》(1924.11.13)、《省军进驻常德情形》(1925.4.17)；《申报》:《湘西战事将告结束》(1925.4.30) 等报道。
　　③ 《湘军击退洪江滇军》，载 1925 年 5 月 23 日《申报》。
　　④ 《湘西战事暂行停顿》，载 1925 年 5 月 3 日《申报》。
　　⑤ 《国内专电·长沙电》，载 1925 年 3 月 6 日《申报》。

而其结果，大多虎头蛇尾，或因内乱被迫停顿，或因外患不了了之。这一次决议，虽然是在内乱戡定外患稍平的情况下作出的，其中的窒碍难行之处却并未因此减少，因无论裁兵理财抑或整顿吏治，矛头皆直指各地小军阀，实质是要各级将领大小军官交出地方财权、用人权，削减自己的实力。没有哪一个地方军阀会乐于实行这样的决议案，除非他们不得不屈服于最高长官的意志。而大权在握的赵恒惕，此番确有强行贯彻自身意志的倾向。为了得到地方军人配合，他采取了一种看上去十分开明的策略，尽量容纳大小军官的意见，凡事必征得高级军官同意，使得军官们在无可奈何中高度参与了这一次旨在消解自身权力的整理内政计划，从而使这一次努力具有一些实质性内容。下面，先从吏治整顿说起。

十一·二　1925 年的全省县长考试

前文多次提到，当时政府财政危机的主因，是军人截留赋税。而军人截留赋税的途径，便是把持地方用人行政，往往一防区内知事、征收官吏的任用，皆由该防区的军事实力人物直接或间接操纵，政府鲜有干涉之权，所以财政屡言整理而从未有效。1923 年底护宪战争结束后，省议会曾通过相关议案，咨催政府澄清吏治，统一地方用人行政，以免二次讨蔡之情事①。由于省宪修改、局势动荡等等原因，这个计划直到 1925 年才正式决定实行。在 1925 年 3 月 2 日的军政会议上，内务司长吴景鸿提出了一个整饬吏治方案，其主要内容为：由内务司制订规划，此后任用知事，分考试、保荐两种，凡考试不合格或保荐不被核准者，无论何人，一律撤换。同时拟成立吏治研究所，凡考试及格或保荐核准者，须到吏治研究所研究县行政半年或一年，方

① 《省议会昨日议事记》，载 1923 年 12 月 20 日《大公报》。

能委署现缺。至于现任知事，一律改为代理，开除原缺。吴氏的这个方案以及所附"湖南任用知事暂行条例"、"吏治研究所章程"，均得以通过，成为随后考试知事统一民政的蓝本。①

是年5月，内务司正式宣布举行第一次县长考试，并拟定投考办法数条，规定自1925年8月20日起至月底止为报名日期。内务司且在司内设立考试筹备处，筹备进行各项事务②。

对于此次考试，赵恒惕极为郑重，特聘章太炎为考试委员长，派前财政厅长袁华选赴沪迎接。又聘请前教育厅长葛允彝、前省务院长李剑农为主试委员；时任湖南高等审检两厅厅长李芨、萧度，财政司长张开琏、教育司长颜方珪、实业司长唐承绪、司法司长刘武为监试委员；内务司长吴景鸿为监试主任委员，以昭慎重③。

任县长考试主考的章太炎

9月25日，章太炎应邀来到长沙，担任主考。26日，考试开始。考试程序，分甄录试、初试、复试三场。甄录试及初试以笔试行之，考试内容为论文及关于地方行政之策问、宪法大纲、现行行政法令、设案判断、草拟文牍等项。复试则由主试委员任意口试，各项科目，均需满70分以上方能取录。当时报名应试者共计564人，经内务司审查资格后，有430人参加了第一场甄录试，考试结果，共取录162人，以章委员长名义揭榜。9月30日，进行第二场初试，取录60人④。10月3日，省长赵恒惕对初试合格者当面口试后，取录30人，发给合格证书，决定送往吏

① 《军事会议中之又一案》，载1925年3月3日《大公报》。
② 《政府定期举行县知事考试》，载1925年5月26日《大公报》。
③ 《湘赵考试县长之郑重》，载1925年9月30日《申报》。
④ 《湖南考试县长之初试复试》，载1925年10月5日《申报》。

治研究所学习6个月后分别任用①。

在当时军阀乱政、纪纲荡然的情况下，湖南公开招考县长以杜军人干政之弊，成了一桩引人注目的"创举"，全国各大报纸均有报道。现摘录《申报》"国内要闻"版的报道如下：

湖南此次创举县长考试，赵炎午认为澄清吏治、昌明内政要图，特请章太炎先生来湘主试，于旧学院试场旁，特设招待室，作章氏下榻处，布置极为华丽。章氏系于十九号由沪起行，二十二号到汉，鄂萧对章亦颇优礼，勾留二日，乃于二十四号半夜十二时，特派武长专车，送章来湘。二十五号晨到岳，蛰居洞庭湖畔之吴子玉，特派参议长葛豪（前湖南铁道警备司令）在站欢迎。章氏至吴氏兵舰，作三小时之密谈，以致长沙方面迎章者，望穿秋水，不见来车。至下午三时许，章氏

1925年10月上海《申报》对湖南县长考试的报道。

专车始行抵站，赵省长暨军界贺师长、政界司长吴景鸿等三十余人，脱帽登车，握手欢迎，即请章氏乘舆，军队军乐前导，省长各要人殿后，至学院招待所，当鸣大礼炮九响，以表敬意……

县长考试，于本日（二十六日）举行甄录试……迨晨光熙微，钟鸣五点，处内放礼炮九巨响，开始点名。应考者齐集旧学

① 《国内专电·长沙电》，载1925年10月6日《申报》。

院头门之外辕门内，先以草册点名一次，应考人应名入头门，施行检查后，每五十人一排，鱼贯进至仪门。省长赵炎午照正册点名，各给试卷一本、试场规则一份，向省长一鞠躬后，由东仪门而入试场，按号就坐，费时一句钟之久。应考者四百三十人（余未到），又放巨炮三响，截止点名。委员长章太炎氏，出论、策题目各一个，油印数百份，交由监试主任吴景鸿入试场，分发各应考人，扃门严试，场外特有军警站守，非考试事务处职员，不许入内。场内有监试委员巡视，禁止有违规则举动，关防极为严密。湘赵亦亲到场内巡察数周，直至午前十一时方回省署处理公务，临时并加派章太炎内弟为襄校委员，陈焕南帮忙监试。其所出试题，论题为《宰相必起于州部论》，策题为《问区田防旱，自汉至清皆有成效，今尚可行否》……①

本日（三十日）第二次举行初试……百六十二人全到，又鸣礼炮三响，扃试场双门，示题考试，并出四题，限是日下午六时缴卷。因题目尚易，届时均完卷出场。试题如下：一，联治实行，制定国宪，对于国会制度，应采两院制乎？抑采一院制乎？试说明之；二，地方保卫团，于地方警察，根据法令，究以如何设施为宜；三，今岁城南北大火，其发火地点，因煤油商店贮藏煤油甚多，以致火势蔓延，不易扑灭。政府对于煤油商店之开设地点及各种设备，乃以命令取缔之，煤油商人因此项取缔命令，蒙营业上之不利，援引宪法上居住自由及营业自由权，呈请政府收回成命，应如何处理，试批判之；四，拟严禁败坏政俗之书籍令……第四题"政俗"二字，原系"风纪"二字更易，盖出题者之意，其注重点，在防止过激文书之传播，故以风纪易政俗，以考应试者心理之揣度也②。

①《湘赵考试县长之郑重》，载 1925 年 9 月 30 日《申报》。
②《湖南考试县长之初试复试》，载 1925 年 10 月 5 日《申报》。

湖南长沙贡院旧址，1925 年 9 月的县长考试在这里举行。

《申报》如此详细不厌其烦的报道，反映出此事在当时备受关注的程度。而湘政府如此郑重大张旗鼓的手法，则是为了标榜自治模范省形象。这一次公开考试完毕后，赵恒惕即通令各军政长官，宣布自此以后，所有县长任命均须查照任用条例办理，"否则概不录用"①。

在筹备进行县长考试同时，湘政府又进行了一次全省范围的法官考试和警官考试，并对各地征收官吏的任用进行了彻底整顿。法官考试和警官考试的情形与县长考试类同，这里不再赘述，只简要叙述征收官吏的整顿问题。

当时军人截留赋税的手段，除了控制各县知事以搜刮乡里，便是把持各地厘局杂税局以苛征商民。厘金杂税，历来为湘省岁出之大宗，亦为军政各费之所出。各地厘金局杂税局，名义上由财司统辖，实际上为军人势力盘踞，各局长无不为强有力者之亲戚故旧。现在政府既然要统一财权，就不得不从军人手里夺回税局，对各地征收官吏进行撤换。1925 年 8 月初，政府通令整顿厘金，省长赵恒惕首先电告各师

① 《省长澄清吏治之决心》，载 1925 年 11 月 4 日《大公报》。

长、镇守使、督办及各旅长等，请将各所保荐之厘局长解职。电曰："目前财政紊乱，已达极端，整理税收，刻不容缓。其主要尤必先从厘金着手。现已颁布整理厘金纲要十二条，拟以严厉之法规，扫除深痼之积弊。条经决定，势在必行。惟查现任各征收局长，类多与军事长官有亲属关系之人，其办法又皆为阡子团所操纵，现当切实整理之际，言情则法所不贷，执行则情有难堪，势无两全之策。不若先由原保人转告现任局长，自行解职，另谋位置，庶法令可利推行，税收不至中饱……"① 由于赵氏事先曾商得各军官同意对厘金进行彻底整顿，所以这一番通电发出后，各高级军官纷纷作出反应。8月中下旬，第三师师长叶开鑫与第一师师长贺耀祖先后复电赵，称"已令与职有关系之各厘局长解职，静候交代"②。第二师师长刘铏率属呈赵，称"二师防区所辖厘局如有不法，敬候严办，就令铏等自身误触署章，亦可绳之以法，况仅一征收吏曹耶！"③ 第四师师长唐生智亦复电表示："无论如何撤惩，生智绝不置喙"④。

在获得各军官公开表态支持的基础上，省长赵恒惕于9月初颁布统一财政用人权令，通告各厘金局长、杂税局长、榷运局长、常关监督以及其他征收官吏："如遇改委，务即遵令移交；倘有抗令不交者，处以死刑，以一财权而肃吏治。"⑤ 与此同时，赵已雷厉风行撤销大批军官所保荐之厘金局长，并令嗣后不再用局长名称，改为"整理委员"，而财司亦延揽大批征收员，准备将现任征收官一律解职⑥。这一强硬举措，为财政增收以及收支统一扫除了一大障碍，具体情形下文还将述及。

302

---

① 《省长电令各军官切实整理厘金》，载 1925 年 8 月 15 日《大公报》。
② 《国内专电·长沙电》，载 1925 年 8 月 20 日《申报》。
③ 《国内专电·长沙电》，载 1925 年 8 月 18 日《申报》。
④ 《国内专电·长沙电》，载 1925 年 8 月 17 日《申报》。
⑤ 《统一财政用人权之严令》，载 1925 年 9 月 4 日《大公报》。
⑥ 《国内专电·长沙电》，载 1925 年 8 月 27 日《申报》。

十一·三 裁兵

裁兵问题，在1925年3月2日省长署的军政会议上讨论最久。其实湘省军队在援鄂战争失败后，曾经过一次整顿，有所收束。然而1923年护宪军兴之后，又再度扩充，除四个正规师外，另有岳阳镇守使、湘西镇守使、湘西巡防营等部队，名目繁多，军额浮滥，财政不堪其负。这次军政会议一个最重要的决定，便是制定新编制，对军额进行严格限制。具体规定如下：①第一师编制两旅，计步兵六团，骑兵一团，炮工一团。②第二师编制两旅，计步兵六团，骑兵一营，外加工兵二连，炮兵一连。③第三师编制三旅，计步兵九团，炮兵一团，骑兵一团，工兵一团。④第四师编制三旅，计步兵九团，炮兵一团，骑兵一团，工兵一团。⑤岳阳镇守使直辖步兵三团。⑥独立旅第十四旅归第三师指挥。⑦新编宪兵一营，照宪兵编制，为整饬军纪之监督机构。⑧省署卫队。除此以外一切旅团营及司令名目一律取消，即行归并。由于实行新编制后被裁汰之军官必多，军事会议又决定另设一军事参议院，直隶省长，凡编余之旅团营长，即改为预备役，仍照原薪支给，为储战人才之选，一律委充军事参议院参议、参事等名义，其余参谋团附副官，自少校以上者，亦照前项办法①。

裁兵决议通过后，省长要求各部队循名核实，汰冗去滥，切实点验枪支，然后按新编制改编部队，撤销所有不符规定的番号及军事机构，并统造军事花名册，以便根据实际情形核实军需，缩减军费。当时与会各军官无不表示赞同，承诺"所嘱之件，当然遵谕进行"②。在随后的几个月中，第一师贺耀祖部、第二师刘铏部、第三师叶开鑫部，都进行了不同程度的裁员和改编，其中第一师裁并幅度最大。在3月

---

① 《湘省军政会议纪详》，载1925年3月8日《申报》。
② 《昨日省长署军事会议纪闻》，载1925年3月3日《大公报》。

18 日省长颁布的裁军令中，第一师第七旅、第十旅、第十六旅旅部均被撤销，在此之前，贺耀祖已对这三个旅属下六个团进行裁并。这一次被裁撤的还有：第二师第十二旅旅部、卫戍司令部、岳州守备司令部。4 月，第三师第六旅实行改编，原有三团十营被并为两团七营。7 月，贺耀祖奉省长令，以武力解散唐生明第十三旅，其下属三团一独立营，全部被缴械遣散。另外，省长还对水上警察厅实行裁并，将原有 12 区，裁撤 8 区，划并 4 区①。

当各部队依省令进行军事收束和改编时，湘西战事接连不断，战败军队纷纷要求省军收编。省议会见军队又有扩充，大为不满，迭催政府切实裁减②。这时，新省宪法经总投票后于 5 月 13 日正式公布，省政府进行改组，赵恒惕根据新省宪第五十七条以省长兼任省务院长，各司司长皆由其直接任命。大权独揽之下，赵氏亟欲励精图治，他在出席第一次政务会议时宣布："余已具一决心，自今以往，为图治时期；图治不能，即行辞职。"③ 因此当湘西底定之后，他决定采取更凌厉的手段，规定更严格的精简军队办法及军需条例，以进一步裁减军队和缩减军费。

9 月，赵恒惕派遣郑鸿海、唐希忭、何键、蒋锄欧 4 旅长赴西北及东南各省考察军事，同时亲身前往益阳、常德、宝庆、衡阳等处，对全省军队进行一次通盘检阅④。10 月初，何键等 4 旅长将考察张家口、天津、浙江等各处军队所得，拟具整理军事财政概要 14 条，呈报省长及各该长官。赵恒惕于是就旅长们的条陈征求高级军官意见，谓

---

① 以上内容均见 1925 年长沙《大公报》第 6 版"本省新闻"：《省长颁发裁编军队要令》（3 月 19 日）；《第一师三旅裁并后之改编办法》（3 月 22 日）；《六旅军队归并之消息》（4 月 13 日）；《贺师长解散十三旅详情》（7 月 11 日）；《水警厅裁并案已通过》（6 月 29 日）；《省长裁并水警区队之要令》（11 月 5 日）。

② 《国内专电·长沙电》，载 1925 年 5 月 26 日《申报》。

③ 《湘赵出席政务会议之演说》，载 1925 年 6 月 1 日《申报》。

④ 《湘赵出外检阅军队》，载 1925 年 9 月 9 日《申报》。

"吾湘军财两政，废弛紊乱，无可讳言，当此四郊多垒之秋，罗掘俱穷之日，非切实整军，不足图存，实行理财，不足自给。仰即各召所部，详加讨论，应兴应革，各抒意见，以待采择施行"①。随后，贺耀祖、刘铏、叶开鑫、唐生智等高级将领，均有条陈到省署，各述整顿军财之具体意见。在此基础上，赵恒惕于12月7日在省长署召集军财联席会议，参加者有各师长、镇守使，在省之各旅长、参谋长、财政司长及省府其余各司司长。会议详细讨论并逐条通过了整顿军政、军需、财政三项要案，统限于1926年1月1日起实施，各军官且当场表态，"誓以至诚，遵照奉行，并于议案后，署名盖章"②。

这次会议通过的精简军队办法包括：①各师镇旅团编制，照本年第一期规定数目，只准有减无增。②每营限定四连制，各师应于规定团数内，每连须编定步枪108支，最少亦须90支，否则废连。③所有各部队枪支，概以正式五响为限，如汉造沪造粤造川造德造日造奥造之类；其他各杂色步枪如湘造九响单响之类，一律裁汰，呈缴政府，分别存废。该项杂色枪兵截至（民国）15年1月1日起停止发饷。④自议决之日起，各部队一律停止购械。⑤各团依上项规定编并时，其方法以枪支最少之团，向枪支较多之团并入，其编遗之团营长，如各该部队有相当缺出，即以之优先补用。⑥设军政整理委员会，由本会议公举委员长协助省长，着手整理一切军政重要问题，其条例另定之。⑦各部队遵照规定，即日改编，以月底为限。届期由军政整理委员会选派各部旅团长，切实互行点验，如有不遵规定者，即行分别惩办。⑧自议决之日起，无论省内所属何处，不准再造湘造枪支，违者严办③。

精简军队之外，这次会议又通过了新的军需条例，主要有：①为

① 《国内专电二·长沙电》，载1925年11月6日《申报》。
② 《前日省署军财联席会议纪事》，载1925年12月9日《大公报》。
③ 同上。

图军需整理敏捷，给予平均起见，自（民国）15年1月1日起，各部每月发饷，暂以团为单位，直接向省长署领取。各师之独立营连，向该直辖师部领取。②在军队未改编就绪以前，各师旅部薪饷，照现行给予令发给，至各团之薪饷确实数目，由省长电令各团长即日核实电呈，并限于电到后一星期内将花名饷册分送省署及师部镇署查核，以为发饷标准。各团长不得丝毫虚报，省长随时抽点部队，如查有虚报者，即处以相当之罪。③各部薪饷及各项临时费，从（民国）15年1月1日起，概须遵照政府命令，由指定之金库领取现款，除各特别收入外，不得任意就地提拨，违者即处以相当之罪。④各师部、各镇署、巡防军、鄂军旅，各选派军需能员一人，组织军需委员会长期驻省，清查以前积欠，并监察审查以后一切军需事务，以期绝对公开①。

从以上内容可以看出，这次军财会议的要旨，是统一与集权。当时湘军经护宪之役后，在政治派系上虽趋于单一，但军政管理上仍混乱无章，各师旅编内编外人员的具体情况、枪械种类和数目等等，不独省署无凭无据，即各

1926年1月27日《申报》关于湖南裁兵的报道。

师旅部亦无精确表册可稽②。至于割据地方、擅提粮款、把持民政等等，仍一如从前。这次议决的事项中有两点至关重要，一是硬性规定士兵的枪支规格以及停止购械、停止自造枪支。这一条如果得以贯彻，不但兵额可以大幅缩减，而且军队的编制、配备可实现统一，军队的

306

① 《前日省署军财联席会议纪事》，载1925年12月9日《大公报》。
② 《贺师长遵行议案之先声》，载1925年3月9日《大公报》。

整体素质亦可望得到提高。第二点更为要害，即由省长署直接向各团发饷，控制军需。这样一来，不但各师长旅长的权力大为削弱，而且各部军队实际的人员编制情况，将为省长掌握，将领们据地自肥扩充实力的欲望和野心，将遇到最大障碍。赵氏的这些集权措施，本是为各军长官所反对的，因此在会议召开之前，赵曾一再设法疏通，并以去就相争，才取得军官们谅解，并在会场上当众"画押"①。

军财会议之后，赵恒惕又颁布了一个措词严厉的训令，命各军政长官切实遵行议案。令曰："……湘省之财力有限，湘民之困顿已深。前此以用兵之故，征发提拨，取办临时，招募收编，权宜集事，诸多草创，未合定程。论事实虽具苦心，论治理实乖统一。自非根本改造，彻底解决，进求后效，共凛前车，不唯无以对人民，且将何以持来日。本省长与各军政长官，同属湘人，同受重托，维桑与梓，实切瞻依，自当一秉至诚，痛除积弊，涤兹旧染，咸与维新，庶乎克任仔肩，勉图补救。言行一致，信誓弗渝。若仍各自为政，一意孤行，或竟敷衍因循，再蹈前辙，本省长唯有执法相绳，尽其职责，然后退避贤路，以谢人民。"② 这个训令可谓声色俱厉，态度决绝，表明赵氏已下最大决心，要对军事财政作彻底之整顿。

赵恒惕的训令颁布后，湘军各重要将领均有通电，表示竭诚遵行议案，"拥护钧座悲悯之怀，而成吾湘承平之美"③，"倘逾越范围，或奉行不力，愿自居于共弃之列"④。军官们既已在议案上签名盖章，又公开通电表示如此态度，而省长更有破釜沉舟之决心，因此这一次整理军财行动，看上去大有凌厉无前之势，被舆论评价为"实前途最大

---

① 《湘省军队实行裁并》，载 1926 年 1 月 27 日《申报》。
② 《省长颁行整理军财议决案训令》，载 1925 年 12 月 15 日《大公报》。
③ 《三军官遵行军财议案要闻》，载 1925 年 12 月 24 日《大公报》。
④ 《两军官竭诚遵行军财议案要电》，载 1925 年 12 月 22 日《大公报》。

乐观也"①。

　　根据军财会议决定，省长赵恒惕于12月21日颁布了《整理军政委员会条例》。条例规定，现任各师长、镇守使均为委员会委员，委员长由各委员公推；委员会之下设襄校若干名，由省长在现任旅长、参谋长中指定数人充任；委员会的主要职责是审核陆军编制、点验各部队枪械、分配军事器械、改良和监制军事装备和物品、决定军事教育方针等等。《条例》又规定，凡重要提案，须得委员三分之二以上同意始能执行；当有委员身在防地不能参加表决时，须呈请省长电商以求得真实意见②。

　　在筹设整理军政委员会同时，赵又电令各师长、镇守使，各选派军需能员一人到省报到，于1926年1月12日正式成立了"军需委员会"。成立这个委员会的目的，根据赵氏在成立大会上的演说，主要是为了使军队内财政公开，并逐步实现军需独立。他说，军需占财政之大部分，倘军需不能整理，则统一财政必托空言，故组织军需委员会。其重要目的，则在财政公开，使各军不致专为自己收入，不顾他人困苦，俾得酌盈济虚，庶几开源节流，均可容易着手。他同时强调，以后须审察财政之实况，以为养兵之标准。各军兵额之多寡，枪数之购置，都必须由省政府统筹③。

　　我们从以上两个委员会的组织情形观察，可以看出赵恒惕在致力于集权和统一时，总在贯彻一种类似军事民主的原则，以期得到军官们最广泛的支持，并竭力使各部队、各将领之间形成彼此牵制的局面。此种堪称民主的作风，反映出当时军事权力分散以及赵氏本人控制力虚弱的实质。而这一点，在军财会议决议案的落实过程中表现得尤其明显。

────────────

① 《前日省署军财联席会议纪事》，载1925年12月9日《大公报》。
② 《国内专电二·长沙电》，载1926年1月12日《申报》。
③ 《湘省军需委员会正式成立》，载1926年1月18日《申报》。

根据议案，自 1926 年 1 月 1 日起，所有各部薪饷，概由省署统一发给现金，省长因此一再电令各师长、镇守使、旅长、团长等，迅将各该部每月应需薪饷、公干、药擦等费，详细造表上报，以凭核实。然而，当期限已届时，各师署旅团详情电复者，寥寥无几，以至于省署统发 1 月份军饷时，无凭无据，只能按各部任意上报的数额发给。赵恒惕盛怒之下，一面将上报期限展延，一面严电申斥，规定逾期不报经费实数及花名饷册者，即停发经费，绝不丝毫变通①。又，根据议案，各部应在 1925 年底，将军队改编完竣，实际到年底时，无一军队能如约履行议案，赵氏也只得将改编军队的期限向后展延②。可见，各军官虽然信誓旦旦表示遵循议案，实际上大多数人都在敷衍观望。

在普遍的观望气氛中，也有少数军官，以深明大义的姿态推动议案实施。其中，最出风头的当属岳阳镇守使下第三十一团团长刘世涛。刘氏见编并通令已下而实行者寥寥，乃自请解职，要求省长及岳阳镇守使将其所部第三十一团从速编并，"以为各军倡导"。他自请编并的电呈说："湘民困苦颠连，不为不久矣，政府非不知也，徒以障碍难除，未遑救瞻。今幸前议告成，实属生机再转。凡有血气，畴不拜嘉。若犹故意遄行，自问实居何等。且彼推此卸，观望徘徊，善政实施，河清难俟。世涛之所以要求编并者，绝非沽誉鸣高，实以晚近世风，大都狃于名利，口舌尽谈乎退让爪牙仍肆其竞争。政治之所以不良，战祸之所以不息，莫非此辈阶之厉也。每有所触，辄深痛恨，甚惧躬自蹈之，谨于十五年一月一日起，将团长职务，交由中校团副谢福安暂代执行，以俟编并"，"在世涛不过一解甲之微，果能大众彻悟，命

309

---

① 《湘省整理军财议案之文电》，载 1926 年 1 月 11 日《申报》。
② 参见长沙《大公报》相关报道：《省长实行整理军财议案两要电》(1925. 12. 17)；《省长令报军费实数》(1925. 12. 25)；《长从新规定各军改编期限》(1925. 12. 27)；《省长限造预算饷册之严电》(1926. 1. 6)。

令风行，则国民福利实多，何乐不为。"① 刘世涛的这一举动，马上得到隆重表彰，其自请解职的电文则被当作一篇药石之言，广为传播。

由于刘世涛的主动解甲，驻防岳阳的军队最先改编完竣。1926年1月4日，岳阳镇守使邹序彬宣布，所部四团已照章改编，并为三团。第三十一团团部、工程营营部、卫队营营部着即取消，所有编余军官另行改委，员兵发一个月薪饷后遣散归田②。

高级军官中，第一师师长贺耀祖是比较自觉遵行议案的。贺耀祖的军队在年初的裁并行动中已有大幅收束。这一次军财会议之后，贺氏一回到防区便着手改编军队，12月底时，已将第十七旅第四十五、四十六两团裁并③。不久，又将第十九团、第七团合并编成一团；其他如警备司令部、补充团等，均行取消，或被强行解散，最后所余两旅七团④。

其余各师旅长，除第四师师长唐生智外，在省长"一日数电"催促之下，皆"勉强遵奉命令，分别裁并，除五响枪支外，概行撤销，或当众焚毁，虽于私人稍有不利，而为湘省前途治安计，不得不有此一举也"⑤。另外，当时全省财政在经过一番彻底整顿后于1926年元旦宣布统一，各师长、镇守使等被迫撤回驻各县提款委员，而各县知事在吏治改革的旗号下又面临撤换，这使得将领们将难以把持防地以自饱。他们要么服从，要么抗命，已无更多敷衍徘徊的余地。

1月中旬，第二师刘铏部也宣布改编完毕，并遵议案将官兵名册、枪械表等呈报省署。第二师原辖步兵第三、第四两旅，计六团十八营，另有警备司令所部三营，保安司令所部四营，以及师部直辖炮兵连、

310

---

① 《刘团长自请编并之电呈》，载1925年12月29日《大公报》。
② 《岳阳镇守使实行改编》，载1926年1月6日《大公报》。
③ 《国内专电二·长沙电》，载1925年12月31日《申报》。
④ 《湘省军队实行裁并》，载1926年1月27日《申报》。
⑤ 同上。

骑兵营等。改编后，警备司令部及保安司令部着即取消，所部七营以及第四旅两补充营分别裁并，共计减少两司令部九营，其裁并过程相当迅速。刘铏的报告说："凡职所编各部，皆颇有斗力……各补充营，从职已久，情难尽行淘汰。以屡奉钧令之故，不敢不忠于所事，多方开导，严密防范，幸赖钧座威德，未发一弹，未伤一卒，严令朝下，改编夕竣。事后思维，至滋悚惧，倘有疏虞，必紧地方，幸未辱命。"①

第三师叶开鑫部亦于1月初着手改编。至1月底，已先后将师部直辖炮兵团裁撤一营，工兵营改编为连，独立团改编为营，又将附属剿匪司令杨再杰所部一、二、三补充营裁撤，并准备将独立旅与第十四旅进行合并②。

另外，湘西巡防营统领陈渠珍、独立旅长姚继虞，都遵令焚毁杂枪，收束所部③。总之，1925年底的军财会议之后，湘省大部分军队都遵照议案进行了精简和改编，"其未遵议案者，仅第四师"④。

十一·四 统一财政

统一财政，是赵恒惕政府1925年整理内政计划的核心，前面所述精简军队整饬吏治等等一系列手段，无不是为财政统一打基础。在年初3月2日的军事会议中，统一财政之事已得各军官首肯。然而由于川、滇军队盘踞湘西，湘西各县税收连同洪江特税，大都被客军及本地叛军掳去，所以直至是年6月湘西底定后，统一财政的问题才正式提上日程。7月，赵恒惕任命省署军需课课长张开琏为财政司长，着

---

① 《刘师长电呈改编情形》，载1926年1月20日《大公报》。
② 《湘省军队实行裁并》，载1926年1月27日《申报》。
③ 《国内专电二·长沙电》，载1926年1月23日《申报》。
④ 《湘省军队实行裁并》，载1926年1月27日《申报》。

手实施整理财政计划。张开琏出身科班，毕业于中央陆军军需学校，曾赴日本陆军经理学校深造。1922 年秋被赵恒惕延揽回湘，先后任总司令部军需处主任、省府军务司科长等职，在军政界尚属无名小辈，之所以被赋予重任，是因为他长期从事军需，与各军来往较多，而军需又为财政支出最大端，由他掌管财司可便于合理支配军费①。张氏上任后，即设"财政清理委员会"，由各军政机关派代表组织，负责清查积欠，以便展布新政②。7 月 22 日，省长召集军事会议讨论整理财政具体办法。会议召开之前，照例通电各军长官征求意见，且将全省财政实况，

政府统一财政命令。

诸如田赋若干、厘金杂税盐税若干、特税若干、政府确切收入支出若干等等，和盘托出，请各军官提出整理和救济方案③。会议结束之时，照例请各军官签名画押，以表明所议事项乃军官集团共同约定，凡违反约定者将遭共弃。这次会议所议决的整理财政办法主要有二：一是核减军费；二是整顿税收，统一收支。关于核减军费，虽然议会数年来一直在旁督促，且在编制预算时竭力核减，然由于财政不能统一，加上连年兵事，军队不减反增，所以预算终归是纸上文章，每年军费支出有账可稽者，总在千万元以上。这次军事会议决定，全省军费每月共支暂定 78 万元，嗣后根据军队裁减情况逐步核减，以求收支相符。对于税收，会议决定从厘金入手，进行彻底整顿，具体办法被归纳为"整顿厘金纲要十二条"，内容极其严厉，如规定"票银与厘票

---

① 《张开琏代理财政司长》，载 1925 年 7 月 20 日《大公报》。
② 《国内专电·长沙电》，载 1925 年 7 月 31 日《申报》。
③ 《省长征求整顿财政意见要电》，载 1925 年 7 月 14 日《大公报》。

不相符者，拿办杀无赦"；"查得扦子包办者，杀无赦"；"废除厘税一切陋规，违背者，杀无赦"。为防范军人阻滞整顿计划，会议还决定：①凡违反十二条纲要者，一经查出，即指令该局所之驻军最高级长官负责，将该犯拿解来省，按照该纲要所订各条惩办，如军官有故纵情事，即行撤办。②明令撤办之厘杂榷运各征收官吏，如有抗不移交者，无论何人，即以军法从事，各军官不得容匿袒护①。

军事会议之后不久，省长首先对岳阳、城陵矶、靳江河、三汊矶、南华、白沙 6 个最大的厘局局长实行更委，是为整顿厘金第一声②。其时军官们在赵氏高压之下，纷纷表态遵守议案，支持政府行动。而财司挟省长之威严，奉令执行军事会议决案，积极对各地厘金杂税各局关进行清理整顿。

当时厘政败坏最为商民所痛恨者，是各厘局听任征收员营私舞弊，不加纠察，甚至利用"扦子团"暴敛横征，肆意诛求。所谓扦子团，乃交通关卡上专事抽税的帮派组织。有不负责任之厘局，为图便利或中饱私囊，常将厘金发包，让扦子团承办。扦子们于是逞其虎狼之性，敲诈商民，无所不用其极，致使商民每一种货物经过，完税至数倍之多。影响所及，百业凋零商旅裹足，而局长们坐拥厚利，朋比分肥。因此，整顿厘金纲要中很重要的一条，就是禁绝扦子团包办。为收整顿之效，财司一面对各处征收官吏进行更委撤换，一面对员司舞弊和扦子团包办进行清理，且设投告匦于

1925 年 8 月 26 日《大公报》对整顿厘金的报道。

313

---

① 《财司实行整理财政议决事项》，载 1925 年 9 月 18 日《大公报》。
② 《省长实行整顿厘金第一声》，载 1925 年 8 月 26 日《大公报》。

署外，准商民呈控举报①。

最先撞到枪口上的是第二师防区内南华厘局的扦子团首领、被称为"扦子大王"的马春泉。马春泉包办南华厘务违法苛征劣迹累累，屡被商民及各公团呈控，来自当地的省议员严国桢乃函请省长将马氏正法。赵恒惕即令第二师师长刘铏负责处置，刘师长随即将马春泉捉拿归案，处以极刑。是为整顿厘金第一大案，发生在当年8月底。刘铏将马春泉处决后又通电全省，表示竭力赞助政府理财计划："仍望我省座毅然以整饬财政为决心，诸公以出民水火为职志，坚持协力，共赞新猷。至职防区所属各征收机关，除加令各委员徇遵厘金纲要矢慎办理外，仍当随时监视，为彻底之整理。"②

雷霆万钧的整顿厘金行动很快见到成效。9月份，全省厘税增收15万有余；10月，增收17万余元。财司在各局关普遍增收的情况下于11月下令，加大征收定额，而各局关所收很快又超过了新定额，以至于省议会在审订民国14年度（1925年7月1日—1926年6月30日）预算案时，不断调整厘金收入项。最后审订结果，厘金一项列银476万余元，比上年度的224万余元增长了一倍有余③。

在议会审订的当年财政预算中，除厘金收入外，其他各项收入如盐税、正杂各税、官业收入等，均有大幅度增长，其收入总额，列银近2000万元，是历年预算中最高的一次④。虽是预算，却可见议会对

314

---

① 《国内专电·长沙电》，载1925年8月28日《申报》。

② 《刘师长枪决扦子大王后之通电》，载1925年9月1日《大公报》。

③ 参见长沙《大公报》"本省新闻"版相关报道：《整理厘金后各局关之长收项目》（1925.11.26.）；《财政司又加重厘局比较》（1926.11.29.）；《厘金增加收入之报告》（1926.1.26.）；《省议会审定十四年度岁入之全豹》（1926.1.12.）；《十四年度预算案之岁入》（1925.10.20.）。其中关于预算一项，资料显示，省议会审定的民国13年度厘金收入为2247540元；14年度预算列银4764878元。两相比较，14年度此项收入为13年度的212%，增长了一倍多。

④ 《省议会审定十四年度岁入之全豹》，载1926年1月12日《大公报》。

财政前途之乐观，亦反映出理财计划之成效。

然而厘金增收并没有带来财政秩序好转，甚至还激化了矛盾。由于厘金一向为地方驻军把持，早已成为各军粮饷重要来源，现在政府增收，意味着军人减收。更重要的是，政府有限的增收远远不能满足军费统筹的要求，财司仍然只能按比例支付军费数成。军队既然薪饷不足，厘金来源又被遏制，就想方设法到处筹饷，财政秩序因而更加混乱，特别是中秋节前后，各军为过节关纷纷出动，到各县坐索勒借，闹得鸡犬不宁，最终闹出了一场大大的筹饷风潮。

事情发生在湘潭县。1925 年 10 月，第一师和第三师分别派出筹饷委员，各向湘潭县筹饷 5 万元。经县民极力反对、政府电令制止后，第一师将筹饷委员撤回，但第三师所委之李超寰仍雷厉风行，索饷如故，全县商民遂集体罢市抗议。这是风潮的开始。未已，罢市风潮经各方极力调停后勉强平息，而李委员仍责成有关方面筹足 5 万元军饷。为制止这一行为，湘潭县议会、商会电请省议会援助。湘潭县籍省议员程起源等，应本县绅民之请在省议会动议，并经公决，咨请政府制止。与此同时，旅省湘潭绅民在长沙湘潭公会开会，推本县 4 位省议员及公会会长等回县，联络县议会及各公法团体共同阻止筹饷。筹饷委员李超寰非但不肯让步，反派兵将县议会议员马颂芬逮捕，诬为地方巨瘟，指其为煽惑罢市阻挠筹饷之元首，并要挟地方速将军饷筹足，否则派炮兵骑兵两团武装前往各区坐催，按名拿办等等。县议会见此情形，决定停会抗议，并派县议员 4 人到省，请求援助。旅省湘潭绅民闻讯，极其愤怒，湘潭县籍省议员朱矫立即在省议会提出紧急动议，将此事经过详细报告，请立时咨行政府撤回李委员，释放马议员，并立时去电制止筹饷。省议员们讨论此案时群情激奋，认为军人既可因筹饷而逮捕议员，则何事不可做？况筹饷之祸各县皆然，不独湘潭一县，主张停会抗议，结果很快通过表决，宣布省议会即时停会，等候政府答复。散会后，副议长王克家偕湘潭县籍 4 省议员、4 县议员同谒省长，最后在省长直接干预下，第三师勉强撤回委员，风潮始告平息①。

湘省议会以及各县议会对于军人非法提征，历来十分抵制。省宪颁布后的数年中，各县议会因此事向省议会的请愿以及省议会因此向政府提出的咨行议案，数不胜数，令政府深感头痛，也令军人大感不便。更进一层说，省议会和县议会之所以不遗余力反对军人非法提征，并非由于议员们格外尽职尽责，而是由于议员们所代表的绅士阶层在把持地方政权方面与军人存在尖锐的利害冲突。事实上，当时全省各地情形，一方面是军队到处擅提滥征；另一方面则是各地尽量拖欠政府明令指拨的军饷。虽然各县知事及征收官吏大都受军人卵翼仰军人鼻息，但不买军人账的议员、会长、都甲团绅等等，大有人在。他们在自己权力所及的范围内把持赋税，使各县局征收困难，而各县局拖欠各军队款项也因之数额庞大②。如此一来，军人常以索取欠款为由摊派勒索，议员常以百姓不堪重负为名反对捐输，双方都理直气壮，无休无止地打着同样的钱粮官司。不过，尽管军人和绅士三天两头将官司打到省长那里，但像湘潭筹饷风潮这样，因反对军人提款而导致县议会和省议会同时停会的事态，还是第一次出现。

湘潭筹饷风潮以及同类事件的发生，说明理财计划在某种程度上激化了军队与地方的矛盾。政府一方面严厉要求税收上缴，另一方面又不能发足军饷将军队养起来，军人当然不肯答应，只会强行与政府争夺税源，这样不唯财政不能统一，地方将更受其害。换句话说，财政要从根本上统一，政府必先解决军人生计，否则理财措施越严厉，军人越走极端。然而，政府在统一财权集中税款之前，又怎会有发足军饷的能力呢？

为了摆脱困境，湘政府决定在税收整顿已初见成效的基础上，借

① 《湘潭筹饷风潮之扩大》，载1925年11月4日《申报》。
② 《各县局欠解三师税款数目》，载1926年3月9日《大公报》。

巨款解决军费统支的难题，以求财政统收之实现。于是，便有了12月7日省长署军财联席会议的召开。出席这次会议的，除政府大员外，几乎所有军界要人都被召出席。赵恒惕在会上痛切陈辞，大意说，军队万不能再苛索了，你们如果仍自由提借，我何以对人民，大家拿出良心，湘事犹可为，否则愿引退①。经军官们讨论同意，这次会议决定，从汉口中国银行借款180万元，作为统一财政之周转资金，自1926年1月起，军饷由政府统一发足，税收由政府统一收取。

在这次军财联席会议召开之前，借款之事已由湘政府与中国银行达成协议并为外界所闻。旅京湘绅及湖南筹赈会等团体激烈反对，电请省议会一致阻止。一向反对借款的省议会因见政府此番厉行裁兵，又具整理财政之决心，认为"借款如能整理，亦属可行"，所以默认了这次借款②。至于借款条件，大致如下：①借款十足交付，无折扣。②按月息一分一厘五行息。③借款总额180万元，分三期交付，每月一期，第一期交70万，二期60万，三期50万。④借款抵押为湘省盐税。⑤第一期交款后，全省税收解库，分月偿还③。

根据这个借款条件，参照当时湘省财政状况，可以得出结论说，政府此次借款如果不是不负责任的行为，就是极端冒险的行为。当时湘省军费，每月支出规定78万元，而财司每月可靠收入远不及此数。如果财司不能在3个月之内掌握全省税收并在3个月之后具备统一发饷及偿还欠款的能力，那么整理计划将告失败，180万中行借款又将如民国12年田赋一样，白白送给军人。这其中的厉害，赵政府当然不会不知。为使这180万元借款能竟统一财政之功，12月7日的军财联席会议通过了一个历次军事会议以来最为严厉完备的裁兵理财决议案，内容包括裁减军队、核实军需、整理财政三大端。关于裁减军队核实

① 《国内专电二·长沙电》，载1925年12月10日《申报》。
② 《省议会讨论反对中行借款问题》，载1926年1月20日《大公报》。
③ 《国内专电二·长沙电》，载1925年12月28日《申报》。

军需，前文已有详述，这里再录关于整理财政之议决事项。

备受关注的 12 月 7 日军财联席会议通过的整理财政事项为：①统一收支。凡财政司所管一切税收，一律缴解各地金库；军政各费之支出，亦概由金库发给。出纳款项，悉集中于金库，目前因各处税收，一时难于周转，故暂向中国银行借垫巨款，金库之现金出纳事项，亦委托中国银行代办。②整理税收。[甲] 田赋。各县田赋，多有积欠，拟切实催征。其有田无粮者，亦须切实清查，湖田并须积极清丈，均可增加收入。[乙] 厘金。遵照前次议决整理纲要，严切整理，并一面筹办统税。[丙] 杂税。烟酒屠宰土硝等项，各县概系包办。业经政务会议议决，改归商办，撤销杂税局，以剔中饱，而节支出。印花则须派员督销，以增加收入。[丁] 盐税。严切缉私，并清查各榷运分局及淮商代收各税局收支情形与借款情况。[戊] 此外牙贴契税官业官产，均须积极清查。③核减支出。暂采量入为出主义，其不急需及骈支机关，闲冗人员，均斟酌情形，分别裁并。军费则从改编点验入手，以核实为要，自可减少支出。④截清旧欠。目下情形，应以现在之收入，供现在之支出；不得以现在之收入，填补以前之积欠。所有以前积欠一切之军政费，宜分别性质，发给长期或短期公债，及各地之特别收入，渐次清偿之。⑤严禁提拨。凡财政司所管一切税收，均须缴解金库；其一切支出，亦均由金库领取。无论何项军队，一律严禁自由提拨，以维财政秩序，违者惩办。⑥慎重用人标准。以才学操守经验为标准，铨选录用；其各方保荐之人，亦当量才酌用，但不能由保荐人指定地点，一经任用，如有渎职亏款等事，保荐人须负连带责任。至一切赏罚，均须由主管官厅依法办理，不得稍加干涉[①]。

军财联席会议之后，赵政府一面厉行裁兵、整顿军需，以求核减支出；一面继续整顿厘金，并着手整顿杂税、盐税，以求增加收入。

---

① 《前日省署军财联席会议纪事》，载 1925 年 12 月 10 日《大公报》。

与此同时，借助中行巨款，实施财政统支统收计划。

12月底，中行借款第一期交付，省长即通告全省，自1926年1月1日起，实行财政统一，各部队薪饷，直接向省长署请领，从此以后不许再就地筹拨；所有湘省金库，归中国银行代办，征收机关所征税款一律解缴中行代办金库现金出纳事务所①。1926年1月，省长第一次全额支付各军军饷，这也是湘省自治以来第一次由政府发足军饷②。

军饷发足之后，为使各处税收尽数缴库，省长又颁布《税款监收规程》，委任大批税款监收员，分赴各县各厘局、各榷运分局、各杂税局，常驻监收。"监收规程"规定，常驻征收局之监收员，得随时调阅各项簿票文卷，以昭核实；各局署每日收款簿截数后，应送由监收员核阅盖章；各局署以前奉令指拨之款，概行停止拨付，对自由强制提取者，一律拒绝；监收员应造具收数日记表，每5日报司一次③。

在凌厉无前的统一财政行动中，各军自由提拨之事基本上得到控制，偶有所闻，均经政府随时去电制止；有极个别县局违背定章拨付军费，财政司即勒令照数赔偿④。同时，省长赵恒惕发布一系列命令，严令各县赋税限期解缴中行代办金库，同时令各军长官从各县撤回提款委员，并依照军财议案严格改编军队、核实军需⑤。

从总的情况看，军财联席会议之后，第一、二、三师基本上遵循议案对军队进行了切实改编，这在前文已有详述。财政方面，1月份军饷发足之后，第一师师长贺耀祖、第二师师长刘铏、第三师师长叶开鑫，都采取了实际行动赞助政府统一财政计划，比如撤回驻各县提

319

① 《中行代办金库之省令》，载1926年1月5日《大公报》。
② 《财司电告支配一月份军政费细数》，载1926年1月8日《大公报》。
③ 《省长颁布监收税款规程》，载1926年1月7日《大公报》。
④ 《财司责令知事赔缴军费》，载1926年1月15日《大公报》。
⑤ 《湘省整理军财议案之文电》，载1926年1月11日《申报》。

款委员、保护财司委派之税款监收员、令饬防区征收机关将税款直接缴库，等等①。

财政为百政之母，财政破产则一切破产。湘省自治政府自成立之日起便陷入了深刻的财政危机当中，而其执政数年的主要成绩，也就是为解决财政问题进行各种各样的努力。1923年，新政府的理财计划还未开始便告失败，结果不得不发动一场内战，在付出惨重代价的同时掌握了财源最为丰裕的湘西。1924年又一次整理财政，结果在外患交迫中不了了之。1925年的这一次努力，可以说是历年来计划最周详、手段最强硬，同时也是效果最为显著的一次。然而，就在这一次努力成果初现时，更加深刻的危机出现了。

当全省大部分军队遵循议案进行军队改编并配合政府理财计划之时，驻扎湘南实力雄厚的第四师师长唐生智拒不执行议案。赵恒惕一日数电催第四师缩编，唐氏始则称病，继则借口巡防，流连于粤桂边境一带，对裁兵事项不予理会。对于统一财政，唐氏虽有通电表示赞成，实则不遗余力反对。县长考试实行，唐即自行委任攸县县长；军财会议刚结束，唐即宣布湘南矿产独立②。至于税款缴库，唐称"如属正当开支，何不可就地提拿，以省手续"，他明令各县局，税收不得缴解金库，违者以军法从事③。

由于唐生智的掣肘，统一财政计划遇到致命打击，不唯湘南20余县赋税不能上缴，其余各县局也犹疑观望。根据湘政府与中国银行的协议，1月份税款缴库须在40万元以上，方能继续交付借款，如税款不能悉数缴库，借款即不继续交付。到1月底时，中行代办金库所收

320

---

① 参见1926年《大公报》第6版相关报道：《贺师长尊重财政统一电》（1月7日）；《叶督办撤回提款委员》（1月12日）；《刘师长竭诚赞助财政统一》（1月13日）；《叶师长赞助统一财政》（1月20日），等等。

② 《唐生智称病之里面》，载1926年1月20日《申报》。

③ 《湘局之前途观》，载1926年2月18日《申报》。

税款远不足 40 万之数，因而提出停止付款①。后经财司极力交涉，虽将第二、第三期借款如数交付，而税收状况未有好转。到 3 月份时，中行借款即将告罄，政府催款之电急如星火，而各县局在政象混沌中任催罔应②。议会认为政府无能，对财政司长张开琏提出不信任案，并通电声明中行借款未经议会议决，决不承认③。就在这一片喧嚣之中，政局已急转直下，唐生智取赵自代。赵政府筹划经年大张旗鼓的裁兵理财、整理内政计划，再也没有了下文。

---

① 《中行借款颇有动摇消息》，载 1926 年 1 月 23 日《大公报》。
② 《财司变通发给三月份军费办法》，载 1926 年 3 月 2 日《大公报》。
③ 《省议会对于张司长之大责备》，载 1926 年 3 月 7 日《大公报》。

十二

自治之终结

十二·一　祸起唐生智

　　湖南问题总是与南北问题牵扯在一起。1925 年湖南因整理内政计划而导致的政治危机，由于南北势力的介入很快变得不可收拾，并很快导致了自治局面的终结。

唐生智（1899—1970）

　　给湖南自治画上句号的关键人物是唐生智。唐氏系湖南东安县人，1889 年出生，保定军官学校第一期步科毕业，1914 年毕业后回湖南，于当时湖南第一混成旅任见习排长，1916 年谭延闿二次督湘时被改编到赵恒惕军中。赵对唐的才能智力评价甚高，"倚之如左右手，步步擢升"[①]。1923 年护宪战争中，唐氏拥赵最力，战功最著，战后被升为第四师师长兼湘南善后督办，镇守衡阳。驻防湘南期间，唐"颇奋发努力"，屡次击退程潜、谭延闿、汤子模等各路军队，颇解赵氏南顾之忧[②]。

[①]　朱传誉：《赵恒惕传记资料》（一）第 10 页。
[②]　同上。

唐赵之间的裂缝究竟起于何时，说法不一。一说是湖南省宪修改，将省长任期四年不得连选连任改为可以连选连任，使唐生智感到前途所阻，因而起了取赵自代之心①。另一说是 1925 年吴佩孚东山再起后，欲收湘军为己用，向赵恒惕提出"愿助湖南枪械五万支，军饷二百万元"，"唐生智力怂公（指赵恒惕，笔者注）与吴为盟，公曰：予正裁兵理政，何可再事扩军，且受其饷械，必将受其节制，是将乱湖南之政，隳自治之成规，召外来之攻击，后患立至。生智虽不敢续言，然愤懑见于辞色，从此稍稍立异"②。不论隐情到底如何，唐生智随着自身实力壮大，对赵先恭后倨直至分庭抗礼，是很显然的。在北洋军阀时期，下属一旦坐大即不听招呼甚至反戈相向的事情，层出不穷。唐、赵反目仅是其中一例而已。

当时湘军 4 个师中，唯唐生智第四师实力最雄厚。其实力扩充的原因，一是缘于湘南 20 余县财税充裕，地盘广大，其中水口山铅锌矿更是湘省官业收入的最大来源③。另一方面，唐的部下几乎完全为军官学生，最能团结，甚至各县团防局长也大多为军官学生，唯唐命是从④。在此基础上，唐生智整兵秣马，励精图治，实力逐渐位于各师之上。尽管如此，直到 1925 年 9 月，唐氏对赵仍未有不敬的举动。是年 5 月，湘西平定，兼之赵恒惕依新宪法兼任省务院长，下决心对军政财政作彻底整顿，他在召开第一次政务会议前曾与唐生智交换意见："以前归咎于边防重要，失地尚未收回，施政颇感鞭长莫及之痛苦，今兹全局底定，更将何所委咎？唐即拍胸答复：愿以全力服从政令，请自隗始。赵意遂愈坚决。"⑤ 9 月，赵恒惕为整顿军队巡阅全省，将

323

① 陶菊隐：《记者生活三十年》第 107 页。
② 朱传誉：《赵恒惕传记资料》（一）第 14 页。
③ 《省长征求整理财政意见书》，载 1925 年 7 月 14 日《大公报》。
④ 《湘省之时局观》，载 1926 年 2 月 21 日《申报》。
⑤ 《湘赵出席政务会议之演说》，载 1925 年 6 月 1 日《申报》。

省城治安交由唐氏维持，省长署公文亦交唐氏代拆，唐赵之间看不出不和的迹象①。10月，川军汤子模部窜入湘境，请求收编②，赵命唐生智将其驱逐出境。11月初，唐在桂军司令白崇禧配合下，将汤部包围缴械，获得大量枪支器械，实力陡增③。此后，唐对赵的态度日益倨傲不驯。是年底，赵恒惕召集军财会议，厉行统一财政并裁兵节饷，唐口头上赞成，实际对一切措施皆延不实行，故意拆台，"特恐不能实现其主张耳"④。进入1926年，唐生智加快了倒赵的步伐，当赵恒惕一日数电催其执行军财会议议案时，唐在湘南自己的防地内巡阅了一圈，与部下联络感情，并在永州一带尽力屯米，导致米价陡涨，又在衡阳等地实行五户联保，规定一家犯事，四家共当，此皆唐氏备战之表征⑤。与此同时，唐又屡派代表与广东联络，"函电输诚，继续不绝"⑥。1月27日，两广革命军7个军的代表在广西举行"梧州会议"，讨论出师北伐问题，唐生智的秘密代表，时为湘军第二师第三旅旅长的叶琪也参加了会议，会后并随蒋介石到了广州。叶琪籍隶广西，为唐生智在保定军官军校同学，又与桂系军人李宗仁、黄绍竑有葭莩之亲，他此行的目的是代表唐与两广方面联系北伐军如何入湘之事。这

324

---

① 《国内专电·长沙电》，载1925年6月7—8日《申报》。

② 川军熊克武部万余人，1925年4、5月间被湘军驱逐出境后进入广西，辗转入粤。不料一入粤境，熊克武即因他种嫌疑被蒋介石扣留，所部川军全归军长汤子模统带。因粤不能容，汤又于是年10月转入湘境，分驻江华、道县一带，致电赵恒惕，请念其同为湘人，准予收编。赵以湘省正裁兵理财，去电拒绝。省议会亦议决，无论如何不能收编，请政府依省宪实力制止。见《申报》1925年11月8日第9版《湘议会反对收编汤子模军队》；11月10日第4版《国内专电二·长沙电》。

③ 《川军在粤桂边被解决》，载1925年11月10日《申报》。

④ 《湘议会提出不信任财政司长案》，载1926年2月2日《申报》。

⑤ 《湘局之前途观》，载1926年2月18日《申报》。

⑥ 《唐生智称病之里面》，载1926年1月20日《申报》。

个消息传出后，唐生智叛赵便成为尽人皆知的事实①。

赵恒惕方面。对唐生智的野心，赵氏早有预防，他在上年底时已将最信任的第三师叶开鑫一部从湘西调驻湘中，以资震慑②。12 月 7 日军财联席会议议案以及随后厉行的裁兵理财措施，都有特别针对唐的一面。不过与 1923 年对待蔡钜猷的态度不同，赵氏此番已无杀鸡儆猴以图来日之雄心。他不愿与唐兵戎相见，或者是对唐的实力已无可奈何，不敢正面冲突③。到 1926 年初，裁兵理财计划陷入困境，前途黯淡，赵日被各方责难，已觉心灰意冷，当唐生智紧锣密鼓酝酿变政之时，赵恒惕决定主动退让，他聘请驻湘美国领事馆翻译每日至省署教授英文两小时，准备下野留洋。其时冯玉祥正有下野通电发布，赵当即电复冯氏，其中说道："恒惕治湘无状，久思避贤，所幸改造匪遥，并拟提前办理，追随有愿，趋步正同。"④

赵氏发表这样的公开通电，是为了向唐生智表示自己绝无恋栈之意，希望唐氏依省宪由议会选举上台，不要牵扯到北伐军。通电所谓"改造匪遥，并拟提前办理"，是指湖南省议会的改选及新省长选举。当时湘省议会已届改选之期，按计划将于 3 月 1 日开第八届常会时办理，但为了解决唐赵危机，决定提前办理，以便"依法"选举唐为继

325

---

① 陶菊隐：《北洋军阀统治时期史话》第 1531 页。

② 《唐生智称病之里面》，载 1926 年 1 月 20 日《申报》。

③ 关于赵恒惕不愿兴兵讨唐的原因，有两种说法，一说唐部第四师实力雄厚，又以"军官系"相号召，而当时湘军各师中出身保定军校与唐同学的旅团长甚多，如若动武，这些人立场如何，赵毫无把握，因此不敢动武。参见《申报》1926 年 4 月 13 日第 6 版《唐生智长湘后之军事外交》。另一说则认为，第四师实力虽不可侮，也不过三旅之众，赵如果下决心，"剪之有余力"，况部下请战者不乏其人。但赵不愿再起内战，致"抚湘之政绩全隳"，乃遣使喻唐曰："乡邦不可残也，人民不可劫也，愿循法律途径，助君当选省长，完湖南以待时会。"参见朱传誉：《赵恒惕传记资料》（一）第 14 页。

④ 《湘赵关于时局之最近态度》，载 1926 年 1 月 28 日《申报》。

任省长①。同时，赵又迭派代表到衡阳与唐交涉，劝唐依法上台，维持省宪，其中有与唐氏关系最密切的第一师师长贺耀祖、政界要人钟才宏、第三师参谋长张雄舆。钟才宏劝唐："省长任期，行将届满，俟新议会成立，即筹备改选，赵已抱定决心不愿蝉联，任举何人，即予移交，何必急此一二月，而致演成兵戎相见？"②张雄舆仗着自己与唐是多年的同学好友，拍案力争："护宪之役，君所首倡，狐撑狐埋，宁不畏人齿冷。况宪法修正，明载湖南可归合法政府统治，北伐若能成为事实，君以合法省长，举而附之，有何不可，而必为此事前之纷扰也。总之，君若依法选之，我亦服从，叶亦可保无异议；若出之以篡夺，则我等将挥戈相向矣。"③

为化解湘省政治危机，湖南省宪的重要起草人、曾为保定军官学校校长的蒋百里也于是年2月专程来到湖南，充当调人。赵恒惕表示改组省政府，让财政司长张开琏、内务司长吴景鸿去职，因这两人素为唐所排斥。同时任命唐之亲信荆嗣佑为内务司长以遂唐意，条件是请唐维护省宪，依法上台。唐生智对老师蒋百里盛情款待恭敬有加，告以绝无逼赵情事，"不识省方何以张皇若此！"④随后，唐又发表一则通电，表示坚决遵行统一军财议案，"所冀上赞省长，外顾信用，排除万难，贯彻初衷，军队行改编之实，财政有统一之日"⑤。

正当外界以为蒋百里调停有效，湘局趋于和缓之时，唐生智忽于3月初以"郴宜米贵"、"给养困难"为由将驻湘粤边境之第十五团移驻衡山，炮指长沙。与此同时，唐的父亲、实业司长唐承

326

① 《湘省将提前办理新议会选举》，载1926年3月1日《申报》。
② 《湘局前途尚未可料》，载1926年3月2日《申报》。
③ 朱传誉：《赵恒惕传记资料》（一）第42页。
④ 《湘局渐趋混沌》，载1926年2月27日《申报》。
⑤ 《唐督办遵行统一军财议案之来电》，载1926年2月27日《大公报》。

绪尽室而行，离湘赴汉，第四师驻省城办事处也人去楼空①。赵知事已不可为，决定提前引退，乃于3月8日下令任命唐生智为内务司长兼省务院长并代行省长职权，派张雄舆携带任命状到衡阳，迎唐到省就职②。

1926年3月9日，长沙市民驱赵集会。

当唐生智步步进逼，赵恒惕一让到底之时，湖南的共产党和国民党组织为分化军阀集团创造北伐条件，与唐生智建立了"反赵联合战线"。为配合唐部倒赵，3月9日，以共产党员和国民党左派为主的国民党湖南省党部，联络长沙各群众团体，组织了有3万人参加的示威集会，宣布赵恒惕祸湘的种种罪行和一份以打倒赵恒惕、废除省宪法为主要内容的《对湘局主张之二十四条》，并推举工、商、学界代表组织"湖南人民临时委员会"，准备动员全省人民一致反赵，其声势

①　顾群、龙秋初：《北伐战争在湖南》，长沙，湖南人民出版社，1985版第30~31页（以下引用本书均为此版本）。
②　陶菊隐：《记者生活三十年》第109页。

不弱于当年的"驱张运动"①。与此同时，唐生智通电谴责赵恒惕执政之谬误："一、小人在位，民怨沸腾，若不立予斥退，后患何堪设想！二、熊克武残部窜湘，概予收编，不知是何用意?② 三、统一军政，诚为治湘要著，但皆粉饰太平，各有用意。"唐以此三事相质问，要赵立即答复③。

3月11日，赵恒惕于省署召集各公法团体各机关首脑开会，向各方报告辞职决定及缘由，当晚并向省议会提交辞职咨文。咨文援省宪法第五十三条规定，将省长职权正式移交唐生智，硬是让唐"依法"上台了④。

3月12日凌晨，赵恒惕在风声鹤唳中离长赴岳，随后乘轮东下，直抵上海，结束了从1921年开始的湖南省省长生涯。离省之时，赵又

---

① 参见顾群、龙秋初著《北伐战争在湖南》。其中《对湘局主张之二十四条》具体内容为：一、打倒赵恒惕；二、废除省宪法；三、取消省议会；四、反对联省自治；五、组织代表民意的政府；六、请国民政府北伐；七、督促湘政府北伐；八、督促湖南军队讨伐吴佩孚；九、速开国民会议；十、组织全国统一的国民政府；十一、统一财政；十二、取消苛捐杂税；十三、免除灾区钱粮；十四、确定振兴实业经费；十五、不准添招兵额；十六、改良士兵待遇；十七、不准向商民勒索军饷；十八、确定政府经费；十九、启封被赵恒惕封闭之一切团体；二十、释放工农领袖；二十一、取消赵恒惕颁布之工会章程；二十二、改良工农待遇；二十三、非在职军人不受军事逮捕与裁判；二十四、保障人民集会、结社、言论、出版、罢工等自由。

② 根据上海《申报》1925年11月5日、8日、10日"国内专电"及"国内要闻"版消息和长沙《大公报》"省内新闻"相关报道，熊克武残部汤子模的军队皆被唐生智奉赵命令缴械，士兵或被驱逐出境，或被遣送回籍。唐氏此处说"概予收编"，不知是否另有隐情。根据1926年前后第一、二、三师军队改编报告，未见有任何川军被收或被裁的消息，如确有收编之事，应为唐部第四师所收。《申报》1926年3月2日"国内要闻"之《湘局前途尚未可料》中说："唐对赵向不满意，先尚因内部未甚团结，所部实力，亦未充足，故于赵之一切措施，不敢公然反抗，有时并遵照施行，藉以敷衍面子，自收编汤子模军队之后，声势较大，其和缓态度因而变为积极之进行。"

③ 湖南省志编纂委员会：《湖南近百年大事纪述》第505页。

④ 《赵省长向省议会报告辞职之咨文》，载1926年3月12日《大公报》。

对全国各省军民长官、各公法团体、报馆名流及旅外湘绅发出一则通电，竭力声辩自己治湘数载只为倡明法治，并非一割据军阀。电文如下：

"恒惕于役乡国，十有余载。始以即戎，继而执政，秉权愈重，负疚愈深；始绩未彰，精力已瘁。今者倦飞知还，无复中流击楫之兴；悠然遐想，雅慕东山高世之怀。惟生平志事，所以爱护宗邦者，原为当时君子一言之耳。辛壬之间，革命甫遂，天下惟权奸窃帝是忧，恒惕发愤治师，躬为囚虏而不悔。丙辰以还，毁政复辟，五败皇兴，南中护法兴师，而洞庭之滨，衡岳之麓，无岁不有暴君之车尘马迹。恒惕怀甲而寝，援抱而食；吾湘人没不遑瘗，创不遑裹，用驱强敌于大湖之表。痛定思痛，于以知大法毁弃，则祸至之无日，民生之无托也，吾湘人乃创制省宪倡行自治。谭林先之，恒惕成立，至于今日，以历四稔。中间造次颠沛，恒惕力予周旋，罔顾陨越，用能依法施政，与民休息。恒惕之愚，以为吾国之乱，始于毁法；他日之始，亦必始于尊法，是以确信当时救国之道，以各省制宪励行自治为第一良图。孙公中山国之先觉，其所倡导三民五权主义，与吾省宪大体同揆合符，亦见平情论道，本无乖违，恒惕志业所存，职此而已……惟是此四年中，连岁用兵，建树新猷，实有未遑，凡所设施，如筑省道、开大学、理权政、修市街、辟公园、试守令、一财赋、征讨军实、奖进学术诸务，虽次第施行，仅有端绪，未底于成，静夜思之，遗憾实多……"①

这则通电还对唐生智的才能表扬了一番，称其"志行卓越，才识

329

---

① 《赵省长辞职之通电》，载 1926 年 3 月 14 日《大公报》。

明决，护持省宪，曾著勋劳，堪膺重任"，希望唐能光大省宪，"克继吾志耳"①。

1926 年 3 月 11 日赵恒惕提交辞职咨文。

赵恒惕去职时的这番告白，在省内外一片"废除省宪"、"北伐统一"声中，实在显得不合时宜。当 1920 年谭延闿发表祃电宣布湖南自治时，举国舆论风从，省内军民欣喜若狂。时隔 6 年，政局更替潮流变幻，联省自治已成过时之论；湘政府自治有年，纷扰不已，虽历经坎坷制成省宪，而军阀视之为具文，绅士用以为私器，曾经为自治运动付出满腔热忱的激进知识分子，早已弃省宪如敝屣，投身到国民革命的新事业中去了。此情此景下，赵氏的这个去职通电，宗旨虽与祃电无二，境遇却有霄壤之别。谭延闿曾因祃电风光无限，赵恒惕此刻落寞如穷途孤客，二者不同的遭遇，折射出湖南省宪运动乃至整个联省自治运动的兴衰荣败。

十二·二　湘军内战南北兴师

赵恒惕 1926 年 3 月 12 日离职出走后，湘军各高级将领，包括贺耀祖、刘铡、叶开鑫三师长以及蒋锄欧、刘重威、邹鹏振等旅长，都有通电表示拥护唐生智，省议会亦电请唐氏即日来省履新。唐乃于 3 月 16 日到省，但不就省长职，表示以第四师师长名义维持省城秩序。

---

① 《赵省长辞职之通电》，载 1926 年 3 月 14 日《大公报》。

3月25日，唐在各方敦促之下始宣布就任代理省长。

唐氏到省后，首先表示"极端拥护"省宪，保护由省宪产生之省议会，并惩办破坏省宪、污蔑议会者①。此时，"湖南人民临时委员会"见赵去唐来，唐又倾向广东革命政府，乃要求唐实行委员会提出的二十四条政治要求，并要省议会自动解散。唐以委员会"并非全省当局"，拒绝表态。同时，唐又查封了由国民党省党部接办的、主张取消省宪解散议会的《大湖南日报》；通令禁止民间团体查禁日、英货物；拒绝俄领事来长沙，以释"赤化"嫌疑。对外政策上，唐一面通过他的驻粤代表与国民政府联系，一面与吴佩孚通往来，希望取得南北双方的承认和支持②。他的就职通电说："赵省长倦勤，迭电攀留，难移高节，用忘谫陋，出任艰巨。环湘邻省，皆务亲善；保境安民，绝不穷兵；集中精力，专图内治。"③ 似此言行，与前任赵恒惕实无二致。

更有甚者，唐生智到省后，十分积极地推行赵氏力有未逮的统一军财计划。他通令湘南各征收机关，所有税款务须解交金库，以一财权④。同时，他采取迅雷不及掩耳的手段，试图一举统一军权。就在3月25日宣布就职的当天，唐氏召集军事会议，令全省旅以上军官出席，说是讨论有关湘局的重大问题，其实是个一网打尽之计。会议还未开始，唐便令人将第二师师长刘铏、第二师第四旅旅长唐希忭、第二师秘书长萧汝霖、第三师参谋长张雄舆、第三师第五旅旅长刘重威等5人扣押，理由是这些人历年来把持民财各政，"使赵前省长不能行其志"，因此必须暂时予以看管，以促进军政财政统一⑤。第三师师长

---

① 《本馆要电二·长沙电》，载1926年3月20日《申报》。
② 顾群、龙秋初：《北伐战争在湖南》第32～33页。
③ 陶菊隐：《吴佩孚将军传》第148页。
④ 《本馆专电·长沙电》，载1926年3月26日《申报》。
⑤ 陶菊隐：《北洋军阀统治时期史话》第1533页。

叶开鑫及所属旅长蒋锄欧等，因称病未到侥幸漏网，唐宣布撤销其职务。接着，唐宣布彻底改编军队，废师为旅，取消第二、第三两师番号，所属各旅均由省长直辖。又将第一师师长贺耀祖晋升为湘西善后督办，第四师师长一缺亦不另委，以此集中军权而免师长尾大不掉之虞①。对比唐生智这种快刀斩乱麻的集权手法，以"霹雳手段"见称的赵恒惕，也未免显得婆婆妈妈。

但随后发生的事情，证明了权威不能靠出奇制胜的谋略确立，唐生智完全不具备统驭·个复杂政治体的智慧。

唐氏将刘铏等人扣押之后，均解往衡阳彭公祠拘禁，起初表示待军事改编完毕之后即予释放，且对被拘各人颇为优待，恳请他们函告本部服从新省长调度。不久，唐却将张雄舆、刘重威、萧汝霖 3 人秘密处死。张雄舆与唐同为保定军校同学，刘重威是唐的结拜兄弟，"平时狎昵，糜所不谈"，二人遭此不测的缘由，乃因效命于唐氏最忌之第三师。张雄舆为第三师师长叶开鑫的参谋长，叶本一介武夫，张死，叶失其灵魂。刘重威有敢战之名，意气豪迈，刘死，湘中将领能抗唐者几无②。唐生智轻而易举去除强敌，虽说妙计得售，后果却十分严重，不但引发了与叶开鑫之间的战争，还使原本依违两可的军人政客们，在新省长的不测之威

叶开鑫（1885—1937）

面前产生了离心倾向，导致军政两界反唐空气日甚一日，很快演变成又一场内战。

---

① 《唐生智长湘后之军事外交》，载 1926 年 4 月 13 日《申报》。
② 朱传誉：《赵恒惕传记资料》（一）第 42～43 页。

叶开鑫部蒋锄欧旅在赵恒惕去职以前，已奉令从湘中调驻岳州。唐生智宣布免除叶、蒋军职并废除第三师番号后，即令第四师骑兵旅旅长何键向驻在湘阴、岳州一带的叶部发起进攻。何旅于 3 月 27 日进驻岳州，叶开鑫不战而走，蒋旅由岳州退往鄂边羊楼司一带，求助于吴佩孚。其时，吴佩孚已趁奉军与国民军开战，东山再起，任"十四省联军总司令"，唐恐吴助叶反攻，又恐倒赵不能为吴所容，乃派代表赴汉口，说明不得已而驱赵的"苦衷"，并表示将继续维持省宪，请吴谅解，不要派兵入湘。吴佩孚因赵恒惕数年来硬主自治，妨碍他进兵西南，因而起初对赵被逐态度暧昧，一度希望唐生智能归附自己旗下。他向唐的代表欧阳任提出三个条件：①限二十四小时内撤退岳州驻军。②通电宣布讨赤。③与叶开鑫恢复感情①。

唐生智的代表与吴佩孚谈判同时，粤桂代表陈铭枢、白崇禧已专程到长沙，催促唐出师北伐。而省内反吴北伐的声浪，也在国共两党的宣传组织下响彻云霄。这种形势下，唐生智对吴佩孚所提讨赤一条，当然不能接受，他只接受了吴氏提出的第一个条件。4 月 3 日，唐命何键旅撤出岳州，划岳州为缓冲地带。吴佩孚随即派代表谭道南到长沙，威胁唐一定要接受第二个条件，或者率部退回湘南，恢复赵恒惕离湘前的局面。唐生智大怒，宣布与吴决裂②。

吴佩孚见唐生智不肯就范，且倒向广东国民政府，乃决定助叶攻唐，他任命叶开鑫为"讨贼联军湘军总司令"，贺耀祖为副司令。4 月 19 日，叶军开回岳州，旋即通电就任湘军总司令，宣布讨唐。唐生智则于 23 日对叶下讨伐令，任命贺耀祖为湘军总指挥，令其出兵讨叶。唐叶战争于是开始。

唐叶之间宣布开战后，驻扎常德的第一师师长贺耀祖对吴佩孚授予的副司令头衔和唐生智授予的总指挥头衔，一概不予理会。他既反

---

① 顾群、龙秋初：《北伐战争在湖南》第 32～33 页。

② 陶菊隐：《记者生活三十年》第 111～112 页。

贺耀祖（1889—1961）

对唐生智通款南方，也反对叶开鑫投附北方，通电主张"湘事湘人自决"。此时，驻扎澧州与常德毗邻的第二师也与第一师联成一气。原来，第二师自师长刘铏被拘之后，唐生智即派叶琪前往接收，第二师官兵将叶琪轰走，另推贺耀祖的儿女亲家唐巘为"摄行师长"，唐巘又是个体弱多病的老先生，所以第二师实际上由贺耀祖指挥。贺耀祖并两师之力，声势大增。唐叶战争爆发后，贺加入讨唐行列，但反对北军入湘，并另树旗帜，与湘西巡防营统领陈渠珍联合宣告组织"护湘军"，推赵恒惕为总司令，叶开鑫为副司令，仍希望以赵氏为中心，恢复湖南独立自治的局面①。

　　虽然叶、贺两军互不相属，但在讨唐战事上相当配合，很快使唐军陷于被动。叶军方面，蒋锄欧旅从岳州开到汨罗与唐军隔江对峙，留驻湘西的第五、六两旅则由邹鹏振率领，于28日攻入宝庆，直逼衡阳。贺军方面，第一师进逼长沙，第二师由澧州向常德、桃源移动。恰在此时，唐部驻平江、岳阳前线的龚仁杰第三十二团倒戈附叶，而吴佩孚又令江西总司令邓如琢出兵三旅，配合陈炯明旧部谢文炳扰乱湘东，命桂军沈鸿英残部窜扰唐军后方永州。唐生智见三面受敌，后路又有被截断的危险，乃于4月30日率军南撤，退驻衡阳。5月2日，叶开鑫率军进入长沙，湘局又为之一变。

　　唐生智当了不到40天的代理省长就被轰下了台，这一变故打断了他原想承赵衣钵独治一省的计划，也结束了湘省不南不北自成一体的军事政治局面。唐氏退守衡阳后，面对叶、贺军队乘胜南进的攻势，

334

---

　　① 顾群、龙秋初：《北伐战争在湖南》第37～42页。

不得不完全投入南方革命阵营。他一面以私人交谊十万火急向桂军李宗仁、白崇禧和黄绍竑求援；一面派代表赴粤，向国民政府表示愿意加入国民革命军，甘当北伐先锋，请迅速出兵湖南①。5月21日，国民政府任命唐生智为国民革命军第八军军长兼北伐军中路前敌总指挥，同时派北伐先遣部队入湘助唐。6月2日，唐在衡阳宣布就职，旋即又在衡阳成立湖南省临时政府，自任主席，下设民政、财政、建设、教育四处。于是，湖南境内有了两个对立的省政府，一个属南，一个附北。

就在南方革命政府积极援唐同时，北方的吴佩孚也在调兵遣将，下决心彻底收服湖南，进图两广。6月中旬，吴佩孚任命湘鄂边防督办李倬章为"援湘军"总司令，宋大霈为第一路司令，王都庆为第二路司令，唐福山为第三路司令，董政国为第四路司令，入湘协助叶军。四路援湘军中，第一、二、四路为鄂军，其中加入了马济的桂军；第三路为赣军，兼辖谢文炳粤军。另外，粤桂两省的失败军人如许崇智、魏邦平、林虎、李福林等，也与鄂赣联军结合，欲借此机会重回本省②。这样，湖南问题迅速升级，演变为一个牵动南北、涉及历史旧账的大问题。

335

十二·三 梦想终归虚无

当湘军分裂、唐生智另组政府、南北大战指日爆发之时，湖南省内军政绅商各界却发起了和平运动，希望南北撤兵，一切回归唐生智倒赵前的状态，因而络绎不绝前往上海劝请赵恒惕回湘，使赵氏再一次成为湘省政治的焦点。

就在叶军进入长沙的第二天，1926年5月3日，以长沙总商会为

① 顾群、龙秋初：《北伐战争在湖南》第38页。
② 《湘事益见紧张》，载1926年7月3日《申报》。

首的各公法团体召开联合会议，发出迎赵回湘通电。6日，省议会发出请赵复职的鱼电，随后并派代表赴沪迎赵。军队方面，叶开鑫入省后，一面命蒋锄欧、邹鹏振两旅进攻衡阳，一面派戒严司令首斌赴沪迎赵。而贺耀祖的护湘军，本来就是以讨唐迎赵旗帜相号召。最奇妙的是，当5月中下旬叶军逼近衡阳，北伐军迟迟未到时，唐生智也发出求和通电，表示还政于赵。同时，唐部最有实力的旅长何键，致函蒋锄欧、邹鹏振两旅长，历述阋墙亡省之祸，表示要迫唐下野，"还政炎公"①。在这一片迎赵声中，贺耀祖又发出通电，主张自己与叶开鑫、唐生智等一同下野，第一师交郑鸿海统带，第三师交邹鹏振统带，第四师交刘兴统带，第二师则暂交唐巘，一切善后，悉听赵恒惕回湘主持。省议会见湘中各实力派一致迎赵，乃于6月初再次电赵，"严厉措辞，责以大义"，促赵立刻起程回湘②。

在迎赵同时，长沙绅商界的头面人物又发起组织了"和平救湘会"，呼吁南北息争。绅耆们一面与赵恒惕、叶开鑫、贺耀祖等接洽，请设法使北兵退出湘境，避免湖南化为战场；一面则推代表赴粤，请国民政府将唐生智调出湖南改道北伐，以息战端，"此种希望，情势上虽绝难贯彻，但亦可见湘人之弭兵运动，无所不用其极矣!"③

在这场和平运动中，最希望和平实现一切回归原状的，当然是赵恒惕本人。然而，赵氏却滞留沪汉，迟迟不肯回湘。究其原因，乃由于他此刻不但是省内和平运动瞩目的焦点，而且还成了北方联军南征的焦点，成了吴佩孚军事计划中的重要人物。正是这两个互相矛盾的角色，令赵恒惕进退维谷。

赵恒惕与吴佩孚之间，私交笃厚而政见迥异。赵氏治湘6年，对吴常有迁就，但从不肯牺牲政见彻底臣服。当赵被唐生智所逼离湘，

---

① 《湘省唐生智军之变化》，载1926年6月1日《申报》。
② 《湘省叶军胜后之迎赵声》，载1926年6月7日《申报》。
③ 《湘战停顿之内幕》，载1926年7月12日《申报》。

乘轮赴沪途经汉口时，吴曾派人守候江岸，想邀其登岸一商，要派兵援助，赵却不肯领情："第一，不愿同室操戈引北兵入湘；第二，明知吴是不赞成省宪的人，私交自私交，政见不尽相合，断无向之乞援之理。为避免过汉时一切麻烦，轻车简从，换乘江轮向下游驶去。"①吴佩孚见赵如此倔强，且数年来标榜自治于己不便，也就不相勉强。当唐生智不肯就范倒向南方后，吴便直接任命叶开鑫为湘军总司令，贺耀祖为副司令，希望贺、叶两人合作驱唐，废除省宪，以便将湖南完全纳入他的势力范围。不料贺耀祖另组"护湘军"，不肯受吴任命。这样，吴佩孚不得不将赵恒惕请回来主持军事，统一湘军，并任命赵为"讨贼军湘粤桂联军总司令"，"欲寄赵以西南重任"②。

　　在省内代表轮番催促和吴佩孚一再电召之下，赵恒惕于6月20日从上海到了汉口，并允即时回湘。到汉后，赵却迟迟其行，且不肯就任"讨贼军湘粤桂联军总司令"职务，另标"湘粤桂联治讨赤军"旗号，令吴氏大为不满。但吴本人此时已抽身北上，到南口指挥与冯玉祥国民军的战争，无暇南顾，为使赵尽早回湘主持反唐军事，只得作出让步，并承诺所有入湘和准备入湘的北军都交由赵氏指挥，赵始答应合作。赵恒惕获得援湘各路军队的总指挥权后，仍不向两广军队宣战，却令各路北军暂驻原地，俟其对湘局作最后之和平努力③。

　　赵恒惕的和平办法是：一面责成贺耀祖、叶开鑫设法使入湘北军退出湘境；一面派使者携函入衡，对唐生智进最后忠告，劝唐悔祸引退，自解兵柄。赵的忠告说：

　　　　吾湘自创宪以来，数稔于兹，与吾兄朝夕兢兢者，固一为省
　　宪是尊，而吾兄又护宪首功之人也。前者以政授兄，悉依法令，

337

---

　　①　陶菊隐：《吴佩孚将军传》第148页。
　　②　《湘省叶军胜后之迎赵声》，载1926年6月7日《申报》。
　　③　《湘战停顿之内幕》，载1926年7月12日《申报》。

即吾兄就职之日，亦实根据宪条，布在文告、出席议会，并有服从省宪郑重之宣言，事实昭著，天下共见。夫省宪倡自吾湘，各省闻风仿效，斯固吾人人格所关，非可以成败利钝为转移也。若复操纵在心，上下其手，只图个人之权利，遂事根本之推翻，岂惟无以对吾三千万父老兄弟，抑何以慰护宪一役死伤将士之灵哉！固知吾兄之本心必不尔也。吾兄受代之初，求治太急，自撤藩篱，致起战端，重增惨劫，此亦何能为讳。然以吾兄学道有素，悬崖勒马，顿悟前非，一念真如，归之忏悔，庶不悖大乘慈悲本旨。倘仍歧途不返，覆辙犹前，不惜举吾祖宗庐墓之乡，辟为南北蹂躏之场，进退迷乘，一彼一此，此祸蔓延，必无宁日。灾后之孑遗，宛转于枪林弹雨之下，败果不堪，胜亦何谓，徒供渔人之利，为他人谋驱除耳……①

当赵恒惕对唐生智尽最后忠告之际，粤桂北伐军已大举入湘。国民政府以各军精锐之众，专出湘境，第四军之陈铭枢第十师、张发奎第十一师、叶挺独立团以及第七军李宗仁部，俱已于6月底7月初开抵衡宝前线②。此时唐生智不但在衡阳站稳了脚跟，还准备伺机反攻，前此"还政于赵"的通电，不过是缓兵之计，对赵的这番忠告当然不予理会。而在前线的叶开鑫和贺耀祖，深知战争不可避免，不断派代表赴汉催促赵氏回湘，对赵所要求的劝退北兵则不置一词。因此，赵恒惕的和平努力事实上毫无意义③。以赵氏之远谋深虑而有此无谓之举，当时的观察家认为，根本原因还是赵内心里根深蒂固的门罗主义倾向，"盖以轻言主战，叶贺军队远非唐军之敌，势非求援于鄂赣军队不可，即令以援军之力驱逐唐军，征论需索供应，湘人不堪其累，

---

① 《湘事益见紧张》，载1926年7月3日《申报》。
② 顾群、龙秋初：《北伐战争在湖南》第43～55页。
③ 《湘事益见紧张》，载1926年7月3日《申报》。

而吴氏讨伐粤桂，势将以湘中为南北争逐之场，赵虽得重揽湘省政权，定不免为湘人丛怨之所集"①，所以万不得已之下，还是不肯让外省军队入湘。其维护桑梓之用心，可谓良苦。

赵恒惕无谓的和平努力以及对外省军队的排斥，令援湘北军兴味索然，认为此次战争纯为湘人卖力，为湘军垫背，自己并无地盘可得，因而在行动上迟滞不前。当粤桂北伐军已集结前线，唐生智准备反攻时，吴佩孚大吹大擂之四路援湘军，实际进入湘境者不过两万之众②。从这种情形看，赵氏无谓的和平努力，于时局发展又有莫大关系。上海《申报》的时评说："赵氏回湘之行，在叶开鑫亦万不料赵氏迁延迄今，犹未回湘，致端午节前反攻之计划，因赵电（赵在沪庚电即允回湘）而停

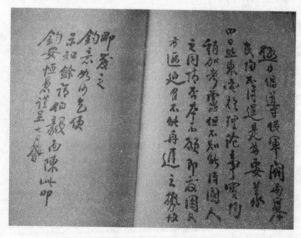

1926 年 7 月《申报》有关湘战的报道。

赵恒惕的书信。

止，时逾两周，敌援大增，赵仍无回湘确耗，如再旷延时日，北伐军

339

---

① 《湘事益见紧张》，载 1926 年 7 月 3 日《申报》。
② 《湘战停顿之内幕》，载 1926 年 7 月 12 日《申报》。

正式进攻，唐占先着，湘战前途，变化至如何境地，殊非吾人所敢决断。故赵之回湘与否，与回湘迟早，不仅有关湘局，实与东南西南西北各方大势，有密切起伏关系。换言之，亦即西北军、革命军、讨贼军、联治讨赤军兴衰问题也。"①

1926 年 7 月 5 日，唐生智的第八军与北伐入湘之第四、七两军，趁援湘北军尚未集结之机，向叶军发起反攻。叶开鑫因援军未到，步步退却，助战的少数北军望风而逃。而贺耀祖"护湘军"的高级将领，此刻大都在汉口劝请赵恒惕回湘②。于是胜负立分。北伐军一路凯歌，5 天之后占领长沙。在长沙休整一个月后，北伐军于 8 月 19 日继续北进，3 天之后占领岳阳。当 8 月 25 日吴佩孚从南口赶回汉口时，湘省已尽成北伐军天下。此间，赵恒惕曾于 7 月中旬以个人身份回湘一行，吴佩孚自长辛店连发数电，促赵督师③，但赵似乎并不在意北军胜败，见湘事已不可为，他干脆一走了之，重又到上海去了，而且还"劝叶贺两师长，与第二师所属两旅长周磐与蔡干，投效国民政府"④。其本人则退出政治，终其一生未再领兵。

北伐军之所以旗开得胜轻而易举获得湖南，除了由于叶、贺军队与北军的涣散外，还得益于国共两党在工农运动方面取得的巨大成就。1925 年底，由广州农民运动讲习所派回之湖南籍学生，即以国民党湖南省党部农运特派员名义，在沿粤汉铁路各县积极开展农运工作，成立公开、半公开和秘密的农民协会。1926 年 3 月赵去唐来之后，全省秘密农会、工会均公开活动，到这年夏天，粤汉铁路沿线在共产党直接领导下的农民群众已达 40 余万人，受革命影响的农民则达百万以

340

① 《赵炎午留汉未归之大局观》，载 1926 年 7 月 4 日《申报》。
② 《湘省叶唐军大战又开始》，载 1926 年 7 月 14 日《申报》。
③ 《湘局变化后》，载 1926 年 7 月 17 日《申报》。
④ 朱传誉：《赵恒惕传记资料》（二）第 67 页。

上，有组织的工人达 11 万人，全省各中等以上学校学生也都组织起来了[①]。当唐叶战争爆发，湖南上层社会奔走南北乞求和平之时，下层成千上万的工农群众和青年学生，箪食壶浆迎接北伐军到来。可见立宪自治运动远不如革命对青年学子和下层民众有感召力。

《湖南省宪法》以三千万人公意相标榜，以保护全体湘人自由权利相号召，然而就事实言之，省宪从制定到实施的整个过程，几乎从未与普通民众的意志发生关系。文本上的自由权利，不但未能落实到大多数普通人民，而且省宪的实施反给人民增加了几重痛苦。理财、裁兵、发展教育、修筑省道诸如此类的新政，成绩未著而弊害先行。战争、劳役、苛捐杂税等等，无不以省宪的名义开展。而军士衙吏穷凶极恶，长衣绅士上下其手，人民不堪其扰，亦不堪其累。因此，在大多数贫穷困苦饱受欺凌的工农群众眼里，皇皇万言无比美观的省宪法，远远比不上一句"打倒军阀土豪劣绅"。

还在湖南刚刚宣布自治之时，湖南省内的有识之士便清醒地认识到，湖南自治的前途和希望，不在任何名士伟人，也不在任何特殊阶级，而在于千千万万普通的人民。长沙《大公报》的时评说："自治的事业，是一国百姓或是一省百姓个个都要担负一分责任去做的，所以一部分人担负责任其余他部分人全不过问的国家的政治，任你们弄出来的政治如何好法……也是人存政举，人亡政熄，甚危险而不安全的。唯有把政治的担子，向一个区域以内的人人肩膀上一放，那么，政治的好歹的关系，就不在乎少数而在乎全体，不在乎圣愚贤不肖，而在乎一个民族的精神了，才没有以上的毛病的发生。这才算是真正的自治。"[②] 因为有了这样的认识，所以由学者们起草的省宪法写入了许多直接民权的内容，也所以知识分子进行着愚公移山式的平民教育运动。然而人民的政治能力非一朝一夕可以速成。综观省宪自治运动

---

① 湖南省志编纂委员会：《湖南近百年大事纪述》第 506～510 页。
② 四愁：《认清湘省自治》，载 1921 年 9 月 17 日《大公报》。

的各个环节各个方面，除了本质上与省宪不能两立又不得不托庇于省宪自治旗号下的军阀势力外，与这个运动有着直接利害关系并能在其中贯彻自身意志的，只有绅士阶层和一些有组织有能力的社会群体。既然如此，这样的自治便不能算作真正的自治，基本上只能说是绅治，确切说是军绅共治。

军绅共治下的政权，虽然由于绅权的扩张和立宪的关系，引入了一些宪政主义元素，比如议会对政府的制衡，但是由于政治权力分散在割据地方的大小军阀手中，政府本身就是大权旁落的，所以形式上的宪政秩序并不能将政治权力真正纳入宪政轨道，军阀专权的不良政治也就不能有根本改观。非但如此，由于绅权的扩张，军绅共治的政权在军阀专权的同时又带上了绅阀武断的色彩。陈恭禄所著《中国近代史》对此点评道："湖南民众未受教育，从未参政，不知政治问题，将何以表示意见？徒供贪官劣绅舞弊而已，制宪者不知中国情状，不切实际……所谓全民政治，一仍旧观，实际上则以武力维持政权。"[1]

总而言之，由于人民自治与参政能力的薄弱，由于立宪政府虚有其表，由于政权依靠武力来维持，所以当武力不济或者对抗的武力崛起之时，当人民被动员起来以革命行动实现自己的权利时，省宪与自治，就面临灭顶之灾。

《湖南省宪法》之被正式废除，是在 1926 年 7 月 14 日北伐军中路前敌总指挥唐生智抵达长沙城的当天。唐氏进城前向各界人士发表讲话说："湘省省宪，本非出自真正民意，各县办理总投票，皆系县知事伪造包办，人人皆知，毋庸讳言。但宪法虽系伪造，如果能条条实行，则恶法胜于无法，而赵前省长做事不彻底，名虽假借省宪旗帜，而实无一条见诸实行。自有省宪以来，无一年无兵事，此次责余毁宪，则余实不敢承。"[2] 唐生智曾于 3 年前的 7 月发出誓死拥护省宪通电，

---

① 陈恭禄：《中国近代史》，上海，商务印书馆，1935 版第 752 页。
② 《唐生智抵长沙情形》，载 1926 年 7 月 21 日《申报》。

说"海枯石烂，不移此志"①，也曾于3个月前向议会"剀切声明"，极端护宪②，而此刻称省宪为"恶法"，并且还是"伪造"的，可见牺牲无数金钱与头颅的省宪法，在地方实力派手里就是几张废纸。

省宪法被废除后，根据省宪创设而与国民政府建国大纲体制不符的各县初级法院、各县议会和省议会，皆被撤销。

最先被撤销的是各县初级法院。7月中旬，唐生智以北伐军前敌总指挥名义发布命令，将国民革命军管辖区域内原有各县初级检审两厅，一律裁撤，其第一审案件，仍由各县知事受理③，仅留长沙、常德、邵阳、衡阳、零陵、桂阳、辰州各地方审检厅。至于司法行政事务，则划归民政厅设科专管④。

紧接着，唐又发布命令，宣布将全省75县县议会一律撤销，令曰："照得军阀祸国，议会殃民，事实昭然，久成定论。本总指挥，秉承总理遗训，淬励革命精神，慷慨誓师与民更始政治，施政分期举行，一面扫荡逆军，谋湘民之安堵，一面排除旧障碍，求自治之实施。查各县议会，名为代议机关，实则纯系藏垢纳污之薮，把持操纵，植党营私，徒尸代表民意之名，适为自治行政之累，群情厌恶，万口讥评，况值此历行军政时期，尤无保存代议之余地。兹经政务会议议决，所有各县县议会，应即遵照国民政府建国大纲步骤，立予取消……"⑤

8月初，湖南省议会也被明令撤销。

除政府机关外，一些与省宪自治运动密切相关的社会团体、新闻报刊和教育机构等，也因反革命或"不革命"而被取缔。最典型的如长沙《大公报》、平民教育促进会以及各种平民学校。长沙《大公报》

343

---

① 《十七团长维持湘局通电全文》，载1923年7月28日《大公报》。
② 《本馆要电二·长沙电》，载1926年4月27日《申报》。
③ 《总指挥限令撤销各县初级法院》，载1926年7月19日《大公报》。
④ 《湖南年鉴》（民国22年），长沙，湖南省政府秘书处，1934版第71页。
⑤ 《总指挥明令取消各县县议会》，载1926年7月21日《大公报》。

因在1925年底省城学生反对赵政府的学潮中"只登政府新闻"、"勾结政府势力",遭愤怒的学生砸馆,1927年3月被湖南革命政府勒令停刊①。"湖南平民教育促进会"以及各地平民学校,曾在共产党人组织的工人运动和农民运动中发挥过重要作用,当时中共湖南党的组织很好地利用了"平民教育"的名义,在赵政府统治下公开合法地对工人农民进行马克思主义宣传教育。优秀的共产党员李六如是"平民教育促进会"的重要成员,编写了"平民读本"等宣传革命启发工农阶级觉悟的小册子。但平民教育始终坚持改良主义。当1926年国民革命高涨时,平民教育家们仍在倡言对军阀、绅阀、财阀进行"监督",教育平民不可"作奸犯科",公开反对平民打倒军阀土豪劣绅的革命行动。因此,1927年3月,湖南革命政府以"湖南平民教育促进会为不革命团体,为资产阶级缓冲机关",将其取缔,同时关闭了全省各地平民教育团体和各种平民学校②。

至此,自治运动的一切努力,以及与之相伴随的欲望、野心、理想,等等,统统归为虚无,而发生在20世纪前期中国中部一个省份的这段历史,也逐渐被世人遗忘。

十二·四 结语

1920年至1926年湖南省的立宪自治运动,是在特殊历史条件下,各方面力量共同作用进行的一次政治创新。这次创新的目标之所以指向立宪自治,是由于联邦主义、立宪主义、民治主义等理论学说作用于社会与人心的结果。詹姆斯·布赖斯在考察世界各国民治政体的历史演进后得出结论说:"各国民治的运动,即把政权从少数人手里移到多数人手里的运动,其原因大概一部分出于实际痛苦的压迫,一部

---

① 湖南省志编纂委员会:《湖南近百年大事纪述》第501~503页。
② 湖南省志编纂委员会:《湖南近百年大事纪述》第433~434页。

分则出于抽象主义的鼓吹。"① 可见环境压迫与抽象学说的结合，足以促成一场政治创新运动。而这种创新将产生怎样的结果，则要视具体的社会条件而定。1920 年代湖南所面临的内外环境，虽然促成了立宪自治运动的发生，却不可能成就这场运动。一方面，南北政府进行的统一战争不支持联省自治这样一种新的政治格局，湖南无法获得立宪自治必需的和平环境，无法抵御外力独行自治。另一方面，即使在省内，立宪自治也缺乏强有力的社会支撑。省内各阶层人民一度齐心协力推动自治运动之进行，但是这种热情不能持久，因为政治上的创新既不能一举解除人民的痛苦，也不能立刻增进人民的幸福，至于对立宪主义价值目标的追求，只有很少一部分人愿意关心。布赖斯说："真正的困难就在这里。有人说，要使一个民族宜于自由政府，需要着知识、经验和智慧。这话固然不错。但是一种比缺乏知识更严重的弊病，就是民众自身根本不希望自治。人民愿意让俄皇一类的政府被人推翻者，这是因为他们痛恨他的压迫或藐视他的无能之故，但是不能说他们愿意自己来统治自己。大概人民所希望的不是统治自身，而是在于能够有良好的统治者。"② 这种描述也适用于自治运动时期湖南大多数民众的政治心理。

345

以立宪自治为目标的政治创新既不能得到省内大多数人民支持，又与南北政府的统一方略相违背，那么这场运动的开展就主要取决于地方实力派的意志。这样一来，省宪自治运动与地方军阀的割据运动之间有了不分彼此的关系。因为这样的缘故，尽管湖南在长达 6 年的时间中进行了一系列民主宪政的试验，历史学家却始终不认为这是有实际意义的政治作为。一种有代表性的观点说："宪法和地方自治制

---

① 《詹姆斯·布赖斯：《现代民治政体》（上），长春：吉林人民出版社，2001 版第 41 页。

② 詹姆斯·布赖斯：《现代民治政体》（下），长春：吉林人民出版社，2001 版第 994 页。

度的设计，架构的建立，除了使自立合法化外，对其权力运作是不可能发挥实际约束的，因为组织化程度最高的军队，主导着政治运作，其他组织力量均无法与之抗衡。而地方实力派正因为有了这种保证，对制作法律也就表现出了一种慷慨大方的态度。"①

是否所有的地方实力派对于制作法律都抱作秀态度，是一个须要讨论的问题。如果我们不认为政治理想是知识精英和成功派俊杰的专利的话，那么，作为地方实力派，在保境息民的同时怀抱某种具有法治精神和现代价值的政治理想，应该不是一件无法理解的事情。湖南在省宪运动中不但成功制作宪法，而且使宪法条文进入实际操作程序，比如进行大规模民主选举，建立宪政化政府组织结构等等，在很大程度上得力于湘军首领赵恒惕的主持和推动。赵恒惕在掌握一省最高权力后能够尊重议会权力，又竭尽全力裁兵理财扼制军人干政等等作为，很难说仅仅出于维持个人权位的考虑。在最后的权力纷争中，赵恒惕为避免战祸舍弃个人前途，更不是一个野心欲望膨胀的旧军阀能作出的举动。可以说，经过清末民初革命运动以及新思潮洗礼的军人赵恒惕，本身是现代化的产物，他是那个时代认同立宪主义、民治主义和联邦主义的极少数军事强人之一。很大程度上由于他所抱持的政治信念，使得湖南的省宪自治在无比险恶的环境下艰难进行，取得了联省自治运动中其他省份所没有的成绩。

在当时的情形下，是否宪政化政治架构的建立对权力运作完全不发生作用，也是一个须要讨论的问题。主导政治生活的固然是组织化程度最高的军队，但是，一种体现主权在民和权力制衡精神的宪法的确立，为社会力量参与政治、分享政治权力提供了制度化途径。这样的宪法除非不实施，一旦进入实际操作程序，就为各种社会力量进行政治结合进而影响政治运作提供了机会。虽然当时公民社会的发育还

① 朱国斌：《近代中国地方自治重述与检讨》，见张庆福：《宪政论丛》(2)，北京，法律出版社，1999 版第 370 页。

不成熟，大多数民众仍处于一盘散沙状态，但有组织的社会团体，特别是处于社会上层的绅士阶级，能循宪法渠道进入政治过程。湖南的实践表明，绅士们以省议员、县议员等身份进入权力机关后，给权力运行带来了实际的影响，因为他们在相当程度上掌握了社会权力资源，具有较强的社会组织和动员能力。另一方面，军队虽然主导着政权，却并非铁板一块的与社会权力相对抗的力量，至少从当时湖南的情形看，在实施省宪的过程中，军队内部派系之间、大军阀与小军阀之间的矛盾，远甚于政权内军人权力与社会权力之间的矛盾。军人政权不但需要法律文本和宪政化架构使其自立合法化，还需要民意机构及其社会力量支持其集权统一的目标，使其统治稳固化。如果这个政权恰好有一个尊重宪政价值的权威，那么权力运作就更有可能受宪政化架构约束。

诚然，军人与绅士给合的政权远非民主政权，湖南的立宪政府也远非在宪政轨道上运行，但这并不表明曾经的这场运动完全没有意义。世界上没有哪个国家哪个民族能一举而肇建完全的民主政治，在人民的政治心理和习俗比较适宜自由民主的欧美国家，宪政民主体制的演进经历了数百年时间、无数次反复。用先进国家经过数世纪的奋斗和训练才完成的标准来衡量一次人为的短暂民主试验，显然毫无道理。这场运动能够留给后人的，不是成功的荣耀或失败的耻辱，而是知识和经验的积累。无论如何，这是一场省级规模的民主试验，它第一次用比较民主的程序创制了省宪法；第一次举行大规模民主选举；第一次将行政机关置于民意机构的严密看管之下。诸如此类的创举尽管伴随着太多不如意，却表明了向传统政治彻底告别的决心，能促使一省人民接受新的思想观念，养成新的政治习惯。在这个过程中，长期生活在专制政体下的人民也表现出某些适应自由民主体制的品质，比如积极的参与意识，独立自主的精神，通过法律程序解决政治问题的理性，公共合作的能力，等等。这些宝贵的精神气质，昭示着我们民族追赶政治文明的光明前途。而在这个过程中同时表现出来的民众的不良习性，比如冷漠、涣散、偏私，以及由此引发的混乱等，也可以警示后人，在一个社会条件未准备成熟的地方移植新的政治制度可能面临的困难与危险。总之，这场民主试验留给后人的绝不应该是一片空白。今天的人们重拾这段历史记忆，是为了认真思考这段历史留下的经验和教训。

历史不应当被遗忘，除非对未来已不抱希望。

主要参考资料

一 地方文献

1. 《安化县议会第一、二、三届常会报告书》，1923 年铅印本。

2. 《茶陵县议会第二次报告书》，1923 年石印本。

3. 《城步县志稿》，湖南文献委员会编，1947 年稿本。

4. 《华容县议会报告书》，民国铅印本。

5. 《湖南省宪法》等六种，湖南制定省宪法筹备处印，1921 年。

6. 《湖南省宪法》，湖南省宪法修正会议印，1925 年。

7. 《湖南省宪法大纲讲义》，袁柳撰，1921 年铅印本。

8. 《湖南省宪法审查会大事记》，1921 年铅印本。

9. 《湖南省自治根本法草案》，湖南自治促成会印，1921 年铅印本。

10. 《湖南筹备省议会省议员选举事务所报告书》，1922 年铅印本。

11. 《湖南省议会报告书》，共五卷、七册，1925 年铅印本。

12. 《湖南省教育会年鉴》（民国 11 年、12 年），湖南省教育会编印。

13. 《湖南文献丛编》，湖南文献委员会编印，1949 年。

14. 《湖南之金融》，胡迈编著，湖南经济调查研究所发行，1934年

15. 《湖南各县调查笔记》，曾继梧编，1932年铅印本。

16. 《湖南各地厘局概况》，民国抄本。

17. 《湖南护宪军阵亡将士哀荣录》，民国铅印本。

18. 《蓝山县图志》，邓以权、雷飞鹏修纂，1934年刻本。

19. 《醴陵县志》，陈鲲、刘谦修纂，醴陵县文献委员会1948年铅印本。

20. 《联省自治时代湖南的司法制度》，袁柳撰，民国抄本。

21. 《浏阳县议会第五、七次常会报告书》，1924年石印本。

22. 《宁乡县志》，周震麟、刘宗向修纂，民国石印本。

23. 《宁远县志》，李毓九、徐桢立修纂，1942年石印本。

24. 《祁阳县志》，李馥修纂，1931年刻本。

25. 《省宪成立第一届安化县议会第二次报告书》，1922年刻本。

26. 《省宪成立湘乡县第一届县议会二期报告书》，1923年石印本。

27. 《石门县志稿》，申悦庐、郑廉侯修纂，1942年石印本。

28. 《桃源县志初稿》，文骏、陈宗兰、罗蕺分修纂，1948年稿本。

29. 《益阳县议会议案》，民国刻本。

30. 《益阳县议会第一次报告书》，民国石印本。

31. 《沅陵县议会第一、二次报告书》，1924年石印本。

32. 《湘潭县议会第一次临时会报告书》，民国铅印本。

33. 《湘潭县议会第一届常会报告书》，民国铅印本。

34. 《湘阴县议会第四次常会报告书》，1924年铅印本。

35. 《湘乡县志》，湘乡县志编委会编，1960年油印本

36. 《湘乡人物志》，民国湘乡县文献委员会编，1948年稿本。

37. 《湘灾纪略》，民国石印本。

38. 《新化县议会报告书》，民国石印本。

39. 《益阳县志稿》，张翰仪、李裕掌修纂，1934 年稿本。

40. 《沅陵县志》，修成浩修纂，民国抄本。

41. 《宜章县志》，曹六铭、邓典谟修纂，1941 年铅印本。

42. 《永顺县志》，鲁隆盎、张孔修修纂，1930 年铅印本。

二 著述、资料汇编、工具书

43. 陈恭禄：《中国近代史》，上海，商务印书馆，1935 年。

44. 陈茹玄：《民国宪法及政治史》，上海，政治学社，1928 年。

45. ［加］陈志让：《军绅政权——近代中国的军阀时期》，北京，三联书店，1980 年。

46. 丁中江：《北洋军阀史话》，北京，中国友谊出版社，1992 年。

47. ［美］费正清：《剑桥中华民国史》，北京，中国社会科学出版社，1993 年。

48. 顾群、龙秋初：《北伐战争在湖南》，长沙，湖南人民出版社，1985 年。

49. 郭宝平：《民国政制通论》，太原，山西人民出版社，1995 年。

50. 郭廷以：《中华民国史事日志》，台北，"中央研究院"近代史研究所，1979 年。

51. 何勤华、李秀清：《民国法学论文精粹》，北京，法律出版社，1999 年。

52. 胡春惠：《民国宪政运动》，台北，正中书局，1978 年。

53. 胡春惠：《民初的地方主义与联省自治》，北京，中国社会科学出版社，2001 年。

54. 湖南近代人名词典编委会：《湖南近代人名词典》，长沙，湖南出版社，1993 年。

55. 湖南省哲学社会科学研究所现代史研究室：《五四时期湖南人民革命斗争史料选编》，长沙，湖南人民出版社，1979年。

56. 湖南省志编纂委员会：《湖南近百年大事纪述》，长沙，湖南人民出版社，1962年。

57. 李剑农：《中国近百年政治史》，上海，复旦大学出版社，2002年。

58. 黎宗烈：《蒸阳请愿录》，长沙，湖南人民出版社，1979年。

59. 潘树藩：《中华民国宪法史》，上海，商务印书馆，1934年。

60. 钱实甫：《北洋政府时期的政治制度》，北京，中华书局，1984年。

61. [美]齐锡生：《中国的军阀政治：1916—1928》，杨云若、萧延中译，北京，中国人民大学出版社，1991年。

62. 陶菊隐：《北洋军阀统治时期史话》，北京，三联书店，1983年。

63. 陶菊隐：《记者生活三十年》，北京，中华书局，1984年。

64. 陶菊隐：《吴佩孚将军传》，上海，中华书局，1941年。

65. 汤志钧：《章太炎年谱长编》，北京，中华书局，1979年。

66. 吴相湘：《民国百人传》，台北，传记文学出版社，1971年。

67. 王景濂、唐乃霈：《中华民国法统递嬗史》，上海，民视社，1922年。

68. 王人博：《宪法文化与近代中国》，北京，法律出版社，1997年。

69. 王无为：《湖南自治运动史》，上海，泰东书局，1920年。

70. 杨奎松：《中共与莫斯科的关系》，台北，东大图书公司，1997年。

71. 严家淦：《赵故资政夷午先生百龄诞辰纪念集》，台北，赵氏宗亲会印，1980年。

72. ［英］詹姆斯·布赖斯：《现代民治政体》，张慰慈译，长春，吉林人民出版社，2001 年。

73. 张朋园：《中国现代化的区域研究——湖南省》，台北，"中央研究院"近代史研究所专刊（46），1983 年。

74. 张庆福：《宪政论丛》，北京，法律出版社，1999 年。

75. 张仲礼：《中国绅士——关于其在十九世纪中国社会中作用的研究》，上海，上海社会科学出版社，1991 年。

76. 章伯锋：《北洋军阀》，武汉，武汉出版社，1990 年。

77. 章开沅、马敏、朱英：《中国近代史上的官绅商学》，武汉，湖北人民出版社，2000 年。

78. "中央研究院"：《中华民国建国史讨论集》，台北，1982 年。

79. 中国第二历史档案馆：《善后会议》，北京，档案出版社，1985 年。

80. ［美］周锡瑞：《改良与革命——辛亥革命在两湖》，杨慎之译，北京，中华书局，1982 年。

81. 朱传誉：《谭延闿传记资料》，台北，天一出版社，1979 年。

82. 朱传誉：《赵恒惕传记资料》，台北，天一出版社，1979 年。

83. Frederic Waksman, Jr. and Carolyn Grant, Conflict and control in late imperial China , Berkeley: University of California Press, 1975.

84. Ho Ping – ti and Tsou Tang , China in crisis, Chicago: University of Chicago Press, 1968.

85. Jack Gray, Modern China′s Search for a Political form, London: Oxford University Press, 1969.

三　报纸、杂志

86. 《大公报》（长沙）；《东方杂志》；《湖南》；《湖南通俗报》；《湖南教育杂志》；《湖南学生联合会周刊》；《湖南筹备自治周刊》；

353

《湖南民报》;《湖南平民教育周刊》;《湖南历史资料》;《湖南文史》;《湖南文史资料》;《近代史研究》;《近代史资料》;《民国日报》(上海);《太平洋杂志》;《申报》;《政治周报》;《自治杂志》;《自治》;《"中央研究院"近代史集刊》(台北)。

附录一

湖 南 省 宪 法①

（一九二二年一月一日公布）

序言

湖南全省人民为增进幸福、巩固国基，制定宪法如左：

第一章　总纲

第一条　湖南，为中华民国之自治省。

第二条　湖南省，以现有之土地为区域。

第三条　凡有中华民国国籍继续住居本省满两年以上者，皆为本省人民。

第四条　省自治权属于省民全体。

第二章　人民之权利义务

第五条　人民在法律上一律平等，无男女、种族、宗教、阶级之区别。无论何人，不得以人身为买卖之目的物。

---

①　该宪法文本由湖南省宪法审查会审定，湖南制定省宪法筹备处 1921 年 9 月印发。湖南省社会科学院图书馆有藏件数份。原件无标点。

第六条 人民有保护其身体生命之权。

身体之自由权，非依法律，不受何种限制或被剥夺。

依法而受限制，或被剥夺时，不得虐待或刑讯。

除现役军人外，凡人身自由被剥夺时，施行剥夺令之机关至迟须于二十四小时以内，以剥夺之理由通知本人，令其得有即时提出申辩之机会；被剥夺人或他人，皆得向法庭请求出庭状，法庭不得拒绝之。

人民有要求受适当法庭迅速审判之权，除依戒严法规定外，不受军法机关之审判。

凡行为必于其实行以前，已经法律规定为犯罪行为审判时，方得以犯罪目之。

人民受法庭审判时，非正式宣告判决有罪确定后，不受何种刑罚之执行。

人民不受身体上之刑罚。

第七条 人民有保护其私有财产之权。

人民之私有财产，依法律认为必要时，非给以相当之价值不得收为公有。

人民之私有财产，非依法律，不得查封没收及其他处分。

人民之私有财产，不受非法之科罚、捐输或借贷。

第八条 人民有保护其居宅之权。

人民居宅，不得驻屯军队；但战时依合法之程序得驻屯之。

第九条 人民之身体、住宅、邮电、文书及各种财物，除经本人允许，或依合法之程序外，不受搜索检查。

第十条 人民限于不妨害社会秩序、善良风俗，有信仰宗教之自由。政府不得对于何种宗教与以不平之限制，或特享之利益。

第十一条 人民在不抵触刑事法典之范围内，有用语言、文字、图书、印刷及其他方法自由发表意思之权，不受何种特别法令之限制或检查机关之侵害。

356

第十二条 人民在不抵触刑事法典之范围内，有自由结社及不携武器平和集会之权，不受何种特别法令之限制。

第十三条 人民或人民之自治团体，有购置枪支、子弹以谋自卫之权，但须经官厅之许可登记。

前项之枪支子弹，无论何种机关，不得强制借用或提取。

第十四条 人民有营业之自由权。但为保障重大之公共利益时，须受法律上之限制。

第十五条 人民有居住迁徙之自由。

除省法律别有规定外，在本省内，无论移住何县、何市、何乡，有与该地人民同等之权利义务。

第十六条 人民有请愿于议会之权。

第十七条 人民有陈诉于行政官厅之权。

第十八条 人民有诉讼于法院之权。

法院如违背诉讼法规，延不审判，人民得提起惩戒之诉。

第十九条 人民有请求救恤灾难之权。

第二十条 人民依法律有选举、被选举、提案、总投票、及任何公职之权。

公职员之任免、保护及惩戒，以省法律定之。

第二十一条 人民有受教育之义务。

义务教育以上之各级教育，无分男女，皆有享受其同等利益之权。

第二十二条 人民依法律有左列各种义务：

（1）纳租税之义务；

（2）服兵役之义务；

（3）担任名誉公职之义务。

第二十三条 人民之一切公私权利及义务，不得以宗教信仰之故而生变动。

第二十四条 外省人之居住营业于本省者，与本省人受同等之保护。

第三章　省之事权

第二十五条　关于左列各事项，省有议决执行权：

（1）省以下之地方制度及各级地方自治之监督；

（2）省官制、官规、官俸及官吏之考试；

（3）省法院之编制，监狱及感化院之设立，及司法行政之监督；

（4）各种职业团体之组织及关于劳动之法规；

（5）制定本省税则，募集省公债，及订结省政府负担之契约；

（6）制定户籍法及登记法；

（7）省公产及营造物之处分；

（8）各级学校学制及与教育相关联属之事项；

（9）矿产、农林之保护及发展；

（10）各种公共实业及关于实业之法规；

（11）省以内之河川、道路、土地整理及其他土木工程事项；

（12）省以内之铁道、电话、电报支线之建设。但为谋交通行政之统一，联络省际商业之发达，及应国防上之急需，国政府之命令得容受之；

（13）省内之军政、军令事项；

（14）省警察行政事项；

（15）卫生及各种公益慈善事项。

第二十六条　其他关于省以内之事项，在与国宪不相抵触之范围内，省得制定法规并执行之。

第二十七条　省政府受国政府之委托，得执行国家行政事务。但因执行国家行政所生之费用，须由国政府负担。

第四章　省议会

第二十八条　省议会以全省公民直接选出之议员组织之。

凡有选举权之人民称公民。

第二十九条 省议员之名额，以人口为比例，每人口二十万，选出议员一名。但不满二十万之县，亦得选出议员一名。

第三十条 有中华民国国籍之男女，年满二十一岁以上，于调查选举人资格以前在湖南继续住居满二年以上，有法定住址，无左列情事之一者，皆有选举省议员之权：

（1）患精神病者；

（2）被剥夺或停止公权；

（3）受破产宣告，尚未撤销者；

（4）吸食鸦片者；

（5）营不正当业者；

（6）未受义务教育者。但义务教育未普及以前，以不识文字者为限。

第三十一条 公民年满二十五岁以上，无左列情事之一者，皆有被选为省议员之权：

（1）现役军人；

（2）现任官吏；

（3）现任宗教师；

（4）在校未毕业之学生。

第三十二条 省议员之选举及省议会之组织，以省法律定之。

第三十三条 省议员任期三年，从当选之日起算至满三年之日为止。

第三十四条 省议会设议长一人，副议长二人，由议员互选之。

第三十五条 省议会自行集会、开会、闭会。

第三十六条 省议会每年开常会二次，于每年三月一日、九月一日开会。

常会会期为两个月。但遇必要时，得延长一个月。

第三十七条 省议会闭会时，设常驻委员会。

第三十八条 省议会遇有议员三分之一以上动议，或省长认为必要时，得召集临时会。但会期不得过一个月。

第三十九条 省议会之职权如左：

(1) 议决第二十五条及第二十六条之事项；

(2) 议决预算及决算案；

(3) 依本法所规定，选举官吏；

(4) 受理人民之请愿；

(5) 提出质问书于省务院，或请求省务员出席质问之；

(6) 对于省务员之全体或一员，得为不信任之投票；

(7) 省长有谋叛、贿赂或其他重大犯罪行为时，得以议员总额三分之二以上之出席，出席员三分之二以上之可决，弹劾之。被弹劾之省务员或审计院长须即退职。退职后由检察厅提公诉。

第四十条 省议员在会内所发之言论，对于会外不负责任。

第四十一条 省议员在开会期内，除现行犯外，非经省议会之许可，不受逮捕、审问及监禁。

第四十二条 省议员在任期内，不得为官吏及兼任有给之公职。

第四十三条 各选举区对于该区所选出之议员不信任时，得以左列方法撤回之：

(1) 由原选举区公民百分之一以上连署提议，经该区公民总投票半数可决者；

(2) 由原选举区内之县议会、市议会、乡议会议员总额过半数连署提议，经该区公民总投票过半数可决者。

第四十四条 省议会得以左列方法解散之：

(1) 由全省公民百分之一以上连署提议，经全省公民总投票过半数可决者；

(2) 全省县议会过半数连署提议，呈由省长交全省公民总投票之过半数可决者；

（3）省长以省务院全体之副署，提出理由书，付全省公民总投票过半数可决者。

第四十五条　依前条第五十二条第二项，解散省议会后，须于三个月内召集新省议会。但一年内不得解散议会两次。

第五章　省长及省务院

一　省长

第四十六条　省行政权由省长及省务院长行使之。

第四十七条　省长由省议会选出四人，交由全省公民总投票决选，以得票最多数者为当选。

第四十八条　依本法规定之本省公民年满三十五岁以上，在湖南继续住居满五年以上者，得被选为省长。

第四十九条　省长就任时，须于省议会为左列之宣誓：

某某誓以至诚遵守宪法，执行省长之职权，谨誓。

第五十条　现职军人被选为省长时，须解除本职方得就任。

第五十一条　省长任期四年，不得连任。但解职四年后得再被选。省长满任前三个月，须举行次任省长之选举。

第五十二条　省长未满任以前，得由省议会提议，交公民总投票表决，令其退职。省议会提出此项议案时，须有议员总额三分之二之出席，出席议员三分之二之可决，方得成立。

前项议案成立后，省长即须停止其职权之行使，公民总投票对于前项议案多数可决时，省长即须退职。多数否决时，则省长回复其职权，省议会即须解散。

第五十三条　省长缺位或因事故不能执行其职务时，由省务院长代行其职权至新省长就职之日，或省长再行视事时为止。

省长缺位时，即依本法第四十七条所定之方法选举新省长。

第五十四条　省长应于满任日解职。如届期新省长尚未选出，或选出后尚未就职时，省务院长代行职务。

第五十五条　省长之职权如左：

（1）公布法律及发布执行法律之命令；

（2）统率全省军队，管理全省军政；

（3）任免全省文武官吏。但本法及法律有特别规定者，依其规定；

（4）遇内乱外患时，经省议会之同意，得宣告戒严。如在省议会闭会期内，须得常驻委员同意，由省议会于下届开会时追认之。

戒严期内，本法第九条、第十一条、第十二条之效力得暂受限制。但经省议会认为无戒严之必要时，应即宣告解严；

（5）遇必要时得召集省议会临时会。

第五十六条　省长执行前条各款之职权，皆须由省务院长及主管之省务员副署负责。

二　省务院

第五十七条　省设省务院及左列各司：

（1）内务司；

（2）财政司；

（3）教育司；

（4）实业司；

（5）司法司；

（6）交涉司；

（7）军务司。

省务院以各司之司长组织之各司司长皆为省务员。

第五十八条　各司之组织及司长之选举与任期，以省法律定之。

第五十九条　各司司长由省议会选举二人，咨请省长择一任命之。

省务院长由省务员互选一人，呈请省长任命。

省务员去职时，省议会须于省务员去职之日起十日内选出。如省议会在闭会期内，须于开会后十日内选出之。

省务员如有溺职及其他违法行为时，省长得罢免之。

省务员于省议会闭会期内去职时，得由省长暂行任命代理。

第六十条　省务院设政务会议，以省务院长为议长。各省务员皆列席，议决施政方针及关涉各司权限争议之事件，对于省议会负连带责任。

第六十一条　政务会议议决之结果，须由省务院长报告省长。

遇有特别重大事件，得由省长主席于省务院开特别联席会议，但此种联席会议省长不得以省务员不能负责之议案，强制其议决执行。

第六十二条　省长所发之命令及其他关于政务之文书，非经省务院长及各主管司长之副署，不生效力。

第六十三条　省务员全体或一员受省议会之不信任投票时，即须解职。

第六章　立　法

第六十四条　法律案由省议会议员或省务院以省长之名义提出之。

第六十五条　法定之省教育会、农会、工会、商会、律师公会，及其他依法律组织之各职业团体，得提出关于各该团体范围之法律案，省议会必须以之付议。

前项议案开议时，提案者得派员出席议会说明之。但不得参加表决。

第六十六条　全省公民百分之一以上连署动议，或全省县议会及一等市议会三分之一以上连署动议，得提出法律案，呈请省长咨省议会议决。省议会对于此项议案，如搁置不议或议而否决时，省长应将该案及否决之理由付全省公民总投票表决。可决时，即成为法律。

第六十七条　省议会议决之法律案，省长须于送达后二十日内公布之。

　　省议会议决之法律案，省长如否认时，须于送达后十日内将否认之理由咨省议会复议。如有出席议员三分之二以上仍执前议时，应即公布之。

　　未咨省议会复议之法律案，逾公布期限即成为法律。

　　法律案于将近闭会期咨送省长者，省长如否认时，得声明理由咨省议会，于下届开会时复议之。

　　法律案咨送省长后，于省长否认而省议会被解散时，得咨新省议会复议之。

　　全省县议会及一等市议会三分之一以上连署动议，或全省公民百分之一以上连署动议，皆得于公布期内，要求将已议决之法律案展缓两月公布，两月内即提交全省公民总投票表决。

　　第六十八条　凡本法所规定得由公民提案及须公民总投票表决之事项，其提案及投票之方法以省法律定之。

第七章　行　政

一　财政

364

　　第六十九条　省之租税，依省法律之规定征收之。

　　第七十条　省之收入支出，由省库或代理省库之银行执掌之。

　　发款书据须有审计院长之签印省库方得支付。

　　省库之组织，以省法律定之。

　　第七十一条　省会计年度以每年七月一日为始，至次年六月三十日为止。

　　第七十二条　省长须于省议会开会后之五日内，将次年度之预算案提交省议会议决。

　　省长得提出追加预算案交省议会议决。

　　以省款经营之事项非一年所能完竣，或其费用非一年所能筹备，或因契约之关系其负担不止于一年者，得经省议会之议决，预定年限设继续费。

第七十三条　省长须于会计年度终了后，将前年度之决算案提交省议会议决。

第七十四条　省之财务行政状况及省议会议决之预算决算案，省长须详细公布之。

二　教育

第七十五条　全省人民自满六岁起，皆有继续受四年教育之义务。

为达前项之目的，得强制各地方自治团体就地筹集义务教育经费，开办应有之国民学校。

第七十六条　每年教育经费至少须占全省预算案百分之三十。每年提出之教育基金至少须占全省预算案岁出百分之二。其保管方法及用途，以省法律定之。

第七十七条　成绩优良之国民学校，得酌量奖励之。

第七十八条　成绩优良之职业学校，经省议会议决，得为添置设备之补助。

第七十九条　省须设立大学一所。

第八十条　为达本法第二十一条第二项之目的，省政府及各自治团体，须设备特别基金资助贫户男女学童之适于受中等以上教育者，其资助之方法须以省法律定之。

第八十一条　学校不得驻扎军队或据为军人住宅。

三　实业

第八十二条　省有产业非经省议会议决，不得抵押或变卖之。

省内之天然富源，无论公有私有，不得变卖与无中华民国国籍者。

第八十三条　省政府经省议会议决经营各种实业时，须依私人营业之组织。

第八十四条　省政府对于省内之私人营业，认为于公益上有必要时，经省议会议决，得以相当之代价收归省有。

第八十五条　省政府对于私有营业之劳工保护、劳工赔偿、劳工卫生等，得依法律之规定监督之。

第八十六条　省政府对于私有营业之不正当竞争或不公允价率，得依法律之规定制裁之。

四　军事

第八十七条　全省军务为省行政之一部。无论平时战时，其管理统率依本法第五十五条及第五十六条之规定属于省长。

第八十八条　全省之健全男子，自满二十岁至满四十岁，依义务民兵制，平时合计须有十二个月在军中服务。

义务民兵之兵役法及编制，以省法律定之。但得设一万人以内之常备部队。

中华民国对外国宣战时，本省军队之一部得受国政府之指挥。

第八十九条　省内治安，省民共保之。省外军队非经省议会议决及省政府允许，永远不得驻扎或通过本省境内。

第八章　司　法

第九十条　省设高等审判厅为一省之最高审判机关，对于本省之民事、刑事、行政及其他一切诉讼之判决，为最终之判决。

高等审判厅之下，设地方审判厅、初级审判厅。

第九十一条　省设高等检察厅为一省最高之检察机关。

高等检察厅之下，设地方检察厅、初级检察厅。

第九十二条　高等审判厅长及高等检察厅长，由省议会依法定资格选举之。选举方法以省法律定之。

高等审判厅长及高等检察厅长以下之各法官，均由省务院呈请任命之。

第九十三条　法官独立审判，不受何方干涉。

第九十四条　高等审判厅长及高等检察厅长，任期八年。在任期内，非依本法第三十九条第八款之规定，不得免职。

高等审判厅长及高等检察厅长以下各法官，非依法律，不得免职、降职、停职、减职、或转职。法官之惩戒处分以省法律定之。

第九十五条　司法区域之划分、法院之编制及法官之俸给，以省法律定之。

第九章　审计院

第九十六条　省设审计院。审计院长由省议会选举。

审计院之组织，审计院长之选举，以省法律定之。

第九十七条　审计院长任期八年，在任期内，非依本法第三十九条第九款之规定，不得免职。

第九十八条　省经费之收入，各征收机关须于缴纳省库时，报告审计院。

省经费之支出，须经审计院长按照预算案或临时支出之法案，核准签印支出。与原案不符时，得拒绝之。

第九十九条　审计院，得随时调查各机关之收支簿据。

第一百条　审计院对于全省各机关收支簿据之登记法及报告程式，有厘定划一之权。此项厘定划一办法，由审计院长咨请省长行之。

第十章　县制大纲

第一百零一条　县为省之地方行政区域，并为自治团体。

第一百零二条　县置县长。受省长之指挥监督、执行省之地方行政及县之自治行政，并同时监督县以下之各自治机关。

第一百零三条　县长由县议会选举六人，交由全县公民决选二人，呈请省长择一任命。

第一百零四条　县长任期四年。但在任期内如有溺职或违法行为时，由省长免职，或县议会弹劾呈请省长免职。免职后，即依前条举行新选举。

第一百零五条　县长之资格、选举及县行政机关之组织，以省法律定之。

第一百零六条　县置县议会。议员人数依县之大小酌定之。但不得少于十六人，至多亦不得过五十人。

县议会之议员由全县公民直接投票选出之。

县议会之组织解散及县议员之选出撤回，以省法律定之。

第一百零七条　在不抵触省法令之范围内，县有左列各事项之自治权：

（1）县以内之教育及与教育相联属之事项；

（2）县以内之道路、水利及其他土木、工程事项；

（3）县以内之实业及公共营业；

（4）县以内之警察、卫生及各种公益慈善事业；

（5）县公产及营造物之处分；

（6）其他依省令赋予县自治处理之事项。

前列各事有涉及两县以上者，得协议处理之。

第一百零八条　在不抵触省法令之范围内，县得制定县税及附于省税之附加税并他种公共收入，以充县自治事项之经费。但须受省政府之监督。

第一百零九条　县之收入支出每年由县长详细公布之。

第十一章　市乡自治制大纲

第一百十条　市乡皆为自治团体。

第一百十一条　省以内之都会、商埠，人口满二十万以上者，为一等市。人口满五万以上不及二十万者，为二等市。人口满五千以上不及五万人者，为三等市。不及五千人者，属于乡。

第一百十二条　一等市直接受省政府之监督。

368

第一百十三条　一等市设市长一人，由全市公民直接选出，任期二年。

第一百十四条　一等市设市议会，由全市公民直接选出之议员组织之。其选举及组织，以省法律定之。

市议会之议员为无给职。

第一百十五条　一等市设市委员会，以市长为委员长。凡市之行政方针由委员会议决施行。

委员会之半数，由市议会选出。其他之半数，由市长从各职业团体中择任之。委员会之委员为无给职。

第一百十六条　一等市市政公所之专务职员，由市长经委员会之同意任用之。

第一百十七条　一等市之公民，对于市之重要立法有直接提案及总投票之复决权。其方法以省法律定之。

第一百十八条　自治权：

（1）市以内之教育及与教育相联属之事项；

（2）市以内之街道、水沟及其他土木、工程事项；

（3）市以内之电灯、电车、煤气、自来水及其他关于公益之营业；

（4）市以内之警察、卫生及各种公益慈善事项；

（5）其他依省法令赋予或由省政府委托市执行处理之事项。

第一百十九条　一等市受省政府之监督，得制定左列各种市税：

（1）房屋税；

（2）车马税；

（3）戏院及其他各种游戏场税；

（4）屠宰税；

（5）酒馆税；

（6）附于省税之附加税；

（7）其他税则得政府之许可者。

第一百二十条　一等市受省政府之监督，得募集市债。

第一百二十一条　二等市之组织，得适用本法第一百十三条至第一百十七条之规定。但受县政府监督。

第一百二十二条　二等市之自治权，得适用本法第一百十八条及第一百十九条之规定。但以不抵触省及县法令为范围。

第一百二十三条　一、二等市之制度，以省法律定之。但在不背本法之范围内，一、二等市得自定其制度，经省议会认可施行。

第一百二十四条　三等市及乡之组织，以省法律定之。但得斟酌各地方情形自定其组织，经省议会认可施行。

第一百二十五条　凡市乡之收入支出，每年须详细公布之。

第一百二十六条　本法公布后，每十年须召集宪法会议一次，议决应行修正案，交由公民总投票决定之。

经省议会议员四分之三，及全省县议会，及一等市议会团体三分之二，提出修正案，得召集宪法会议议决，交公民总投票决定之。

宪法会议之组织，以省法律定之。

第一百二十七条　因本法所发生之争议，由高等审判厅解释之。

第十三章　附　则

第一百二十八条　省法律未公布以前，中华民国现行法律，及基于法律之命令，与本法不相抵触者，仍得适用于本省。

第一百二十九条　国宪未成立以前，应归于国之事权，得由本省议决执行之。

第一百三十条　户口调查未完竣以前，本法第二十九条之规定，暂缓施行；省议员之名额，暂以各县田赋为标准。凡田赋未满壹万元者，选出一名；壹万元以上六万元未满者，选出二名；六万元以上十二万元未满者，选出三名；十二万元以上十八万元未满者，选出四名；十八万元以上者，选出五名。其各县应选出省议员之名额列表于后：

长沙四名	湘阴三名	浏阳四名	醴陵三名	湘潭四名
宁乡三名	益阳三名	湘乡四名	攸县三名	安化二名
茶陵三名	宝庆三名	新化二名	武冈三名	新宁二名
城步一名	衡阳五名	衡山三名	安仁二名	耒阳三名
常宁二名	鄮县二名	零陵三名	祁阳二名	东安二名
道县二名	宁远二名	永明二名	江华二名	新田二名
郴县二名	永兴二名	资兴二名	宜章二名	桂阳二名
桂东二名	汝城二名	临武二名	蓝山二名	嘉禾二名
岳阳三名	平江三名	临湘二名	华容二名	常德三名
桃源三名	汉寿二名	沅江一名	澧县三名	石门二名
慈利二名	安乡二名	临澧二名	大庸一名	南县二名
沅陵二名	泸溪二名	辰溪二名	溆浦三名	芷江二名
黔阳二名	麻阳二名	永顺二名	古丈一名	保靖一名
龙山一名	桑植一名	靖县二名	绥宁二名	会同二名
通道一名	乾城一名	凤凰一名	永绥一名	晃县一名

第一百三十一条 户口调查未完竣以前，本法第四十七条之规定暂缓施行，省长之选举，由省议会选出七人，交由全省县议员决选之。

第一百三十二条 户口调查未完竣前，本法第十一章所定一等市之组织，暂缓施行；但非遇意外事变，至迟须于本法公布后之一年内，将省内各重要都会、商埠人口调查完竣；依本法制定一等市制度施行之。

第一百三十三条 全省户口之调查，非遇意外事变，至迟须于本法公布后两年完竣。

第一百三十四条 在国宪未成立以前，省政府得征收国税。但征收额数与其用途，仍须编入省预算案内，经省议会议决。

第一百三十五条 依本法所定之初级审判厅及检察厅，至迟须于本法公布一年内完全成立。

371

第一百三十六条 本法公布，须即由现省政府设立法制编纂会拟定施行本法所必须之法案，于第一次省议会开会时提出议决。

第一百三十七条 依本法成立之第一届省议会第一次开会期，不限于三十六条第一项之规定。

第一百三十八条 本法公布后，至迟须于三个月内，依本法办理省议会及各县议会，选举省议会及各县议会；选举完竣后，至迟须于三个月内，依本法选举省长；省长选出后，临时省长应即解职；由正式省长依法组织省行政机关，本法第八十七条之规定应即施行。

第一百三十九条 现有军队未收束以前，本法第八十七条之规定暂缓施行；但至本法所定正式政府成立之日止，须将军费减至省预算案岁出二分之一；至邻近各省自治政府成立后之半年止，军费须减至省预算案岁出三分之一；至国宪成立后之半年止，军费须减至省预算案岁出四分之一；并须于国宪成立后，即为实施本法第八十八条之预备进行。

第一百四十条 立法、司法、行政各机关，依本法成立时，原设之机关应即废止。

第一百四十一条 本法由全省公民总投票可决后，公布之日施行。

附录二

湖南省省议会议员选举法①

第一章 总 则

第一条 省议会议员名额在户口调查未完竣以前，依省宪法第一百三十条之规定。

第二条 省议会议员依省宪法第二十八条之规定，由全省公民直接选举之。

第三条 凡有中华民国国籍之公民，依省宪法第三十条及第三十一条之规定，有选举权及被选举权。

第四条 办理选举人员，于其选举区内停止其被选举权。

第五条 承揽本省工程之人，及承揽本省工程之公司办事人，停止其被选举权。

第六条 省设选举总监督，以本省行政长官充之，监督全省选举事宜。

第七条 各选举区设选举监督，以各本区之行政长官充之，监督一切选举事宜。

373

---

① 该法律文本由湖南省宪法审查会审定，湖南制定省宪法筹备处 1921 年 9 月印发，1922 年 1 月 1 日与《湖南省宪法》一同公布施行。原件无标点。

第八条　各区选举均设投票管理员、监察员；开票管理员、监察员，各若干名，由各本区监督分别委任之。但监察员以本区选举人为限。

第九条　投票管理员职务如左：

（1）掌投票所启闭；

（2）决定投票之应否收受；

（3）掌投票匦、投票簿、投票纸及选举人名册；

（4）保持投票所秩序；

（5）其他依本法所定属于投票管理员职务之事项。

第十条　开票管理员职务如左：

（1）掌开票所启闭；

（2）清算投票数目；

（3）检查投票纸真伪；

（4）决定投票之是否合法；

（5）保存选举票；

（6）保持开票所秩序；

（7）其他依本法所定属于开票管理员职务之事项。

第十一条　投票监察员、开票监察员，各监视管理员办理投票开票事宜；监察员与管理员意见不同时，呈明选举监督决定之。

第十二条　凡办理选举人员均为名誉职，但得酌给公费。

第二章　选举程序

第一节　选举区

第十三条　选举区以现设之县为境界。

第十四条　行政区划之境界有变更时，选举区一并变更；但原选议员不失其职。

第二节　投票区

第十五条　各选举区监督应按照地方情形，分划本管区域为若干投票区。

第十六条　投票区应于选举期前若干日由各选举区监督筹定，呈报总监督。

第三节　选举人名册

第十七条　各选举区监督应就本管区域内分派调查委员，于选举期前若干日按照选举资格调查合格者造具选举人名册。

调查办事细则由各选举区监督定之。

第十八条　选举人名册应载选举人姓名、年岁、职业、籍贯、住址、住居年限。

第十九条　选举人名册应于选举期前若干日一律告成，由各选举区监督呈报总监督。

第二十条　各选举区监督，应按各投票区分造选举人名册，于选举期前若干日颁发各投票区宣示公众。

第二十一条　宣示选举人名册以十五日为期，如本人以为有错误遗漏，或他人认为资格不符时，得于宣示期内取具证凭，呈请本选举区监督更正。

前项呈请更正，选举区监督应自收呈之日起十日以内判定之；不服者得呈请于总监督，其判定期间以十五日为限。

第二十二条　凡经各本区选举监督或总监督判定更正者，应由各本区选举监督更正选举人名册，并补报总监督。

第二十三条　选举人名册确定后，应分存各投票所及开票所。

第四节　选举通告

第二十四条　各选举区监督应于选举期前若干日颁发选举通告，应载事项如左：

（1）选举日期；

（2）投票所及开票所地址；

（3）投票方法。

第五节　投票所及开票所

第二十五条　每投票区设投票所一处。开票所设于本选举区监督所在地，其地址由各本选举区监督定之。

第二十六条　投票所及开票所得临时增派警察保持秩序。

第二十七条　投票所及开票所除本所职员、选举人及警察外，他人不得擅入。

第二十八条　投票所及开票所自投票及开票完毕之日起，十五日以内裁撤之。

第二十九条　投票所启闭，以午前八时至午后六时为限。

第三十条　投票所及开票所办事细则，由各本选举区监督定之。

第三十一条　投票纸由总监督于选举期前若干日分发各选举区监督。各选举区监督于若干日内分发各投票所。

第三十二条　各选举区监督，应按照各投票区所属选举人分别造具投票簿，并按照定式制成投票匦，于若干日内分发各投票所。

第三十三条　投票簿应载明选举人姓名、年岁、职业、籍贯及住址。

第三十四条　投票匦除投票时外，应加封锁。

第六节　投票开票及检票

第三十五条　投票人以列名本投票所之投票簿者为限。

第三十六条　投票人届选举期应亲赴投票所自行投票。

第三十七条　投票人于领投票纸时，应先在投票簿所载本人姓名下签字。

第三十八条　投票人每名只领投票纸一张。

第三十九条　投票用无记名单记法，每票只书被选举人一名，不得自书本人姓名。

第四十条　投票人于投票所内除关于投票方法得与职员问答外，不得与他人接谈。

第四十一条　投票完毕后投票人应即退出。

第四十二条　投票人倘有冒替及其他违背法令情事，管理员及监察员得令退出。

第四十三条　管理员及监察员应将投票始末情形会同造具报告，连同投票瓯于投票完毕之翌日移交开票所，并呈报本选举区监督。

第四十四条　选举区监督自各投票瓯送齐之翌日，应酌定时刻先行宣示，届时亲临开票所督同开票，即日宣示。

第四十五条　检票时，应将所投票数与投票簿对照。

第四十六条　选举票有左列事项之一者无效：

（1）写不依式者；

（2）夹写他事者；

（3）字迹模糊不能认识者；

（4）不用投票所所发票纸者；

（5）选出之人为选举人名册所无者。

第四十七条　开票所管理员及监察员应将开票始末情形会同造具报告，于开票完毕之翌日呈送各本选举区监督。

所有选举票，应分别有效无效，一并附呈于本届选举年限内，由各本选举区监督保存之。

第七节　当选确定

第四十八条　被选举人以得本区投票票数比较多者依次当选。票数同时以抽签定之。

第四十九条　当选人足额后，并依该区应出议员名额以得票比较多者依次为候补当选人。票数同时以抽签定之。

第五十条　当选人自接到当选通知之日起，应于二十日以内答复愿否应选。其逾期不复者以不愿应选论。

第五十一条　凡应选为省议会议员者，由各本选举区监督给予议员证书。

第五十二条 议员证书给予后，各本选举区监督应将选举始末情形造具报告，连同投票簿并有效无效之选举票及议员名册呈送总监督于本届选举年限内保存之。

议员名册应载明议员姓名、年岁、籍贯及所得票数。

第三章 选举变更

第一节 选举无效

第五十三条 凡有左列情事之一者当，选举无效：

（1）选举人名册因舞弊牵涉全数人员经审判确定者；

（2）办理选举违背法令经审判确定者。

第五十四条 凡有左列情事之一者，当选无效：

（1）不愿应选；

（2）死亡；

（3）被选举资格不符经审判确定者；

（4）当选票数不实经审判确定者；

（5）当选人舞弊经审判确定者。

第五十五条 当选无效时证书已给发者应令缴还，并将姓名及其缘由宣示。

第五十六条 当选无效时应以各该区候补当选人递补之。

第二节 补选

第五十七条 补选于选举无效或议员缺额该选举区无候补当选人时行之。

第五十八条 关于补选事项均依本法之规定行之。

第四章 选举诉讼

第五十九条 选举人确认办理选举人员有舞弊及其他违背法令行为，得自选举日起于十五日内向法庭起诉。未设法庭之处得向相当受理诉讼之机关起诉。

第六十条　选举人确认当选人资格不符，或票数不实及有舞弊之行为者，得依前条之规定起诉。

第六十一条　落选人确认已得票数应当选而未当选，或候补当选人确认名次有错误者，得依前条之规定起诉。

第六十二条　选举诉讼事件应先于各种诉讼事件审判之。

第五章　罚　则

第六十三条　关于选举之犯罪依刑律处断。

第六章　附　则

第六十四条　本法施行细则及关于第一届选举日期，以省令定之。

第六十五条　本法所定关于选举事项之日期，得由本省行政长官酌量情形更定之。

第六十六条　本法经第一届选举后，得由省议会修正之。

歴史拐点处的记忆

致　谢

　　我首先要感谢已故的导师、中国人民大学原资深教授林茂生先生。6年前，林老师怀着殷切期待收我为关门弟子，希望我能在陈独秀研究领域有所建树，而我当时也对陈独秀问题情有独钟。可是，当我偶然发现一堆从未被人使用过的湖南自治运动史料后，我决定改变方向重新选题。林老师听完我的理由，没有丝毫责怪，细心指导我将论文做好。今天，在这部原为博士论文的书稿将要付印之际，我怀着十分歉疚的心情，对我尊敬的导师，一位无比仁厚的学者，表达最深的敬意！

　　我的继任导师，对民国政治史有独到研究的张鸣教授，在百忙之中逐字逐句审阅修改了我的论文。论文脱稿后，张老师又欣然作序，向出版方热情推荐。如果没有这样一位古道热肠的师长，我多年心血写就的文字，很可能如大多数博士论文一样，蜷缩在某个不为人知的角落。

　　我还要感谢曾是我硕士生导师的程歗教授。程老师从我本科时代开始，多年如一日关心我的成长，总是在我最需要的时候伸出援手。

　　中国社会科学院的陈铁健教授，是我非常敬重的一位民国史学者。我与陈先生虽然只有几面之缘，但先生的学问令我备受教益；同时这本书的出版，也得到了陈先生的有力支持。

接下来我要感谢的是博士论文答辩委员会的诸位老师。他们是：中国政法大学的郭世佑先生、丛日云先生；中国社会科学院的汪朝光先生；中国人民大学清史所的黄兴涛先生、夏明方先生。几位答辩老师在对论文提出中肯批评的同时，给予我意想不到的赞誉，鼓励我将论文尽快修改出版。另外有五位不知姓名的、对论文作匿名评审的老师，他们同样给予我充分肯定，并就论文提出了许多宝贵意见。湖南人民出版社的戴佐才老师，对书稿作了十分严谨认真的审阅和编辑，并提出了很好的修改和完善意见，在这里一并致谢！

我还要特别感谢湖南省社会科学院图书馆以及湖南省图书馆地方文献资料室的工作人员。在我搜集资料的过程中，社科院图书馆从一楼到六楼的工作人员都热情周到地提供服务，特别是文平治、闵群芳、萧喜雨、胡艳辉、常霞、彭慧、高蓉、钱明、尹仁平等几位我熟悉的老师和朋友，他们给了我巨大的帮助和温馨的关怀，让我以一种相当愉快的心情，坐在冷板凳上啃着泛黄的文献资料。

我最后要感谢的是我的丈夫吴微波。他是我的经济后盾，也是我的精神支柱。他提供了衣食无忧的生活条件，使我能够静下心来做这种不为稻粱谋的学问。如果我平淡的生活有任何出彩的地方，如果这本书对社会有一点贡献，那是因为有他的付出。

何文辉　2007年6月4日于长沙德雅村